香港文學大系

小說卷一

謝曉虹 主編

商務印書館

《香港文學大系一九一九—一九四九》編輯委員會已盡力查究相片刊載權的資料。如有遺漏之處，請版權持有人與本編委會聯絡。

香港文學大系一九一九—一九四九・小說卷一

主　編：謝曉虹
責任編輯：洪子平
封面設計：張　毅
出　版：商務印書館（香港）有限公司
香港筲箕灣耀興道 3 號東滙廣場 8 樓
http://www.commercialpress.com.hk
發　行：香港聯合書刊物流有限公司
香港新界大埔汀麗路 36 號中華商務印刷大廈 3 字樓
印　刷：中華商務彩色印刷有限公司
香港新界大埔汀麗路 36 號中華商務印刷大廈
版　次：2015 年 7 月第 1 版第 1 次印刷

ISBN 978 962 07 4507 2

《香港文學大系一九一九—一九四九》人員名單

編輯委員會

總主編　陳國球

副總主編　陳智德

編輯委員　危令敦　陳國球　陳智德　黃子平　黃仲鳴　樊善標（按姓氏筆畫序）

顧問

王德威　李歐梵　許子東　陳平原　黃子平（按姓氏筆畫序）

各卷主編

1	新詩卷	陳智德
2	散文卷一	樊善標
3	散文卷二	危令敦
4	小說卷一	謝曉虹
5	小說卷二	黃念欣
6	戲劇卷	盧偉力
7	評論卷一	陳國球
8	評論卷二	林曼叔
9	舊體文學卷	程中山
10	通俗文學卷	黃仲鳴
11	兒童文學卷	霍玉英
12	文學史料卷	陳智德

總序

陳國球

香港文學未有一本從本地觀點與角度撰寫的文學史，是説膩了的老話，也是一個事實。早期出現多種境外出版的香港文學史，疏誤實在太多，香港學界乃有先整理組織有關香港文學的資料，然後再為香港文學修史的想法。由於上世紀三〇年代面世的《中國新文學大系》被認為是後來「新文學史」書寫的重要依據，於是主張編纂香港文學大系的聲音，從一九八〇年代開始不絕於耳。[1] 這個構想在差不多三十年後，首度落實為十二卷的《香港文學大系一九一九—一九四九》。際此，有關「文學大系」如何牽動「文學史」的意義，值得我們回顧省思。

一、「文學大系」作為文體類型

在中國，以「大系」之名作書題，最早可能就是一九三五至三六年出版，由趙家璧主編，蔡元培總序，胡適、魯迅、茅盾、朱自清、周作人、郁達夫等任各集編輯的《中國新文學大系》。「大系」這個書業用語源自日本，指有系統地把特定領域之相關文獻匯聚成編以為概覽的出版物：「大」指此一出版物之規模；「系」指其間的組織聯繫。[2] 趙家璧在《中國新文學大系》出版五十年後的回憶文章，就提到他以「大系」為題是師法日本；他以為這兩字：

既表示選稿範圍、出版規模、動員人力之「大」，而整套書的內容規劃，又是一個有「系統」的整體，是按一個具體的編輯意圖有意識地進行組稿而完成的，與一般把許多單行本雜湊在一起的叢書文庫等有顯著的區別。[3]

《中國新文學大系》出版以後，在不同時空的華文疆域都有類似的製作，並依循着近似的結構方式組織各種文學創作、評論以至相關史料等文本，漸漸被體認為一種具有國家或地域文學史意義的文體類型。[4] 資料顯示，在中國內地出版的繼作有：

- 《中國新文學大系一九二七—一九三七》（上海：上海文藝出版社，一九八四—一九八九）；
- 《中國新文學大系一九三七—一九四九》（上海：上海文藝出版社，一九九〇）；
- 《中國新文學大系一九四九—一九七六》（上海：上海文藝出版社，一九九七）；
- 《中國新文學大系一九七六—二〇〇〇》（上海：上海文藝出版社，二〇〇九）。

另外也有在香港出版的：

- 《中國新文學大系續編一九二八—一九三八》（香港：香港文學研究社，一九六八）。

在臺灣則有：

- 《中國現代文學大系》（一九五〇—一九七〇）（台北：巨人出版社，一九七二）；
- 《當代中國新文學大系》（一九四九—一九七九）（台北：天視出版事業有限公司，一九七九—一九八一）；

- 《中華現代文學大系——臺灣一九七〇—一九八九》（台北：九歌出版社，一九八九）；
- 《中華現代文學大系（貳）——臺灣一九八九—二〇〇三》（台北：九歌出版社，二〇〇三）。

在新加坡和馬來西亞地區有：

- 《馬華新文學大系》（一九一九—一九四二）（新加坡：世界書局／香港：世界出版社，一九七〇—一九七二）；
- 《馬華新文學大系（戰後）》（一九四五—一九七六）（新加坡：世界書局，一九七九—一九八三）；
- 《新馬華文文學大系》（一九四五—一九六五）（新加坡：教育出版社，一九七一）；
- 《馬華文學大系》（一九六五—一九九六）（新山：彩虹出版有限公司，二〇〇四）。

內地還陸續支持出版過：

- 《戰後新馬文學大系》（一九四五—一九七六）（北京：華藝出版社，一九九九）；
- 《新加坡當代華文文學大系》（北京：中國華僑出版公司，一九九一—二〇〇一）；
- 《東南亞華文文學大系》（廈門：鷺江出版社，一九九五）；
- 《臺港澳暨海外華文文學大系》（北京：中國友誼出版公司，一九九三）等。

其他以「大系」名目出版的各種主題的文學叢書，形形色色還有許多，當中編輯宗旨及結構模式不少已經偏離《中國新文學大系》的傳統，於此不必細論。

1 「文學大系」的原型

由於趙家璧主編的《中國新文學大系》正是「文學大系」編纂方式的原型，其構思如何自無而有，如何具體成形，以至其文化功能如何發揮，都值得我們追跡尋索，思考這類型的文化工程的意義。在時機上，我們今天進行追索比較有利，因為主要當事人趙家璧，在一九八〇年代陸續發表回顧編輯生涯的文章，尤其文長萬字的〈話說《中國新文學大系》〉，除了個人回憶，還多方徵引紀錄文獻和相關人物的記述，對《新文學大系》由編纂到出版的過程有相當清晰的敘述。[5] 後來不少研究者如劉禾、徐鵬緒及李廣等，討論《中國新文學大系》的編輯過程時，幾乎都不出《編輯憶舊》一書所載。[6] 在此我們不必再費詞重複，而只揭其重點。

首先我們注意到作為良友圖書公司一個年輕編輯，趙家璧有編「成套文學書」的事業理想；同時，身為商業機構的僱員，他當然要照顧出版社的成本效益、當時的版權法例，以至政治審查等種種限制。[7] 從政治及文化傾向而言，趙家璧比較支持左翼思想，對國民政府正在推行的「新生活運動」，以至提倡尊孔讀經、重印古書等，不以為然。因此，他想要編集「五四」以來的文學作品成叢書的想法，可說是在運動落潮以後，重新召喚歷史記憶及其反抗精神的嘗試。[8]

在趙家璧構思計劃的初始階段，有兩本書直接起了啟迪作用：阿英（錢杏邨）介紹給他的劉半農編《初期白話詩稿》，以及阿英以筆名「張若英」寫的《中國新文學運動史》。前者成了趙家璧「理想中的那本『五四』以來詩集的雛形」，後者引發他思考：「如果沒有『五四』新文學運動的理論建設，怎麼可能產生如此豐富的各類文學作品呢？」由是，趙家璧心中要鋪陳展現的不僅止是歷史上出現過的文學現象，他更要揭示其間的原因和結果；原來僅限作品採集的「『五四』以來文學名著百種」的想法，變成「請人編選各集，在集後附錄相關史料」的比較立體的構想，再進而落實為「一套包括理論、作品、史料」的「新文學大系」。《史料集》一卷的作用主要是為選入的作品佈置歷史定位的座標，提供敘事的語境；而「理論」部分，因為鄭振鐸的建議，擴充為《建設理論集》和《文學論爭集》。這兩集被列作《大系》的第一、二集，引領讀者走進一個文學史敘事體的閱讀框架：新文學好比這個敘事體中的英雄，其誕生、成長，以至抗衡、挑戰，甚而擊潰其他文學「惡」勢力（包括「舊體文學」、「鴛鴦蝴蝶文學」等）的故事輪廓就被勾勒出來。其餘各集的長篇〈導言〉，從不同角度作出點染着色，讓置身這個「歷史圖象」的各體文學作品，成為充實「寫真」的具體細部。

《中國新文學大系》的主體當然是其中的《小說集》、《散文集》、《新詩集》和《戲劇集》等七卷。劉禾對《大系》作了一個非常矚目的判斷；她認定它「是一個自我殖民的規劃」（“self-colonizing project”），證據之一是《大系》按照「小說、詩歌、戲劇、散文」的文類形式四分法（“four-way division of generic forms”）組織「所有文學作品」，而這四種文類形式是英語的“fiction”，“poetry”，“drama”，“familiar prose”的對應翻譯，《大系》把這種西方文學形式的「『翻譯』的基準」（“‘translated’ norms”）典律化，使自梁啟超以來顛覆古典文學之經典地位的想法得成具體（crystallized）；所謂「自我殖民化」的意思是，趙家璧的《中國新文學大系》視西方為「中國文學」意義最終解釋的根據地。[9] 衡之於當時的歷史狀況，劉禾這個論斷應該是一種非常過度的詮釋。首先西方的文學論述傳統似乎沒有以「小說、詩歌、戲劇、散文」的四分法來統領「所有文學作品」。[10] 而現代中國的「文學概論」式的文類四分法可說是一種糅合中西文學觀的混雜體；其構成基礎還是中國傳統的「詩文」分類，再加上受西方文學傳統影響而致「文學位階」得以提升的「小說」與「戲劇」，統合成文學的四種類型。這四種文體類型的傳播已久；翻查《民國時期總書目》，我們可以看到以這些文類概念作為編選範圍的現代文學選本，在《大系》出版以前或約略同時，就有不少，例如《新詩集》（一九二〇）、《現代中國詩歌選》（一九三三）、《當代小說讀本》（一九三二）、《短篇小說選》（一九三四）、《近代戲劇集》（一九三〇）、《現代中國戲劇選》（一九三三）等等。[11] 趙家璧的回憶文章提到，他當時考慮過的「文類」是：「長篇小說」、「短篇小說」、「散文」、「詩」、「戲劇」、「理論文章」，[12] 而不是四分文類的定型思考。因此，這種文類觀念的通行，不應該由趙家璧或《中國新文學大系》負責。事實上後來出現的「文學大系」亦沒有被趙家璧的先例所限囿，例如：《中國新文學大系一九二七—一九三七》增加了「報告文學」和「電影」；《中國新文學大系一九三七—一九四九》的小說類再細分「短篇」、「中篇」、和「長篇」，又另闢「雜文」集；《中國新文學大系一九七六—二〇〇〇》的小說類除長、中、短篇以外，增設「微型」一項，又調整和增補了「紀實文學」、「兒童文學」、「影視文學」。可見「四分法」未能賅括所有中國現代文學的文類。

劉禾指《中國新文學大系》「自我殖民」——完全依照西方標準（而不是中國傳統文學的典範）來斷定「文學」的內涵——更是一種「污名化」的詮釋。如果採用同樣欠缺同情關懷的批判方式，我們也可以指摘那些拒絕參照西方知識架構的文化人為「自甘被舊傳統宰制的原教主義信徒」。無論是哪一種方向的「污名化」，都不值得鼓勵，尤其在已有一定歷史距離的今天作學術討論時。近代以來中國知識份子面對西潮無所不至的衝擊，其間危機感帶來的焦慮與徬徨，實在是前古所未有。正如朱自清說當時學術界的趨勢，「往往以西方觀念為範圍去選擇中國的問題，姑無論將來是好是壞，這已經是不可避免的事實」；[13] 在這個關頭，有責任感的知識份子都在思考中國文化「如何應變」、「自何自處」的問題。無論他們採用哪一種內向或者外向的調適策略，都有其歷史意義，需要我們同情地了解。

胡適、朱自清，以至茅盾、鄭振鐸、魯迅、周作人，或者鄭伯奇、阿英，這些《中國新文學大系》各卷的編者，各懷信仰，尤其對於中國未來的設想，取徑更千差萬別；但在進行編選工作時，其相同的思路還是明顯的——就是為歷史作證。從各集的〈導言〉可見，其關懷的歷史時段長短不一；有只駐目於關鍵的「新文學運動第一個十年」，如鄭振鐸的《文學論爭集・導言》，或者朱自清的《詩集・導言》；也有由今及古、上溯文體淵源，再探中西同異者，如郁達夫的《散文二集・導言》。[14] 當然，其中歷史視野最為宏闊的是時任中央研究院院長的蔡元培所寫的〈總序〉。〈總序〉以「歐洲近代文化，都從復興時代演出」開篇，將「新文學運動」比附為歐洲的「文藝復興」運動；此時中國以白話取代文言為文學的工具，好比「復興時代」歐洲各民族以方言而非拉丁文創作文學。蔡元培在文章結束時說，「歐洲的復興」歷三百年，「我國的復興，自五四運動以來不過十五年」：

> 新文學的成績，當然不敢自詡為成熟。其影響於科學精神民治思想及表現個性的藝術，均尚在進行中。但是吾國歷史，現代環境，督促吾人，不得不有奔軼絕塵的猛進。吾人自期，至少應以十年的工作抵歐洲各國的百年。所以對於第一個十年先作一總審查，使吾人有以鑑既往而策將來，希望第二個十年與第三個十年時，有中國的拉飛爾與中國的莎士比亞等應運而生呵！[15]

我們知道自晚清到民國，歐洲歷史上的"Renaissance"是一個重要的象徵符號，是許多文化人的迷思；然而這個符號在中國的喻指卻是多變的。有比較重視歐洲在中世紀以後追慕希臘羅馬古典著述之「古學復興」的意義，認為偏重經籍整理的清代學術與之相似；也有注意到十字軍東征為歐洲帶來外地文化的影響，謂清中葉以後西學傳入開展了中國的「文藝復興」；又有從歐洲「文藝復興」時期出現以民族語言創作文學而產生輝煌的作品着眼，這就是自一九一七年開始的「文學革命」的宣傳重點。[16]蔡元培的〈總序〉也是這種論述的呼應，但結合了他對中西文化發展的觀察，使得「新文學」與「尚在進行中」的「科學精神」、「民治思想」及「表現個性的藝術」等變革相互關聯，從而為閱讀《大系》中各個獨立文本的讀者提供了詮釋其間文化政治的指南針。[17]

《中國新文學大系》的結構模型——賦予文化史意義的「總序」、從理論與思潮搭建的框架、主要文類的文本選樣，經緯交織的導言，加上史料索引作為鋪墊——算不上緊密，但能互相扣連，又留有一定的詮釋空間，反而有可能勝過表面上更周密，純粹以敘述手段完成的傳統文學史書寫，更能彰顯歷史意義的深度。

2「新文學大系」的繼承

《中國新文學大系》面世以後，贏得許多的稱譽；[18] 正如蔡元培和茅盾等的期待，趙家璧確有意續編第二、第三輯。[19] 一九四五年抗戰接近尾聲時，趙家璧在重慶就開始着手組織「抗戰八年文學」的第三輯編輯工作，並邀約了梅林、老舍、李廣田、茅盾、郭沫若、葉紹鈞等編選各集。[20] 但時局變幻，這個計劃並未能按預想實行。一九四九年以後，政治氣氛也不容許趙家璧進行續編的工作；即使已出版的第一輯《中國新文學大系》，亦不再流通。

直至一九六二年及一九七二年香港文學研究社先後兩次重印《中國新文學大系》；[21] 香港文學研究社還在一九六八年出版了《中國新文學大系·續編》。這個《續編》同樣有十集，取消了《建設理論集》，補上新增的《電影集》。至於編輯概況，《續編·出版前言》故作神秘，說各集主編名字不適宜刊出，但都是「國內外知名人物」，「分在三地東京、星加坡、香港進行」編輯，以四年時間完成。事實上《續編》出版時間正逢大陸文化大革命如火如荼，文化人備受迫害；各種不幸的消息，相繼傳到香港，故此出版社多加掩蔽，是情有可原的。據現存的資訊顯示，編輯的主要工作由在大陸的常君實和香港文學研究社的譚秀牧擔當；[22] 然而兩人之間並無直接聯繫，無法互相照應。另一方面，二人各因所處環境和視野的局限，所能採集的資料難以全面；在大陸政治運動頻仍，顧忌甚多；在香港則材料散落，張羅不易；再加上出版過程並不順利，即使在香港的譚秀牧亦不能親睹全書出版。[23] 這樣得出來的成績，很難說得上完美。不過，我們要評價這個「文學大系」傳統的第一任繼承者，應該要考慮當時的各種限制。無論如何，在香港出版，其實頗能說明香港的文化空間的意義，其承載中華文化的方式與成效亦頗值得玩味。[24]

《中國新文學大系》的「正統」繼承，要等到中國的文化大革命正式落幕。從一九八〇年到一九八二年，上海文藝出版社徵得趙家璧同意，影印出版十集《中國新文學大系》，同時組織出版《中國新文學大系一九二七—一九三七》二十冊作為第二輯，由社長兼總編輯丁景唐主持，趙家璧作顧問，一九八四年至一九八九年陸續面世；隨後，趙家璧與丁景唐同任顧問的第三輯《中國新文學大系一九三七—一九四九》二十冊於一九九〇年出版，第四輯《中國新文學大系一九四九—一九七六》二十冊於一九九七年出版。二〇〇九年由王蒙、王元化總主編第五輯《中國新文學大系一九七六—二〇〇〇》三十冊，繼續由上海文藝出版社出版；二十世紀以前的「新文學」，好像都有了「大系」作為相照的汗青。這「第二輯」到「第五輯」的說法，顯然是繼承、延續之意。然而第一輯到第二輯之間，其政治實況是中國經歷從民國到共和國的政權轉換，在大陸地區社會文化曾經發生翻天覆地的劇變。「嫡傳」、「正宗」的想像，其實需要刻意忽略這些政治社會的裂縫。當然趙家璧的認可，被邀請作顧問，讓這個「嫡傳」的合法性增加一種言說上的力量。不過，這後四輯對其他「大系」卻未必有明顯的垂範作用；起碼從面世時間先後來說，比起海外各大系之承接「新文學」薪火，反而是後發的競逐者。

在這個看來「嫡傳」的譜系中，因為時移世易，各輯已有相當的變異或者發展。在內容選材上，最明顯的是文體類型的增補，可見文類觀念會因應時代需要而不斷調整；這一點上文已有交代。另一個顯而易見的形式變化是：第二、三、四輯都沒有總序，只有〈出版說明〉。《大系》原型的第一輯每集都有〈導言〉，即使是同一文類的分集，如「小說」三集分別有茅盾、魯迅、鄭伯奇的論述；「散文」兩集又有周作人和郁達夫兩種觀點。其優勢正在於論述交錯間的矛盾與縫隙，可以生發更繁富的意義。第二、三輯開始，同一文類只冠以一位名家序言，論述角度當然有統整齊一之效。再看第二、三兩輯的〈說明〉基本修辭都一樣，聲明編纂工作「以馬克思列寧主義，毛澤東思想為指針，堅持從新文學運動的實際出發」，前者以「反帝反封建的作品佔主導地位」，後者的主導則是「革命的、進步的作品」；毫不含糊地為文學史的政治敘事設定格局；這當然是第一輯以「新文學」為敘事英雄的激越發展；第二、三輯的理論集序文，大概有着指標的作用，據此可以推想：第二輯的主角是「左翼文藝運動」，第三輯是「文藝為政治（戰爭）服務」。

第四輯〈出版說明〉的文字格式與前兩輯不同，逗漏了又一種訊息。這一輯出版於一九九七年，形勢上無論出於外發還是內需，有必要營構一個廣納四方的空間：「對那些曾經遭受過錯誤批判和不公正對待，或者在『文革』中雖未能正式發表、出版，但在社會上廣泛流傳產生過較大影響的作品，都一視同仁地加以遴選」；「這一時期發表的臺灣、香港、澳門作家的新文學作品，一並列選。」於是少不了臺灣余光中的一縷鄉愁、痙弦掛起的紅玉米；異品如馬朗寄居在香港的焚琴浪子，也得到收容。第五輯〈出版說明〉繼續保留「這一時期發表的臺灣、香港、澳門作家的新文學作品，一並列選」的句子，其為政治姿態，眾人皆見；尤其各卷編者似乎有很大的自由度決定他們對臺港澳的關切與否。因此我們實在不必介懷其所選所取是否「合理」、是否「得體」。

只不過若要衡度政治意義，則美國華裔學者夏志清、李歐梵和王德威之先後入選四、五兩輯，或者有需要為讀者釋疑，可惜兩輯的編者都未有任何說明。

第五輯回復有〈總序〉的傳統，共有兩篇。其中〈總序二〉是王元化生前在編輯會議上的發言；因此王蒙撰寫的一篇才是正式的〈總序〉。這一篇意在綜覽全局的序文，可與王蒙在第四輯寫的《小說卷・序》合觀；兩篇分別寫於一九九六年及二〇〇九年的文章，都表示要以正面、積極的態度去面對過去。王蒙在第四輯努力地討論「記憶」的意義，說「記憶實質是人類的一切思想情感文化文明的基礎和根源」，其目的是找到「歷史」與「現實」的通感類應。在第五輯〈總序〉王蒙則標舉「時間」；說時間是「慈母」，「偏愛已經被認真閱讀過並且仍然值得重讀或新讀的許多作品」；又說時間如「法官」：「無情地惦量着昨天」：

> 時間法官同樣有差池，但是更長的時間的回旋與淘洗常常能自行糾正自己的過失，時間的因素同樣能製造假象，但是更長的時間的反復與不舍晝夜的思量，定能使文學自行顯露真容。

《中國新文學大系》發展到第五輯，其類型演化所創造出來的方向、習套和格式已經相當明晰。不過，我們還有一系列「教外別傳」的範例可以參看。

3　「文學大系」的「教外別傳」

我們知道臺灣在一九七二年就有《中國現代文學大系》的編纂，由巨人出版社組織編輯委員會，余光中撰寫〈總序〉，編選一九五〇年到一九七〇年的小說、散文、詩三種文類作品，合成八輯。另外司徒衛等在一九七九年至一九八一年編輯出版《當代中國新文學大系》十集，沿用《中國新文學大系》原型的體例，唯一變化是《建設理論集》改為《文學論評集》，而取材以一九四九年到一九七九年在臺灣發表之新文學作品為限。兩輯都明顯要繼承趙家璧主編《大系》的傳統，但又要作出某種區隔。司徒衛等編委以「當代」標明其時間以國民政府遷臺為起點，與止於一九二七年的趙編《大系》並非線性相連。余光中等的《大系》則以「現代文學」之名與「新文學」區辨。他撰寫的〈總序〉非常刻意的辨析臺灣新開展的「現代文學」與「五四早期新文學」之不同。相對來説，余光中比司徒衛更長於從文學發展的角度作分析；司徒衛的論調卻多有迎合官方意志之嫌。然而我們不能説《當代中國新文學大系》水準有所不如；事實上這個《當代大系》各集的編者大都具有文學史的眼光，取捨之間，極見功力；各集都有導言，觀點又起縱橫交錯的作用。其中瘂弦主編的《詩集》視野更及於臺灣以外的華文世界——從體例上可能與全書不合，但從概念上卻是當時的「中國」概念的一種詮釋；香港不少詩人如西西、蔡炎培、淮遠、羈魂、黃國彬的作品都被選入。余光中等編《現代文學大系》的選取範圍基本上只在臺灣，只是朱西甯在「小説輯」中收錄了張愛玲兩篇小説，另外（張）曉風編的「散文輯」又有思果三篇作品，但都沒有解釋說明；張愛玲是否「臺灣作家」是後來臺灣文學史一個爭論熱點；這些討論可以從此出發。論規模和完整格局，《當代中國新文學大系》實在比《中國現代文學大系》優勝，但後者的編輯團隊——余光中、朱西甯、洛夫、曉風——也是有份量的本色行家，所撰各體序文都能照應文體通變，又關聯到當時臺灣的文學生態。其中朱西甯序小說篇末，詳細交代《大系》的體例，其中一個論點很值得注意：

> 我們避免把「大系」作為「文選」，只圖個體的獨立表現，精選少數卓越的小說家作品中的菁華，而忽略了整體的發展意義。這可以用一句話來說，我們所選輯的是可成氣候的作品。如此「大系」也便含有了「索引」的作用，供後世據此而獲致從事某一小說家的專門研究資料蒐集的線索。[25]

朱西甯這個論點不必是《中國現代文學大系》各主編的共同認識，[26]但卻為「文學大系」的文類功能作出一個很有意義的詮釋。

「文學大系」的文類傳統在臺灣發展，余光中最有貢獻。在巨人出版社的《中國現代文學大系》以後，他繼續主持了兩次「大系」的編纂工作：由九歌出版社先後於一九八九年出版《中華現代文學大系——臺灣一九七〇—一九八九》，二〇〇三年出版《中華現代文學大系（貳）——臺灣一九八九—二〇〇三》。兩輯都增加了《戲劇卷》和《評論卷》；前者涵蓋二十年，共十五冊；後者十五年，十二冊。余光中也撰寫了各版《現代文學大系》的〈總序〉。在臺灣思考文學史或者文學傳統，難免要連繫到「中國」這個概念。在巨人版《大系・總序》，余光中的重點是把一九四九年以後臺灣的「現代文學」與「五四」時期的「新文學」相提並論，也講到臺灣文學「與昨日脫節」——對三、四〇年代作家作品的陌生——帶來的影響：向更古老的中國古典傳統和西方學習。他又解釋以「大系」為名的意義：「除了精選各家的佳作之外，更企圖從而展示歷史的發展，和文風的演變，為二十年來的文學創作留下一筆頗為可觀的產業。」他更曲終奏雅，在〈總序〉的結尾說：

> 我尤其要提醒研究或翻譯中國現代文學的所有外國人：如果在泛政治主義的煙霧中，他們有意或無意地竟繞過了這部大系而去二十年來的大陸尋找文學，那真是避重就輕，一偏到底了。[27]

這是向「國際人士」呼籲，也可以作為「中國」二字放在書題的解釋：真正的「中國文學」在臺灣，而不在大陸；這是文學上的「正統」之爭。但從另一個角度來看，對臺灣許多知識份子而言，「中國」這個符號的意義，已經慢慢從政治信念變成文化想像，甚或虛擬幻設；我們知道，中華民國於一九七一年退出聯合國，一九七二年美國總統尼克遜訪問北京。在司徒衛等編成《當代中國新文學大系》之前不久，一九七八年十二月美國與中華民國斷絕外交關係。

所以，九歌版的兩輯「大系」，改題《中華現代文學大系》，並加註「臺灣」二字，是國際政治形勢使然。「中華」是民族文化身份的標誌，其指向就是「文化中國」的概念；「臺灣」則是具體的地理空間。余光中在《臺灣一九七〇——一九八九》的總序探討《中國現代文學大系》到《中華現代文學大系》前後四十年的變化，注意到一九八七年解除「戒嚴令」後兩岸交流帶來的文化衝擊，從而思考「臺灣文學」應如何定位的問題。「中國的文學史」與「中華民族的滾滾長流」，是當時余光中和他的同道企盼能找到答案的地方。到了《中華現代文學大系（貳）》，余光中卻有另一角度的思考，他說：

臺灣文學之多元多姿，成為中文世界的巍巍重鎮，端在其不讓土壤，不擇細流，有容乃大。如果把……非土生土長的作家與作品一概除去，留下的恐怕無此壯觀。[28]

他還是注意到臺灣文學在「中文世界」的地位，不過協商的對象，不再是外國研究者和翻譯家，而是島內另一種文學取向的評論家。

究之，余光中的終極關懷顯然就是「文學史」或者「歷史上的文學」。在他主持的三輯「文學大系」中，他試圖揭出與文學相關的「時間」與「變遷」，顯示文學如何「應對」與「抗衡」。「時間」是「文學大系」傳統的一個永恆母題。王蒙請「時間」來衡量他和編輯團隊（第五輯《中國新文學大系》）的成績：

我們深情地捧出了這三十卷近兩千萬言的《中國新文學大系》第五輯，請讀者明察，請時間的大河、請文學史考驗我們的編選。[29]

余光中在《中華現代文學大系（貳）・總序》結束時說：

至於對選入的這兩百多位作家，這部世紀末的大系是否真成了永恆之門、不朽之階，則猶待歲月之考驗。新大系的十五位編輯和我，樂於將這些作品送到各位讀者的面前，並獻給漫漫的廿一世紀。原則上，這些作品恐怕都只能算是「備取」，至於未來，究竟其中的哪些能終於「正取」，就只有取決定悠悠的時光了。[30]

4「文學大系」的基本特徵

以上看過兩個系列的「文學大系」，大抵可以歸納出這種編纂傳統的一些基本特徵：

一、「文學大系」是對一個範圍的文學（一個時段、一個國家／地域）作系統的整理，以多冊的、「成套的」文本形式面世；

二、這多冊成套的文學書，要能自成結構；結構的方式和目的在於立體地呈現其指涉的文學史；「立體」的意義在於超越敘事體的文學史書寫和示例式的選本的局限和片面；

三、「時間」與「記憶」、「現實」與「歷史」是否能相互作用，是「文學大系」的關鍵績效指標；

四、「國家文學」或者「地域文學」的「劃界」與「越界」，恆常是「文學大系」的挑戰。

二、「香港的」文學大系：《香港文學大系一九一九—一九四九》

1 「香港」是甚麼？誰是「香港人」？

葉靈鳳，一位因為戰禍而南下香港然後長居於此的文人，告訴我們：

> 香港本是新安縣屬的一個小海島，這座小島一向沒有名稱，至少是沒有一個固定的總名……。這一直到英國人向清朝官廳要求租借海中小島一座作為修船曬貨之用，並指名最好將「香港」島借給他們，這才在中國的輿圖上出現了「香港」二字。[31]

「命名」是事物認知的必經過程。事物可能早就存在於世，但未經「命名」，其存在意義是無法掌握的。正如「香港」，如果指南中國邊陲的一個海島，據史書大概在秦帝國設置南海郡時，就收在版圖之內。但在統治者眼中，帝國幅員遼闊，根本不需要一一計較領土內眾多無名的角落。用葉靈鳳的講法，香港島的命名因英國人的索求而得入清政府之耳目；[32]而「香港」涵蓋的範圍隨着清廷和英帝國的戰和關係而擴闊，再經歷民國和共和國的默認或不願確認，變成如今天香港政府公開發佈的描述：

> 香港是一個充滿活力的城市，也是通向中國內地的主要門户城市。……香港是中華人民共和國成立的特別行政區。香港自一八四二年開始由英國統治，至一九九七年，中國政府按照「一國兩制」的原則對香港恢復行使主權。根據《基本法》規定，香港目前的政治制度將會

> 維持五十年不變，以公正的法治精神和獨立的司法機構維持香港市民的權利和自由。……香港位處中國的東南端，由香港島、大嶼山、九龍半島以及新界（包括二六二個離島）組成。[33]

「香港」由無名，到「香港村」、「香港島」，到「香港島、九龍半島、新界和離島」合稱，經歷了地理上和政治上不同界劃，經歷了一個自無而有，而變形放大的過程。更重要的是，「香港」這個名稱底下要有「人」；有人在這個地理空間起居作息，有人在此地有種種喜樂與憂愁、言談與詠歌。有人，有生活，有恩怨愛恨，有器用文化，「地方」的意義才能完足。

猜想自秦帝國及以前，地理上的香港可能已有居民，他們也許是越族畬民。李鄭屋古墓的出土，或許可以說明漢文化曾在此地流播。[34]據說從唐末至宋代，元朗鄧氏、上水廖氏及侯氏、粉嶺文氏及彭氏五族開始南移到新界地區。許地山，從臺灣到中國內地再到香港直至長眠香港土地下的另一位文化人，告訴我們：

> 香港及其附近底居民，除新移入底歐洲民族及印度波斯諸國民族以外，中國人中大別有四種：一、本地；二、客家；三、福佬；四、蛋家。……本地人來得最早的是由湘江入蒼梧順西江下流底。稍後一點底是越大庾嶺由南雄順北江下流底。[35]

「本地」，不免是外來；香港這個流動不絕的空間，誰是土地上的真正主人呢？再追問下去的話，秦漢時居住在這個海島和半島上的，是「香港人」嗎？大概只能說是南海郡人或者番禺縣人；再晚來的，就是寶安縣人、新安縣人吧。因為當時的政治地理，還沒有「香港」這個名稱、這個概念。然而，換上了不同政治地理名號的「人」，有甚麼不同的意義？「人」和「土地」的關係，就會有所改變嗎？

2　定義「香港文學」

「香港文學」過去大概有點像南中國的一個無名島，島民或漁或耕，帝力於我何有哉？自從上世紀八〇年代開始，「香港文學」才漸漸成為文化人和學界的議題。這當然和中英就香港前途問題進行談判，以至一九八四年簽訂中英聯合聲明，讓香港進入一個漫長的過渡期有關。「香港有沒有文學」、「甚麼是香港文學」等問題陸續浮現。前一個問題，大概出於與「香港文學」、或者所有「文學」都無甚關涉的人。香港以外地區有這種觀感的，可以理解；值得玩味的是在港內同樣想法的人並不是少數；責任何在？實在需要深思。至於後一個問題，則是一個定義的問題。

要定義「香港文學」，大概不必想到唐宋秦漢，因為相關文學成品（artifact）的流轉，大都在「香港」這個政治地理名稱出現以後。[36]只便如此，還是困擾了不少人。一種定義方式，是以文本創製者為念：說文學是性靈的抒發，故「香港文學」應是「香港人所寫的文學」。這個定義帶來的問題首先是「誰是香港人」？另一種方式，從作品的內容着眼，因為文學反映生活，如果這生活的場景就是香港，當然就是「香港文學」。依着這個定義，則不涉及香港具體情貌的作品，是要排除在外了。再有一種，以文本創製工序的完成為論，所以「香港文學」是「在香港出版、面世的文學作品」。此外，與出版相關的是文學成品的受眾，所以這個定義可以改換成以「接受」的範圍和程度作準：「在香港出版，為香港人喜愛（最低限度是願意）閱讀的文學作品。」先不說定義中還是包含未有講明白的「香港人」一詞，而且「讀者在哪裏？」是不易說清楚的。事實上，由於歷史的原因，以香港為出版基地，但作者讀者都不在香港的情況不是沒有。[37]因為香港就是這麼奇妙的一個文學空間。[38]

從過去的議論見到，創作者是否「香港人」是一個基本問題；換句話說，很多討論是圍繞着「香港作家」的定義來展開。有一種可能會獲得官方支持的講法是：「持有香港身份證或居港七年以上，曾出版最少一冊文學作品或經常在報刊發表文學作品」；[39]這個定義的前半部分是以「政治」和「法律」論文學的一例，很難令人釋懷；[40]兼且「法律」是有時效的，這時不合法並不排除那時的「非違法」。我們認為：「文學」的身份和「文學」的有效性不必倚仗一時的統治法令去維持。至於「出版」與「報刊發表」當然是由創作到閱讀的「文學過程」中一個接近終點的環節，可以是一個有效的指標；而出版與發表的流通範圍，究竟應否再加界定？是可以進一步討論的。

3　劃界與越界

我們在歸納「文學大系」的編纂傳統時，第一點提到這是「對一個範圍的文學（一個時段、一個國家／地域）作系統的整理」；第四點又指出「國家文學」或者「地域文學」的「劃界」與「越界」，恆常是「文學大系」的挑戰；兩點都是有關「劃定範圍」的問題。上文的討論是比較概括地把「香港文學」的劃界方式「問題化」(problematize),目的在於啟動思考,還未到解決或解脫的階段。

以下我們從《香港文學大系》編輯構想的角度,再進一步討論相關問題。首先是時段的界劃。目前所見的幾本國內學者撰寫的「香港文學史」,除了謝常青的《香港新文學簡史》外,[41]其餘都是以一九四九或一九五〇年為正式敘事起始點。這時中國內地政情有重大變化,大陸和香港兩地的區隔愈加明顯;以此為文學史時段的上限無疑是方便的,也有一定的理據。然而,我們認為香港文學應該可以往上追溯。因為新文學運動以及相關聯的「五四運動」,是香港現代文化變遷的一個重要源頭。北京上海的波動傳到香港,無疑有一定的時間差距,但「五四」以還,直到一九四九年,香港文學的實績還是班班可考的。因此我們選擇「從頭講起」,擬定「一九一九年」和「一九四九年」兩個時間指標,作為《大系》第一輯工作上下限;希望把源頭梳理好,以後第二輯、第三輯……,可以順流而下,進行其他時段的考察。我們明白這兩個時間標誌源於「非文學」的事件,卻認為這些事件與文學的發展有密切的關聯。我們又同意這個時段範圍的界劃不是確切不能動搖的,尤其上限不必硬性定在一九一九年,可以隨實際掌握的材料往上下挪動。比方說「舊體文學卷」和「通俗文學」的發展應可以追溯到更早的年份;而「戲劇」文本的選輯年份可能要往下移。

第二個可能疑義更多的是「香港文學」範圍的界劃。我們在回顧《中國新文學大系》各輯的規模時,見識過邊界如何「彈性」地被挪移,以收納「臺港澳」的作家作品。這究竟是「越界」還是隨「非文學」的需要而「重劃邊界」？這些新吸納的部分，與原來的主體部分如何，或者是否可以，構成一個互為關聯的系統？我們又看過余光中領銜編纂的《大系》，把張愛玲、夏志清等編入其中。前者大概沒有在臺灣居停過多少天，所寫所思好像與臺灣的風景人情無甚關涉；後者出身上海北京，去國後主要在美國生活、研究和著述。[42] 他們之「越界」入選，又意味着甚麼樣的文學史觀？

《香港文學大系》編輯委員會參考了過去有關「香港文學」、「香港作家」的定義，認真討論以下幾個原則：

一、「香港文學」應與「在香港出現的文學」有所區別（比方說瘂弦的詩集《苦苓林的一夜》在香港出版，但此集不應算作香港文學）；

二、（在一段相當時期內）居住在香港的作者，在香港的出版平台（如報章、雜誌、單行本、合集等）發表的作品（例如侶倫、劉火子在香港發表的作品）；

三、（在一段相當時期內）居住在香港的作者，在香港以外地方發表的作品（例如謝晨光在上海等地發表的作品）；

四、受眾、讀者主要是在香港，而又對香港文學的發展造成影響的作品（如小平的女飛賊黃鶯系列小說；這一點還考慮到早期香港文學的一些現象：有些生平不可考，是否同屬一人執筆亦未可知，但在香港報刊上常見署以同一名字的作品）。

編委會各成員曾將各種可能備受質疑的地方都提出來討論。最直接意見的是認為「相當時期」

一語太含糊，但又考慮到很難有一個學術上可以確立的具體時間（七年以上？十年以上？）。各項原則應該從寬還是從嚴？內容寫香港與否該不該成為考慮因素？文學史意義以香港為限還是包括對整體中國文學的作用？這都是熱烈爭辯過的議題。大家都明白《大系》中有不同文類，個別文類的選輯要考慮該文類的習套、傳統和特性，例如「通俗文學」的流通空間主要是「省港澳」（廣州、香港、澳門），「新詩」的部分讀者可能在上海，「戲劇」會關心劇作與劇場的關係。各種考慮，林林總總，很難有非常一致的結論。最後，我們同意請各卷主編在採編時斟酌上列幾個原則，然後依自己負責的文類性質和所集材料作決定；如果有需要作出例外的選擇，則在該卷〈導言〉清楚交代。大家的默契是以「香港文學」為據，而不是歧義更多的「香港作家」概念，尤其後者更兼有作家「自認」與他人「承認」與否等更複雜的取義傾向。歷史告訴我們，「香港」的屬性，從來就是流動不居的。在《大系》中，「香港」應該是一個文學和文化空間的概念：「香港文學」應該是與此一文化空間形成共構關係的文學。香港作為文化空間，足以容納某些可能在別一文化環境不能容許的文學內容（例如政治理念）或形式（例如前衛的試驗），或者促進文學觀念與文本的流轉和傳播（影響內地、臺灣、南洋、其他華語語系文學，甚至不同語種的文學，同時又接受這些不同領域文學的影響）。我們希望《香港文學大系》可以揭示「香港」這個「文學／文化空間」的作用和成績。

4 「文學大系」而非「新文學大系」

《香港文學大系》的另一個重要構想是，不用「大系」傳統的「新文學」概念，而稱「文學大系」。這個選擇關係到我們對「香港文學」以至香港文化環境的理解。在中國內地，「新文學」以「文學革命」的姿態登場，其抗衡的對象是被理解為代表封建思想的「舊」文化與「舊」文學；為了突出「新文學」，於是「舊」的範圍和其負面程度不斷被放大。革命行動和歷史書寫從運動一開始就互相配合，「新文學」沒有耐心等待將來史冊評定它的功過，文學革命家如胡適從《留學日記》、〈文學改良芻議〉、〈建設的文學革命論〉到《五十年來中國之文學》，都是一邊宣傳革命、實行革命，一邊修撰革命史。這個策略在當時中國的環境可能是最有效的，事實上與「國語運動」同時並舉的「新文學運動」非常成功，其影響由語言、文學，到文化、社會、政治，可謂無遠弗屆。[43]十多年後趙家璧主編《中國新文學大系》，其目標不在經驗沈澱後重新評估過去的新舊對衡之意義，而在於「運動」之奮鬥記憶的重喚，再次肯定其間的反抗精神。

香港的文化環境與中國內地最大分別是香港華人要面對一個英語的殖民政府。為了帝國利益，港英政府由始至終都奉行重英輕中的政策。這個政策當然會造成社會上普遍以英語為尚的現象，但另一方面中國語言文化又反過來成為一種抗衡的力量，或者成為抵禦外族文化壓迫的最後堡壘。由於傳統學問的歷史比較悠久，積聚比較深厚，比較輕易贏得大眾的信任甚至尊崇。於是通曉儒經國學、能賦詩為文（古文、駢文），隱然另有一種非官方正式認可的社會地位。另一方面，來自內地——中華文化之來源地——的新文學和新文化運動，又是「先進」的象徵，當這些帶有開新和批判精神的新文學從內地傳到香港，對於年輕一代特別有吸引力。受「五四」文學新潮影響的學子，既有可能以其批判眼光審視殖民統治的不公，又有可能倒過來更加積極學習英語文學及文化，以吸收新知，來加強批判能力。至於「新文學」與「舊文學」之間，既有可能互相對抗，也有協成互補的機會。換句話說，英語代表的西方文化，與中國舊文學及新文學構成一個複雜多角的關係。如果簡單借用在中國內地也不無疑問的獨尊「新文學」觀點，就很難把「香港文學」的狀況表述清楚。

事實上，香港能寫舊體詩文的文化人，不在少數。報章副刊以至雜誌期刊，都常見佳作。這部分的文學書寫，自有承傳體系，亦是香港文學文化的一種重要表現。例如前清探花，翰林院編修，官至南書房行走、江寧提學使的陳伯陶，流落九龍半島二十年，編纂《勝朝粵東遺民錄》、《明東莞五忠傳》等，又研究宋史遺事，考證官富場（現在的官塘）宋王臺、侯工廟等歷史遺跡；他的所為，和葉靈鳳捧着清朝嘉慶二十四年刊《新安縣志》珍本，辛勤考證香港的前世往跡有甚麼不同？一個傳統的讀書人，離散於僻遠，如何從地誌之「文」，去建立「人」與「地」與「時」的關係？我們是否可以從陳伯陶與友儕在一九一六年共同製作的《宋臺秋唱》詩集中，見到那上下求索的靈魂在嘆息？他腳下的土地，眼前的巨石，能否安頓他的心靈？詩篇雖為舊體，但其中的文心，不是常新嗎？[44] 可以說，「香港文學」如果缺去了這種能顯示文化傳統在當代承傳遞嬗的文學記錄，其結構就不能完整。[45]

再如擅寫舊體詩詞的黃天石，又與另一位舊體詩名家黃冷觀合編「通俗文學」的《雙聲》雜誌，發表鴛鴦蝴蝶派小說；後來又是「純文學」的推動者，創立國際筆會香港中國筆會，任會長十年；又曾辦《文學世界》，支持中國文學研究；影響更大的是以筆名「傑克」寫的流行小說。這樣多面向的文學人，我們希望在《香港文學大系》給予充分的尊重。這也是《香港文學大系》必須有《通俗文學卷》的原因之一。我們認為「通俗文學」在香港深入黎庶，讀者量可能比其他文學類型高得多。再說，香港的「通俗文學」貼近民情，而且語言運用更多大膽試驗，如「粵語入文」，或者「三及第化」，是香港文化以文字方式流播的重要樣本。當然，「通俗文學」主要是商業運作，產量多而水準不齊，資料搜羅固然不易，編選的尺度拿捏更難；如何澄沙汰礫，如何從文學史的角度與其他文類協商共容，都極具挑戰性。無論如何，過去《中國新文學大系》因為以「新文學」為主，把影響民眾生活極大的通俗文學棄置一旁，是非常可惜的。

《香港文學大系》又設有《兒童文學卷》。我們知道「兒童文學」的作品創製與其他文學類型最大的不同是，其擬想的讀者既隱喻作者的「過去」，也寄託他所構想的「未來」；當然作品中更免不了與作者「現在」的思慮相關聯。已成年的作者在進行創作時，不斷與自己童稚時期的經驗對話，時光的穿梭是一個必然的現象；在《大系》設定一九四九年以前的時段中，「兒童文學」在香港還有一種「空間」穿越的情況，因為不少兒童文學的作者都身不在香港；「空間」的幻設，有時要透過在香港的編輯協助完成。另一方面，這時段的兒童文學創製有不少與政治宣傳和思想培育有關。部分香港報章雜誌上的兒童文學副刊，是左翼文藝工作者進行思想鬥爭的重要陣地。依照成年人的政治理念去模塑未來，培養革命的下一代，又是這時期香港兒童文學的另一個現象。可以說，「兒童文學」以另一種形式宣明香港文學空間的流動性。

5 「文學大系」中的「基本」文體

「新詩」、「小說」、「散文」、「戲劇」、「文學評論」，這些「基本」的現代文學類型，也是《香港文學大系》的重要部分。這些文類原型的創發與「新文學運動」息息相關，是由中國而香港的「現代性」降臨的一個重要指標。[46] 其中新詩的發展尤其值得注意。詩歌從來都是語言文字的實驗室；尤其在移走可以依傍的傳統詩詞的格律框之後，主體的心靈思緒與載體語言之間的纏鬥更加激烈而無邊際。朱自清在《中國新文學大系・詩集》的〈選詩雜記〉中提到他的編選觀點：「我們要看看我們啟蒙期詩人努力的痕跡。他們怎樣從舊鐐銬解放出來，怎樣學習新言語，怎樣尋找新世界。」香港的新詩起步比較遲，但若就其中傑出的作家作品來看，卻能達到非常高的水平。[47] 這可能是因為香港的語言環境比較複雜，日常生活中的語言已不斷作語碼轉換，感情思想與語言載體互相作用的頻率特別高，實驗多自然成功機會也增加。相對來說，小說受到寫實主義思潮的引導，而香港的寫實卻又是中國內地小說的再模仿，其依違之間，使得「純文學」的小說家難以無障礙地完成構築虛擬的世界。例如理應展現香港城市風貌的小說場景，究竟是否上海十里洋場的複製，就需要推敲。與包袱比較輕的通俗小說作者相比，學習「新文學」的小說家的道路就比較艱難了，所留下繽紛多元的實績，很值得我們珍視。

散文體最常見的風格要求是明快、直捷，而這時期香港散文的材料主要寄存於報章副刊，編者重回「閱讀現場」的感覺會比較容易達成。《大系》的散文樣本，可以更清晰地指向這時段香港的世態人情，生活的憂戚與喜樂。由於香港的出版自由相對比中國內地高，報章檢查沒有國內嚴苛，只要不觸碰殖民政府「當局」，成為全中國的「輿論中心」是有可能的。報章上的公共言論，有時也會超脱香港本地的視野；香港報章轉成內地輿情的進出口。所以説，「香港」作為一個文化地理的空間，其功能和作用往往不限於本土。《大系》兩卷散文，少不免對此有所揭示。類似的情況又可見於我們的《戲劇卷》。中國現代劇運以動員羣眾為目標，啟蒙與革命是主要的戲碼；這時期香港的劇運，不計由英國僑民帶領的英語劇場，可謂全國的附庸，也是政治運動的特遣。讀《香港文學大系》的戲劇選輯，很容易見到政治與文藝結合的前台演出。然而，當中或許有某些不求外揚的藝術探索，或者存在某種本土呼吸的氣息，有待我們細心尋繹。至於香港出現的「文學評論」，其來源也是多元的。越界而來的文藝指導在中國多難的時刻特別多；尤其抗日戰爭和國共內戰期間，政治宣傳和鬥爭往往以文藝論爭的方式出現；其論述的面向是全國而不是香港；這就是「全國輿論中心」的貢獻。[48]然而正因為資訊往來方便，中外的文化訊息在短時間內得以在本地流轉；由此也孕育出不少視野開闊的批評家，其關注面也廣及香港、全中國，以至國際文壇。這也是「香港」的一個重要意義。

6 小結

綜之，我們認為「香港」是一個文學和文化的空間，「香港」可以有一種「文學的存在」；「香港文學」是一個文化結構的概念。我們看到「香港文學」是多元的而又多面向的。我們以一九一九到一九四九為大略的年限，整理我們能搜羅到的各體文學資料，按照所知見的數量比例作安排，「散文」、「小説」、「評論」各分「一九一九—一九四一」及「一九四二—一九四九」兩卷；「新詩」、「戲劇」、「舊體文學」、「通俗文學」、「兒童文學」各一卷，加上「文學史料」一卷，全書共十二卷。每卷主編各撰寫本卷〈導言〉，説明選輯理念和原則，以及與整體凡例有差異的地方和差異的理據。編委會成員就全書方向和體例有充分的討論，與每卷主編亦多番往返溝通。我們不強求一致的觀點，但有共同的信念。我們不會假設各篇〈導言〉組成周密無漏的文學史敘述，所有選材拼合成一張無缺的文學版圖。我們相信虛心聆聽之後的堅持，更有力量；各種論見的交錯、覆疊，以至留白，更能抉發文學與文學史之間的「呈現」與「拒呈現」的幽微意義。我們期望這十二卷《香港文學大系一九一九—一九四九》能夠展示「香港文學」的繁富多姿。我們更盼望時間會證明，十二卷《大系》中的「香港文學」，並沒有遠離香港，而且繼續與這塊土地上生活的人對話。

三、餘話

最後，請讓我簡單交代《香港文學大系一九一九——九四九》編輯的經過。二〇〇九年我和同事陳智德開始聯絡同道，組織編輯委員會，成員包括：黃子平、黃仲鳴、樊善標、危令敦、陳智德以及本人。又邀請到陳平原、王德威、黃子平、李歐梵、許子東擔任計劃的顧問。在籌備階段，我們得到李律仁先生的襄助，私人捐助我們一筆啟動基金。李先生對香港文學的熱誠，對我們的信任，在此致上衷心的感謝。經過編委員討論編選範圍和方針以後，我們組織了《大系》各卷的主編團隊：陳智德（新詩卷、文學史料卷）、樊善標（散文卷一）、危令敦（散文卷二）、謝曉虹（小說卷一）、黃念欣（小說卷二）、盧偉力（戲劇卷）、程中山（舊體文學卷）、黃仲鳴（通俗文學卷）、霍玉英（兒童文學卷）、陳國球（評論卷一）、林曼叔（評論卷二）。編輯委員會通過整體計劃後，我們向香港藝術發展局申請資助，順利通過得到撥款。因為全書規模大，出版並不容易，我們有幸得到聯合出版集團總裁陳萬雄先生的幫忙；陳先生非常熱心香港文化事業，一直關注香港文學史的編撰；經過他的鼎力推介，《香港文學大系一九一九——九四九》由香港商務印書館出版。期間總經理葉佩珠女士與副總編輯毛永波先生全力支持，《大系》編務主持人洪子平先生專業支援，讓《大系》順利分批出版，編委會成員都非常感激。此外，我們還要向為《香港文學大系》題籤的鍾育淳先生敬致謝忱。《大系》編選工作艱巨，各卷主編自是勞苦功高；搜集整理資料的細務，有賴香港教育學院中國文學文化研究中心的成員：楊詠賢、賴宇曼、李卓賢、雷浩文、姚佳琪、許建業等承擔，其中賴宇曼更是後勤工作的總負責人，出力最多。我們相信，《香港文學大系》是一項有意義的文化工作，大家出過的每一分力，都值得記念。

二〇一四年六月三十日定稿

註釋

1 例如一九八四年五月十日在《星島晚報》副刊《大會堂》就有一篇絢靜寫的〈香港文學大系〉，文中說：「在鄰近的大陸，臺灣，甚至星洲，早則半世紀前，遲至近二年，先後都有它們的『文學大系』由民間編成問世。香港，如今無論從哪一個角度看，都不比他們當年落後，何以獨不見自己的『文學大系』出現？」十多年後，二〇〇一年九月廿九日，也斯在《信報》副刊發表〈且不忙寫香港文學史〉說：「在編寫香港文學史之前，在目前階段，不妨先重印絕版作品、編選集、編輯研究資料，編新文學大系，為將來認真編寫文學史作準備。」

2 日本最早用「大系」名稱的成套書大概是一八九六年十一月出版的《國史大系》。日本有稱為「三大文學全集」的《新釋漢文大系》（明治書院）、《日本古典文學大系》（岩波書店）、《現代日本文學大系》（筑摩書房），都以「大系」為名，可見他們的傳統。

3 據趙家璧的講法，這個構思得到施蟄存和鄭伯奇的支持，也得良友圖書公司的經理支持，於是以此定名《中國新文學大系》。見趙家璧〈話說《中國新文學大系》〉，原刊《新文學史料》，一九八四年第一期；收入趙家璧《編輯憶舊》（一九八四；北京：三聯書店，二〇〇八再版），頁一〇〇。

4 在此「文體類型」的概念是現代文論中“genre”一詞的廣義應用，指依循一定的結撰習套而形成書寫傳統的文本類型。作為一個文體類型的個別樣本，對外而言應該與同類型的其他樣本具有相同的特徵；對內而言則自成一個可以辨認的結構。中國文學傳統中也有「體」的觀念，其指向相當繁複，但也可以從這個寬廣的定義去理解。

5 〈話說《中國新文學大系》〉，以及〈魯迅怎樣編選《小說二集》〉等文，均收錄於趙家璧《編輯憶舊》。此外，趙家璧另有《編輯生涯憶魯迅》（北京：人民文學，一九八一）、《書比人長壽》（香港：三聯書店，一九八八）、《文壇故舊錄：編輯憶舊續集》（北京：三聯書店，一九九一）等著，亦有值得參看的記述。當然我們必須明白，這是多年後的補記；某些過程交代，難免摻有後見之明的解說。

6 Lydia H. Liu, “The Making of the ‘Compendium of Modern Chinese Literature,’” in Liu, *Translingual Practice: Literature, National Culture, and Translated Modernity-China, 1900-1937* (Stanford University Press, 1995), pp. 214-238; 徐鵬緒、李廣《〈中國新文學大系〉研究》（北京：社會科學文獻出版社，二〇〇七）。

7 據國民政府一九二八年頒佈的《著作版權法》，已出版的單行本受到保護，而編採單篇文章以合成一集則沒有限制；又一九三四年六月國民黨中央宣傳部成立圖書雜誌審查會，所制定的《修正圖書雜誌審查辦法》第二條規定：社團或著作人所出版之圖書雜誌，應於付印前將稿本送審。第九條規定：凡已經取得審查證或免審證之圖書雜誌稿件，在出版時應將審查證或免審證號數刊印於封底，以資識別。均見劉哲民編《近現代出版社新聞法規彙編》（北京：學林出版社，一九九二）頁一六〇、二三二。

8 據趙家璧追述，阿英認為「這樣的一套書，在當前的政治鬥爭中具有現實意義，也還有久遠的歷史價值和學術價值」。〈話說《中國新文學大系》〉，頁九八。

9 *Translingual Practice*, 235.

10 自歌德以來，以三分法——抒情詩（lyric）、史詩（epic）、戲劇（drama）——作為所有文學的分類才是「共識」。西方固然有"familiar essay"作為文類形式的討論，但並沒有把它安置於一種四分的格局之中。事實上西方的「散文」（prose）是與「詩體」（poetry）相對的書寫載體，在層次上與現代中國文學的四分觀念並不吻合。現代中國文學習用的四分法，在理論上很難周備無漏，需要隨時修補。參考陳國球〈「抒情」的傳統：一個文學觀念的流轉〉，《淡江中文學報》，第二十五期（二〇一一年十二月），頁一七三—一九八。

11 這些例子均見於《民國總書目》（北京：書目文獻出版社，一九九二）。

12 〈話說《中國新文學大系》〉，頁九七。

13 朱自清〈評郭紹虞《中國文學批評史》上卷〉，載《朱自清古典文學論集》（上海：上海古籍出版社，一九八一，頁五四一）。

14 觀夫郁達夫和周作人兩集散文的〈導言〉，可以見到當中所包含自覺與反省的意識，不能簡單地稱之為「自我殖民」。

15 蔡元培〈總序〉，《中國新文學大系》，頁一一。又趙家璧為《大系》撰寫的〈前言〉亦徵用「文藝復興」的比喻，說中國新文學運動「所結的果實，也許不及歐洲文藝復興時代般的豐盛美滿，可是這一羣先驅者們開闢荒蕪的精神，至今還可以當做我們年青人的模範，而他們所產生的一點珍貴的作品，更是新文化史上的瑰寶。」《中國新文學大系》，頁一。

16 參考羅志田〈中國文藝復興之夢：從清季的「古學復興」到民國的「新潮」〉，載羅志田《裂變中的傳承——二十世紀前期的中國文化與學術》（北京：中華書局，二〇〇三），頁五三—九〇；李長林〈歐洲文藝復興在中國的傳播〉，載鄭大華、鄒小站編《西方思想在近代中國》（北京：社會科學文獻出版社，二〇〇五），頁一—四八。

17 蔡元培有關「文藝復興」的論述，起碼有三篇文章值得注意：一、〈中國的文藝中興〉（一九二四）；二、〈吾國文化運動之過去與將來〉（一九三四）；三、《中國新文學大系・總序》（一九三五）。幾篇文章對「文藝復興」或者「文藝中興」的論述和判斷頗有些差異，第一篇演講所論的「文藝中興」始於晚清；但二、三兩篇則專以「新文學／新文化運動」為「復興」時代；又頗借助胡適的「國語的文學，文學的國語」的論述。然而胡適個人的「文藝復興」論亦不止一種：有時也指清代學術（如一九一九年出版的《中國哲學史大綱（卷上）》［北京：商務印書館，一九八七影印］），頁九—一〇）；有時具體指新文學／新文化運動（如一九二六年的演講："The Renaissance in China,"《胡適英文文存》，頁二〇—三七）。他曾認為Renaissance中譯應改作「再生時代」；後來又把這用語的涵義擴大，上推到唐以來中國歷史上幾次大規模的文化變革。有關胡適的「文藝復興」觀與他領導的「新文學運動」的關係，參考陳國球《文學史書寫形態與文化政治》（北京：北京大學出版社，二〇〇四），頁六七—一〇六。

18 姚琪〈最近的兩大工程〉，《文學》，五卷六期（一九三五年七月），頁二二八—二三二；畢樹棠〈書評：《中國新文學大系》〉，《宇宙風》，第八期（一九三六），頁四〇六—四〇九。都非常正面；又趙家璧〈話說《中國新文學大系》〉指出《大系》銷量非常好，見頁一二八—一二九。

19 茅盾回憶錄中提到他把《大系》稱作第一輯，「是寄希望於第二輯、第三輯的繼續出版」；轉引自趙家璧《書比人長壽——編輯憶舊集外集》（北京：中華書局，二〇〇八），頁一八九。

20 〈話說《中國新文學大系》〉，頁一三〇—一三六。

21 李輝英〈重印緣起〉，《中國新文學大系・續編》（香港：香港文學研究社，一九七二再版），頁二；〈再版小言〉，無頁碼。

22 常君實是內地資深編輯，一九五八年被中國新聞社招攬，擔任專為海外華僑子弟編寫文化教材和課外讀物的工作，主要在香港的上海書局和香港進修出版社出版。譚秀牧，曾任《明報》副刊編輯，《南洋文藝》主編，香港文學研究社編輯等。

23 參考譚秀牧〈我與《中國新文學大系・續編》〉，《譚秀牧散文小說選集》（香港：天地圖書公司，一九九〇），頁二六二—二七五。譚秀牧在二〇一一年十二月到二〇一二年五月的個人網誌中，再交代《續編》的出版過程，以及回應常君實對《續編》編務的責難。見 http://tamsaumokgblog.blogspot.hk/2012/02/blog_post.html（檢索日期：二〇一四年五月三十日）。

24 羅孚〈香港文學初見里程碑〉一文談到《中國新文學大系續編》說：「《續編》十集，五六百萬字，實在是一個浩大的工程，在那個時時要對知識分子批判，觸及肉體直到靈魂的日子，主編這樣一部完全可以能被認為是替封、資、修『樹碑立傳』的書，該有多大的難度，需要多大的膽識！真叫人不敢想像。誰也沒有想到，這樣一個偉大的工程竟然在默默中完成了，而香港擔負了重要的角色，這實在是香港在中國新文學運動史上一個重要的貢獻，應該受到表揚。不管這《續編》有多大缺點或不足，都應該得到肯定和表揚。」載絲韋（羅孚）《絲韋隨筆》（香港：天地圖書公司，一九九七），頁一〇一。又參考羅寧〈《中國文學大系續編》簡介〉，《開卷月刊》，二卷八期（一九八〇年三月），頁二九。此外，大約在香港文學研究社籌劃《大系續編》的時候，在香港中文大學任教的李輝英和李棪，也正在進行另一個《中國新文學大系》的續編計劃，由中大撥款支持；看來構思已相當成熟，可惜最後沒有完成。見李棪、李輝英〈《中國新文學大系・續編》的編選計劃〉，《純文學》，第十三期（一九六八年四月），頁一〇四—一一六。

25 《中國現代文學大系・小說第一輯》序，頁一九。

26 曉風的序「散文」從開篇就講選本的意義，視自己的工作為編輯選本，明顯與朱西甯的說法不同調，見《中國現代文學大系・散文第一輯》，頁一—四。

27 《中國現代文學大系》，頁一一。

28 《中華現代文學大系（貳）——臺灣一九八九—二〇〇三》，頁一三。

29 《中國新文學大系一九七六—二〇〇〇》，頁五。

30 《中華現代文學大系（貳）——臺灣一九八九—二〇〇三》，頁一四。

31 〈香港村和香港的由來〉，載葉靈鳳《香島滄桑錄》（香港：中華書局，二〇一一），頁四。現在我們知道「香港」之名初見於明朝萬曆年間郭棐所著的《粵大記》，但不是指現稱香港島的島嶼，而是今日的黃竹坑一帶。見郭棐撰，黃國聲、鄧貴忠點校《粵大記》（廣州：中山大學出版社，一九九八），〈廣東沿海圖〉，頁九一七。

32 又參考馬金科主編《早期香港研究資料選輯》（香港：三聯書店，一九九八），頁四三—四六。葉靈鳳又提醒我們，根據英國倫敦一八四四年出版的《納米昔斯號航程及作戰史》（*Narrative of the Voyages and Services of the Nemesis*），早在一八一六年「英國人的筆下便已經出現『香港』這個名稱了」。見葉靈鳳《香港的失落》（香港：中華書局，二〇一一），頁一七五。

33 香港特區政府網站：http://www.gov.hk/tc/about/abouthk/facts.htm（檢索日期：二〇一四年六月一日）。

34 參考屈志仁（J. C. Y. Watt）《李鄭屋漢墓》（香港：市政局，一九七〇）；香港歷史博物館編《李鄭屋漢墓》（香港：香港歷史博物館，二〇〇五）。

35 許地山《國粹與國學》（長沙：嶽麓書社，二〇一一）頁六九—七〇。

36 《新安縣志》中的《藝文志》載有明代新安文士歌詠杯渡山（屯門青山）、官富（官塘）之作。我們今天應如何理解這些作品，是值得用心思量的。請參考程中山《舊體文學卷》的〈導言〉。

37 例如不少內地劇作家的劇本要避過國民政府的審查，而選擇在香港出版，但演出還是在內地。

38 上世紀八〇年代以來，為「香港文學」下定義的文章不少，以下略舉數例：黃維樑〈香港文學研究〉（一九八三），收入黃維樑《香港文學初探》（香港：華漢文化事業公司，一九八八二版），頁一六—十八；鄭樹森《聯合文學・香港文學專號・前言》（一九九二），刪節後改題〈香港文學的界定〉，收入黃繼持、盧瑋鑾、鄭樹森《追跡香港文學》（香港：牛津大學出版社，一九九八），頁五三—五五；黃康顯〈香港文學的分期〉（一九九五），收入黃康顯《香港文學的發展與評價》（香港：秋海棠文化企業出版社，一九九六），頁八；劉以鬯主編《香港文學作家傳略》（香港：市政局公共圖書館，一九九六），〈前言〉，頁iii；許子東《香港短篇小說選一九九六——一九九七・序》，載許子東《香港短篇小說初探》（香港：天地圖書公司，二〇〇五），頁二〇—二二。

39 《香港文學作家傳略》，〈前言〉，頁iii。

40 在香港回歸以前，任何人士在香港合法居住七年後，可申請歸化成為英國屬土公民並成為香港永久居民；香港主權移交後，改由持有效旅行證件進入香港、連續七年或以上通常居於香港並以香港為永久居住地的條件，可成為永久性居民。參考香港特區政府網站：http://www.gov.hk/tc/residents/immigration/idcard/roa/verifyeligible.htm（檢索日期，二〇一四年六月一日）。

41 謝常青《香港新文學簡史》（廣州：暨南大學出版社，一九九〇）。

42 夏志清長期在臺灣發表中文著作，但他個人未嘗在臺灣長期居留。又《中華現代文學大系（貳）——臺灣一九八九—二〇〇三》由馬森主編的小說卷，也收入香港的西西、黃碧雲、董啟章等香港小說家。

43 參考陳國球《文學史書寫形態與文化政治》，頁六七—一〇六。

44 參考高嘉謙〈刻在石上的遺民史：《宋臺秋唱》與香港遺民地景〉，《臺大中文學報》，四十一期（二〇一三年六月），頁二七七—三一六。

45 羅孚曾評論鄭樹森等編《香港文學大事年表》（一九九六）不記載傳統文學的事件，鄭樹森的回應是：「雖然有人認為《年表》可以選收舊體詩詞，但是，恐怕這並不是整理一般廿世紀中國文學發展的慣例。」《年表》後來再版，題目的「文學」二字改換成「新文學」。分見《絲韋隨筆》，頁一〇〇；鄭樹森、黃繼持、盧瑋鑾編《香港新文學年表（一九五〇——一九六九）》（香港：天地圖書公司，二〇〇〇），頁五。

46 英國統治帶來的政制與社會建設，也是香港進入「現代性」境況的另一關鍵因素。

47 鄭樹森等在討論香港早期的新文學發展時，認為「詩歌的成就最高」，柳木下和鷗外鷗是「這時期的兩大詩人」。見鄭樹森、黃繼持、盧瑋鑾編《早期香港新文學作品選》（香港：天地圖書公司，一九九八），頁三—四二。

48 參考侯桂新《文壇生態的演變與現代文學的轉折——論中國作家的香港書寫》（北京：人民出版社，二〇一一）

凡例

一、《香港文學大系一九一九—一九四九》共十二卷，收錄一九一九年至一九四九年之香港文學作品，編纂方式沿用《中國新文學大系》以體裁分類，同時考慮香港文學不同類型文學之特色，分別為新詩卷、散文卷一、散文卷二、小說卷一、小說卷二、戲劇卷、評論卷一、評論卷二、舊體文學卷、通俗文學卷、兒童文學卷、文學史料卷。

二、作品排列是以作者或主題為單位，以作者為單位者，以入選作品發表日期先後為序，同一作者入選多於一篇者，以發表日期最早者為據。

三、入選作者均附作者簡介，每篇作品於篇末註明出處。如作品發表時所署筆名與作者通用之名不同，亦於篇末註出。

四、本書所收作品根據原始文獻資料，保留原文用字，避免不必要改動，部分文章礙於當時報刊審查制度，違禁字詞以X或口代替，亦予保留。

五、個別明顯誤校、字粒倒錯，或因書寫習慣而出現之簡體字，均由編者逕改；個別異體字如無法顯示則以通用字替代，不另作註。

六、原件字跡模糊，須由編者推測者，在文字或標點外加上方括號作表示，如「不以為〔然〕」；原件字跡太模糊，實無法辨認者，以圓括號代之，如「前赴（　）國」，每一組圓括號代表一個字。

七、本書經反覆校對，力求準確，部分文句用字異於今時者，是當時習慣寫法，或原件如此。

八、因篇幅所限或避免各卷內容重複，個別篇章以〔存目〕方式處理，只列題目而不收內文，各存目篇章之出處，將清楚列明。

九、《香港文學大系一九一九——一九四九》之編選原則詳見〈總序〉，各卷之編訂均經由編輯委員會審議，惟各卷主編對文獻之取捨仍具一定自主，詳見各卷〈導言〉。

導言

謝曉虹

你要拿那些在時間中沒有自己位置的事件怎麼辦呢？那些事件來得太遲，當它們抵達時，時間已經被分配出去、大卸八塊、分贓完畢。現在那些事件被人丟下，凌亂地散在某處，懸在空中，像是個無家可歸、無所適從的游民。

——布魯諾．舒茲《沙漏下的療養院》[1]

一．

這裏收入的華文小說，[2]選自一九一九到一九四一年之間。兩個時間刻度，便於故事的啟動與收結。前者暗示北京爆發的五四運動，在文化上激起的波紋，足以延綿彼時的香港，引發文學的新局面；後者召喚戰爭的記憶：一九四一年十二月二十五日的黑色聖誕，日軍壓境，當時的港督楊慕琦被迫簽下降書，文化氣候亦為之變天。然而，我們或也不妨視這些時間標記為複合時空體的兩個側影、返回歷史現場的兩個臨時入口。

我把這個選本理解為某種「歷史」的入口，並非視小說為時代的「記錄」。甚麼是寫作？羅蘭．巴特（Roland Barthes）說，語言（langue）是一道邊界，而寫作——言語（parole）活動是一種逾越，是一種可能性的期待和確定，是一種「行動」。[3]寫作並不被動地記錄，這種介於個人與社會之間的行動，不單波動着語言的界線，它同時是情感、想像與事件的交會處。寫作的痕跡因而重新賦予歷史一種動態——相對於延綿線性的歷史敘述，我想像一個時代的文學選本，呈現的是一種多孔的狀態：那些已經逝去的，互相競逐的聲音，仍然企圖在歷史那張反覆被塗得扁平的臉上，噴湧出來。

然而，四十年代以前的香港文學，是幾乎已經湮沒了的聲音。如果不是有心者的保存與勘探，[4]它們大概會在亞熱帶悶熱潮濕的氣候裏，隨發霉的舊報刊，被永久遺忘。事實上，面對倖存的報刊殘頁，消失與沉默的聲音，比遺留下來的更巨大。記憶是選擇性的，文學歷史的記憶因而也是一種集體念記／遺忘的過程。在我來說，這個選本的目標，即是與被遺忘的對抗；而我也是如此理解這裏指涉的「香港」文學。

在徵用「香港」此一意符來理解文學發展時，我們不得不同時意識到它的危險性。「香港文學」之成為一個研究的範疇，浮起於城市主權轉易之際，因而彌漫着被消失的陰霾。[5]這個與政治現實緊密相連的課題，誘使研究者追索一個足以抗衡中原論述的香港主體。然而，香港文學雖與這座城市的命運休戚相關，它作為一種邊緣的存在，它的被消失，人們對它的視而不見，未必不是這座城市的常態。二十年代的文學雜誌以「伴侶」命名，希望在摩托車與商店招牌之間覓得相濡以沫的同路人；[6]又有文人組織「島上社」，以文學出版來抵抗這座「無聲之島」，[7]都說明了文學生命與這個商埠的緊張關係。

能夠召喚身份認同的「香港」意識，畢竟只有相當短的歷史。若我們把目光投向一九一九年，「香港」此一意符不免頓時變得模糊失焦。歷史學家高馬可（John Carroll）認為，最早的香港身份認同，可以追溯到英國殖民時代早期的華人買辦，[8]然而，這種身份想像畢竟只限於在殖民地裏如魚得水的「高級華人」。一九五〇年以前，大陸與香港的關卡並未封鎖。羅永生懷疑，當時殖民統治下的香港和中國其他租界的處境其實相去不遠，根本談不上「本土意識」。[9]從一九二一到一九三九年，香港人口由六十多萬上升到二百萬。[10]在大幅變動的人口結構之中，生活於此間的所謂「香港人」，愈來愈佔多數的，其實是那些為了避難、尋找機會而來的新移民，甚或流民。

可以想見，二、三十年代活躍於香港的文人，土生土長的，同樣並不在多數。[11]最早在香港主編文學刊物的黃天石、張稚廬，便皆在二十年代南下，於香港延續他們從內地開始的文化與創作活動，並在四十年代中後期，才定居於香港。至於活躍於二十年代末三十年代初，在香港成長的謝晨光，大部分作品卻於上海發表。也就是說，即使在一九三七年盧溝橋事變，大陸作家大舉南下，香港文壇被某些內地的成名作者及有影響力的文藝團體主導以前，[12]所謂的「香港文學」，其實一直以不同的方式，與內地文學保持着密切的聯繫。

從另一方面來說，我們也不必想當然地認為，二、三十年代在香港創作或出版的作品，與今天我們所理解的「香港文學」有着直接的血緣關係。香港的地域文化，它的開放與流動性，它作為一個商埠的經濟結構，對這裏的文學創作有着持續的影響。然而，我們也不應忘記，在這個選本裏出現的作者，由於種種原因，他們的創作生命，不少只是曇花一現。那些沒有被保存下來的作品，後來的香港作者甚至至今無緣一睹，遑論薪傳？只是，沒有一段延綿的故事可說，無法確認「主體」，「香港」文學又從何說起？

歷史最先臨到我們的樣態，總已經是被敘述施予魔咒的幻相。《香港文學大系》的構想，源自《中國新文學大系》的傳統，然而不再以「新／舊」劃界，已經表明了一種截然不同的歷史角度。在此一語境下提出的「香港文學」，本就是一個質詢的概念，帶有強烈的文學史書寫的後設意識。問題的出發點，或許應回到文學史的體制本身。

香港文學雖然有着無法與內地文學割切的因緣，但它的存在，自始便在中國大陸的文學記憶裏缺席。只有在八十年代中期以後，以政治收編為前提，大陸視野的香港文學論述才得以誕生，並異常迅速地被寫進中國現代文學史裏。這些姿態惡劣、急就章的文學史書寫，不單暴露其粗野的政治意圖，在更深層次上說，呈現的是一種敘述能力的動脈硬化。正如陳順馨所指出的，在五十至七十年代，一些南來文人在香港編寫政治立場上不認同共產政權，或立意打破政治偏見的文學史，它們在體制和內容上，卻和內地的文學史相去不遠。也因為受制於某種「中心」和「主流」的意識，香港文學一直被他們判定為邊緣、不典型、薄弱，無法納入研究的視野。[13]事實上，正是後來收編「香港文學」的行動，突出了中國現代文學史論述的許多困境。陳國球的比喻直指核心——為要包容香港這一截短小不入體系的歷史，使得大陸原來說得流暢的現代文學故事，頓然口吃起來，其潛在的破壞力，直如「盲腸」。[14]

對香港文學的歷史想像使我們重新觸及一個不協和之音，因此倒似乎是一個反向質詢的契機，一道裂縫的起點。在回頭追溯香港文學時，我無法不把它理解為二十世紀「中國」文學史的一種「補充」——借用德里達（Jacques Derrida）關於「補充」（supplement）的觀點，「補充」並非可有可無的附加物，也並非居於次要的位置，它的存在正好顯明了本體在根本上的虛空與匱缺。[15]

本文開首使用「入口」的說法，借自黃子平對香港文學史的狂想：如果不把歷史理解為一種「黑格爾式的時空完美同一體」或「本雅明所說的勝利者的貢品」，以致那些無法被納入系統的，終於淪為歷史的渣滓；有沒有可能寫出一部非線性、無故事、不計較源起與高潮的文學史，而是充滿了不同入口、不同敘述線索的空間地圖？[16]作為其中一位最早在內地提出「二十世紀中國文學」概念，掀起重寫文學史思潮的學者來說，「不純」的香港文學傳統，似乎正是一片充滿可能性的處女地，足以顛覆大陸文學史想像的異托邦。

對「香港」早期小說的編選，是一次重新出發的旅行。沿飄零的作品、迴異的題材與風格，文學歷史某些被遺忘的入口、潛在的通道，或許會因此重新被發現？我們對「現代」文學一些既定的期待；審視題材、內容與美學的價值標準與想像框架或有了移位、重設的機會？

選在這集子裏的不少作家，其名字不見經傳，身份背景也無從考究；倒是於一九四〇年避難來港，在尖沙嘴樂道完成《呼蘭河傳》、《馬伯樂》及〈後花園〉，並病逝於此的蕭紅；或是自一九三五年起，把生命最後六年貢獻於香港教育，在這期間寫下〈鯉魚底鰓〉與《玉官》的許地山——這些在中國文學的星圖上早已佔有席位之作者及其作品——並不在入選之列。

十七世紀開始出現於英文的「anthology」，來自希臘語「anthologia」，本有採集鮮花之意。它的出現，意味着一種重視編者眼光，試圖對文學進行經典化的選集，開始取代看重讀者趣味的「miscellany」。本選集無意並無力建立典範。在一片巨大的沉默面前，編者的力量何其微小？最大的任務，大概只在於盡可能發掘那些形態各異的花卉、紋理參差的聲音，獻給有心的讀者追尋，或質詢的痕跡。

二

《香港文學大系》既有「舊體」與「通俗」兩卷，這裏收入的小說，大概常在這兩個範疇以外。然而，舊體新體、通俗嚴肅，界限殊不容易釐清。二十世紀初，活在亡國陰影下的新文學推動者，以新興的天演論來理解自身的文化處境。他們不單通過借鑑西方的語言及文學技法，與「舊體」詩文劃清界線，來確認自己的進步，也以強國之目的，來自限「新文學」的內容。在這種目光下，殖民地香港的文化不免處處顯得可疑。一九二七年，魯迅來港演說三天，所得印象，恍若時光倒流。在〈略談香港〉裏，魯迅先是抱怨香港社會的落後，居然對其七八年前的老生常談，如臨大敵；又引金文泰在香港大學的演說，來指證香港學界的思想，仍停留在光緒年間。[17]

魯迅一氣，說是對香港的印象淡薄，香港文學史卻記住了他的匆匆行程。若以新文學運動的時間觀來測量香港的文學發展，魯迅來港雖不算得受歡迎，卻終於把香港文學的時鐘撥快了一些。一九二八年創刊於香港的文學雜誌《伴侶》，也順理成章，可以被詮釋為新文學遲到的迴響，標誌着香港新文學的開端。[18]然而，故事當然有另外的說法。

早期英國殖民者提倡傳統中國文化，以便統治，香港這片被割切的流離之地，確實容納了不少「流連山海，弔古感懷」的晚清遺老。[19]然而，這裏也少不了革命份子、不同政治陣營的異見者、難民；更別說這個受英國保護的地區，自十九世紀末以來，一直是一個多元民族匯聚的國際城市。[20]香港的文藝風氣受新文學運動影響，反應遲緩，然而地方上的文藝創作自有其獨特的繁華面相。向國民傳播改造國家的憧憬，是中國近代小說革新之原動力。我們不難想像，二十世紀之交，香港作為重要的革命基地之一，小說創作曾經如何熱鬧。許翼心甚至認為，早於梁啟超《新中國未來記》發表以前，香港已出現了不少可視為新小說的創作。事實上，香港報業的發展，一直走在中國的最前端。[21]文藝創作之刊於報章，香港亦是開風氣之先。[22]

中國近現代小說的革新以啟蒙為務，並不以蔑視大眾的先鋒自居；香港作為重要的商埠，文藝創作與市場有着互相依存的關係，報刊文藝的趣味，更難以不向大眾傾斜。一九〇五年由鄭貫公創刊，曾一紙風行的革命派小報《有所謂報》，所附諧部，刊載以廣東方言寫成的粵謳、南音、白欖、木魚、班本等等民間說唱文學，同時也有詩詞、小說、散文，頗能說明一個時期裏，華南地區「副刊」的特色。諧部不乏市井趣味，然而包容性甚強。一九二四年創辦的《小說星期刊》，形式脫胎自諧部，在文言小說外，還收入笑話、粵謳，甚至談催眠之術，正是在這樣的刊物裏，香港出現了最早的新詩評論以及創作，同時也誕生了一些較具現代感的白話小說。二十年代末，

《華僑日報》聯營的《南中報‧晚刊》「說部」，以「俠情」、「哀情」、「歷史」、「砭世」、「軼事」、「冒險」、「社會」等等類分小說，其中不乏鴛鴦蝴蝶派作品，然而亦發表翻譯文學、新文學創作。[23]這些空間，與其說是「舊文學」的天下，不若說是語言混雜、時空錯亂，充滿活力的文藝競技場域。

黃天石，也即後來成為暢銷流行小說家的傑克，可視為這個混沌時空的代表人物之一。李育中與侶倫都曾提及黃天石二十年代後期，在香港報章上發表，較接近「新文藝」的作品，[24]可惜我始終未能親睹。如今可見的，是一九二一年，黃天石在上海出版的白話短篇小說集。[25]同年，他與黃崑崙主編《大光報》附屬的《雙聲》雜誌，兩手並用，既寫了好些徘徊於文言白話的小說，亦寫詩詞。文友替他打廣告，說他「宜今宜古／可莊可諧／無論文言白話／信手揮來」，大概並無過譽。及至在後來《伴侶》出版，黃天石也粉墨登場，但在這個以白話為主的文藝場域裏，他發表的卻是舊體詩詞。本卷收入黃天石於二十年代初發表於《雙聲》的小說兩篇，其中含混難以歸類處，或能讓我們重新追索那些早被新文學史所刻意遺忘和淘汰的思想痕跡。

〈一箇孩童的新年〉是黃天石在新年專號上應景寫成的短篇。小說發表時，正好是民國十一年，男主角十一歲，名為民，其中隱喻，呼之欲出。在這個國族寓言裏，小孩失去雙親，寄人籬下，受到不少欺凌。不過，小孩想望擺脫自身處境，所依憑的，倒不是自強反抗，而是女孩阿娟的綿綿情意。甚至於小說對未來世界的想望，也寄託於女兒心聲，希望以一片象徵嫁期的紅，取代不同國旗的色彩。相對於藉爭取戀愛自由的主人公離家出走、私奔等儀式化行動，把「愛情」

上升為對抗封建體制的符號，[26]〈新年〉視情為普遍的人性基礎，渴望超越狹隘的民族國家想像。這樣兒女情長的新世界想像，以及充滿了抒情細節的書寫風格，讀來迥異於五四的「愛情」公式，或更有晚明以來的尚情之風。

另一篇風格迥異的小說〈雙死〉，鋪排妻子層層揭破丈夫的假面，言情與懸疑兼而有之，頗能預示黃天石成為流行小說家的能力。除了情節上的趣味以外，小說把夫妻情人置於私密而又公共的火車車廂、一牆之隔的旅店房間，甚或大雨深山的荒野世界，身份為之錯置，情感亦隨空間變易，從欲語還休到原形畢露，可以看到黃氏處理人物情感之於不同空間的細緻之處。〈雙死〉以三角愛情人物的論辯，張揚男女平權，縷析公義之所在，其根源卻仍在於人性人情。小說裏的法律學者事事訴諸算計與辯論之術，讓溫婉的妻子最終陷入瘋狂，結局未免誇張，卻多少吐露了作者對於現代理性精神的懷疑。

內地新文學作家於三十年代中後期大量湧入香港，主導文化界，迫使早期香港的文藝青年，轉戰通俗市場，幾乎已是香港文學研究者的常識之一。黃天石改以傑克之名寫流行小說，便常被視為令人惋惜的例證。[27]只是，黃早年的小說，從根本上便與五四主流的意識形態分道揚鑣。而他那些於四十年代開始走紅，被盜印成風的通俗小說，或諷刺政治家陳義過高的虛偽姿態，或借男女關係的離合取捨，寄託對理想社會的盼望，事實上未必不與他早年的創作風格一脈相承。

中國新文學運動誕生於一股亡國的悲情，並且從一開始便具有強烈的戰鬥意味，文人結黨組社，讓意識形態指導文學創作，頹廢與遊戲，甚至溫婉柔情，皆被歸為舊世界的剩餘，必須除之而後快。香港新文學的追隨者，雖然傾慕內地的成名作者，對於「文學」的理解卻未必盡同。香港報刊依賴通俗文學保持銷量，作家中亦有不少靠賣文為生。岑卓雲（平可）最初在章刊連載長篇小說，對於遷就香港讀者大眾的口味，便似乎感到相當順理成章，心理上不見得有很大的拒抗。[28]

三十年代以後，內地「文學」之意義日漸收窄，「第三種人」亦再難有立足之地。文人避居香港，多抱含委屈，然而黃天石寫流行小說名利雙收之餘，尚能創辦出版社保障自身利益，尚能按自己心意成立書院、組織筆會，推廣新聞教育與文學，從二十世紀芸芸潦倒淒涼的文人下場中，實屬少見。事實上，黃天石在五十年代所寫的小說，掣肘與其說來自大眾口味，更多的或者是綠背的資金來源。[29]即使如此，在二十世紀中國各種黨派鬥爭與生存壓力之中，香港這個由英國人統治的商埠所能允諾作家的自由，仍難保不已經是最寬容的一種。

三

創刊於一九二八年的《伴侶》雜誌封面上，反覆勾畫着那麼一張女性的臉——媚眼、紅唇、描開了細細的柳葉眉。是這樣一個時尚的女性「伴侶」，標誌了香港文學另一種「現代」的轉向。

據侶倫回憶，在一九二七年前後，香港報紙已紛紛開闢以白話創作為主的新文藝副刊，[30]緊接着便出現了《伴侶》這本文藝雜誌。《伴侶》如果是新文學運動的產物，它繼承的卻不是劍拔弩張的革命姿態，而是對帝國主義物質文明又愛又恨的新鮮感覺。從封面到命名，《伴侶》都令人聯想到一九二六年創刊於上海的《良友畫報》。作為第一印象，這個雜誌的「現代」感，主要來自一種對都市文明生活的想像。雜誌以大量的圖文指導家居室內設計、女性服飾配搭，同時報導運動及藝術的消息，展現出一種中產階級的時尚品味。浮現在這種現代生活氛圍裏的文學想像，則往往是年青男女的浪漫愛情。在雜誌短短兩年的壽命裏，情書專號與初吻徵文比賽相繼出場，都可以看到雜誌的編者和它的作者群如何理解「現代」。

一九二九年，張吻冰在《伴侶》上發表的〈重逢〉流露出對潛意識世界的好奇。小說讓已婚男子走進舊情人的香閨，並緩緩展示他如何被那頭理性無法駕馭的情欲之獸所擊倒。事實上，早在〈重逢〉發表的兩年前，謝晨光已經以香港作者的身份，在上海《幻洲》發表〈劇場裏〉（後改名〈La Bohème〉）。[31]小說場景設定在香港皇后大道中的皇后戲院，男女主角觀看的則是最新的美國影片《波希米亞人》（La Bohème）。[32]不過，當所有人的目光聚焦於大銀幕上莉蓮．吉許（Lillian Gish）的表演時，小說卻把讀者引入男子的無意識世界——由電影女星以及身旁女伴所挑起的連串情欲幻想。

二、三十年代香港的新文學追隨者，不時把這座現代化城市給予他們的迷惑，與摩登女郎的誘惑性印象結合起來。侶倫寫於二十年代末的作品〈Piano Day〉以夜景展開，隨即在脂粉的香味和溫柔裏暗示一種潛伏的危機——作品中的女性就像夜裏的城市景觀，被切割成顏色和光影的局部，使小說的敘述者，以及他的朋友們感到神經難以負荷的刺激。

在〈Piano Day〉裏，侶倫還嘗試捕捉一種充滿頹廢感的文人生活情狀。知識青年在社會裏的邊緣位置是香港早期文學作品反覆出現的題材。龍實秀〈清晨的和諧〉描畫文藝青年在陽光下「很和諧的笑容」是反諷式的，其背後充滿了自卑與負疚的情緒；華胥〈找不到歸宿的夜〉以舒緩的筆觸寫出了一個與都市疏離的漫遊者形像。不過，對於二十年代末，香港那些剛開始寫作的年輕作者來說，他們筆下頹廢的文人形像，大概更多的是一種理想化的自我，一種自戀式的認同。《伴侶》停刊後，失去發表場地的文藝青年出版《鐵馬》，創刊號上一篇文章便特別提到貧窮、愛情失意，三十二歲時酗酒致死的英國「薄命詩人」歐內斯特．道生（Ernest Dowson）所給予作者的觸動。

在謝晨光那些具有自傳色彩的小說裏，自戀自溺的文藝青年形像亦具有浪蕩子（dandy）的特徵——追隨傅柯（Michel Foucault），彭小妍認為「雌雄同體」的浪蕩子是現代主義的精髓。[33]在彭小妍進行的跨文化浪蕩子研究中，三十年代的上海作家是其中典範。然而，若我們把謝晨光的小說納入視野，便能發現浪蕩子的美學譜系同樣延伸到香港。

謝晨光〈加藤洋食店〉裏病態的「他」是小說最重要的美學對象。讀者可以在這個少男臉上同時看到「雄俊的山脈」以及「細嫩的口唇」——「鮮紅的色彩已褪成淡灰色了，如凋殘了的玫瑰。」〈跳舞〉裏的少年美男子「我」對舞場上的暮年女子，由厭惡到邀請對方共舞，同樣源於一種自戀的心理——正是在審視女子小心保全的最後一點青春痕跡，「我」意識到在時尚勢利的目光裏，青春總是明日黃花，自己的命運終將和老去的女人並無兩樣。

在香港早期的小說作者中，謝晨光可說最着力於捕捉香港的都市特質。然而，都市香港或者不過是突顯浪蕩子現代形像必不可少的舞台背景。〈加藤洋食店〉最早亮相於上海《幻洲》，作品煞有介事地開始於一大段有關「H埠」與「V城」的描寫：

H埠是E國在數十年前用武力強搶來的一個小島，當時蕪荒的孤島，經了E國竭力的經營，此刻已成了東亞第一大商場了。H埠的正中，是V城，是商場最繁盛的地方，舉凡一切最偉大的建築物，珍珠寶石商店，博物院，影戲場，……都萃會在橫貫H埠的D道和Q道。[34]

從結構上來說，這段文字與小說的情節內容並無直接的關連，大概作者也意識到這一點，於是在後來結集出版時，把之刪去。[35]然而，當初這段序幕文字刊於上海，對一個來自香港的作者來說，恐怕卻有着宣言式的作用。就像篇名〈加藤洋食店〉所提示的，這些故事發生的空間極為重要，因為只有以舞廳、劇場、洋食店作為背景，謝晨光才能突顯出香港這個「東亞第一大商場」的異國情調與都市氣息，一個可以與上海媲美的現代舞台，容許他筆下的浪蕩子上場表演。在這個舞台上，摩登女郎理應放浪形骸。這正是為甚麼，在〈勝利的悲哀〉裏，謝晨光借男主角余曉霜，對H地女性過份的柔弱，「祇會聽命於男子」發出怨言，其潛台辭是：為甚麼這裏的女子不比上海的摩登女郎更懂得摩登的戀愛？更懂得玩弄男人？

二十年代末的香港作家不單追慕上海文化，並且早已意識到兩者的鏡像關係。或者正是臨水自照的一種浮華想像，這裏的文學最早浮現出它的「香港」意識。

四

「一七七公里的路程，祇需一七七分鐘的時間」（參考本卷插圖）——從這則三十年代的火車廣告看來，由香港到「省城」廣州，比現在得多花一個小時；當時兩地在文學上的互動，卻可能比現在親密得多。

成立於一九二七年，香港最早的新文學出版社「（粵港）受匡出版部」，便是在廣州市的昌興街先行掛牌成立，後來雖以香港為出版總部，發行地址仍在廣州，主要的出版物之一是廣州文學會叢書。而據歐陽山（羅西）回憶，廣州文學會的一些成員，因為到香港讀書或謀生，亦經常往返兩地。[36]這套叢書，其中像《仙宮》、《嬰屍》，不單情色想像大膽，而且風格頹廢，作者之一羅西因為這些出版，在廣州的文化圈子裏似乎頗受壓力；[37]它們能在香港出版，反過來頗能說明此地文化的開放之處。

文學雜誌《字紙簏》的變遷也頗能說明香港與廣州在文化上的重影關係。我們可以從《字紙簏》的中文以及其法文名字「Le Pêle-Mêle」（亂七八糟）大約把握到它的文學立場。這本雜誌與《伴侶》同期出現，以香港作為出版總部，作者群卻以廣州為主。他們用水與火的矛盾組合，拼成新字「氼」作為他們的標記。迥異於《伴侶》十足的中產情調，《字紙簏》刊物的封面設計以抽象藝術為主，創作奉行的是文學上的無政府主義。像達達主義者那樣，這群作者主要的修辭策略是站在高雅文學藝術的反面，對權威進行各種挑釁性的冒犯。[38]《字紙簏》風格特異，可惜所刊小說，正如他們在一九三二年更名「食睡社」所暗示的，實在是散漫未成形狀者居多。「氼」社同仁中，有些曾到香港學習英文，於一九二九年，又集體遷移到香港，並終於植根於此。

本卷收兩篇與廣州有密切關係的作品，頗能看到它們的前衛風格與實驗精神。其一是廣州文學會成員昶超的〈ZERO〉。據歐陽山回憶，昶超與香港有較多的聯繫，亦是受匡出版部與廣州文學會之間的橋樑。[39]〈ZERO〉全篇着眼於活潑的「圓圈」意象（「洋樓的窗子是圓的，車子的輪是圓的，站在街內執短棍的，左胸的白東西也是圓的」），以幾何線條來把握香港的城市經驗之餘，還滲入了自由聯想的跳躍筆法，來捕捉少年內心的浮想，並以科幻小說式的想像，來營造一種存在的虛幻感。

其二是刊於《字紙簏》上，釵觚的〈亂蔴〉。全篇彷彿一堆雜音，正如作者篇末的按語，似是一個機關隨意錄下的聲音，不具任何意義。然而細讀之下，由機關裏的人聽到雨聲潺潺、看到綠葉上一片初秋意境，漸引入鎗聲、桃色緋聞、財政困境、反日運動之亂蔴，寫來自有法度。雜音的寫法，突顯了詩意境界的消失，並在混亂中傳達出現代生活一種強烈的焦慮感。

五

一九三一年，九一八事變以後，東北淪陷，隨着日軍加緊對中國的侵略，以及愈多左翼文人的南來，不少徵兆讓我們注意到三十年代初香港文學一種政治與社會的轉向。[40]這種轉向一方面體現為更強烈的民族主義情懷：一九三五年，署名華的小說〈青年高步律之日曜〉模仿洋派青年的日記，以反諷的筆觸寫高步律（Cold Blood）的頹廢生活，視之為消磨國民意志的毒藥，很可以說明當時文學風氣的變化；它同時也體現為一種左翼思想的文藝風，像雁了〈快要咆哮的手車輪〉以車夫王福一天的遭遇，描畫社會的解剖圖，延續了茅盾小說在人物及結構上的「科學精神」，來暗示勞動者層層受壓的位置，以及反抗的出路。

然而，在這些明顯的意識形態轉向以外，本卷更關注的是，在這個早被視為國際化城市的香港，匯聚了如此多背景迥異的陌生者，三十年代的小說以關懷他者作為起點，同時也開拓出題材和風格更廣闊的光譜。

這裏收入遊子的〈細雨〉。小說寫絕望的娼妓生涯，語言卻像文章的標題一樣輕淡。女學生碧雲被母親誘騙成娼，帶着性病仍得和客人翻雲覆雨。只是，漸漸培養出「食好住好」欲望來的碧雲，對自身的生活，在疲乏與恐懼中其實也帶着依戀，壓迫者與被壓迫者的位置根本難以說得清楚——小說啟首甚至以她的角度審視熟睡如死豬的恩客，可憐他還未知道自己的身體如何被性（病）反向佔有。丁辛的〈小黑馬〉刻意迴避簡化人物的社會標記。小說以人物內部的極端飢餓，並由餓而生的恨意來定義來歷不明的小黑馬，重新賦予這個社會底層的小人物以力量。

活躍於三十年代的殘廢作家魯衡筆下，同樣時時透現出絕望的力。[41]他那些帶有自傳色彩的小說（像〈殘廢者〉、〈報復〉），其中神經纖弱而敏感的主人翁，可以由郁達夫一直追溯到俄國貴族傳統的零餘者形像，然而他們卻缺少了文化上的自矜——〈報復〉中的男主角所能自矜的恰恰是他的絕境，因而再無恐懼。〈求生〉以富家女孩作為敘述者，講述一場孩童買賣，其中反諷的語調，令人聯想到吳組緗〈官官的補品〉。然而〈求生〉其實不那麼在意於對有閑階級的反諷，倒是試圖通過他者的目光，來確認下層女人那種強烈的「痛苦和意志」。像〈媒〉這樣的作品，其飛揚的力可說體現於其中的烏托邦衝動。小說由一場難以收拾的三角戀開始，竟以一種近乎超現實的共產主義式想像，讓重遇舊情人的多情妻子，得以把自己多餘的丈夫，重新分配給喪夫的女傭。

同樣寫底層人物的生活，卻不必然出諸悲憫或批判。鐵鳴的〈偷大豆〉便是一首描寫田野小偷的輕快抒情曲。農人的窮苦生活完全不是小說的焦點——隨着那幾個以白吃和偷竊過活的閑散者，讀者的目光很快被轉移到農人結實好看的胸膊，以及田野上綠色的波浪。騰仁〈飄泊的片斷〉以散文化的筆觸所勾勒的，是另一種久被我們遺忘的「香港」生活。在那個遠離了社會監控的島嶼與海洋世界，既潛伏了「火船客」（海盜）、「土佬」的勢力，也容納了疍家艇戶、以女性為主要勞動力的另一種生活形態，甚或像主角炳東這樣的飄泊者。

香港自十九世紀開始，已經有不少外籍人口，卻不一定是此地的特權階級。例如伴隨英國殖民者來到香港的，便有為數不少的印度士兵；而直至一九二七年，香港警察仍以印度外勞為主。

不同於殖民者，他們雖有較優於華人的待遇，但服務年期有限，既無法躋身上層的管治階級，卻又難以融入華人社群。[42]李育中〈異邦人〉投入外藉警察的視角，試圖探索異鄉人的客居心態，頗為難得。李氏另一篇小說〈司機生〉，則以已婚女接線生的視點，寫生之切面。小說關心她在家庭、工作中的恆常樂趣與焦慮；在麻雀耍樂、關顧兒子，以及應付惡作劇式調情電話的日常裏，浮海的丈夫退成女子生命中一抹淡淡的影子。李育中以翻譯家及詩人的身份為人所知，寫過的小說不多。然而，就我所能僅見，兩篇寫於三十年代的作品，題材與角度的選取，皆顯出作者對香港這個多元社會的敏鋭觸覺。

六

一些二、三十年代，因緣際會，在香港留下創作痕跡的作家，風格異色，不一定與香港文化有直接的關係。比如說，都市感、青春浪漫的氣息，這些形容詞與張稚廬皆沾不上邊；張氏的小說寫來沉鬱內斂，頗具古韻，恐怕也難以滿足華南市民對奇情曲折故事的偏好。作為《伴侶》的主編，張稚廬與刊物的主要作者群（及後成立「島上社」的侶倫、張吻冰、岑卓雲等），看來沒有密切的往來，刊物停辦後，他便離港。一九四五年，張氏定居香港，卻似乎再無小說創作，只在報刊寫文史典故維生；住在中環一個沒有窗的板間房，為的是能便捷地遞送稿件。[43]

張氏的文學口味或許能從他傾慕的沈從文與廢名窺得一二，然而他所擅寫的情欲題材，視野獨特，卻令人難以聯想到類同者。這裏收入的短篇〈晚餐之前〉是二十世紀初中國文學裏鮮見的恐怖愛欲故事。作品開始於窮酸文人典賣妻子首飾的俗套情節，然而讀者很快會發現，作品關心的並非文人的淒涼處境。接着上演的是一齣家庭鬧劇：妻子讓家貓抓破丈夫的一套《世界史綱》洩憤，丈夫則把妻子的貓兒砸得頭顱破碎作為報復。不過，血跡斑斑的貓屍被當成垃圾丟棄的情節，並非故事最可怖的一幕。悲傷的妻子在晚餐之前便和丈夫重拾舊好，肉體的歡愉使貓兒和《世界史綱》都被拋於腦後。故事平靜和諧地收結——「他們初入了薔薇色之夢，在這個快適而又聖潔的晚餐之前。」

中篇〈床頭幽事〉受澳門所見的迎送生涯所啟發，後來完稿於香港。作品以鏡像的結構，道出了兩段偷情的故事。當中兩個已婚女子倫子與姚璧，多少因為迫於生計，而陷入婚外的情欲糾纏。表面上，倫子的失身，緣於舊情人易生金錢上的誘迫，但小說的複雜性在於，生計不過是欲望陷阱之一端。久處在婚姻之中的倫子，夫妻性生活愈趨苦悶，在舊情人的懷抱中，卻隱隱獲得了「神乎其神的歡快」，後來倫子回家，起初羞慚，繼而向丈夫演示與自己失身的細節，竟也成為另一種樂趣。

在二、三十年代的華文寫作之中，張氏對情欲世界獨特的洞察力，在於他既未把「性」浪漫化為一種解放的力量，但也並未以道德傳統來審視它的正當性。在他幽微婉轉的筆下，危險與快感乃情欲世界的一體兩面。小說以姚璧「離家出走」作結，讀來就像五四「新女性」的變奏，只是女子必須擺脫的並非封建家庭，而是禁室之中，金錢與情欲的雙重誘惑。

杜格靈於三十年代活躍於香港文壇。平可回憶，杜格靈在來到香港以前，曾在廣州大力推廣新文藝。[44]根據資料，他也很可能曾在廣州出版小說結集，如何來港後卻甚少着述留下，藏書家許定銘也甚感疑惑。[45]從一九三〇年出版的散文集《秋之草紙》看來，杜格靈對中外文學涉獵甚廣，其中最突出的信念，以他簡明的語言來說，即拒絕「文藝只是時代與人生的記錄」[46]；在〈文藝的霸術〉裏，他直接把文學描述為「魔鬼」與「苦人間的救主」，是「超越的、夢境的、誑妄之唯美的」。[47]此卷選入杜格靈於香港發表的兩篇小說，是我所僅見，卻都帶有相當的神秘色彩，瘋狂熾熱，如兩枚小炸彈。

〈鄉間韵事〉設定「鄉間」為故事發生的場景，卻並沒有追隨五四文學的慣性想像，指向文化落後的舊世界。小說真正感興趣的，是理性所未能統攝的領域。故事由夫婦的日常對話開始，然而終被丈夫的盛怒燃成熊熊大火，並以他暴烈地懲處疑有外遇的妻子告終，一切猝不及防，確就像一場突如其來的夢。〈火奴魯魯的藍天使〉把小說場景推到更遙遠的異域，並以孤自一人的旅行，把主角拋入遠離日常的體驗。火奴魯魯的巧格立色肌膚女子與水族店裏的藍天使魚重疊起來，彷彿既冷冽又熾熱的幻像，使「我」無所適從。然而，危險甚至於死亡的誘惑，在杜格靈筆下，倒才是生命力的所在，遠勝於沉悶的日常，令人迷失忘返。

七

語言文字滿布着古老的男性與國族權力的印記。即使在提倡女權的革命年代，那些以私密的陰性的語言，從紙背漸漸掙扎出閃亮名字的女作家，本身總已經是一種傳奇。

好些傳奇的女作家都到香港來過。一九三九年，第二次世界大戰爆發，張愛玲與倫敦大學錯身，退而其次，來到香港大學。在淪陷時期，她便在香港的街道上找過霜淇淋和嘴唇膏；戰後又在「大學堂臨時醫院」當過女看護，觀察傷者如何溫柔注視他們新生的肉。[48]半生流離的蕭紅卻沒有那麼幸運，一九四〇年來到香港後，她便再也沒法回到國內。病中多番被日軍驅離醫院的她，終病逝於聖士提反女校的臨時救護站；如今，還有當年被端木蕻良親手埋下的部分骨灰，羈留在聖士提反女子中學的後坡。

至於二、三十年代活躍於香港的女性作家？我們似乎難以想起半個名字。在早期香港文壇，以「女士」之名發表創作，其實並不罕見。[49]只是，就如今可見的資料看來，可考的名字卻幾乎是一片空白。二十世紀初，男性作者冒「女士」之名發表作品，乃尋常之事。本卷所收署名「某某女士」的作品，作者真身無法考證，性別亦只能存疑。

李育中曾提及侶倫之姐哀倫（原文為「倫」，疑為「淪」）是早期香港文學的投稿者之一。[50]哀淪很可能出版過短篇小說集《婉梨死後》，[51]可惜未嘗得見。這裏收入的，乃哀淪發表於《島上》的小說〈心痕〉。二十世紀初，以書信、日記體直抒情感，乃一時潮流。這種體式向內探索，綿綿傾吐之餘，每觸及個體「我」與社會的緊張關係。〈心痕〉以日記體披露綠眉女士徘徊於三個男性之間的內心掙扎；在戀愛的權力遊戲之中，男/女的角色扮演亦一再被重新定位。

二十世紀初的香港曾是妓女、妹仔、妾侍、童養媳等等的大賣場與「豬花」的轉口港，[52]很難想像女性對自身命運的選擇，能有多少的自由。而試圖擺脫傳統角色，追求情欲自主的女性，在男性視點的小說創作裏，卻總是被再現為城市罪惡與誘惑的化身。《南華日報》三十年代一則「虎標頭痛粉」的廣告把「新式女子」描述為「出入於跳舞之廳，闊步於交際之場，出言聲大，笑則哄堂，眼眸靈活，柳腰擺動，衣服裏緊身體，屁股顯出曲線，視丈夫如奴隸，動輒提出離婚，淫靡奢侈，不可究詰」（參考本卷插圖），亦頗能看到香港大眾對新女性的想像。這個時期，一些嘗試從女性角度切入，以主體的位置表述女性之欲求，或重塑「女性」定義的作品，無論出自男女手筆，皆值得格外珍視。

岑卓雲寫於二十年代末的〈夜〉，聚焦於已婚婦人在夜裏等待與情人幽會的內心波瀾，字裏行間觸及媳婦、情人的角色責任及欲求，亦嘗試以女性的角度想像、形塑理想的男性伴侶，就題材的選擇來說，在當時「島上社」男性作家群中並不常見。勉己的〈失眠〉勾勒了某種「新式女子」的剪影。影霞小姐拋開作為妻子的社會角色，沉醉於情欲享樂，難得作品並未以道德代言人的角度，對人物進行審判。

女性氣質的私密視點，每能突破時代的宏大論述，照見被忽視的生命微塵。芸女士〈無名氏的女嬰〉寫貧賤妻子生育所面臨之困境，其批判視點，固然突出美國來的西醫帥偽善可笑的形像；其動人處，卻在於從產婦同情共感的角度，寫出女性切身之痛苦經歷。「青春」是中國新文學革命最重要的修辭之一，並總是被提升至象徵的層次，成為對抗傳統、振興中華的符咒。盈女士的〈春三與秋九〉卻以女性最古老、被觀看的他者位置，來詮譯「青春」。正是在這種被看的目光裏，我們意識到所謂「青春」並不平等，女人總是更迅速的老去。中產家庭的幸福妻子由是有了更深的頓悟：解救生命、賦予自由的並非愛情，尤其並非依賴男性目光的短暫愛情。

八

活在二十世紀初的中國，大概很難過上平靜安穩的日子。長期戰爭對於內地文學的影響，如錢理群所說，促進了一種對誇張而樂觀的鬥爭情節以及英雄人物的渴望。讀者期待「一個體現時代本質，能夠主宰矛盾的發展，掌握人物命運，決定情節方向的人物」。這也是為甚麼忽視「人生飛揚的一面」，着眼於「安穩」與「和諧」的張愛玲，顯得與時代聲音格格不入。[53]對照起來，在一九四一年淪陷以前，香港仍算得上安定的樂土。從辛亥革命到三十年代初，香港的定居社群亦似乎漸漸形成。[54]我們確實可以看到，不少三十年代的香港作品裏，浮現出對瑣碎「日常」的關注與感悟。

這裏收入兩篇以夫妻生活為題材的小說：湘文的短篇〈消耗〉以破碗的意象、反諷的視角，側面寫一對生活無憂的夫婦恆常的家庭鬧劇，彷彿生命只是奢侈而無聊的消耗。侶倫的〈絨線衫〉

細寫平凡夫婦因毛球小事而起的相互猜忌，其中緩慢鋪展丈夫微妙的心理變化，幸福的幻象浮沉起跌，令人驚覺平凡世界也可以是一念之地獄。

二十年代末，只有十五、六歲的侶倫開始發表作品，直到八十年代逝世以前，仍持續寫作，是早期香港文學史上最持久的寫作者之一。李育中形容他「從不介入政治」，[55]或正因此，侶倫的文章得以遍布不同陣營的報刊。在侶倫早期的作品中，浪漫而富於異國情調的男女戀情是常見的題材，〈絨線衫〉讀來或不算典型。然而，侶倫雖習慣被視為嚴肅作家，其小說的情節鋪排，卻不免常有流行文學奇情俗套的傾向，倒是一貫細緻的筆法，在他最好的作品裏，透露出一種平淡的真實感，並不易得。侶倫於三十年代，把二十年代末的作品〈Piano Day〉改寫為〈超吻甘〉。其中的敘述者，由頹廢青年，變成受妻子監視的住家男人，也多少暗示了作家心態上的變化。[56]

平凡人的日常，當然無法完全逃離近在咫尺的戰事，以及苦難。這裏另外收入侶倫作品中，題材較少見的〈安安〉與〈夜之梢〉，或能補充我們對作家及時代的理解。〈安安〉以孩童夢幻之視點，追憶空襲警報期間之恐怖。安安與母親從內地逃到香港，但安眠的片刻仍不易得。倖存者的記憶裏滿布失去親人後無法填滿的空洞；獨力持家的母親，溫柔失落，籠罩在日常生活裏，是吹之不散的戰爭陰影。侶倫在戰後把〈安安〉後改寫成〈輝輝〉——戰爭朦朧的恐怖被角色化的大兵所取代；戰事中血腥的場景也被刪去。[57]改寫後的小說大概更符合讀者對戰爭故事的期待，戲劇化的角色扮演，也更能給予創傷者希望與安慰，只是也不免失去了原來作品對戰爭獨特的洞察力。

〈夜之梢〉所寫，可能是作家被搜查與拘禁的親身經歷，然而卡夫卡式的荒誕處境、詭異的意象，讀來竟比虛構的小說，更接近異域。在隱晦的文字間，曲折流露了文人在高壓統治下，充滿壓抑的筆墨生涯。侶倫多產，翻看三、四十年代的報刊，卻發現其作品有更改篇名、筆名重複發表的情況，不免想到，可是迫於為五斗米計之窘境？[58]

一九三七年，隨着內地重要城市紛紛淪陷，文化名人大舉南遷，香港可說成了一個全國性的臨時文化中心。[59]二、三十年代，內地作家南下香港與南洋等地進行黨派宣傳的現象不斷，只是不曾有如此規模與組織，學界愈來愈關注到它對中國現當代文學的「轉折意義」。[60]以許子東簡明的話來說：「一九四九年以後『中國當代文學』的種種意識形態策略和技巧，發軔於延安，實驗於香港，後來才推廣於全國——這種文學生產體制，幾經演變，至今仍然存在」。[61]也就是說，這段發生於香港的歷史，實際是內地主流文學現象的一種表現，也是其發展的一個重要組成部分。

早有學者注意到，這段時期香港作家被南來文人邊緣化的現象，陳順馨則從兩地文學發展的長遠趨勢，看到香港文化與這股南來潮流之根本矛盾：

> 香港在中國現當代文學史格局中的「缺席」或「邊緣化」的原因，其一九四九年後在政治制度和意識形態上與中國大陸分道揚鑣只是原因之一，更重要的原因是左翼文人在四〇年代香港所倡議的文藝主張沒有在香港紮根，也與香港文學的性質在五〇年代以後變得越來越多元而無法認同一種規範有關。[62]

這當然不是說，香港文學沒有受到這次南來浪潮的影響，早期活躍於香港文壇的劉火子和李育中在三十年代後期漸漸把文化生活的重心，轉移到內地，即可視為一種迴響。然而，作家文人對於不同生活空間的選擇，也正好暗示了地域文化的差異。

這段南來文人的歷史，對內地與香港的文學發展，皆有着重要的意義。然而，正如本文啟首所說，內地強勢的新文學潮流，一直佔據文學史記憶的中心舞台，此時期內地名家於香港發表的作品，不在本卷選收的範圍之內。

隨着局勢的緊張，三十年代末的香港報刊成了不同黨派進行宣傳的陣地，浮面的有抗日與和平的對峙，暗裏也充滿左右派的角力。雖然發表場地大增，不少原來刊載小說的空間，卻讓位給能更直接回應時局的雜文與政論。另外，無論立場，不少作品以宣傳為目的，不免有刻板的意識形態印記。這裏收入路汀的小說〈歸來了〉，以日記體講述放棄抗戰，避居香港者的心路歷程。路汀是一九四〇年汪派報章《南華日報》「一週文藝」（後改為「半週文藝」）的主要作者之一。他以多篇小說鼓吹「和平救國」，形式力圖多變，可惜內容不外突出政府機關的貪污腐敗、對軍人的剝削，或描寫參戰的悲慘下場。理念單一，人物善惡形像難免簡陋對比，這些作品誇張惹笑處頗類漫畫，但更多的時候，令人慘不忍讀。這裏僅收一短篇，作為參考。

關於戰爭，這裏另外收入了劉火子的兩篇：〈鄧專員的悲劇〉與〈兩個半俘虜〉。劉火子三十年代發表於香港的小說，[63]我只讀到〈唐北辰的瘋症〉一篇的殘章。故事大約講述生活困窘的學校教員如何以小說創作，覓尋經濟與心理上的出路。這裏存目以供讀者參考。劉火子曾任戰地記者，本卷所選兩篇大概介於散文與報告文學之間，並不算嚴格意義上的小說。弔詭的是，紀實的筆法，不求小説情節上的圓滿，反而保留了現實的曖昧矛盾，比此時許多刻意以戰爭為題材的小説，更具「文學性」。

〈鄧專員的悲劇〉記專員糊塗死去的事蹟，幸好並未把它美化成戰爭英雄的一場壯烈犧牲。正是養尊處優，悉心保護「Sunkist」和「太古」方糖的細節，令鄧專員的死充滿了人性化的悲劇感。〈兩個半俘虜〉寫捉拿日軍的任務，全篇以「牠」稱敵，談論生死間，語調輕鬆，彷彿已抹去戰爭中人性化的情感。不過，原文偏偏不乏「牠」、「他」錯用之處。日人能夠操標準廣東話，落入陷阱之時還會説句：「丟那媽！」不知廣東將領聽見作何感想？文章結尾劉火子還是禁不住抒情，心痛的卻只能是被日人虐待無辜慘死的母豬。

九

歷史的端倪總是通過後見之明被發現的。入口之處可以成為出口；太平洋戰爭既是被炸斷的故事尾巴，卻也潛伏了故事的開端。如此，舒巷城和易文這兩個成名於五十年代香港的文人，便無法不成為上場的主角。收在本卷中，舒巷城的兩篇試筆之作，以及易文從上海投到香港的作品，也就成了指向未來，蛇舌分岔的暗示。

一九四一年，日軍向香港開火前不久，舒巷城的父親過世，遺下妻兒以及筲箕灣一家小小的「汽水店」。當時二十歲的舒巷城已經開始創作，以王烙的筆名在報刊上投稿，和較年長的友人出版過詩集《三人集》，並在此時因為日軍抵境而迫於自行燒毀。本卷收入發表於一九三九年的兩篇〈朱先生〉及〈歌聲〉，正如舒巷城自言，頗受到一些南來文人的影響。這兩篇作品鼓吹抗日，大概在舒巷城燒毀的文稿之列。不久以後，舒巷城不欲久處皇軍統治的淪陷區，隻身到內地工作，飄泊流轉，一九四八年才重返香港。年近三十的流浪者帶着雙重的視域，繼續把這座城市低下層的生活寫進他的小說，然而記憶錯置，對於香港，陌生熟悉之感，或如〈鯉魚門的霧〉裏梁大貴之於鯉魚門：「我是剛來的……」。[64]

沿易文，我們可以追蹤到另外一個完全不同的故事軌跡。一九四〇年，二十一歲，出身世家的易文（當時仍以本名楊彥岐發表作品），剛從上海聖約翰大學畢業，然而在好友穆時英、劉吶鷗相繼被暗殺後，不得不避難乘船到香港。因為早前於香港《大風》的投稿，易文受主篇陸丹林賞識，來港時得到特別的照顧。[65]就像張愛玲，那時以上海人自居的易文，多少認為香港不過上海的劣質翻版。到港半年，他寫的文章裏充滿了對香港文化的揶揄。不過，香港緊貼世界電影的脈搏，易文倒認為是上海所比不上的。[66]一九四〇年他來港以前，發表於《大風》的一篇小說〈午夜十二時〉，以蒙太奇的手法，向香港的讀者剪影上海不同階層的都市生活。當時易文大概還沒有意識到，自己將於一九四九年定居香港，以易文之名，續寫都市小說，並成為五、六十年代香港最重要的導演之一。在他的電影中，總是有那麼一個載歌載舞的女子，青春燦爛，自由獨立，彷彿新生活就在眼前。

* * *

本卷所選小說來源，主要為《香港文學大系》工作組所建資料庫、本地大學所藏部分香港報刊、單行本及數種期刊數據庫。目前所見香港早期報刊版本，缺漏甚多，字跡模糊至不可讀者亦不少；另外，尚有許多本地、外地所藏的舊書刊未及蒐集，皆本卷局限。二、三十年代刊行的作品，不少字體與標點用法與今日不同，印刷上的錯漏也較多。《大系》以盡量保留原文風貌為原則，進行了若干校訂統一，亦請讀者留意。《小說卷一》囿於我個人視野與學識，錯漏處，望專家讀者指正，也盼望日後能有更多被遺忘的作者、作品能被重新發現。

感謝《香港文學大系》編委的信任，邀請我參與這次計劃，並予以編選上極大的自由度；導言初稿，獲多位指正，並給予寶貴意見，亦在此致謝。編委當中，好幾位是本人大學及研究院時期的老師，開闊了我對（香港）文學的眼界，令我受益至今，也希望在此表示謝意。在我加入《大系》編選工作時，工作小組已整理、掃描多份重要報刊及單行本材料，大大減少了編選的困難；李卓賢慷慨借出珍藏書籍；編選時許多繁瑣問題，常得賴宇曼協助解決；選編作品，得何杏園協助初校，葉寶儀多次到香港大學圖書館幫忙打字，皆在此衷心致謝。最後，我得感謝前人留下繁花似錦的小說，它們帶給我許多美好的時光。

註釋

1 布魯諾．舒茲著，林蔚昀譯〈天才的時代〉，《沙漏下的療養院》（臺灣：聯合文學，二〇一四），頁二十七。

2 指明「華文」小說，因為不忘尚有其他在香港以不同語言書寫的作品。《香港文學大系》關注的，僅限於華文創作。

3 Roland Barthes, Annette Lavers and Colin Smith trans. "What is Writing?" *Writing Degree Zero* (New York: Hill and Wang, 1968), 9.

4 盧瑋鑾從七十年代開始保存、整理及研究香港文學的資料。以這些資料為基礎，黃繼持、盧瑋鑾、鄭樹森於一九九八年出版《早期香港新文學作品選》及《早期香港新文學資料選》，乃目前二十至四十年代香港文學最重要的研究資料之一。

5 關於最早有意識的「香港文學」研究，不少學者會提及一九七二年《中國學生周報》所發起的討論，以及一九七五年香港大學文社舉辦的「香港四十年文學史」學習班（後編印成《香港四十年文學史學習班資料彙編》）。然而，大規模的研究與書寫，則須於中英簽署聯合聲明，確定香港前途的八十年代才開始。可參考羅貴祥〈「後設」香港文學史〉，羅貴祥編《觀景窗》（香港：青文書屋，一九九八），頁一五九至一六一；盧瑋鑾〈香港文學研究的幾個問題〉，黃繼持，盧瑋鑾，鄭樹森《追跡香港文學》（香港：牛津大學出版社，一九九八），頁五十七至七十五；陳滅〈文化、政治和「國家需要」——香港文學研討會的非文學牽連〉，《Magpaper》第二十八期（一九九八年五月）。

6 同人〈賜見〉，《伴侶》第一期（一九二八年八月十五日）。

7 編者〈Adieu——並說幾句關於本刊的話〉，《鐵馬》第一期（一九二九年九月十五日）。

8 John Carroll, *Edge of Empires: Chinese Elites and British Colonials in Hong Kong* (Cambridge, Mass.: Harvard University Press, 2005).

9 羅永生〈香港本土意識的前世今生〉，《思想》第二十六期《香港：本土與左右》（臺北：聯經，二〇一四年十月），頁一一三至一五一。

10 Norman Miners, "The History of Hong Kong, 1911 to 1941," *Hong Kong under Imperial Rule, 1912-1941* (Hong Kong, Oxford, New York: Oxford University Press, 1987), 4-27.

11 侶倫〈島上的一群〉，《向水屋筆語》（香港：三聯，一九八五），頁三十二；葉輝〈三十年代港滬現代詩的疾病隱喻〉，《書寫浮城：香港文學評論集》（香港：青文書屋，二〇〇一），頁三〇八。

12 盧瑋鑾《香港文縱：內地作家南來及其文化活動》（香港：華漢，一九八七）。

13 陳順馨〈香港與四〇至五〇年代中國的文化轉折〉，梁秉鈞，陳智德，鄭政恆編《香港文學的傳承與轉化》（香港：匯智出版有限公司，二〇一一），頁五十七至七十八。原題〈香港與四〇－五〇年代的文化轉折〉，刊於陳平原編《現代中國》第六輯（北京：北京大學出版社，二〇〇五年十月），頁一七六至一九六。

14 陳國球〈收編香港——中國文學史裏的香港文學〉，《感傷的旅程：在香港讀文學》（臺北：臺灣學生書局，二〇〇三），頁二〇七至二四一。

15 Jacques Derrida, trans. Gayatri Chakravorty Spivak, *Of Grammatology* (Baltimore: Johns Hopkins University Press, 1976), 145.

16 黃子平〈香港文學史：從何說起〉，《害怕寫作》（香港：天地圖書有限公司，二〇〇五），頁五十八。

17 魯迅〈略談香港〉，原刊於《語絲》週刊第一四四期（一九二七年八月十三日）；《魯迅全集》第三卷（北京：人民文學出版社，二〇〇五），頁四四六至四五六。

18 如劉登翰主編的《香港文學史》，即持這種看法。參考劉登翰主編《香港文學史》（北京：人民文學，一九九九），頁七十一至七十三。

19 黃康顯〈從文學期刊看戰前的香港文學〉，《香港文學的發展與評價》（香港：秋海棠文化企業，一九九六），頁十八至四十二。

20 根據香港的人口普查，一八九一年，香港人口約二十二萬，外籍人口約一萬；一九三一年香港人口約八十五萬，外籍人口約二萬八千，來自四十八個國家。資料轉引自丁新豹、盧淑櫻〈序：多元民族建構的香港社會〉，《非我族裔：戰前香港的外籍族群》（香港：商務印書館，二〇一五）。

21 袁昶超認為香港出版的《遐邇貫珍》（一八五三至一八五六），內容兼及中英，但以中文為主，可算是中國最早的民辦報刊之一；也是香港最早的中文新聞刊物。所謂民辦，指的是由民間編纂，同時內容不同於清朝半官方的「京報」（消息多來自官方）。袁昶超認為中國的民辦報紙，主要源起於外國教士傳播教義，以及革命志士宣傳革命之目，《遐邇貫珍》的主編即為英國傳教士麥度斯（Walter Henry Medhurst）。一八七三年，王韜與友人購下《遐邇貫珍》的印刷設備，於一八七四年創辦《循環日報》，是華人辦報獲得成功的最早一家。至於中國人主編的《中外新報》（英文《孖剌報》的附刊，據卓南生考據，約創刊於一八七三年），袁昶超形容為「中國現代新聞報紙的第一種」。參考袁昶超，《中國報業小史》（香港：新聞天地社，一九五七），二十一至二十七；李谷城《香港報業百年滄桑》（香港：明報出版社有限公司，二〇〇〇），頁五十六至六十四。

22 許翼心〈辛亥革命與香港的文界革命〉，《活潑紛繁的香港文學：一九九九年香港文學國際研討會論文集（上冊）》（香港：香港中文大學新亞書院：中文大學出版社，二〇〇〇），頁八十。

23 如冰心〈離家的一年〉，《南中報．晚刊》（連載於一九二七年二月十六日至二月廿四日期間）。

24 李育中〈我與香港——說說三十年代的一些情況〉，《活潑紛繁的香港文學：一九九九年香港文學國際研討會論文集（上冊）》，頁一三二至一三三。侶倫〈寂寞地來去的人〉，《向水屋筆語》（香港：三聯，一九八五），頁三十。

25 黃天石《新說部叢刊・第二集・白話短篇小說》（上海清華書局，一九二一）。

26 Haiyan Lee, *Revolution of the Heart: a Genealogy of Love in China, 1900-1950*. Stanford, Calif.: Stanford University Press, 2007), 200.

27 李育中〈我與香港——說說三十年代的一些情況〉，頁一三二至一三三。黃繼持、盧瑋鑾、鄭樹森《早期香港新文學作品選，一九二七至一九四一年》（香港：天地，一九九八），頁二十二至二十四。

28 據平可回憶，一九三九年，當龍實秀邀請他替《工商日報》「市聲」撰寫連載小說時，對自己的創作態度，有這樣的反省：「我從事創作時老是有意無意地以『自己』為中心，所寫的是自己喜歡的東西，而自評優劣時也以自己的喜惡為標準。但我逐漸察覺：這個態度只適宜於撰寫留供自己欣賞的文章；如果文章是準備發表的，那就不能不理會讀者。至於迎合讀者到甚麼程度，那是另一個問題。」為要寫出為一般市民所喜讀的連載小說，平可還表示「我天天讀傑克的小說，自問獲益不淺。」參考平可〈誤闖文壇憶述（六）〉《香港文學》第六期（一九八五年六月五日）頁九十八至九十九；〈誤闖文壇憶述（續完）〉《香港文學》第七期（一九八五年七月五日），頁九十四至九十九。

29 關於黃天石生平的詳盡評述，參考楊國雄〈傑克：擅寫言情小說的報人〉，《文學評論》第十一期（二〇一〇年十二月），頁五十四至六十二。

30 據侶倫回憶，在一九二七年前後，香港報紙已紛紛開闢以白話創作為主的新文藝副刊，參考侶倫〈香港新文化滋長期瑣憶〉，《向水屋筆語》，頁九至十。

31 作品原題「劇場裏」，發表於《幻洲》第一卷十二期（一九二七年九月），作品收入小說集《貞彌》時，改題為「La Bohème」。

32 一九二六年由美國導演金・維多（King Vidor）所拍攝的默片La Bohème，據普契尼（Giacomo Puccini）歌劇*La bohème*改編。

33 彭小妍認為，不同於隨波逐流的摩登男女，浪蕩子通過對「當下的諧擬英雄化」，來達到創造和轉化，因而表現出雌雄同體的特徵。至於他們追求的摩登女郎，不過是他們不完全的她我。彭小妍〈浪蕩子美學：跨文化現代性的真髓〉，《浪蕩子美學與跨文化現代性：一九三〇年代上海、東京及巴黎的浪蕩子、漫遊者與譯者》（臺北：聯經，二〇一二），頁二十至五十二。

34 謝晨光〈加藤洋食店〉，《幻州》第一卷第十一期（一九二七年五月一日）。

35 謝晨光〈加藤洋食店〉，《貞彌》（香港：受匡出版部，一九二九），頁三十三至四十六。

36 吳錫河〈同根相連的鮮花——訪歐陽山談香港文學〉，《香港文學》第九十八期（一九九三年，二月），頁六十四至六十六。

37 羅西〈序〉，廣州文學會編《嬰屍》（香港：受匡出版部，一九二八年四月），頁一至二。

38 這點除了可以從雜誌文章風格看出來，他們惹火的舉措，還包括揭發《伴侶》一篇抄襲的文章。《伴侶》第一期刊出了雁遊〈天心〉一文，被發現襲自《小說月報》十一卷十一號的〈一元紙幣〉（署名Anries Williams著，毅天譯）。《字紙簏》嘲諷指證之餘，在第一卷第五號，把〈天心〉一文置於雜誌之首，全文刊出，並附以《小說月報》的原譯以供對照。

39 訪問所記為「袁昶球」，疑為「袁昶超」之誤。見吳錫河〈同根相連的鮮花——訪歐陽山談香港文學〉，頁六十四至六十六。

40 據李育中的回憶，一九三二到一九三三年，香港文學開始出現了較強的政治意識與社會關懷。參考李育中〈我與香港——說說三十年代的一些情況〉。黃康顯亦認為，一九三二年的一二八事件是香港文學界民族意識的觸發點，參考黃康顯〈抗戰前夕的香港文藝期刊〉，《香港文學的發展與評價》，頁五十至六十。

41 據侶倫的回憶，魯衡年輕時因在美國從事苦工，患上嚴重風濕，終至雙腳癱瘓，回港後從寄情文藝創作。參考〈香港新文化滋長期瑣憶〉，頁二十。

42 二次世界大戰以前，印度泛指今所說的南亞。有關香港早期南亞裔人的歷史，參考〈南亞裔：警察與商人〉，《非我族裔：戰前香港的外籍族群》，頁一四五至一六三。

43 張初〈張稚廬的〈夫妻〉〉，二〇〇三年三月《香港文學》總二一九期，頁七十七至七十八。

44 平可〈誤闖文壇憶述（六）〉，頁九十八至九十九。

45 許定銘〈杜格靈和他的《秋之草紙》〉，《大公報》（二〇〇七年二月二十五）。

46 杜格靈〈時代的反叛者〉，《秋之草紙》（廣州：金鵲書店，一九三〇），頁八。

47 杜格靈〈文藝的霸術〉，《秋之草紙》，頁三十七至四十。

48 張愛玲〈燼餘錄〉，《流言》（北京：北京十月文藝出版社），頁四十八至五十九。

49 參考李育中〈小說家羽衣女士是誰？〉，《新晚報》（一九七九年八月二十六日）。據張稚廬所說，《伴侶》雜誌上以「女士」之名發表的作品，卻非偽冒，甚至有不少譯者，故意隱去其女性身份。稚子〈碎話三則〉，《伴侶》第八期（一九二九年一月一日），頁三十一。

50 參考李育中〈我與香港——說說三十年代的一些情況〉，頁一二六。

51 據許定銘所記，侶倫《紅茶》（一九三五年版）一書內頁有「島上社叢書」六本，其中一本為哀瀹女士的短篇小說集《婉梨死後》，當時尚未出版。參考許定銘〈杜格靈和他的《秋之草紙》〉。

52 葉漢明〈香港婦女與文化傳統及其變遷〉，《主體的追尋：中國婦女史研究析論》（香港：香港教育圖書公司，一九九九），頁一一七至一五九。

53 錢理群〈漫話四十年代小說思潮〉，《對話與漫游：四十年代小說研讀》（上海：上海文藝，一九九九），頁十至二十五。

54 根據一九一一年的香港人口調查，當時男女比例接近三比一。可以想像，辛亥革命前後，社會裏匯聚了大批沒有或未帶家眷的單身男子。到了一九三一年，男女比例大幅拉近，黃康顯認為，香港當時已形成了一個定居的社群。參考黃康顯〈香港情懷與文學情結——論詩人劉火子〉，劉麗北編《紋身的牆——劉火子詩歌賞評》（香港：天地圖書有限公司，二〇一〇），頁二十八至二十九。

55 李育中〈我與香港——說說三十年代的一些情況〉，頁一三〇。

56 侶倫〈超吻甘〉（CHEWING GUM），北京《圖畫周刊》第十二卷第十七期（一九三三年十二月十七日）開始連載（雜誌資料不全）；後收入侶倫《伉儷》（香港：萬國書社，一九五一），頁一至三十。

57 作品改寫後，曾題名〈輝輝的夢〉，刊於侶倫等著《輝輝的新年》（香港：學生文叢社，一九四九），頁十一至十五；後改題為〈輝輝〉，見侶倫《伉儷》（香港：萬國書社，一九五一），頁八十六至九十三。

58 例如曾連載於《伴侶》第六至九期（一九二八年十一月至一九二九年一月）的〈殿薇〉，經修改後，改題為「朱莉莎的煩惱」，以立凡之筆名，發表於《華僑日報》（一九四一年三月二十三日至三月二十八日）。一九三〇年八月期間發表於《大光報．大光文藝》（目前所見報章不全）的〈愛的巡禮〉，經修改後，以胡旋之筆名，於一九三九年十月三十日至十一月十九日期間，連載於《華僑日報》。

59 關於這段歷史的研究，可參考盧瑋鑾《香港文縱：內地作家南來及其文化活動》；侯桂新《文壇生態的演變與現代文學的轉折：論中國現代作家的香港書寫，1939-1949》（北京：人民出版社，二〇一一）。

60 參考陳順馨〈香港與四〇至五〇年代中國的文化轉折〉；侯桂新《文壇生態的演變與現代文學的轉折：論中國現代作家的香港書寫，1939-1949》。

61 許子東〈序言〉，侯桂新《文壇生態的演變與現代文學的轉折：論中國現代作家的香港書寫，1939-1949》，頁一至二。

62 陳順馨〈香港與四〇至五〇年代中國的文化轉折〉，頁七十三。

63 劉火子二、三十年代在香港發表的小說，最少還包括一九三三年九月於《天南日報》連載的小說〈絕望〉，詳見〈劉火子生平及文學創作簡歷〉，《紋身的牆——劉火子詩歌賞評》，頁二七三至二八五。

64 本篇寫於一九五〇年，參考舒巷城著，秋明編《舒巷城卷》（香港：三聯，一九八九），頁一〇六至一一二。

65 易文著，藍天雲編《有生之年：易文年記》（香港：香港電影資料館，二〇〇九），頁五十四。

66 楊彥岐〈香港半年〉，《宇宙風．乙刊》第四十四期（一九四一年），頁三十至三十二。

- 《小說星期刊》第一期（一九二四年八月）封面

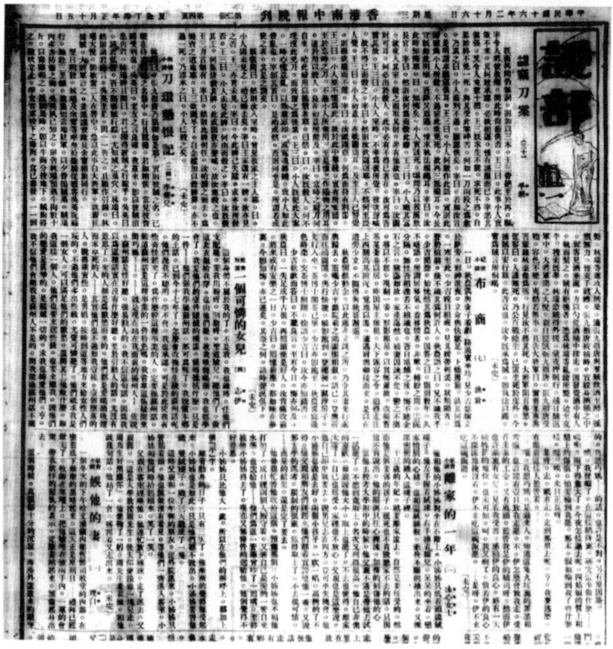
說部
布商
一個可憐的女兒
離家的一年
殺他的妻
刀環艷恨記

- 《南中報晚刊・說部》（一九二七年二月十六日）。其中小說類分「軼事小說」、「砭世小說」、「俠情小說」、「社會小說」。冰心〈離家的一年〉由此日起連載，被歸入「社會小說」

《伴侶》第一期（一九二八年八月十五日）封面

《伴侶》第五期（一九二八年十月十五日）目錄頁

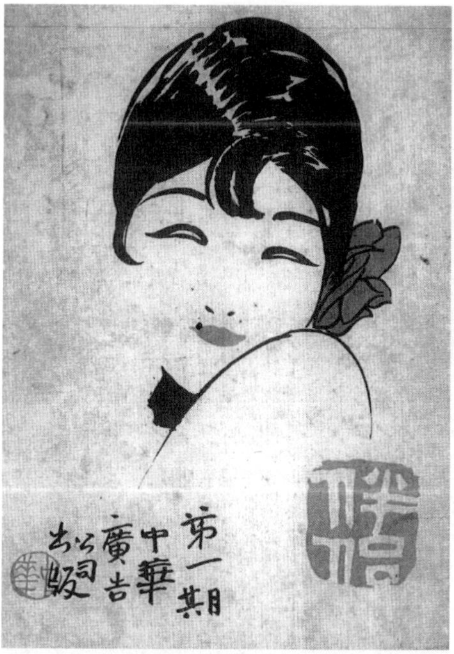

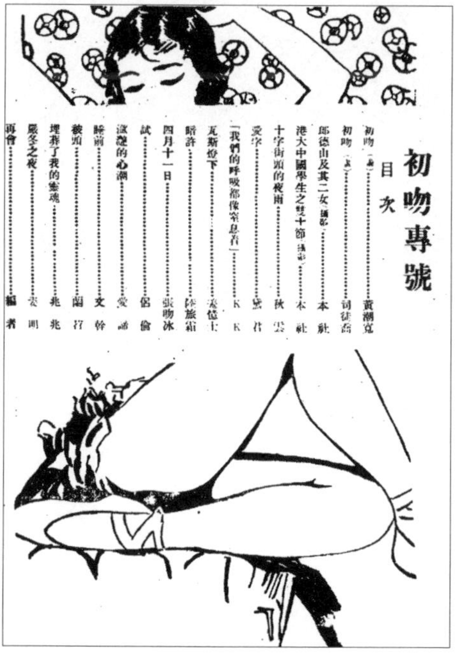
初吻專號

目次

●《字紙簏》第二卷第一號（一九二九年）封面

羅西等著《仙宮》（香港：受匡出版部，一九二七）書影

《仙宮》書後廣告

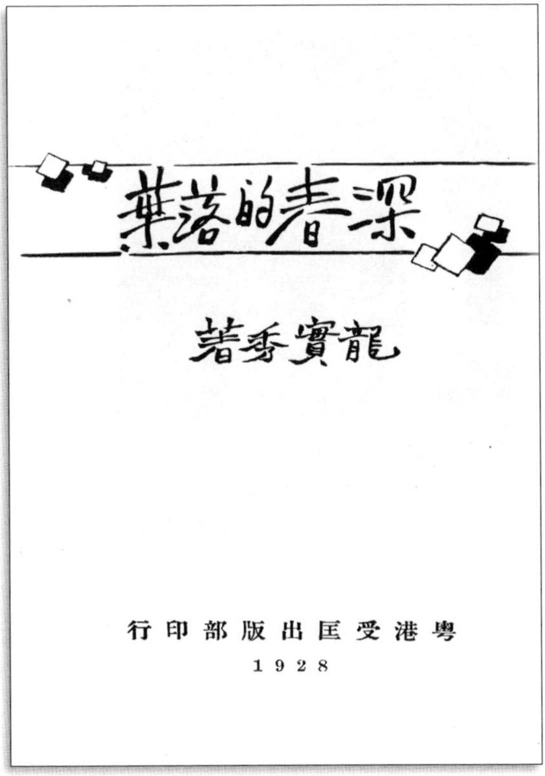

● 龍實秀《深春的落葉》（香港：受匡出版部，一九二八）扉頁

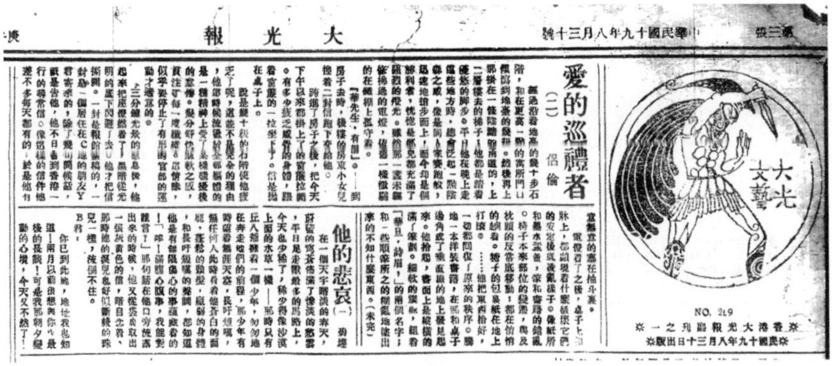

● 侶倫〈愛的巡禮者〉連載之二，刊於《大光報・大光文藝》（一九三〇年八月三十日）

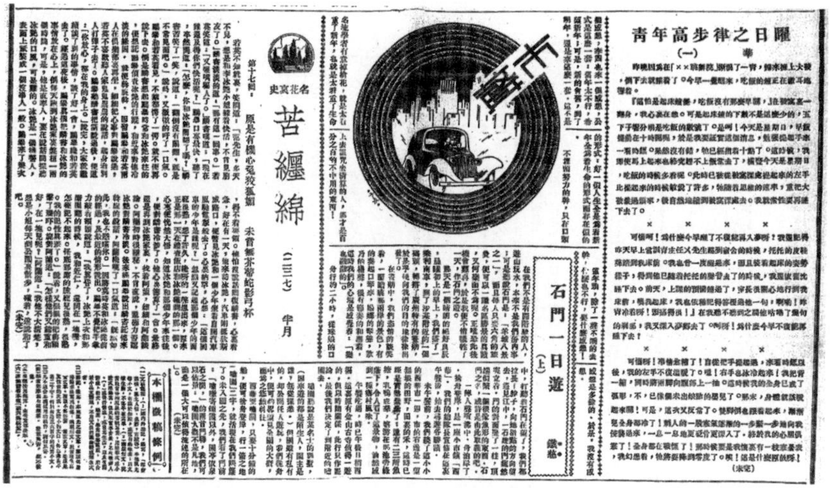

市聲

苦纏綿

石門一日遊（上）

本欄徵稿條例

《工商日報・市聲》（一九三五年一月五日）

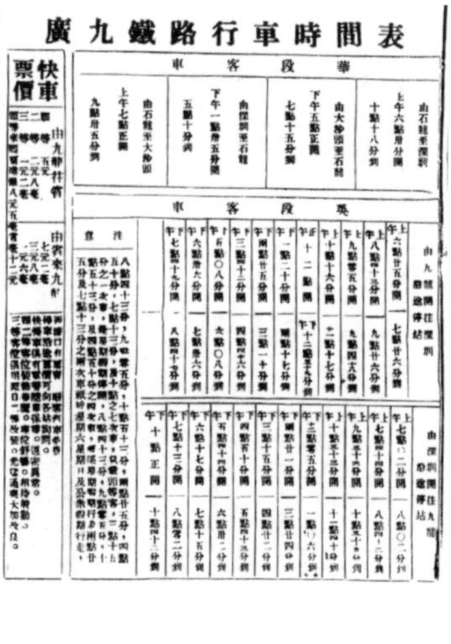

廣九鐵路行車時間表

華段客車

由石龍至深圳	由大沙頭至石龍	由深圳至石龍	由石龍至大沙頭
上午六點卅分開	下午五點正開	下午一點卅五分開	上午七點正開
十點十八分到	七點十五分到	五點十分到	九點卅五分到

英段客車

快車票價

刊於《南華日報》（一九三五年三月十四日）之「廣九鐵路行車時間表」

刊於《南華日報》（一九三五年八月十一日）之廣告

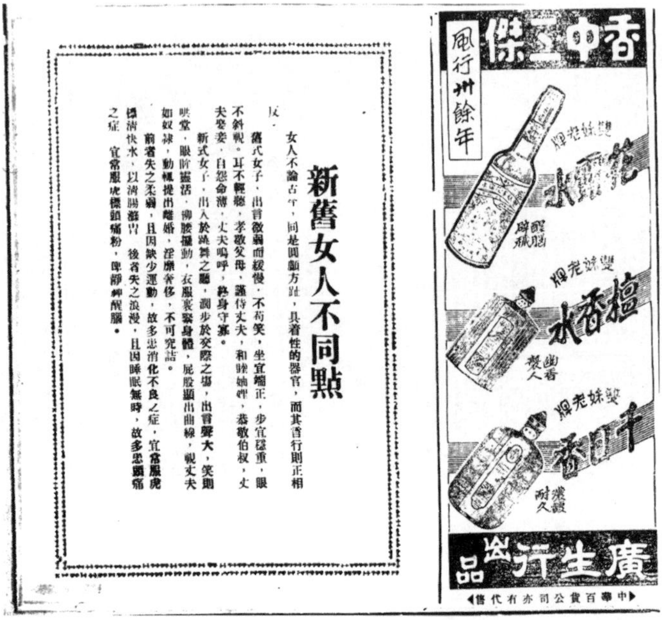

新舊女人不同點

女人不論古今，同是圓顱方趾，具着性的器官，而其言行則正相反。

舊式女子，出言微弱而緩慢，不苟笑，坐宜端正，步宜穩重，眼不斜視，耳不輕聽，孝敬父母，謹侍丈夫，和睦妯娌，恭敬伯叔，丈夫娶妾，自怨命薄，丈夫嗚呼，終身守寡。

新式女子，出入於跳舞之廳，濶步於交際之場，出言聲大，笑則哄堂，眼睛靈活，柳腰擺動，衣服裹緊身體，屁股顯出曲線，視丈夫如奴隸，動輒提出離婚，淫靡奢侈，不可究詰。

前者失之柔弱，且因缺少運動，故多患消化不良之症，宜常服虎標清快水，以清腸滌胃　後者失之浪漫，且因睡眠無時，故多患頭痛之症　宜常服虎標頭痛粉，俾靜神醒腦。

《立報・言林》（一九三九年一月十日）

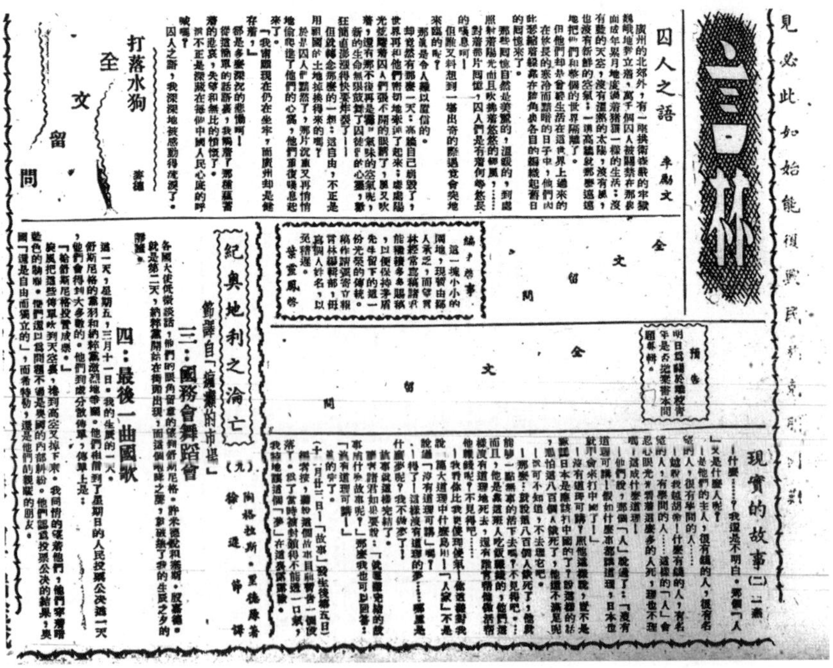

言林

見必此如始能復興民族……

四人之語

李勵文

廣州的北郊外，有一座拱衛森嚴的牢獄巍峨地聳立着，萬千個囚人被關禁在那裏面成年累月地度過着猪頭一樣的生活：沒有藍的天空，沒有溫煦的太陽，沒有風，也沒有新鮮的空氣；一堵高牆就那麼遠遠地把他們和整個的世界隔離了。

但他們却是會經生活在這世界上過來的，在悠長的寒冷而黯晦的日子中，他們內此愁縮着蹤蹙在牆角裏各自的編織起舊日的回憶來了。

那些回憶自然是美麗的，溫暖的，到處照射着陽光而且吹拂着悠悠的微風？……對着那片回憶，囚人們是有着何等悠長的嘆息呵！

但誰又料想到一場出奇的際遇竟會突地來臨的呢？

那眞是令人難以置信的。

却竟然有那麼一天：牆自己崩毀了，世界再和他們密切地牽連了起來；處處陽光蕩漾着囚人們張不開的眼睛了，風又吹着，還有那不復再是霉臭氣味的空氣呢，新的生命無限鼓舞了囚徒們的心靈，簡直澎湃得快要炸裂了！——

但就轉念那麼的一想：這自由，不正是用祖國的土地掉換得來的嗎？

於是囚人們黯然了，那片沉重又再悄悄地偷爬進了他們的心窩，他們重復嘆息起來了。

「我們願現在仍在坐牢，而廣州却是健存着，」

都是多麼深沉的悲慟呵！

從這簡單的話語裏，我觸着了那種蘊蓄着的悲哀，失望和無比的憤慨了。

這不正是深藏在每個中國人民心底的呼喊嗎？

因人之語，我深深地被感動得流淚了。

全文留問

編者啓事

這一塊小小的園地，現蒙由郁林經常寫稿諸先生承乏，而受實能賡續多多賜稿，以便保持郭沫若先生留下的這一份光榮的傳統。稿件請逕寄立報言林編輯部，毋寫個人姓名，以免積壓。

葉靈鳳啓

全文留問

預告

明日爲關於戰時教育爭是否完粟審本問題專輯。

全文留問

現實的故事（二）

二素

——什麼……？我還是不明白。那個「人」又是什麼人呢？

——是他們的主人，很有錢的人，很有名望的人，很有學問的人……

——她說我糊塗哩！什麼有錢的人，有名望的人，有學問的人……這樣的「人」會忍心眼光光看着這麼多的人死，理也不理嗎？這成什麼道理！

——他們說，那個「人」說過了：「沒有道理可講！假如什麼事都講道理，日本也就不會來打中國了！」

——沒有道理可講？照他這樣說，豈不是默認日本是應該打中國的了？說這樣的話，那怕這八百個人餓死了，他還不滿足呢！

——我可不知道，不去理它吧。

——那麼：就說這八百個人餓死了，他就能夠一點無事的活下去嗎？不見得吧……而且，他是靠這班人吃飯賺錢的，他們這樣沒有道理地死去，還有誰替他做活賺錢呢？不見得吧……

——我看你比我更使理使氣！你這樣對我說，——隔大道理中什麼島川！——「人家」不是說過「沒有道理可講」嗎？

——得了！這樣沒有道理的夢……哪裏是什麼夢呢？我不做夢了！

故事就這樣完結了。

故事裏諸君如果要說：「就這樣完結的故事有什麼故事呢？」那麼我也可以回答：「沒有道理可講！」

（十二月廿二日——「故事」發生後第五日）

繼着接，聽說這個故事目前曾有一個說法了。當時被迫着不能過一口氣，我特地讓這個「夢」在這裏保留着。

打落水狗

[illegible]

全文留問

紀奧地利之淪亡

節譯自「猶豫的市場」（九）

陶格拉斯・里德原著

徐遲節譯

三：國務會舞蹈會

各國大使低聲談話，他們的眼角留意的望着舒斯尼格。許米德和蔣妍・股塞德。就是第二天，納粹黨開始在街頭出現，而這個沸騰之際，掃蕩了我的生辰之夕的靜謐。

四：最後一曲國歌

這一天，是星期五，三月十一日。我的生辰的一天。舒斯尼格的黨羽和納粹黨激烈地爭鬬。他們相信到了星期日的人民投票公決這一天，他們會得到大多數的。他們到處分散傳單，傳單上是：

「給舒斯尼格投贊成票。」

旋風把這些傳單吹到天空裏，捲到高空又掉下來。我同情的望着他們，他們穿着暗藍色的制服。他們還以爲問題不過是奧國的內部糾紛。他們認爲投票公決的結果，奧國「還是自由而獨立的」，而希特勒，還是他們的親暱的朋友。

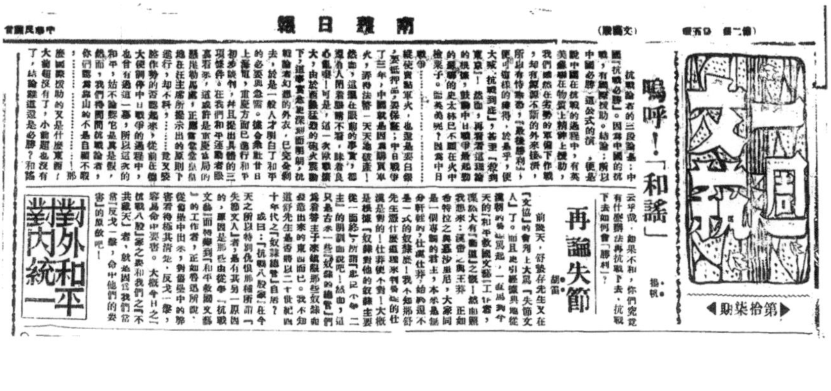
中華民國　　南華日報　　（文藝版）　　第二張 第五頁

一週文藝
◀第拾柒期▶

嗚呼！「和謠」

揚帆

抗戰論者的三段論是：中國「抗戰必勝」。因爲中國的抗戰，有國際援助。結論：所以中國必勝。這公式的演　，便是說中國在抗戰的過程中，有英美蘇聯在物質上精神上援助，我們雖然在劣勢的軍備下作戰，知有源源不斷的外來接濟，所以有恃無恐，「最後勝利」，便可這樣的獲得，於是乎，便大喊「抗戰到底」，甚至「殺到東京」！然而，再看看這理論的根據，鼓動中日戰爭最起勁的蘇聯的史太林已不圖在火中撿栗子。出英美呢？因爲中日戰爭……………………縱使賣點軍火，也還是要白銀，要抵押品，要保證；中日戰爭了三年，中國就是因爲購買軍火，弄得法幣一天天地破產！然而，這還在眼前的事實，都還有人閉着眼睛不看，昧着良心亂喊！可是，這一次歐戰擴大，由於西線猛烈的砲火震動下，這事實愈更深刻而明朗，抗戰論者幻想的外衣，已完全剝去，於是一般人才明白了和平的必要與急需。據合衆社廿日上海電，重慶方面已進行和平初步談判，并且提出具體的三項條件。在我們和平運動者眼裏看來，這或許是重慶當局的懸崖勒馬處，正應當當機立斷地在汪主席所提示出的原則下進行，卻不料，……竟又裝腔作勢的否認起來，從前在倫大使調停中日戰爭的過程中，也曾有過這一幕，所以這次的和平，姑不論它是真是假，然而，我們得問問抗戰論者，你們還要爲自己的不是自圓不暇：……………………！那麼國際援助的又是什麼東西？大前題沒有了，小前題也沒有了，結論難道還是必勝？和謠云乎哉，如果不和，你們究竟有什麼辦法再抗戰下去，抗戰下去如何會「勝利」？

再論失節

胡雷

前幾天，舒發存先生又在「文協」的會刊上大寫「失節文人」了。而且還引經據典地從漢朝的蘇武罵起，一直罵到今天的「和平救國文藝」工作者，[illegible]於大有「衛道」之慨！然而照我想來：漢帝之與王莽　正如希特拉之與墨沙里尼，大家同是一個專制的君主，本來是無分軒輊的，仕漢仕莽，始終還不是一式的奴隸麼！我不知那舒先生憑什麼道理來判斷他的仕漢是對的！仕莽便不對！大概是根據「奴隸對他的奴隸主要從一而終」，所謂「忠臣不事二主」的明訓而說吧！然而，這只是古來一些「奴隸的總管」們爲着替主子來鎮服那些奴隸而製造出來的東西而已。我不知道舒先生是否將以二十世紀四十年代之「奴隸總管」自居？

或曰：「抗戰八股家」在今天之所以特別仇恨那種所謂「失節文人」者，是有其另一原因的，原因是那些由從事「抗戰文藝」而轉變到「和平救國文藝」的工作者，正如魯迅所說，從營壘中出來，對營壘中的弊害看得極其清楚，反戈一擊，容易命中要害。大概今日之「抗戰八股」家之要和我們之「不共戴天」者，就是因爲我們常常「反戈一擊」，命中他們的要害」的原故吧！

對外和平
對內統一

- 《南華日報・一週文藝》（一九四〇年五月廿五日）。該報支持汪精衛政權，並宣傳「和平文藝」
- 《南華日報・一週文藝》連載漫畫「必勝先生」（一九四〇年三月九日）

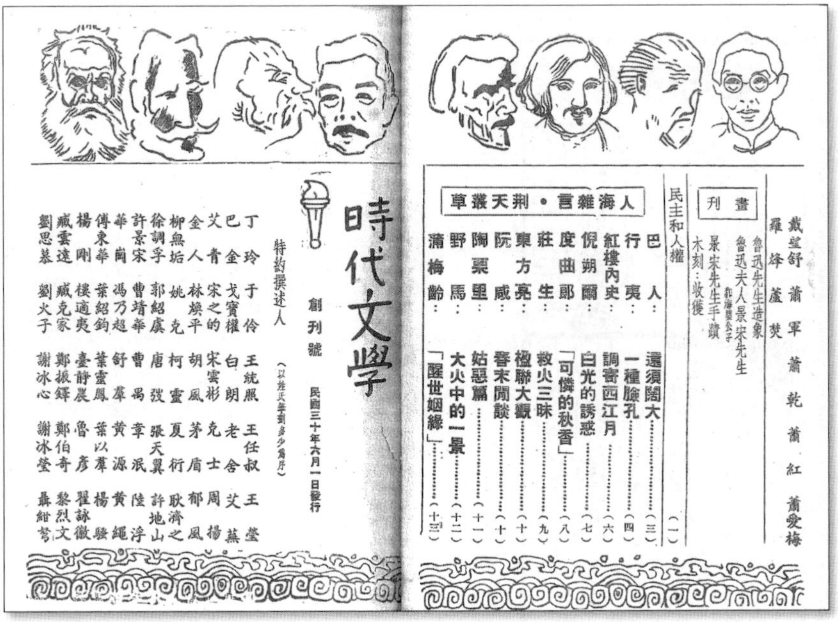
時代文學

創刊號　民國三十年六月一日發行

特約撰述人（以姓氏筆劃多少爲序）

丁玲　巴金　艾青　金人　柳無垢　徐調孚　許景宋　華崗　傅東華　楊剛　臧雲遠　劉思慕
于伶　戈寶權　宋之的　林煥平　姚克　郭紹虞　曹靖華　馮乃超　葉紹鈞　樓適夷　臧克家　劉火子
王統照　白朗　宋雲彬　胡風　柯靈　唐弢　曹禺　舒羣　葉靈鳳　臺靜農　鄭振鐸　謝冰心
王任叔　老舍　克士　茅盾　夏衍　張天翼　章泯　黃源　葉以羣　魯彥　鄭伯奇　謝冰瑩
王瑩　艾蕪　周揚　郁風　耿濟之　許地山　陸浮　黃繩　楊騷　瞿詠徽　黎烈文　聶紺弩

戴望舒　蕭軍　蕭乾　蕭紅　蕭愛梅
羅烽　蘆焚

•《時代文學》創刊號（一九四一年六月）目錄頁

目錄

黃天石

一箇孩童的新年

在動地的爆竹聲裏。他悠悠地醒了。他今年剛是十一歲。幼稚而簡單的思想。使他起了一種不可名狀的感覺。這種感覺。也許是別的孩子所沒有的。他是一箇孤兒。七歲那年。父母因染疫而死。多虧母舅將他撫養。送他進了一間國民學校。不致失學。他這天早上醒後。心想。今天又加上一歲了。但是。他總不明白。這一歲究竟是誰加給他的。他還記得六歲那年的除夕。臨睡時候帳外紅燭結了一對燭花。光線狠微弱。他媽媽拿了兩箇紅紙封包。和幾箇橘子。放在他枕邊。含笑道。這兩箇金錢是你爸爸和我賜給你壓歲的。但願你無災無病快快長大。說著。伊便俯吻他蘋果之頰。表示無限的愛情。他父親一手搭在母親肩上。瞧著他笑道。阿民。明天又加上一歲了。我却不願意你長大。小孩子大了便有許多苦喫。但願你時常這麼大。豈不有趣。他雖不知道父親話中的意思。但覺得這些話狠奇怪。為什麼一箇人大了便會喫苦。因此牢牢記著。他狠愛父親。並不懼怕。吵著要爸爸和他接吻。父親便照他母親這樣吻了他幾下。他快樂極了。在被中伸出他嫩白的小手來。玩弄著他父親的鬍子。母親怕他受寒。忙替他穿上一件小絨線衫。他轉身又和母親玩了一會。漸覺疲倦。便闔眼睡去。他夢中還深深留著父母慈愛的印象哩。

好容易過了幾年。他回憶六歲那年的除夕。還像是昨天的事哩。他模模糊糊伸手到枕邊取壓歲錢。果然摸出兩個紅紙包來。但並不是他父母所手封的金錢。他還記得昨夜臨睡時。他舅母的隨身小丫頭。拿了這紅紙包擲在他枕邊負氣道。這是你舅舅和舅母給你的。説罷。飛奔而去。他回想去年的除夕。這般冷淡。正自難過。忽見帳外一箇小孩子的影子。躡手躡脚的走進來。他一眼望去。却是他的小表兄阿鍾。比他大兩歲。生性頑皮。平日時常欺侮他。他恐怕阿鍾又來搗鬼。便將被蒙頭裝著睡熟一般。這時阿鍾正走近床前。一手揭起被。輕輕的在他頰上打了兩箇巴掌。他仍舊詐睡不理。阿鍾嗤嗤的笑了兩聲。接著耳畔忽起了一箇鉅大的聲浪。頰上熱辣辣的覺得疼痛起來。他再不能安睡了。纔張開眼。猛覺一粒火星刺入他眼裏。這一陣劇痛是他自出娘胎以來第一次所受的痛苦。他一手按著眼。滿面流淚。阿鍾站在一旁拍手大笑。引得滿屋子的婢僕都笑得前仰後合。幸虧有一箇慈悲的老媽子。趕過來替他敷了些藥粉。方纔止痛。阿鍾還笑嘻嘻拾起燒殘的爆竹説道。你詐睡嗎。只能瞞過我可瞞不過他呢。可憐的他那裏敢得罪他殘酷而強暴的表兄。

他盥洗過了。穿了一件比較的新的紅緞綿袍。這是他舅舅去年做給他的。衹准在新歲穿著。他今年穿起來。已嫌短窄。心裏雖不喜歡。但不敢違拗他舅母的命令。並且除了這件外。只好穿那上課著的滿幅山水的愛國布袍子了。他穿好衣服。便跟小丫頭到上房道賀請安。室中陳設一新。在黃金色的陽光裏。都像帶金銀色彩。桌椅滿鋪繡花的大紅緞子。銀瓶的蠟梅和磁盆裏的水仙花。好像有了笑容。放出撲鼻的清香媚主人。他舅舅不過四十多歲。圓胖的臉上疎疎留著兩撇黑鬍子。穿著黃緞滾花的狐皮袍。還擁著熱水壺暖手。嫌天氣冷哩。舅母和幾位姨太都圍爐而坐。阿鍾蹲在爐邊烘橘子吃。他表妹娟兒。比他小一歲。扭股兒糖似的。坐在舅母膝上。手撫老貓出神。室中人見他進來。眼光統集中在他的臉上。他狠怯弱。漲紅著臉和室中人一一拜年。叩頭和作揖的代價。便得到許多紅紙包為酬報。舅母握著他手問道。你眼兒怎麼弄傷的。是不是燒爆竹給火星刺傷呵。他望著阿鍾。正揚拳向他扮鬼臉。不敢直說。吞聲答了一箇是字。舅父瞧了他一眼道。小孩子太頑皮了。年假期內也不溫温書。說還未了。忽見一箇僕人。遞進一張名片。說有客拜年。舅父忙穿了一件馬褂出去。他受了兩句教訓。急得幾乎要哭。娟兒暗中已瞧見阿鍾的神氣。狠替他不直。便放了貓兒。挽著他臂兒道。民哥。我們出去頑罷。舅母也道。你們幾兄妹自去頑耍。省却我們招呼。又笑向三姨太道。我們開檯罷。識趣的丫頭們。便將那副麻雀牌嘩喇喇倒將出來。

他和娟兒出到馬路上。見所有商店。統通緊關著門。五色國旗在空中隨風招展。娟兒便想起國文教科書中。曾有一課講國旗的。伊有些不明白。問他為什麼各國的國旗式樣都不〔同〕。我國國〔旗〕用五色。又是什麼緣故。他將他所知道的。一一告訴伊。伊似懂非懂的笑道。我不知道世界上為什麼要分出這許多國。我最喜歡的是紅色。假使全世界這許多國。統揷著紅旗。豈不有趣。我記得前幾天隔隣做喜事。新娘頭上披的那幅紅巾。美麗得狠。說著。在懷裏掏一方紅絲巾。笑披在頭上。學那新娘模樣。强牽著他拜堂。他只得依伊。正頑得起勁。他腦後忽聞。拍的一聲。原來中了一箇金錢砲兒。一羣孩子圍著他們倆。笑道。你們拜堂狠有趣呀。且吃我一箇炸彈。接著劈劈拍拍的金錢砲兒。像連珠般向他們倆身上擲來。兩人圍在垓心。無處躲避。他緊緊的擁著娟兒。將自己後背當盾牌。直等孩子們擲完。笑拍著空手散去。他纔慰問娟兒。可曾受創。娟兒驚定。淚眼汪汪。撫著亂髮說道。多謝民哥保護我。並沒受傷。只是你那件袍兒弄污了。倘若媽媽問時。你只推是我弄污的便沒事了。他很感激伊人代人受過。握著伊的手兒。沒話可說。一會。娟兒頓足道。他們有金錢炮兒。我們難道沒錢買嗎。民哥。我們非報仇不可。他笑道。我為什麼同他們一樣見識。把金錢這般蹧蹋。今年我所得的利市錢。總有五六元。我想儲蓄起來買箇手琴送給妹妹。自從我寄居在你家後。只有妹妹是真愛我的。娟兒謝道。你有東西送給我。我總常常寶藏著。我的利市錢比較你多。民哥。你不是很歡喜做文學家的嗎。我預備買一支墨水筆送給你。將來寫字時候。不要忘了我。

他們在馬路上逛了一囘。覺得沒趣。汽車和馬車是平日見慣了的。爆竹聲也聽得厭了。便手挽著手兒囘去。見闔家人都聚精會神的在那裏抹牌。阿鍾爬在檯上。一壁看竹。一壁嗑瓜子。他和娟兒也只得坐在一旁呆瞧。舅母恐孩子饑餓。命丫頭煎年糕給他們吃。好容易又叉了四圈麻雀。直到上燈時分。牌聲纔止。他們在大廳的百枝光電燈底下用了晚餐。舅父喝得半醉。高興起來。便提倡去看夜戲。婦人們自然贊成。各自囘房裝飾。敷粉的敷粉。施脂的施脂。換衣服灑香水。便娟兒也扮得一箇小美人一般千嬌百媚。他雖沒有鮮衣華服。可幸舅父允許著帶他同去。一會兒兩輛摩托車便把一簇人送到戲院。這夜的戲不外乎些吉利的喜劇。人人都眉飛色舞。他看到闔家大團圓那一幕。不知那裏提起的一陣傷心。撲簌簌弔了兩行眼淚。幸虧舅舅等都注著戲臺上出神。並不注意他的神色。只有娟兒已瞧見了。便遞了一箇眼色。伏在案上瞌睡。他領會著伊的意思。忙依樣伏案。悄悄地將淚痕拭乾了。却不敢抬起頭來。凡是小孩子們。神經都很薄弱。在鑼鼓喧鬧的當兒。他和娟兒伏案稍久。竟不知不覺的睡著了。

他醒時。此身已不在戲院裏。却臥在自己床上。帳外的燈兒沉沉如死。壁鐘正敲著十二響。接著悉悉率率的一分一秒。把光陰在靜默的黑夜裏送去了。他默默的想。去年眼巴巴的盼望新年。到了新年。又何嘗得著什麼歡娛。歡娛的背影。反引起許多愁悶來。只有一事稍足以破他沉悶的。便是娟兒待他的情形。他永遠不會忘掉伊送墨水筆的話。他欹枕暗暗的禱告。祝他表妹今夜得到温柔愉快的夢。像新年的歡娛一般。

署名惜珠生，選自一九二二年一月香港《雙聲》第二集

雙死

徐碧雲嫁後。一心一意的把愛情注在丈夫身上。伊是聖馬利亞的畢業生。在學生時代。頗負豔名。父親雖死。遺產狠豐。伊母親對於這明珠般的女兒。自然用著十二分的心血。愛護將惜。打扮得花般嬌媚。玉般瑩澈。誰人見了不愛。但凡撫育兒女的心理。和藝花一樣。藝花的人。見自己手種的花一天天蓓蕾馥郁。如何不喜。撫育兒女的人見自己手裡大的兒女。一天天長大明豔。也如何不喜。但是花兒到蓓蕾馥郁的時候。便有許多浪蜂蝶聞香而至。把花的主人心血培植的成績輕輕地蹂躪了。何況女兒家到了長大明豔時期。自然也有許多富於情感的少年追逐獻媚。幸而碧雲的母親防範得嚴密。沒有弄出什麼大岔子。然而碧雲潔白的心幕已淡淡描著。一箇陳玉屏的小影。這是未婚以前的事。

但是碧雲婚後的心幕。却把陳玉屏的小影易以趙夏聲了。伊和夏聲的結婚完全是父母之命。媒妁之言。不過在訂婚後的三箇月內。也曾聯臂偕行。在戲院酒樓各處公共娛樂的場所。消遣了好幾回。彼此把意志談談。甚為投合。夏聲年已三十。大碧雲足足十年。並且在日本留學。戴著法學士的頭銜歸國。老成練達。狠够做丈夫的資格。可惜有一箇毛病。生性多疑。喜歡辯駁。無論什麼問題。到他老人家手上總有一番精密週到的考慮。然後用極銳利極透闢的議論判斷是非。真像老吏斷獄一般。下箇斬釘截鐵的判語。他這判語成立以後。再不許別人反駁一句。以為只有他的是對的。別人的總是錯的。他的謂之真理。別人的却是强辯了。因為這箇緣故。夫婦間愛情。往往因談笑之間發生起衝突來。辯論的終結常使碧雲忍氣吞聲。鬱著滿肚子眼淚。自怨命薄。然而總原諒伊丈夫是箇法學家。

夏聲回國後也曾做了不少的法學上的著述。以資格和學問論起來。在審檢兩廳爭把交椅決非難事。可是他好辯論的脾氣。時常三句不離本行。向人辯駁無所謂的問題。便傷了許多情感。失了許多機會。因此夏聲雖自負法學精湛。到如今還是一名律師。又因和現在的法官沒甚來往。雖有案件到手。據理力駁。結果還是敗訴。因此經手的案件便一天天減少起來。夏聲的脾氣也越覺得燥烈偏僻。與世相違了。

冷落的律師生活使夏聲異常沉悶。幸而碧雲整頓全神。把熱烈的愛慰安著伊丈夫。夏聲在寂寞無聊的當兒。便携著他夫人。到熱鬧的歡笑聲裏去。尋覓快樂之神。旁人見了。他們都讚嘆著。好美麗的神仙眷屬呵。他們自己也未嘗不以此自傲。

失意的律師。不單是夏聲一人。有許多坐冷板櫈拍蒼蠅閒著的律師。因為律師公會坐得沒趣。便想法兒消遣他們五塊錢一點鐘的律師談話費的黃金光陰。組織了一箇什麼社。這什麼社的旨趣和臭名士吃酒賦詩的詩社差不多。只是法學家的本領。祇能引證法律。却不能做臭名士的五律七律。因此把吃花酒逛窰子來代替。一則不用挖空心思自討苦吃。二則醇酒美人慰花博醉是何等風流的韵事。夏聲為著同病相憐的緣故。也當了一份社員。

這箇什麼社成立後。那班失意的律師也居然大忙起來。夏聲天天在社中打牌。晚上又吃花酒。非弄到夜深兩點鐘回家不可。這麼一來。那裡還有時間和妻子携手偕遊。但夏聲既飽享了伉儷之福。日久厭生。覺得這燈紅酒綠場中。別有一番風趣了。

雖然如此老成練達的夏聲。在這種地方不過及時行樂。趁著熱鬧。並不想拖泥帶水沉溺下去。對於朋友們尚且諄諄勸誡。自己自然格外自重。從沒有在妓寮裏頭過夜。最夜三點鐘四點鐘大風大雨也要趕回家去。朋友們笑他有季常之懼。他却撚著兩撇八字式的小髫子笑嘻嘻地說。我已一把年紀。起碼也有三等伯父的資格了。鴇兒愛鈔。姐兒愛俏。我雖襄王有夢。他們却神女無心哩。這種說話。他在夫人面前也時常這般自負的。

混了一年。碧雲覺得丈夫的行動和神色都有些不對。至於怎麼不對。連伊自己也說不出來。夏聲雖不曾在外邊過夜。却總覺不對。一天是燈節的前幾天。夏聲忽然說。我在廣州住得厭了。這次有箇朋友約著到香港去看跑馬。我橫竪閒著沒事。准定今夜夜船去走一遭哩。碧雲笑道。看跑馬嗎。這是何等有趣的事呵。便强著要同去。夏聲沉著臉兒道。你不能去。同船的都是男子。單你一箇婦人。很不便當。碧雲吃了這箇沒趣。便不說什麼。忍著氣命傭婦拿出夾必袋來。把夏聲的衣服整理妥當。這都是夏聲平日教訓的成績。他常說做婦人的應該如何如何帮丈夫做事。纔够得上日本人所說的良妻賢母。碧雲聽在心裏。遇事總帮著丈夫做。這時夏聲見妻子既不反駁。又替他整理東西。臉上不禁露出笑容來。拈髭說道。老實告訴你。我這回赴港。並不是真心看跑馬。因著一件案子。須待找香港皇家大律師。研究一下。然後著手辦理。若是真看跑馬。那有不和你同去之理。碧雲道。你到了香港住在什麼地方。夏聲道。大概是東京酒店。一面又轉口說。現在還說不定。或許在朋友家裏。碧雲笑了一笑。夏聲去時。碧雲送到門外。叮囑早返。夏聲說決不久留。最多兩日。碧雲笑道。兩日不回來。我決定下港。這原是笑話。夏聲也笑說狠好。過了兩天。夏聲果然不回來。碧雲在家裏坐得心焦。等得眼跳。越想越覺夏聲的行動奇怪。若是幹秘密的壞事。他是法學精湛的人。斷不會躬自違法。或者有了外遇。這層倒比較的近理。但夏聲平日狠自負正經。又時時談著法律。談著道德。並且夜夜都回來睡覺。外遇又何從說起。這樣胡亂想了一陣。總覺懷疑。便決意下港找伊丈夫。因為有預言在先。即使非夏聲所喜。也不能怎樣怪伊。次日一早草草梳洗過了。便帶了一箇隨婢女。赶著去搭火車。登車時候。距離開車只有五分鐘了。擠滿了一車的人。碧雲前後踱了一回。找不到一箇座兒。只得站著。忽然身旁坐著的那箇人站起來。意思是讓給伊坐。伊裝作不見。不願意領那人的情。却早給別的眼快的坐下去了。那人低低的在伊身後說。徐姑孃。許久沒會面了。碧雲吃了一驚。回頭看時。却是一箇西裝少年皎然亭立。風度疎俊。雖銜著一枝雪茄狂吸。面前障著一陣輕煙。却狠清楚的能够辨認這人是陳玉屏。伊忙笑頷道。正是想不到在這裏會面。說著心弦顫蕩起來。想起玉屏是箇遠戚。從小兒在一起玩耍一起飲食。兩家尊長都笑著說一對小偶。後來漸漸長大。彼此都含意未洩。狠有些意思哩。到十六歲那年。玉屏奉父命到北京去讀書。從此便相分離。非但沒有會面的機會。因為碍著母親。連信都不通了。好容易過了五箇年頭人事滄桑。忽忽如夢。不意忽在這裏相逢。碧雲想得入神。竟有些呆了。玉屏見伊不語。自不便再說什麼。只呆呆地瞧著伊。彷彿比從前瘦了些。但是秀髮亂雲。明眸剪水。那種美人標格。還是一樣。不過從前梳辮。如今綰髻。在這上頭不無今昔之感罷了。

軋軋的車聲竟不能喚醒兩人的癡想和猷視。引得滿車的視綫都向他們兩人了。一會車上的職員走來。説你們兩位和這婢女沒有座位嗎。請進頭等坐罷。他們買的都是二等車票。聽得職員這樣説。便隨著到頭等車中。職員開了一箇房給他們。很寬適而且舒暢。可是兩人面對面坐著。都呈著侷促的神態。深恨這車中的座兒。為什麼不背對背設置。假使背對背設置。彼此都用不著訕訕的紅著臉兒了。在碧雲的心（裡）迴溯舊事。不無感慨。現在雖説嫁了。但年紀還輕。一箇年輕的婦人和舊日理想中所愛慕的男子。驀地相逢。怎麼不驚。至於玉屏。他在大學畢業回來未久。屢次想把碧雲的消息問人。不知何故這句話到了嘴邊。却又屢次縮了回去。今天在車上無意中會面。豈非天幸。玉屏這一喜。宛似天空中跌下來的寶貝一般。只當是夢。便忍不住問道。姑孃一向可好。伯母無恙嗎。碧雲説了一句託庇。玉屏道近來姑孃還在聖瑪利亞嗎。碧雲道。慙媿得很。算是畢業了。玉屏道。姑孃真快。近來想已服務教育界了。碧雲道不。玉屏見伊問一句答一句。已覺沒趣。聽了這聲調顫巍著的不字。越覺有無限冷淡奚落之意。暗想我把聲氣換伊冷氣。未免（太）不值得了。胸中便有些不快。不願再問。停了幾分鐘。相對默然。玉屏自念女子年紀大了便不同。不像從前的天真爛漫。胸無城府者般可愛了。但是時候不過幾年。雖不能像當年這般親密。難道連普通朋友都不如。竟當陌生人相待嗎。想著氣憤憤的望著車窗外的遠山發怔。他却總不想起碧雲竟會嫁的。碧雲因昨夜未得到酣適的睡眠。這時心府裏充滿了驚惶和悲感。一時竟無話可説。也把視綫移到車窗外去。好容易過了一站。玉屏再不能忍了。便問姑孃許久沒會面。像是生疏了。我北上後也曾寫過好幾封信。總未見復。不知道可曾收到。碧雲囁嚅道。怎敢生疎。信也收到的。不過那時嬾得很。又因別的原因牽纏著。所以沒復。很對不起。其實我也很相念。陳君北上後的生活。可能說些給我聽嗎。玉屏見有了回話。方纔安心。高高興興的說道。我平素最喜歡研究政治。所以進北大也是考入政治系的。我之所以研究政治。並非想做什麼官。實在見國人對於政治太缺乏常識。太過放棄了。所以特地〔埋〕頭研究了幾年。預備將來進而於國家稍有所補。這是我箇人的旨趣。至於這幾年來的學生生活。非常活潑而且愉快。即使一世過著這種生活。也不會厭倦的。你也是學生生活的過來人。對於我這番話或許表示同情罷。說到這裏。見碧雲的神色甚為感動。玉屏又道。現在雖說學成了。然而沒有地方可以稍展我的懷抱。要是有專門學問的人。也要像卑污齷齪的小人〔鑽〕營自進。那麼未免把自己的人格看得太低。甯死也不願為哩。碧雲慨然道。中國政治之所以永沒清明之望。實因不肖者競進而賢者隱退。像陳君這般人材。假使因積極而歸於消極。豈不可惜。碧雲這話本是有感而發。不意玉屏聽了。以為是紅粉憐才。蛾眉知己。不覺銘感入心。暗想我陳玉屏這樣人。得到美人櫻唇中一語之褒。雖死可無遺憾了。便謙遜了幾句。碧雲自覺所說過於親切。臉兒微紅。可奈話已出口。沒法收回來哩。玉屏又道。我們一別幾年。姑孃的學問自然是大有進步。別的不論。只聽談吐。已是一箇通人了。只不知道姑孃現居何處。還是從前的地址嗎。碧雲含含糊糊的應是。却又跟著搖頭。玉屏弄得莫名甚妙。究竟不知道是還是不是。又問道姑孃的車票。是否直到香港。碧雲點點頭。玉屏道。到香港可是看跑馬嗎。碧雲不知所答。若實說是找尋丈夫。未免笑話。要是不說明白。在友誼上很說不過去。正是沉吟著。玉屏見伊狐疑莫決的神氣。越覺奇怪。忽然想起伊這麼大年紀了。也許有了情人。假使所料非錯。我這幾年的相思。豈不是枉用了麼。一壁想。一壁便想試驗伊的態度。這時婢女已伏著酣睡了。玉屏故意太息道。時候過得真快呀。我自從北上後。只不過圓了幾回月（。）開了幾回花。想不到此次回南。姑孃已亭亭玉立了。屈指算來。曾幾何時。說著又嘆了口氣。斜睨碧雲容色悽惶。像有許多心事一般。玉屏又嘆道。想起已往的事。不由得不令人感慨係之。當年我和姑孃雖在童年。但是那相親相愛的真情。簡直和兄妹沒甚分別。如今彼此都長大了。應該那情誼與日俱進纔是。誰知姑孃的顏色談笑之間。反而生疏了許多。姑孃人大心大。或許不能不為矜持之容。然而我却感不自勝。覺得反不如童年的真摯和親密了。唉。回想從前的黃金時代。深悔草草過去。不知愛惜哩。說到這裏瞧碧雲時。俯首及膻。再也抬不起來。撲簌簌弔了幾點眼淚。玉屏忙請罪道。死罪死罪。這幾句話却令姑孃如此傷心。碧雲拿手帕抹著淚眼道。前事不提也罷。我是沒有福份再享受這黃金時代了。玉屏驚道。此話怎說。碧雲哽咽道。我原不想告訴陳君的。在這碎心之時便顧不得了。我老實告訴你罷。我已……我已……。玉屏愈驚道。你已怎麼樣。碧雲只是嗚咽。玉屏手足無措。摸不著頭腦。仔細一想。不禁恍然大悟道。哦。你已。……你已。……說時眼圈也紅了。

火車循著軌道蜿蜒著向目的地不停的進發了。二人默默地相對。他們的思緒神秘而綿邈的運轉著。車窗外的樹色山光溪流雲彩都含著自然的美。在那裏等候人們賞玩。但是二人那裏有心賞玩呢。玉屏聽了碧雲的惡耗。心靈上受了無限創痛。眼前好像火星迸裂一般。不知道怎樣是好。他這時彷彿久囚的獄犯。給法官宣佈了死刑。什麼希望。什麼生存慾。完全絕望了。他只有引頸待戮。沒有別的可說。碧雲望著他慘白的顏色。也恐怖起來。暗自生悔不該這麼快便告訴他。但這時再不告訴他。將來告訴他時恐怕更增他的傷心。遲早終有這不可倖免的一次。倒不如早一日宣佈了罷。伊這樣想。伊的心花同樣的給車輪輾碎了。過了好一會玉屏忽然冷冷地獰笑道。夫人。我希望你仍以朋友待我。我的心無論最近的將來抑或較遠的將來。永遠敬愛著夫人的。夫人要是有危難時。仍許赴湯蹈火隨時做夫人的忠僕。他吞著眼淚狠辛酸地說。帶著哀懇而呼籲的語調。碧雲道。我不敢使陳君有用之身為我犧牲。我是够不上再當你的眷愛了。我們做普通朋友罷。

火車到最終的站香港。已十二點半鐘了。搭客紛紛爭先恐後的下車。玉屏還直挺挺坐著不動。他沒有下車的勇氣了。碧雲也因眼睛紅腫深恐出到大街上給人見了恥笑。便在車室中踱著。低聲道。到了。陳君還不下車嗎。玉屏嬾洋洋的站起來。瞧了碧雲一眼道。你在香港逗留的時間不多嗎。碧雲道。就回廣州的。多也不過一兩天。玉屏道。狠好。我把些小事〔情〕當完了。也就回去的。我們在廣州相見罷。便又問了地址。然後作別。碧雲帶著婢女。目送玉屏去遠了。纔叫了兩輛車。直到東京酒店。伊意料伊丈夫或者躭閣在那裏。

伊問侍役。可有一箇趙姓的客人在這裏住嗎。侍役道。第五號姓趙。住了三天了。碧雲點頭道。我想去見他。或許是熟識的。侍役道。他剛纔帶著一位婦人坐摩托車出去了。想是去看跑馬的。碧雲道。哦。隨喚侍役在第五號隔壁開了一箇房。伊因車上困頓。又受了重大的刺激。精神疲倦異常。納頭便睡。直到晚上九點鐘纔醒。那婢女已餓得坐著哭了。草草喫了晚餐。碧雲又問侍役姓趙的回來了沒有。侍役道。回是回來了。他說今天疲倦異常。要早些睡。不再見客了。

碧雲無可奈何。便絮絮的問趙姓客的年齡狀貌。侍役所答的與夏聲恰巧符合。碧雲好不納悶。暗想。那人決是夏聲無疑。但那婦人又是何人呢。便問道。那婦人今夜也在這裏住嗎。侍役笑道。伊和那男子一起來的。自然在這裏住。一連三夜。都是如此。說著笑嘻嘻去了。他對於這奇怪的女客。覺得很神秘而有趣。他也猜度著這女客和姓趙的一定有些關係。碧雲悶悶地坐在靜美的燈暈之下。托著腮兒沉思。這趙姓客的年齡狀貌既和伊丈夫符合。計算起日期來。又一些不錯。但是這婦人。究竟怎麼會和伊丈夫住在一起呢。伊向來不懷疑伊丈夫有貳心。這時却不得不懷疑了。伊懷疑伊丈夫欺騙伊了。伊可以犧牲一切鑽石珠翠。情願牛衣對泣。和伊丈夫捱一世的窮。伊不願意受伊丈夫五分鐘的欺騙。伊認為欺騙是丈夫給妻子的大恥辱。鏤心刻肺的大恥辱。伊忍不住淌下淚來。轉念一想。自笑太癡了。天下姓趙的多得很。年貌相似的更多得很。隔壁那趙姓客未必就是伊丈夫。伊丈夫是法律家。是老成練達的君子人。應該無所用其懷疑的。伊又想起日間車上遇著的陳玉屏了。伊很替玉屏悲哀。對於一箇已嫁的婦人。還如此癡情。伊又很感激這多情的少年。這般真摰的愛伊。伊覺得這是不可多得的。但是再轉念一想。伊是已嫁的人了。伊除了丈夫外。不應再受任何男子的愛了。伊受了玉屏的愛和伊感激的心。都是對不住伊丈夫的。伊應該把這種不正確的思想。袪除纔是。伊決意拒絕玉屏的聲影。伊還懊悔著不該把地址給玉屏知道。但是遲了。

伊胡亂想了一夜。將近破曉。纔矇矓睡著。不到兩小時又醒了。忽聽得隔室有箇男子說話聲音。像是說咖啡弄得太甜。把原有的味道都弄壞了。又聽得女子說。甜的總比苦的容易下口。那男子高聲駁道。不然。不然。別的東西甜的好。咖啡却以苦為妙。譬如辣椒以辣為好。酸醋以酸為好。斷不能以淡或鹹為好。因為他的本質是這樣的。又譬如我們當律師的。當然以工心計為好。你們當妓女的當然以賣弄風情為好。斷不能說以忠厚或貞節為好也。因為他本質是如此。但凡物質違反他本質的。總不為妙。說得那女子笑道。好箇律師。喫咖啡却拿我們來打趣了。以後或唧唧噥噥。或高談大笑。最可注意的是那男子說。我和家裏的黃臉婆子約定兩天回去。今天已是第四天。再不走太令伊盼望了。碧雲聽到這句話。現出一箇夏聲在伊眼前。氣得發昏。霍地披衣起坐。要奔到隔室找到伊丈夫拚箇你死我活。方纔罷休。剛開了門。渾身都顫了。自念這是潑辣婦人的行為。像伊這般女學生出身的人。萬萬沒有這種勇氣。男子宿娼。在中國的社會上是不以為怪而常見的事。假使伊把此事鬧大了。非但令丈夫不堪。自己還被了箇妬婦的惡名。這樣一想。不由自主地關了門。躺在莎榻上。掏出一方手帕抽抽咽咽的哭了。這天廣九火車由港赴粵的末次車中。有箇中年男子帶著一箇妖媚婦人。在頭等車室裡說說笑笑。消遣那無賴的光陰。同時又有箇少婦。在室外徘徊著張望著。呈露驚愕和悲憤的容色。直到火車到站。天已黃昏了。少婦故意和那男子同時下車。使他瞧見伊。那男子果然在無意中見伊了。他非常駭異。神經震動得什麼似的。忙替同行的女子喚了一乘車送伊回去。回身走近少婦。狠不快活的問道。你也搭車從香港來嗎。那少婦便是碧雲。冷冷向伊丈夫道。你問我做什麼。夏聲見街上人衆。不便發怒。便一起坐車回去。到了家裡。夏聲臉色轉得鐵青道。你太不守本分了。家裏這樣舒服。却獨自一箇赶到香港去做什麼。碧雲道。我問你赶到香港去〔做〕什麼。夏聲道。這話你不該問我。我們做男子的。為了吃飯問題。終日在外奔波。你管不得許多。碧雲冷笑道。好箇吃飯問題。說得何等響亮。恐怕是吃咖啡問題罷。你別當我是呆子。你的一舉一動。完全不能逃避我的耳目。便把如何在酒店裏住在隔室。如何同車回來。說箇詳盡。末後指著夏聲的臉。狠狠地說道。你欺騙了我呵。說到欺騙二字。眼淚像自來水喉旋開了一般。滿襟都濕了。夏聲也慌張起來。忙温存了一番。又曲為譬解說。男子狎妓算不得什麼的。怎能分夫婦的愛情。用不著這般氣憤。壞了身子。碧雲道。身子倒還在其次。你是法學家。試問你這種行為。在法律上可說得過去嗎。夏聲笑道。逛逛窰子。在我國法律上簡直不成問題。碧雲道。狠好。那麼男子可以嫖妓女。婦人便可以姘戲子。是否同樣的在法律上不成問題。夏聲蹙額道。那就不能。別說為條文上所不許。社會上便不許婦女這樣。碧雲道。法律既如此其不平等。要來何用。老實對你說。我平日既未研究過法律。即使研究過也萬不能和你們法學大家辯論。這可左可（右）的條文。我只知行我心之所安。我良心上的功罪。總比較現行法律平均而公道得多。從今天起。要是你能够痛改欺騙妻子的罪惡便罷。倘使依然假借法律以行惡。我祇有磊磊落落的提出離婚問題。各走各的路。我萬不能長此忍受丈夫給我的恥辱。我的離婚手續。決不提出訴訟。到法庭上去聽審判官隔靴搔癢的判詞。他們都是第三者。決不知道我所受的創痛。也決不能解決這種問題。我祇是我走我的路。也不要分你的財產。或要你負擔贍養費。碧雲說時異常激昂。使這法學大家不由得不內餒。一則自知理屈。二則碧雲只講良心而不講法律。使法學大家無用武之地。三則夏聲本來不能贍養碧雲。他所揮霍的。漸及於碧雲的奩資了。因此種種。天性好辯的夏聲。宛似在法庭敗訴一般。只得閉口無言。

還賠了許多不是。纔把碧雲的氣平了。

因為應酬的原故。夏聲的起居注上。還是和從前一樣。毫無變動。這些碧雲也由得他了。伊既因偵察而獲得辯論上的勝利。只要東風不壓倒西風。也不願西風去壓倒東風了。並且還有一事。使伊時常懷著鬼胎的。便是火車上遇著的陳玉屏。分手以後竟屢次寫信給伊。要求會晤。伊因為顧念著伊的地位起見。覺得萬萬不可再容納玉屏狂熱的愛情。因此屢次拒絕。並且曉以利害。無奈玉屏這人痴極了。無論碧雲說得怎樣。他終是狂熱的寫信。一天碧雲收到一封信。是醫院中寄來的。纔知玉屏病了。碧雲手中拿著那封哀怨悱惻的信。呆了好一會。伊雖不願意再去親近那愛情狂熱的少年。但是聽見那宛轉哀號的呼籲。不免動了不忍之念。那天下午。夏聲已出去了。伊瞧瞧腕表纔兩點半鐘。夏聲每天出去。非至夜深兩點鐘不回來的。碧雲這時給情感驅迫著。便乘輿到醫院裏去。見玉屏病得不停的譫語。狀甚危險。譫語中還時時喚著碧雲的小名。碧雲走近床前諦視。玉屏比較車上相遇的那天瘦得彷彿換了一箇人。一陣酸心。不覺墮淚。便坐著待玉屏蘇醒。問他因何一病至此。玉屏見是碧雲。疑在夢裏。良久。纔垂淚道。攄著十二分血誠感謝你還來瞧我。碧雲道。這算得什麼。我早想和你相見了。遲徊復遲徊纔到今日。此中艱苦。你是統知道的。不用我多說了。於是相對忘形。默然無語。兩人的心電宛似相互接觸般。萬語千言盡在不言中了。他們沉默地對坐了幾點鐘。碧雲幾次說要去。玉屏總是搖頭。碧雲只得坐著不行。天色漸漸晚了。從樓中望到大街上。四處都著了電燈。碧雲說不能再留了。便叮囑玉屏珍重。珊珊的去了。

不知怎樣半途。竟遇夏聲。碧雲坐在輿中。裝作不見。夏聲却已遠遠瞧見了。因有幾箇朋友同行。不便說什麼。這夜却特別回來得早。問碧雲剛纔到那裏去。

碧雲因夏聲素性多疑。自不便把去見玉屏的話實說。祇得推說去探望從前的同學。夏聲無語。心裏却起了無限疑雲。暗想這話未必是真。若使苦苦詰問。伊也未必肯把真話實說。倒不如隨時留意伊的行動。伊既能偵察我的秘密。我難道不能偵察伊的秘密嗎。此後便隨處偵察。凡有可疑的痕迹。都牢牢記著。又騰了些追逐歡場的時候來陪伴碧雲閒游。這樣月餘。却終沒什麼憑證在他手裏。夏聲也漸漸倦了。

玉屏自從病中和雲碧相見後。雖不曾吃什麼藥。病却霍然而愈了。有一天正在一家公司出來。忽遇碧雲。他上前正想說話。見碧雲向他丟箇眼色。玉屏纔覺伊的身旁站著一箇中年男子。目光狠可怖的注視著他。玉屏悚然便向碧雲行了箇點頭禮。趄趄地走了。夏聲那對含著惡意的雙眼。還直釘著玉屏的影子遠去。直到不見纔回頭。向碧雲道。這少年你認識他嗎。碧雲正覺心弦跳盪。見問不知所答。呆了半晌。夏聲越覺可疑。逼著問道。你沒有聽見我的說話嗎。碧雲顫聲道。認識的。夏聲道。他是什麼人。碧雲道。他姓陳。是我的遠戚。新從北京回來。夏聲道。姓陳。新從北京回來哦。以下也不再問。兩人沒精打采的走著。雖然臂挽著臂。兩顆心却各自存著厭惡之念了。因這朵疑雲橫梗在夏聲胸中。碧雲的命運越覺危險了。起初不過在碧雲的行動上留意著。後來連書信的自由權也干涉到了。往往把碧雲的函件拆了然後給交伊。碧雲為了此事。吵鬧過好幾次。夏聲依舊如此。還嘻皮涎臉的笑道。我和你是夫婦。親切至於丈夫和妻子。無論何事都可公開的。不該再守著秘密了。況且我知道你也沒甚秘密。即使有秘密。承你向來不當我外人看待。什麼事都不瞞我的。那麼。偶然拆了你的信。何必如此憤懣呢。碧雲無可奈何。便在沒人的當兒。草草寫了封信給玉屏。叫他此後千萬不可再寫信寄來。以免給人拆閱。又在信中幾句緊要的說話上濃濃的圈了無數的密圈。方纔付郵。伊心驚肉顫的擔了一箇多月驚恐。見玉屏果然沒有信寄來。纔把心上的石頭放下。但是伊偶然記憶起玉屏的狂熱的愛情來。心幕上彷彿還留下一箇淡淡的微痕哩。

夏聲的監察手段。一天天嚴厲了。他連應酬也逐漸疎遠了。婦人家誰不願意日夜和自己的丈夫廝守著。碧雲的心理自然也是如此。可是伊對於夏聲就有些不同了。夏聲的守著伊。完全不是愛情的驅使纔這樣。他的心中方滿充著妬忌懷疑的惡念。他像是潛伺鹿兔的獵狗。將碧雲做搏擊的目的物看待。只要一有搏擊這機會。他便張牙舞爪蹂躪這目的物了。他雖有話有笑。碧雲總慄慄危懼。覺得他這種笑臉是可怕的。一天夏聲忽含著滿臉怒容氣沖沖的在懷中擄出一封信擲在碧雲面前道。你瞧。這是你的真贓了。虧你還話得這般清白。碧雲見是玉屏的筆迹。嚇得臉色紅一陣白一陣。知道是禍水了。忙展箋看時。却是一封真摯纏綿的長函。說如何如何想思。要求碧雲於後日下午在白雲山脚一面。還說什麼但得一見死亦無憾哩。碧雲閱罷深恨玉屏不聽己話。致有此禍。然而事到其間。只有出之以鎮定了。便將信放在案上笑道。這就算是我的罪狀嗎。

夏聲道。你還想狡賴嗎。碧雲道。不賴。並且不辯你是律師。平日尚且硬入人罪。何況此事到了自己身上。豈有放鬆之理。我任你處置罷。說著神色反漸漸復原了。

夏聲不意温柔而怯弱的碧雲竟如此其激昂。倒有些難辦起來。幸虧他究竟是箇律師。工於心計。忙轉笑容道。摯愛的妻。剛才是句笑話。其實我對於你還有什麼不信任呢。就是這封信也狠平常。並沒有怎樣猥褻之處。這或許是單方面的戀愛。也難怪他。像吾妻這般才貌。在交際場中遇見了這種色情狂的少年。怎不使他失魂呢。不過我狠願意知道他和你相識的經過。做丈夫的也許有應知的必要吧。這番不硬不軟的話說得又得體又可聽。碧雲只得因風轉舵。把如何與玉屏少時相識。雙方家長曾有過戲言。如何玉屏到北京讀書。便消息中斷。如何在廣九火車中無意相遇。忠實不欺的對夏聲說了。只把醫院探病這回事掩了過去。夏聲一壁聽一壁思量。眉頭一皺。便笑道。你對於這封信。怎麼辦法。碧雲道。自然是置諸不理。難道還去踐約麼。夏聲搖頭道。這算不得辦法。你試想。像他這般狂熱。豈是你不去所能斷絕他癡念的麼。我看還是你寫封回信給他。說是如約。然後由我去見他。將利害說給他聽。使他以後絕了這條癡心。這是上策。碧雲駭然道。你去見他嗎。夏聲道。你不贊成嗎。碧雲道。你性情燥烈。如何可以見他。夏聲道。我以好言相勸。無所用其燥烈的。碧雲沉吟著。只是搖頭。

夏聲見伊不願意。又轉了一種臉色道。我是好意。你却懷疑我為難他。要是你決意不願。我也不能相强。但是你如此袒護著他。不能不使我懷疑了。他真是你的戀人麼。碧雲著急道。我剛纔不是統已告訴了你嗎。我和他的交誼。實在止此。你不信我也沒法。夏聲道。我倒沒有什麼不信。這都是你自己使我不信。我見他講幾句話。本來是極平常的事。你何必吝此數行字約他呢。此外又說了些反激的話。碧雲究竟年輕。想證明伊的貞操和玉屏的人格起見。竟進了夏聲的圈套。毅然寫信給玉屏說。「屆時敬如約。請早臨。」

後日下午。天氣忽而轉寒。漠漠春陰。大有雨意。白雲山趺下早有一箇少年在那裡徘徊跂望。等候情人。這人便是玉屏。玉屏既接碧雲如約的信。快樂得一夜沒睡。一早便跑來等著。恐怕碧雲先他到來。不見他時去了。豈非當面錯過。他覺得這一面是非常可寶貴的。甯願不吃一天飯。也要等伊一見。再不然減去十年壽命。也要等伊一見。他熱烈的願見之誠。簡直可以感動天地哩。玉屏出來時。祇穿著一套薄絨。這時站在山下。只覺剪剪春風。薄寒中人。望著釀雨的雲陰。不禁皺眉蹙額起來。暗想。這天真不湊巧。偏和情人鬧氣。萬一落雨。便怎麼是好。伊還能來嗎。伊不能來。我今天豈非又失望嗎。想著。喟然嘆道。天呵。你即使下雨。也須等我見了伊纔好呵。這時雲陰忽展微露一絲淡薄的陽光來。髣髴淒冷的天容。勉强堆著慘笑。越發令人不快。玉屏只當轉晴。便攄誠祈禱著。快晴了。免阻他情人的來路。他這時想見伊的心。像火一般在胸中燃燒著。他不知道為什麼如此渴望。他明知見了碧雲。也是無話可說。然而即使相對忘形。一句話都說不出來。都算是幸福。他豈不知道碧雲是已嫁的婦人。這種相會是狠危險的。但是他像撲燈的火蛾。忘却自己的地位了。

雲陰又把淡薄的陽光遮掩了。一陣凝冷而漸濕的東北風吹來。真像就要落雨了。山上的林木。蕭蕭瑟瑟。脫了一大堆舊葉下來。挾著塵沙四散的紛飛。這是如何悲哀的背景呵。玉屏拾了一片殘葉。呆呆的站著。自言自語道。不做美的天將近下雨了。伊假使出了門。也要縮回去。這條路可真不近呵。他用著失望的語調說。然而他的心中還抱著無限希望。他以為碧雲既允許他踐約。終不會失約的。他〔偶〕然見遠道來的人。只要影子在他眼前一晃。他便當是碧雲來了。走近看時。不是碧雲。又覺失望。嬾洋洋的坐在山脚下樹根上。一手扶額深思碧雲來時。第一句話應該説什麼。埋怨伊來得遲嗎。抑或感謝伊踐約呢。對女子應該尊敬。埋怨自然是太鹵莽了。感謝也應措詞得體。纔不令伊討厭。玉屏盤算著宛似已與碧雲接談了。一會。風起樹動。雲陰如墨。淅淅瀝瀝下起細雨來。玉屏坐在樹陰底下。愁〔脈〕〔脈〕翻著眼皮望天長吁。他等得不耐煩了。他也知伊決不會來。失敗之神恍惚催著他走了。

玉屏垂頭喪氣的坐著。明知沒望。還強自譬慰。忽覺有人問道。你一箇人坐在這裏。不是等人嗎。玉屏忙抬頭瞧時。却是一箇中年男子。面貌狠熟。一時竟記憶不起來。那男子原來就是夏聲。這天不著平時的西裝而穿長衫。並且和顏悦色。沒有那天這樣狠視的可怕了。因此玉屏再不會知道是碧雲之夫。便應道是的。但是所等的人或因落雨不來了。夏聲道是不是一位婦人。伊早來了。現在在半山等候著。玉屏詫異道。我到了大半天。不曾見有人上山。伊幾時來的。夏聲道。你不信。不妨跟我上山瞧瞧。玉屏正悶得慌。便糊糊塗塗跟著夏聲上到半山。却並不見碧雲的踪影。問了幾次。夏聲只説再上幾步便見了。玉屏上了又上。喘得滿頭是汗。回不過氣來。心中也覺有些蹊蹺。舉目四顧。距離那些寺院狠遠。密密的都是叢林。便倚在一棵樹旁喘息道。我們休息一回再走罷。虧伊一箇婦人上得這般高。伊誤會了。我是約伊在山脚下等呵。説還未了。夏聲驀地回轉頭來。臉色像凶神惡煞似的拔出手鎗。對準玉屏胸前道。你不要動。待我問你。玉屏猝不及防。嚇得不住的戰顫。返身想逃。又恐他放鎗。只得站定哀懇道。你要金錢嗎。我隨身帶得不多。夏聲惡狠狠的笑道。你想昏了。當我什麼人。玉屏聽口氣不對。越發慌張。既不敢叫喊。叫喊也沒人聽聞。便顫聲道。你為什麼這樣。夏聲道。為什麼。你自己試問自己幹得好事來。玉屏這纔恍然。又想起那天和碧雲偕行獨視自己的男子。就是這人。便強自鎮定道。你的來意我已知道了。今天既在你手中。任你怎樣處置罷。說罷閉目切齒。只等夏聲的鎗機一響。便和這混濁世界作別了。

夏聲拍著玉屏的肩膊道。好漢子。這樣纔不媿一箇敢作敢為的血性的男子。玉屏悠悠地張眸道。承你獎許。狠慙媿。大丈夫視死如歸。算不得怎麼一回事。不過依照歐西情敵决鬬的風俗。不該用狡計騙取沒鎗的人的生命。夏聲冷笑道。朋友。你我是中國人。在中國言中國。恕不能依照歐西。玉屏道。那麼。請你開鎗罷。夏聲道。不能。我還須問你幾句話。你和我妻子究竟是什麼關係。玉屏道。疎遠的親戚罷了。夏聲道。你和伊有過什麼私情。玉屏厲聲道。沒有。快開鎗罷。夏聲把手鎗又湊近他的心道。有沒有。你還不直認。玉屏大怒。獰笑道。這能夠強逼我承認嗎。我已說過沒有了。你拿一百枝手鎗對著我同時射擊。也是回答你沒有。夏聲沒法。又問道。那麼你給我妻的函件。何以寫得如此纒綿。玉屏道。這是我的心聲。我的心喜歡這麼寫。便這麼寫。夏聲道。如此說來。你可承認愛伊嗎。玉屏直答道。上帝知道我愛伊的心是永遠如此的。夏聲道。這便是你的罪狀。你可知道伊是有丈夫的婦人嗎。玉屏道。我知道伊有丈夫的。但我的心連自己都不知道為什麼喜歡這樣做。我以為愛是人類都有的。不能說是罪惡。只要我和伊的行動不越法律。在良心上實在沒甚不安。

夏聲玩弄著鎗機道。你說不越法律。為什麼約伊到此。你的心理便不可問。玉屏道。我剛纔已說過承認愛伊。既是愛伊。便時常見著伊才安心。此外也沒甚別種不可告人的心理。夏聲道。我們研究法律的。祇問行為不問心理。心理是沒人見到的東西。我所說的心理。是純從行為上判斷出來的。這些我現在沒有時間和你駁論。我聽伊說你新從北京回來的。究竟你回南後見過伊幾次。玉屏不假思索的答道。兩次。夏聲驚道。當真祇有兩次嗎。玉屏道。我素來不說謊的。一次在火車上。就是這次。我纔知道伊已嫁令。我非常悲痛。但是發乎情。止乎禮義。我仍想處於朋友的地位。代伊効力。一次。我因為過度的思慕。臥病醫院。要求見伊。伊坐了幾點鐘纔去。可是並沒有什麼說話。夏聲色變道。伊在醫院中逗留幾點鐘嗎。

夏聲喃喃地自語。胸中大起疑雲。他想碧雲竟瞞著我獨到醫院中探病。這回事顯然與此人有愛情的。並且逗留至幾點鐘之久。什麼事做不出來。這還不是他們的口供嗎。好箇碧雲。竟把我瞞在鼓裡。想到此處。憤怒和疑妬之火在胸次熱烈地燃燒著。又細細注視玉屏的面貌。白皙而靈動的臉兒。深入的酒渦。點漆的雙眼。般般都能博婦女的憐惜。何況碧雲和這人自小便有了情愫。誰能擔保他們此時相逢不發生曖昧事呢。夏聲越想越怒。他握鎗的那隻手顫動了。帶著嘲笑和殘忍的聲調道。朋友。你風流是風流夠了。應該替這婦人的丈夫設身處地想想。他要不是沒血性的動物。可能忍受這種恥辱麼。他還有顏面與你並立於天地間麼。你和他無論何如總要死一箇。但他決不是弱蟲。他便不能不取你的為戀愛而流的血。洗滌他的恥辱了。說到這裡。只聽得砰然一聲。玉屏中心早受了一彈。接著砰呼的數響。腰腿兩部。又中了幾鎗。愛情狂熱的陳玉屏。便跌到在血泊中為戀愛而犧牲了。

玉屏既死。夏聲怪笑了一聲。像是自慶他殲除情敵的成功。可是仔細一想。碧雲固然沒人和他爭奪了。但殺人償命。律有明文。這件案終不能永遠隱秘。一旦發露。官中大索兇手。可就不是頑的。再想深一層。玉屏和碧雲的私情毫無真確證據。全憑一己的空想。搆成罪案。這種判斷倘若謬誤。即使殺人不必抵命。倖脱罪網。而良心上的刑罰。却萬難避免的。他漸漸後悔了。將手鎗藏在懷裡。正待舉步。忽見一箇婦人連跌帶爬的赶上山來。大呼道。你們在這裏麼。夏聲纔知是碧雲到來。越發失措。想走又不敢走。不走又不知怎樣見伊。這時一陣腥風刮得碧雲毛髮悚然。倒退了一步。幾乎滾下山去。一眼又瞧見玉屏的屍腿。還微微動著。碧雲這一驚非同小可。立刻暈倒。夏聲把伊抱起。良久纔醒。張眼哭道。陳君我害了你也。夏聲道。你哭他做什麼。他的罪狀實在該死。碧雲收淚憤然道。你說什麼。他有什麼罪。你殺人犯纔該死哩。夏聲道。他誘惑有夫之婦。該當何罪。依照法律上的解決。或許不至於死。但我有什麼面目把自己的家事到萬目睽睽的法庭去出醜。給他人做談柄的資料呢。這是我殺死他的惟一原因。總之嫉妬是人類的本能。當我筋脈怒張殺他的時候。完全做了本能的奴隸。但凡人類都有私有慾。對於妻子尤其獨佔著。不容他人侵奪我的愛情。碧雲慘笑道。錯了。你對我何曾有過愛情。你把我打扮得孔雀般美麗。携著我的臂兒。在交際塲中穿出穿入。這謂之愛情嗎。唉。老實說。我現在覺悟了。這並不是愛情。完全是自私罷了。你不過想自炫。這是趙夏聲的夫人罷了。究竟趙夏聲的夫人的頭銜與我有什麼光榮。其次。你購置了比霞奴琴和佛啞鈴等樂器。贈給我做禮物。這謂之愛情嗎。無非想在你困乏或疲倦的當兒。彈著當精神上的娛樂罷了。與我又有什麼慰安。你在喜歡時候。也許把我叫做寶貝心肝等等肉麻的名詞。其實何嘗是真愛我呢。你背轉身早把叫我的去叫妓女了。唉。傷心的我。箇性的自由和發展。統給你摧殘淨盡了。還說什麼愛情不愛情。欺騙這碎心的婦人。我固然是怯弱。但怯弱者也有革命的時候。今天我再不能忍了。這是何等的恥辱。

碧雲說到這裡。頓了一頓。嫣紅的雙頰變成赤炭一般。渾身的血都湧上來了。夏聲從沒見過伊這樣。又細細咀嚼伊的話。沒一句不是誅心之論。惶媿得額汗沁出。强笑道。你說得太過了。我雖殺死你的戀人。我愛你又還是一樣。碧雲道。我何嘗有戀人。真有戀人。你還配愛我嗎。虧你說出這不知羞恥的話來。我從前實在並無戀他之心。如今即戀他了。這是逼我的愛戀。他為我而死。我因為報酬他的犧牲。所以愛他。話已說完。你的鎗還在嗎。殘忍的律師。你快殺了我。使和他死在一起罷。

律師呆了。碧雲逼著問他索鎗。夏聲自念。假使伊不死。一定會洩漏我的秘密。倒不如依他的話罷。便又摸出鎗來。但是握鎗的手總覺戰顫著。望著眼前花嬌玉媚的妻子。怎忍下這毒手呢。他躊躇了一回。鎗墜地了。他頓足嘆道。罷罷。碧雲道。你把鎗交給我。等我自己下手罷。夏聲俯身拾起手鎗交給碧雲。碧雲握鎗嘆道。你忍著見我自殺麼。夏聲道。我當然不願見你如此。但你既自願殉情。我可不能阻止。夏聲的話實在是催伊快死。他雖不能忘情艷妻。因顧戀著社會上的名譽及地位起見。不得不橫著這條心了。天色漸暝。濛濛的細雨把宇宙間一切事物都灑上淚痕了。碧雲對夏聲道。我就動手了。請你回轉頭去。夏聲依言背轉身子。只聽得砰然一響。

早有一箇人跌倒在地。但不是碧雲。却是夏聲。

碧雲既替玉屏復仇。因為過度的刺激。伊也瘋了。

署名寂寞黃二，選自一九二三年五月香港《雙聲》第四集

謝晨光

加藤洋食店

——風吹花落，落花風又吹起！

鄭板橋

加藤洋食店是H埠的一間日本人開設的咖啡館兼餐館，位置在於H埠的東方名叫做Wanchai的一塊地方的中部。

H埠是E國在數十年前用武力强搶來的一個小島，當時蕪荒的孤島，經了E國竭力的經營，此刻已成了東亞第一大商場了。H埠的正中，是V城，是商場最繁盛的地方，舉凡一切最偉大的建築物，珍珠寶石商店，博物院，影戲場，……都萃會在橫貫H埠的D道和Q道。因為這個緣故，V城的東西兩部都未能十分發展，西部祇是些堆棧的地方；東部雖然有幾間商店，但生意却不很熱鬧，除了三兩家比較發達些之外，其餘的大都門庭冷落，市況蕭條。但有件事可以特別注意的，就是Wanchai的地方，雖然生意很冷落，地方僻靜，不過日本人是很多的，賣瓷器的賣丸藥的都有，近一二年來還開了一間日本式的咖啡餐館，離日本妓女的地方不很遠，所以Wanchai雖然是中國人佔了多數，但日本色彩却是很濃厚的。

光線很強烈地照耀在一間很整潔的商店裏，屋中疏落的擺着四張塗了「巴利士」的板棹，棹上鋪了一方雪白的洋布，桌上都放了一個淡藍色的胆瓶，插了兩三株菊花，胆瓶的旁邊擺了一座小巧的五味架。桌的四旁，放着四張椅。

在桌的旁邊，放着一盆熱帶的植物，狹長的樹葉，很嫵媚的舒開在四週。假如不是注意的察視，彼此是不易窺見的。

靠南的一個座位，是最貼近街道的。那時有一個青年無力的半躺半坐地倚在椅上。蓬鬆的頭髮散在靠背的上端，右手放在桌沿。看他的面貌，像是廿多歲的人了。蒼白的面孔，如像臘製的人像一般，細小的頸部，骨節很明顯的看見了。兩頰深深的消陷下去，和高突的顴骨比較，就形成一度很雄俊的山脈。細嫩的口唇也褪了色了，鮮紅的色彩已褪成淡灰色了，如凋殘了的玫瑰。由此種種看來，誰都會說他是廿多歲的人了，但他那藏在眼鏡裏的一對眼睛，却富有青春的影子，兩點烏黑的眼睛還有生命的熱力，他今年是祇有十八九歲呢。

他放在桌上的一隻右手，正握着一個高身酒杯的杯足，酒杯的旁邊有一瓶威士奇酒，所剩的不很多了。他這時沒有飲，他是呆呆地望着加藤洋食店五個字的反影。

——啊啊……

他呆呆地看了一回，眼睛的光線雖然釘在加藤洋食店五字的反影上，但從他的神態看來，可以知道他是不在看那五個字的，他像在苦憶一件什麼事情。歪着頭一回，他很抑鬱地喊了兩聲，眼睛裏有些溫潤了。

他嘆了一口氣之後，把目光移到桌上的酒瓶來。酒杯已沒有酒了，他再斟上了一杯。

他剛把酒杯拿起想送到唇邊，他又放下了。當杯足和桌上接觸的時候，發出一種很沉重的聲音，他的心坎中像有無限的苦惱。坐在他隔座的一對青年男女給這一種聲音引起了注意，打疏落的葉隙裏偷看了一回，不久又浮出愉快的笑容，很親密地互相談笑了。

他放下了杯兒後，把頸部從椅背移開，漸漸的垂下注視着消瘦得祇賸了一把骨的手頸。他像是在自己憐惜，放開了右手所握着的酒杯，把衣袖翻了上去，越發顯出他的手部的乾瘦了。他看了一回，深深的吸呼了一口氣，把頭微微的搖了一下，眼眶裏的晶明的水分湧滿了，聚在眼角的兩點盈盈欲墮，……

——唉！……

他拖長了聲音這樣的嘆了一聲，聲音是異常的輕微，像不願意別人聽見似的，但在這輕微的嘆息裏，可以知道他的內心是有無限淒痛的背景。是很沉鬱悲苦的嘆息。他嘆息完了，把褪了色的下唇放進很整齊的牙齒咬住，閉目重重的咬了一下，那堆積滿的眼淚就從眼角緩緩地流了出來掛在他蒼白清癯的面龐上。

過得有兩分鐘，他緊張的面孔才漸漸舒開，緊閉着的眼皮也緩緩的捲上。他是頹然坐着了。

他烏黑流利的眼珠，受了眼淚的浸潤，眼眶染上了一層薄紅，眼白蓋上了一重淺灰的色彩，流利黑烏的眼睛，經了眼淚的蹂躪，已經呆然無些兒神采了。青春的媚力已沒有一絲兒影跡了。

像是失眠強支一般，又像是夢遊病者一般的他的眼睛，放出來的兩度光線，祇是虛虛茫茫，如重霧的黃昏裏的燈光一般，衹在很短狹的範圍內吐出無力的光線，呆鈍異常。把他此刻的眼睛配上他那消乾瘦白的面孔和無血的口唇，就無論什麼人都會疑惑他是荒塚孤墳裏長眠着的不瞑的僵屍或者是病院裏纏綿病榻距死期不遠的第三期的肺癆病者了。——但這並不是他的原來的容貌，從他勻整的各部，巨大的眼睛，濃黑秀美的眉毛，正直而微高的鼻子，薄薄的口唇看來，可知他在豐滿的時候，原有攝人的俊美。特別是那對富有熱情而兼有女性媚力的眼睛，會令一般女性見了要跪在他的腳下。

他空望了一回，又拖着無力的目光注視在桌上淡藍色胆瓶裏插着的菊花。菊花大約是清晨插上的了，白〔色〕的花瓣受了惡劣空氣的侵蝕已微微有了焦黃，有一朵還有點兒青春的影子，但鮮潤的花瓣已經乾皺了。

他看了一回，像是起了花殘的感慨，面孔幕上了一層很深重的悵惘的顏色，他眨了幾下眼皮，像是想流淚，但沒有淚流出。

他想看別張板棹上的菊花，他瘦長的頸上的頭顱在移動着。當他看到背後的一張時，他的神情突然緊張起來，像竊賊一般兩隻暈紅的眼睛露出兩道可怖的目光，眈眈注視着那桌上對坐的一對青年男女，像是戀人模樣的一對青年男女。

桌上的碟中剩着些殘肴，碟旁放着一付鐫刻很精美的刀叉。還有兩隻酒杯，有一點透明白色的液體，兩隻酒杯的中央有一隻太陽啤酒的空瓶。

男的在抽着煙捲，輕柔的白煙從他口裏吹送出來，帶有一點濁渾。他的左手擱在桌上，右手支在桌上執着煙捲，目光注望着對面的女子作得意的媚笑。女的正打開手提盒，對着盒內嵌着的一面心形的鏡子，取出一個金色的圓盒來，盒面有 Dear Kiss 兩字，她打開盒子把絨球按了幾下醮了一些粉，這些粉是淺赭色的，一看就可以知道是法國 Coty 公司的製品。她在搽着。隨後又取了一盒白色的醮了些塗上。

「時候也不早了。我們到 Queen's Hotel 去赴 Miss 梁的跳舞罷。」男的説。

「……」

「不歡喜去嗎？你如果不歡喜去就不去罷，不打緊的！」男的連忙説，對着她媚笑。

「誰個不歡喜去?!」

「……嘻嘻！」

男的站起身來，推開了椅，走到女子坐的一邊，在壁上的衣架除下了她的斗蓬，站在她的背後，張開了斗蓬蓋在她的身上。

女的掉轉頭來對男的媚笑。……

……一個長時間的接吻。

躲在樹後眈眈偷看的他，此時如夢初醒，他的胸隔高高的突起，又緩緩的低陷下去。他如狂奔後一般，呼吸很是費力。

他掉轉頭來，想避免這種富有激刺力的情況。

他把頭部放在展開的兩隻手掌裏，手背放在桌上，想借這兩隻手來掩埋他剛才所看見的景象所引起來的苦惱，他又像是懇求理智之神給予他以强毅的力量來克服這會蝕滅他的一切的緊張着的感情。過了一刻，他像安靜了些兒，固有的嚴冷回到了他蒼白的面部，胸膈也平順了許多了。

他給兩手掩蓋着的頭顱的聽覺忽然又敏銳起來，他側耳傾聽着，像在一個深夜裏，萬籟無聲的時候，悄悄地靜靜地偵察鼠子行動的小貓一般，呼吸也抑壓着變成很幽微的聲音。他雖然仍俯伏於兩手之間，但他的注意力完全超脱在兩手之外另外注意到別一件事情了。他是在給隣座椅脚在地板移動着所發出來的顫震的聲音吸引着了。他這樣的冥想一回，突然又迅促地仰起頭來脱離了兩手的掩蓋，睜開了緊闔着的眼睛，迴轉頭來注視他剛才偷看的一對青年男女。

當他的視線移在背後的座位時，那一對青年男女已經姍姍行開了。那位女子因為給斗蓬遮飾着，所以行步時的姿勢看得不很清楚，祇見那藏在斗蓬的兩脚在很輕盈地移動，當兩脚移動的時候，隱約可以見得斗蓬近臀部處很沉重地顫動。假若把斗蓬卸下，當會另有一種迷人的恣態。那位男子在她的右邊，披上一很黑紫色的外套，外套不很長，祇到膝部。外套沒有遮住的一部，可以見得是一條淺藍色的「牛津」式的褲子，寬闊得很。這時她的右手，穿在他微微彎起的左手間，很親密的行着。

他似注意而又似非注意的凝望了一回，那一對青年男女已經出外去了。他們去了之後，他仍然凝望着，眼珠像固定了的，沒有一點兒變動。最後他纔沒精打采迴轉頭來低聲唏噓，用很顫抖的聲音說，他的聲音就低得像沒有出聲一般。

——嗳嗳！你們倆幸福者喲！假如你們是眞心愛戀着的，就希望你們能够……完成你們的希福罷！祝你們永永相好！祝你們永永處在甜蜜的幸福之園裏！祝你們一生一世都享樂你們的幸福！上帝：請你容許我這唯一的祝禱罷！我望一切的有情人都不要再蹈我的覆轍！假如人生是有苦命之杯的，就讓我來一口一口把她喝乾罷！一切的痛苦，祇要你們能够快樂，都交給我罷……

他這般喃喃祈禱着，心靈裏充滿了偉大的慈愛，他覺得這樣替人祝福，能够少贖他的前愆，所以悲苦的愁懷暫時放寬了些，唏噓的嘆惜也沒有了。但這祇是剎那頃的安慰，當他迴想到他自己蒙了罪惡的身，他就禁不住一哭了！

——恨姊：我此刻長跪在你的裙邊，我此刻拖了負罪的靈魂向你求恕。唉！恨姊：我自知我的罪過是莫可逭恕的，我這不純潔的身軀我實沒有顏面來重見你的，但是我知你是渴望着我的歸來，我知你會撫着自己創傷了的心靈流淚來恕我的不可逭的罪過，你能恕我的，你雖然自己蒙了重傷纏綿病榻你也會强顏笑對着我安慰我恕過我的，但我又有什麼顏面來見你呢，我親手刺傷了你的心靈，我親手毀滅了夢境裏的樓閣，你的心靈的瘀血正流着呢，紫血色的血液正汩汩地流着呢，一點一點的，一痕一痕的佈滿了你受了重傷的心房，那一絲一絲的血液中還凝結你癡心所織成的夢想呢，可憐你九閱月的癡迷，祇獲得幻滅的悲哀，祇獲得無涯的創恨呀！你空中的樓閣是粉碎了！是一座座的傾塌了！誰實為之？我祇有長跪在你的脚下了。我的罪過是不可以寬恕的，我這罪孽深重的人，我亦不希望避罪希望你能够恕過我，但願上帝有靈，重重的鞭責我，把我的肉體用薄利的長劍把我一片片來凌遲，將我的肉去飼餔那饞凶的豺狼，這時在我痛澈肺腑的悲苦的呼聲裏或者够稍贖我的前罪，不，這祇是肉體方面的受苦，肉體方面的受苦是不能贖靈魂上的罪過的，恨姊呀恨姊，我是蹂躪了你靈魂的惡魔，我是糟塌了處女的愛情，我是無論怎樣也不能贖我的罪過的了。靈魂上的罪孽是不能補贖的喲。恨姊，我懇求你不要再思念我罷，你不要恕過我罷，你恕過我祇有增加我無涯的罪孽，你思念我祇有令我更加痛苦。我望你能重重的責罰我，我望你能够切齒痛恨我，我望你能祈禱鬼魔來辱毆我，我望你能咒詛我早日滅亡……但是你的靈魂雖然受了重傷，你是仍然有無〔限〕慈愛的，你一定能够原宥我，你一定不忍以「薄倖」兩字來責罸我，甚至輕怪我。在凄涼的寒宵，在孤零的午夜，我知你悄悄地一個人在病室裏倚着鬆軟的枕頭時，一定會想念起拋棄你侮辱你的我的，你當會想起裙帶路上的漫遊和放狂的接吻的，你又會想起數月不見了避到S埠去了的我的，你大約還以為你有什麼觸犯我的地方所以我拋棄了你罷，你大約還苦心搜求你的沒有的罪愆來希望我恕罪罷，哦哦「擣麝成塵香不滅」，你的癡情是完全給我毀滅淨盡了！恨姊呀，我如今遠地歸來，知道了你患病，我是祇有痛哭。哭，痛哭，是能贖罪的麼？我是自欺欺人罷了！我屢次想到你那裏一行，但我有什麼顏面見你呢？唉！你是太癡心了！……

他空瞪着眼睛，包含着一泡淚水，自怨自艾的像夢遊病者 Somnambulist 般微弱地說了這一段話後，眼淚又從新依着乾了的淚痕流出來了。

一九二七，二，二三。初稿於香港灣仔。

選自一九二七年五月一日上海《幻州》第一卷第十一期

跳舞

Alice 姑娘把手兒擱在我微微彎起的蒙上了黑色的夜禮服的臂上。我們離開了 Box 式的汽車，很温靜而豐有經驗地踏上了我們慣到的英皇酒店，這是香港最富麗的酒店。

我的光耀奪目的黑漆皮鞋和 Alice 姑娘的金色的舞鞋雙雙踏上了象牙一般整潔的石階。我們把脚步放得十分文雅，踏在石階上也闃然無聲，恍惚躡足到了仙宮。她今夜更是打扮得勾人魂魄，金色的舞鞋，貼近粉紅色的絲襪的四週，綴上一串碧青的珠片，襯着她的温豐的足背，愈顯得牠的婉美，任是怎樣歷過萬刼的情場裏的英雄，也會為了她而顛倒的。我帶着高傲地讓伊輕挽着。門前的戴着白帽穿着短短的外套的閽者正襟含笑歡迎我們的進去，他胸前的三行緊密的銅紐也似乎在向我們敬禮。

我們聽到一陣掌聲和渾然的哄笑。大約是一次的跳舞已經完竣了。

經過了一度脩長的地氈，我們同進了這酒店的跳舞場。最後的一兩聲掌聲還在斷斷續續地擊拍着。跳舞廳外的紗燈放着暈黃的光輝。

當我們的全身現在跳舞廳的時候，初來的士女都把她們俊美的眼光投到我們的身上。從我們的面部一直移到脚部，重新再看了我們的面部一次，然後纔移轉了她們的目光。有些却連看幾次，都不捨離。——這是我們到此地必須經過的一個關頭。當初我很厭惡她們的注視，但不久也就慣了。我們的最新款的衣服和色澤的勻配已足引起人們的奇視，何況她的秀媚和我的青年英俊的丰采有出俗的美好呢？她（他）們當然會為了我們而起了注視和羡妬。

我和伊對坐在鐫刻很精美的椅上，那圖案的美麗，很足令我們讚嘆的。界着中間是一張披上了白色的枱布的方桌，桌的中心有一個淺絳色的胆瓶，是透明的，像水晶一般的淨澈，瓶裏插着幾株白菊，瓣兒還很鮮潤，大約是剛才折得的，瓶畔是一個銀盆，盆沿有一條半寸高的邊周繞着，盆的上面，放着兩個綠色的杯子，還有一瓶 Hock 酒，瓶端的銀色的封紙已經裂開了，馴服得像綿羊一般的侍者很正小心的替我們抽開了 Cork 的樽塞傾酒在杯上分放在我們的面前。

我咬着一枝有半尺來長的琥珀色的煙管，插上一根煙捲在吸吐着。我的背安放在椅背上，身子有幾分欹斜的樣子。輕柔得像舞女的纖腰似的青煙，曲折地向上騰散，陣明陣暗的掩遮着她的美麗的面臉，我凝眸鑒賞這醉魂的風光，細味到紅鐙綠酒間原有這樣的綺膩滋味，頓時倍萬憐惜起自己的青春來。她今天儀態的溫豔，我是從未見過的，象牙一般的面臉，隱隱映透着暈紅的嬌彩，恍惚是皓雪中的紅梅一般的可愛。配着她的 Bobbed 的秀髮，更是惹起男性的跽倒在她的裙邊而絕無怨詞了。我自想，以我的樣子，配起了她的美貌，任是什麼人也要讚我們是神仙美眷了。是的，我的丰采與裝飾是不會辱沒了伊的，我是深深這樣自信。

她把她的不可描寫的下唇伸了出來，捲沒了她的上唇，媚眼中達透出薄嗔的嬌態。接着她嫣然一笑，似乎在怪我的凝視。她這輾顏一笑的半嗔媚態，可以令十年面壁，綺念全消了的修行老僧重到紅塵，也可以令咒詛歡場是墳墓的朋友勾起了膩思，擁抱着他們的愛人恣情狂吻。我也報以一笑。

Philipine 的樂隊又開始奏樂了。悠揚的樂音起處，大家都離座攜了 Partner 舞蹈。樂聲和着我們跳了一次 Waltz。我嗅到了許多夾着肉氣的香味。有好幾次，有位年青的外國女郎把她的藍寶玉似的眼睛注視到我的臉部。

* * * * *

「明天『皇后』做什麼戲？」

「Kiss me again。」

「是誰主演的？這銷魂的劇目！」

「我沒有看過 Programme 哩。我們明天去看看好嗎？」

「五點鐘我要赴 Violet 的婚宴。」

「那麼，Nine P.M. 那 Performance 罷。」

「……」（點一點首）

「我到 Violet 那裏等你好麼？」

「不如到 Mac's Cafeteria 罷。」

「也好，我準八點半到。」

我一面答着她，一面在 Vest Coat 的小袋裏抽出錶子來看。時間已經是十一點半鐘了，這是跳舞場中最熱鬧的時候，因為劇場正是這個時候散場的，有許多攜同了他們的侶伴再到這跳舞場中來尋樂，到了寒月斜西，纔迎着夜涼，緊擁着大氅伴着舞侶歸去。這差不多成為慣例的了。

這時我迴望門口，正有幾位新進來的不知名的朋友。他們都是攜着舞伴的。幾張空了的椅子，不久就幾乎給這些新來的佔盡了。一時堂麗的跳舞廳中，添了不少點綴。穿着白色制服的Waiters匆忙地去招待來客，貼近鵝黃色的粉壁移動他們忠誠的身軀，脚步輕得像踏上了輭厚的綿絮。

我把錶子放回了袋裏後，仰首望望Alice，她的溺殺過許多少男的眼睛正注視着門口。從她的眼中，知道她的心正有了多少詫異。微微張開的櫻唇和鬆馳的面部很足以證明我這推測的不錯。我在私念着，或許有什麼戀愛的侶伴，到這歡樂地來，致引起了她的注意。然而，她曾自信就是放下了頭上戴着的寶冠拋棄了手中握着的「金萍果」也沒有別的女子敢戴上她所特有的寶冠或去偷觸那委棄在地上的萍果的〔。〕她睥睨一切女性，她同時也睥睨一切男性，這次屈服在我的手下，是第一遭的失敗了，我絕不相信來的是比她還要好的女子，或者比我更美的男子，然而她為什麼要這樣注視着呢？這一刹那間的幻念在我的心中耀閃。

果然，她含着鄙視地笑了。我像得了勝利一般，掉轉我的勾人的目光望着來者。當我反顧的時候，我的眼光像受了固定一般，祇呆呆地望着。——出乎我的意外的，來者不是慘綠少年和紅顏髑女的並肩半擁，却是一個我從未在跳舞場中見過的半老的姑娘！

她的年紀，據我看來，在四十歲以上了。她的臉上塗上一層很厚的粉，把她的整個面部完全掩沒在白色的鉛粉中，像皓雲埋葬了的秋林一般。然這木然無情的鉛粉，也似乎有了點世態炎涼的樣子厭惡她的青春悄遊後的面龐，冷落地和伊離隔，像在勉强地纔宣染上一般，有好些地方竟像要委卸下來，逃避去伊的面部。她的本來是很〔幼〕小的眉，給黑黛填成了條弓形的假眉，一直倏長引到她的有了皺紋的兩頰，和眼角平齊在〔觀〕骨的地方，她塗了許多胭脂，像兩片秋深的楓葉貼在粉面上，異常强調的色粉，很令人見了不愉快。嘴唇也塗滿了胭脂，這些東西，把她的眞面目完全掩沒了，恍惚是傀儡戲中的蠟人一般的呆板。過分的裝飾，把她弄成十分難看。祇她的眼睛還含着很微很弱的青春的殘影在那裏眷惜遺留着，做個忠誠的老僕，陪伴着牠的二十餘年來的主人。但這一些青春的殘影，也起了風蠋殘年的悲哀了！她的眼睛很美麗，輪廓的端秀，隱約中還可以見到她年青時的美貌。若在如花的碧玉年華時，大約也曾溺殺過不少翩翩裘馬的，雖然如今是暮老了。

她是剪了辮的。頭髮還未很白，大約是經過了修飾的。梳着 Athlete Bob 的款式，在兩鬢的地方，把頭髮捲起一個缺口的圈子，額前也是這樣。這個款式，在少女也有許多不敢梳的，而這個已老的婦人，却具有這最流行的髮樣，確實令人怪訝的。頭髮梳得很貼伏沒有一絲紊亂。為了這頭，她大約費了不少時刻來裝理的。她穿着一件長衫，短僅齊膝。袖僅及肘。衣料是棗紅色的，四週用些花瓣圍着。淺青深綠色的花瓣圍着這棗紅的長衣很惹人注意的。高高的領子，把她的頸部完全掩遮着。紐扣的地方，貫上一件嵌着鑽石的金釵，很耀目地在亮白的燈光下吐露着牠熠熠的光芒，似乎又在告訴牠的主人公的闊綽。她的兩手，給一雙白手套蒙着，看不見是怎樣的形態。但在蒙上了潔白的手套的手指上，却戴滿了各式的指約，有一個是嵌着玉的，玉色很翠，樣子也極清秀，是橢圓的，但兩端削成尖形。這玉很長，和她的手指作平行線的戴着。此外還有兩只鑽戒，一只嵌有五顆小的鑽石一只嵌着一顆大的。當她的手在搖動的時候閃爍的，光芒就眩耀人目了。她的另一隻手挽着一個手提皮袋。

她的長衫底下露出的是一雙穿着玫瑰紅的絲襪的兩足，襪長一直套到腿部，這在她坐下的時候可以見到的。她的脚肚已經消失了豐滿的風姿了。本來少女的脚肚類多是圓大而有彈力的，但她的美態已不能再呈顯在我們的面前了。雖然她的雙足是給絲襪蒙蓋着，從那不相稱的襪子推揣也可以知道是不很好看的了。她的脚上穿着一雙白色的高跟鞋，鞋面嵌滿了光耀的小片。襯着她的襪子，很有點風緻。她的鞋子的樣式很好，鞋尖的地方沒有膿腫難看，這要算最好看的一點了。她這時正把右足疊到左足的膝蓋上，微微喬起她的白鞋子，所以我看得很清楚，她向侍者取一杯 Orange Spuash 說得英話很正確。

同廳內的男男女女都把奇異的目光注視到她的身上。有些還含了一點鄙視的神態。恍惚是這樣的一個婦人是再沒有裝飾和到這些地方來的資格了。他們的不滿意很可以從他們的面孔看出來的。年輕的女郎大都含着傲意地哂笑。Alice 姑娘似乎也很有點討厭的神態。

這跳舞廳中的怡陶的喜氣，都給這新來的婦人弄成了不愉快了。像是春光明媚的時節驟然吹來了一陣陰霾的令人不愉快。本來是興致很好的我也給新來的她勾起不快之感了。我看看 Alice 的面色，很有點想趕走了這婦人，但我是沒有名目〔攆〕走她的，我祇是含怒着。我望望同座的青年男女，都停止了他們的喁喁膩語來嗔望着她。侍者，本來是馴伏如奴隸的侍者，也都有點訕笑的樣子，但不敢表露出來罷了，從他們的眼光中，很有點狡猾的神氣可以看出來。

她把疊着的脚放下了。把長衫的下部用手去微微地整理牠，大約是恐怕有了皺紋不好看的。她幾度摸按後，把她的頭部抬了起來。這時再沒有別的關於她自己的東西可以令她消磨時光的了，而 Orange Squash 又還未送來，她就向這廳中的同座者迴望了一週。並含着友誼的招呼地笑了，她微微的張展開她的塗滿了胭脂的口。啊，出乎我意外的，在她的血一般的口唇內，竟藏着兩列潔白而整齊的貝齒！不大不小的兩列潔白得像皓雪一般的貝齒，眞極像 Alice 姑娘的一樣，假如我們單看了她這兩行白牙，或許會起了羡妬之心，千萬也當不會料到具有這名貴的牙齒的是一個已老的婦人而幻誤以為是什麼如花美女的天賜之寶。我因為她的牙和 Alice 姑娘的是同樣的美麗，我本來是很討厭她的，到了這時也減輕了一點厭惡，我覺得她還有點可取的地方。

當她圜視四週的時候，大家都無形中給她極難堪的侮辱，把下唇突起，做成很藐視的樣子，緩緩的把他們的頭顱移了過來，一面轉移，一面把面部微微上仰來拒絕她的友誼的招呼。有些還發出一點很微弱的冷笑之聲，對同來的朋友很冷落地一笑。意思是說，這是一個不自量的婦人。

她的含笑的友誼的招呼終於沒有人接受了。她的得要送給別人的微笑，終於璧還到自己的面上。她的笑痕逐漸擴張了，她把肩兒聳了聳，接着把眼眉向上一動。

她在勉强一笑。這一笑中含有多少淒苦和冷嘲的滋味。恍惚是含淚的苦笑。她笑後，第二次的跳舞又開始了，大家依然攜着 Partners 離座。大家離了座後都把目光投射到她的身上。大約是在審察有什麼人和她同舞。他們的目光雖然含有多少好奇的心，但也有諷嘲的意思，大約是嘲笑這位年老的夫人，沒有 Partner 也貿然到跳舞廳中。他們正嘲笑她的不知自量。

啊，青春去後，是一無眷惜的了。一切紅燈綠酒間是再沒有資格在那裏吸一口空氣了。我忽然深深感覺到年華已老的悲哀。

「她也是一個人罷。如有的是金錢，有的是裝飾的心情與時間，她也一樣的具有女性的眼睛，她更有潔白無倫的皓齒，她那一樣不是女性的？祇是她的青春沒有了，她是喪失了她的寶貴的青春。她如今受到的比凌遲還要殘酷的冷笑，都是她沒有了青春。她的青春不再附麗在她的身體了。在碧玉年華的時候，或許她曾令千萬的男子跪倒過石榴裙下，乞求她的愛憐；可是如今所遺餘的，祇有冷笑的給與，再沒有人憐惜她的心情。啊啊，一霎卽逝的促促的青春，不過是像彩虹一般的呈露罷了，轉瞬就是什麼都幻滅了。我如今雖然還是一個博得少女們的顛倒的青年，我雖然具有的是懾人的目光和令女性迷想的面孔，但我依然避不了暮老的來臨。白髮依然會偷生在我的兩鬢。我頰上的兩朵暈紅的豔影，是會消滅去的，我不能使他們長留在我的面上。逝水年華，伫顏無術呢！……」

我憐惜現在的青春和懼怖茫茫的未來。

「有那一位先生願意和我一舞的呢？」

她給眾人注視後，欠身起來這樣的說了一句。一面說着一面從椅上站坐起來，把手袋放在桌上，然後用右手拉一拉她的衣服，向四週的男女一望，渴望有什麼人能和她跳舞。她含着不自然的笑意，他們給與她的是一陣哄笑。

「你和她跳罷。」

「你去，你去！」

「好一個跳舞大家呢。」

同座中有一位穿着淺紅的外套的青年，帶着訕笑的樣子用手推了推他的穿灰色的外套的朋友，他的朋友給他一推，微微的一傾斜。上面這幾句話就是他們説的。他們同來的舞侶都合唇笑了。同座中的紅男綠女也一同和笑起來。整個 Dancing Hall 頓時添滿了很冷酷的笑聲。在四週嘲笑之中，她也勉强一笑。似乎在感謝他們的殘忍。

「嚇嚇赫赫！」

「x x，我和你跳舞好嗎？」

「我是跳舞大家喲！」

「赫赫赫赫赫！」

「赫赫赫赫赫！」

「你和我跳舞是你的榮幸！」

我聽到了不少這樣的嘲諷的聲音，我不覺激起了憐惜之念，我為了她起了不平，我望了她，她已經退回了座位中在吸她的 Orange Squash。她的頭俯了下來，兩目凝望着橙汁中的雪片。

我推開了座位，行到她的面前。她的頭並不仰視，還在吸着她的橙汁。我向她鞠了一個很深的鞠躬，如對淑女一樣的敬禮。同座的青年男女都把奇詫與嘲笑的目光注視着我們。本來已奏起的音樂也不覺緩停了下來。全廳的空氣忽然轉變。

她給外界的驟變引動了，放開了口中噙着的 Straw，向我點了一點頭。
「夫人，請你容許我和你跳舞。」
全堂又是一陣哄笑，但我絕不顧及。
「曉霜。作瘋了麼？」
Alice 姑娘走到我的背後，用她的膩滑的纖手緊緊挽着我的手臂，并且搖了幾搖，意思是想叫我拒絕了和她的跳舞。她的聲音有了點顫震。
全場的笑聲都停止了，在沉息之中細看有了什麼變化。這時我和 Alice 姑娘和這位半老的夫人就成了全場注視的中心人物，他們都覺得很詫異一個這樣漂亮的青年竟向一個老夫人要求跳舞而冷落了他同來的舞伴，一個美麗的舞伴。
「曉霜！我們來跳舞！」
Alice 姑娘把她的左手握着我的左手的手背，她移轉了她的身子在我的面前掩遮了這位夫人，右手執着我的富有力量的腕臂。她的兩眼向我注視，帶着媚容的向我靜靜地注視着，想得到我的回答。全場的目光也都注視着我。
「Alice 姑娘，恕我不能應命。」
我把給伊握着的左手脫離了伊的羈縛，用力從伊的手中掙脫了出來。我把目光射向那位夫人的身上。
「夫人，怎樣呢？我敬候你的回答。」

Alice 姑娘把帶怒的目光注視着那位夫人。這時她突然和伊成了對峙的地方。她自恃着美貌可以戰勝那位夫人的，但我的舉動出她的意料。

「先生，你和這位姑娘跳舞罷。我是不會跳的，剛才是笑話罷了。」

她回答的時候，聲音說得很婉轉。在她的眼波中，似乎含有多少淒苦的意味。

「夫人，你是說謙話了。我願你不要推辭！」

「曉霜，曉霜！」

「請你離開我！」

我呵斥 Alice 姑娘。大家對我很有點憤氣。

「曉霜，我們回去罷。」

「我不願這……」

「是的，先生，你和這位姑娘回去罷！」

「我不願這個時候回去！」

「然則要什麼時候呢？」

Alice 姑娘的聲音完全是屈服而乞憐了。

「你要回去，你可以回去！」

「我要和你一同回去。」

「你可以走你的路。」

……

「先生，我很抱歉！以我的一句話，弄成了這樣事體來。我要說不盡的抱歉。現在我要走了，讓你們跳舞罷。」

她說着的時候，提起了她的手袋向門外去。大家都把目光望着她的顫動的身背。Alice 姑娘緊緊的牽着我，她恐怕我跟着她一路去了。

摩托車的响號叫了。

一九二七，十一，十九夕。

選自一九二八年上海《現代小說》第一卷第四期

La Bohéme

S到了電車站已經有五分多鐘了。

孟春天時，仍然像是冬天一般的，六點多鐘，太陽就拖着黃色的殘暉低沉在西方的天末了，S到了車站時，大地已經給一片灰色的天幕籠蓋着，如像在一個重霧的時候。祗西方遠處還隱約有多少光彩。電車站旁的瓦斯燈，孤寂地矗立着，在蒼茫的暮色裏，放出一度半球形的銀白色光輝，在黃昏重重圍迫裏掙扎。燈光之下，有幾部東洋車很齊整的排列着，車夫蹲在車上踏脚的地方，兩手抱着膝蓋，渴望有什麼人能够光顧。在這樣的景象裏，任是什麼人都感覺着淒清蕭條的情味。

電車站頭祗有S一人，他等得有五分鐘，不耐煩的脾氣又發作了。

——「她離這裏並不遠，理應是要來到的了，為什麼還沒有見她呢？……這樣久啦！……莫不是她的父親不允許她到劇場去嗎？……不是的，她說過她的父親是不禁止她的行動的了，而且，她又決沒有說明她是和我到戲院的，她的父親有什麼理由來禁止呢！……難道她忽然又不願意去？……她剛才還滿口應承我去的，還要我快一點到電車站。莫不是在我剃鬚的時候，她來了見沒有人就回家去了？……來遲一點就不等人的！女子真沒有耐心！……我相信她未必到了的，我剛才打電話給她的時候，她說還沒曾穿衣服呢！……她是未來過的！……女子真可惡！完全不體諒別人在電車站頭等候的討厭！……」

他正這樣的想着，在心裏自言自語了一回，很不安靜的打了一個圈子。抬起頭來，從他250度的近視眼鏡，見不遠有一團青影蠕蠕移動，漸漸擴大，祇可惜燈光不很强烈，那一個青影又在迷糊的夜色中，所以看不清楚那一個影子是怎樣子的一個人，祇隱約見得行走的姿態有幾分像是他所等候的A。從一剎那間的直覺，他不覺又起了一陣輕微的戰慄。

眞是A到了。

——啊啦！對不起！令你等了許久！

——我也是剛才到的。不打緊！不打緊！

——……

——你的父親方面沒有什麼問題嗎？

——他是不禁止我的行動的，有什麼問題!?

是A的回答。她覺得S這樣問她，是男子畏事的表現，她不覺輾顏笑了。

電車到了。他站在一側讓A先登。

當A沿着扶梯到Top deck的時候，S注視着A豐滿的脚肚，肉色的絲襪，櫻色的皮鞋，他感覺着一種誘惑。

到了車上，A坐在一張單人的椅上，S迫不得已坐在她的背後的椅上。他覺得有多少不愉快了！他以為A一定可以和他並肩坐在一張兩人的椅上的。他簡直以為A是有意侮辱他了。但他一想及和A認識不過祇有幾天，而且她是一個女子，能够有胆量在禮教流毒很盛的H地和他同行，已經所對於他有特別感情的了，還敢冀望她在人叢中和自己並肩坐着麼？固然她能够和自己坐着，是可以更自己愉快些的，但亦要原諒別人的苦衷的罷？他想到這裏，便什麼怨懟都沒有了。他的心兒整個給愉快和自傲包圍着了。

他不時掉轉頭來觀察同車的人對於他和她的態度。他並且時時和她談話，表示他們雖然是不同坐，却是相識的。

H埠最宏麗的 Queen's Theatre 已經捺着了電燈了。青蓮色的，橙黃色的，蔚藍色的，艷紅色的各色各樣的電燈，把戲院的外面映耀得十分璀璨。在高高的拱牆之下，用銀白色的電燈綴成 La Bohéme 兩字，什麼人經過這塊地方都不免給牠攝引着回頭看看。

堂皇偉大的 Hall 裏，有不少人站在了。耀目的印度綢，披在女性的肉體上，五光十色的馬甲，眩耀得令人發昏。她們有的是少婦，有的是綺年玉貌的姑娘。發育圓突的胸部，富有媚性的眼睛，令人起了不能自持的陶醉，內心起了一種性慾的衝動；當注視在她們那隱隱約約隆起的胸部時，就會聯想及在這些衣服之內是一個怎樣的肉體，那起伏不定的曲體是如何的調勻，是如何的令人迷醉!?那些少婦呢？她們那對眼睛有好些還留存着少女的媚態，温柔的風韻。在這樣的一個充塞着女性的劇場外的 Hall 裏，祇見着青春的影子在那裏憬憧。還有那馥芬的香水和香粉味，不時受了温和的春風的吹送，沁入肺腑。夾着女性肉體氣味的香氣更令人酥骨醉魂。在這樣馨香芬郁的劇場中，更令S感着極大的興奮。

買票的自然是S了，他劃了兩個 Dress circle，是 C2 和 C4。

不久，五點鐘的一場已經映完了。他們和別的觀眾一樣進了劇場，引座者帶他們到右方第三行貼近正中走路的兩個位。

和諧的音樂到了曲終，全場的電燈緩緩的息滅了，除了少數紅燈之外，全劇場完全是黑暗了。

A和S都在看戲。

——你有見Y嗎？

A開始幽幽的說了。

——沒有呢。有什麼事情？

——他近來很有趣。

——是他和W女士的事嗎？

——是呢。你也知道麼？

——一些兒。

——C說，前星期在二馬路見着他和 W，他替W肩着傘。他對別人說是到尖沙嘴去。……

——嚇哈！

——還有些更好笑的事呢。

——什麼？

——在前月，W寫了一封信給Y，提出三條條件，（1）你可以做我的……嗎？（2）我們倆的愛情能够維持下去嗎？第三條我忘記了。那時Y和H很要好呢！W眞是功利主義者了，她不知道H的痛苦。Y呢，更是該殺了。

S聽了A的話，他疑惑A對他是有意思。他們又繼續看戲。悠揚的樂聲，漸漸地轉向激越，忽又驟然寂默無聲。

銀幕上是一個春天的風景，無限的春光，吹拂得綠草異常茂盛。一叢叢矮短的樹木，不知名的花兒，繽紛點綴。春天的郊原，是另有一種迷人的情態的。這時，一個窮苦的青年著作家和隔壁一個窮縫衣女郎 Mimi 及一羣朋友到郊外遊樂。青年著作家正在追逐 Mimi 戲舞。終於在一條清流之前把她捉住了。在這樣醉人的春光中，把一個妙齡少女擁抱在懷抱裏，那青年作者像狂了一般，在 Mimi 的面上狂吻起來了。……

S看到這裏連忙偷看A一眼，在燈光幽黯之中，他見着A把頭掉轉向壁上望了。但那對流利的眼睛，還時時注視到劇中人的舉動，頭部也時時想掉轉過來。……

S幾乎不能自持了！

——A，你覺得熱嗎？

S這樣問，聲音有幾分顫震了。同時他也覺得他這句話發問的動機是太卑劣了。

——不覺得。

——眞的嗎？

S問了第一句，勢不能這樣就中止，他索性更近迫一步了。

——眞的。

——我恐怕未必罷。……你給我看看。

S說着，聲音倒沒有顫震了，但額部微覺寒冷，胸部似驟然收縮似的，透不過氣來。同時他的右手就向左方伸來，和A的握着手帕的手接觸了。她當初見着S伸出手來，很想閃避，但她一想起這是沒有什麼問題的，她就任由S和她的手接觸了。

是出乎S意料的，A的手掌寒涼得很。

——讓我替你……。

S說着就把兩手合着A的右手。柔軟而細嫩的女性的手，是S平日最心醉的。他輕輕地把A手撫摸着，他如像飲了强烈的Brandy，心中火燒一般，十分難忍，他的呼吸急促起來了。「啊啊，從這裏撫摸上去，就是手臂了。那西湖藕一般的手臂呀！那豐軟微溫的手臂呀！是怎樣令人心愛呢！再從手臂撫摸上去就是……啊，就是那迷人的胸部了，啊啊，那迷人的酥胸，那醉魂的酥胸！那兩隻發育隆起的乳房，那溫暖柔軟的乳房，那赭色的乳頭，那迷人的乳頭！假如我是從這裏撫摸上去我就可以接觸着她的圓圓的兩乳了……」

S想到這裏，呼吸更加急促了。青白的面孔，漸漸地透出熱力來。烘得兩頰發燒，如像在一部大機器的爐口一般，熱得刺肉。他放鬆了右手，去搭在A的手頸。正想漸漸伸上，他又突然自責了起來：

「啊啊，你不要造孽了，A還是處女哩！你與她相識還不滿半月，她還沒有向你表示過一次，你就想這樣對她麼？你不怕她難堪的拒絕麼？你不怕友情的中斷麼？啊啊，還是少作孽罷，不負責任的戀愛是罪過，片面的單戀而侵犯到旁人的自由時也是罪過，你還是安分點罷！你不要斷送了自己的幸福，你不要辜負旁人的純潔的好心罷！……」

S想到這裏，他不覺回過頭來偷看A，A似是很注意地在看戲，他不覺更慚愧了起來：

「啊啊，該死！該死！你看看旁人的光明態度。你的內心怎這樣的卑劣哩！你怎祇想到那些事呢？啊啊，你太卑劣了，你太自私了，你太……」

他咬緊牙齒自己咒詛自己，他更不在看戲了。

——S，Lillian Gish做得眞好！

出人意外的，A突然用讚嘆的聲調喊着S。

「唔唔……好……好。」

S茫然的回答。

他不覺嘆了一口氣，將握着A的手漸漸地放鬆了下來。

一九二七春二月。

選自《貞彌》，香港：受匡出版部，一九二九

勝利的悲哀

(一)

他在看完了影戲囘家的時候，接到了一封信。

這信似乎帶來了許多不幸福的消息。看過了後，他左手扶着頭，右手無力的握着一頁緋色的信紙。

在他的腦中有個不能分析的煩惱在盤縈着。

那信是一個他從前認識的一個女學生寄給他的。她曾經在一個聖誕之夜排演過他所編成的戲劇。就在閉幕的時候，他們經過了守着獨身主義的校長M女師的介紹而認識了。

那時她帶着點劇後的特有的嫵媚，這嫵媚就像背了朋友在和戀人偷吻的一樣。她一邊抹掠着汗濕了的黏着泛紅的面臉的短髮，一面把擅於交際的目光投到他的面上。

過了幾天，有認識他的人在跑馬廳的附近見到他們散步了。在繁星如夢的夜幕之下，他替她挽着手袋，她的手放在他的微屈着的臂中。

在他明白了她還是一個十足H埠式的女學生的時候，他有點後悔最初不應該為了她的一點誘人的姿色而這樣鹵莽。他想還是大家退到朋友的地步的好，他就沒有再繼續着這特殊的關係，像從前曾對待過的幾個有過戀情的女友一般的泰然決絕了她。

出乎他的意外的，她沒有過半點憤恨的表示，也沒有半點的乞憐的哀求，她是這樣的像他的泰然。這倒令他有〔點〕希罕於她的不尋常，並且感到她的不嫉妬是自己的第一次的失敗了。

過了三個月。除了有時之外，他是差不多完全遺忘了她了，失敗的愧恨也漸漸的消滅了。

女子究竟天性是柔弱的，她還是第一次給他寫一封信，在大家離絕有了三個月的時候。

信上是這樣的寫——

她說她不應該不能諒解他，她說她不應該這樣的害了應該獻身於她的永愛的他的柔心。所以，從前的一切事情都是她一人的過錯，應該要完全背負起這些罪孽的。而今是知悔了，知道一切都給自己破壞了，祇願望他能痛切地斥責她或者恕過她的〔一〕時無知之罪！……

信末是寫着「負罪的曼」四個字。

他雖然討厭女子的乞憐，但當他看到這封信的時候，他再不似往日，他不能不受了一支颼的中了他的心靈的利矢。

——她雖然是不能了解我，不能了解青春是無價之寶，但是她是愛我，盲了目般的死愛着我，她委身於我的犧牲和深愛，我又是怎麼也不忍心決絕了她拋棄了她喲！女性究竟是不能滿足我們的最高的要求的，不要太奢願了罷！……

結果，他是屈服了。

他破了三月來的戒守，覆了她一封信。信中說了些不盡出於心的婉辭；最後他是允了她的要求，陪她到皇后戲院中看「倫敦的午夜」。

這信發後，他有點後悔。他覺得自己既然對於她是無所戀而且是已經決絕了的，自己就不應再來撩起這已止熄的火燄。

究竟因為他是一個戀愛的矛盾論者，到今他還未能決定戀愛是應該尊重的還是衹是玩耍般的，所以他雖然起了點輕微的後悔，但一點淺薄的感情又令他要對一個曾擁吻過的少女不願意刺傷了她的心。

雖然他也很明白她的看影戲的要求，不過衹是一句掩飾的言辭，她的目的當然是不在於看戲的。她不過是藉這看戲的時間得一個新接近的機會，一方面觀察他對自己的冷熱，再來施行她的有維繫作用的媚〔態〕，一方面大約是還對她的女友們有點標記的意思，像是說，我們的一對還是一對呢，他仍然是愛我的呢。

信是發去了，最後他這樣想着：「自己支配別人的時候是太多了，好罷，算是我第一次的失敗了罷，給你一點兒的時間同你鬼混去，暫時湮沒了一點自負的靈性，讓你玩弄着我罷！」

他寂寞而悲涼地勉強笑了笑。

(二)

在華燈競艷的繁華的皇后戲院的門前的許多觀劇者之中見到了她。在許多等候着女伴的男性中衹有她一個是女性在焦急而裝着舒適地等着。

衹有三個月的別離，她是比從前更有點風韻了。她的臉上抹上了許多白粉，頰上塗着些臙脂膏，唇上塗上了些口紅，還有那露體的紗衣也披上了她的穿着西式裹服的身上了。

她的加意的修飾令他想起了病後因為到T公司買東西而給紅油滴污了的Snap Brim的帽子。有一點怪奇異的情緒在他的心中浮動，他不覺微微地像有所得的笑了。

已經近着散場的時候，Hall裏驟然聚了許多人。

這些等候着散場的太太小姐和紳士們總愛注視着他人的衣飾。他們都偷偷地把眼光量度他們的身體，似乎覺得他的一套帶着恥辱的洋服是不配和這樣的一個年輕而盛裝的少女並肩着，這不尋常的情狀給他們的眼睛裏充滿了猜疑。

她雖然是坦然的滿足於他的踐約而絕不顧念及別人的嘲視，他却記起了一個罵他的不相識的人的一段話來了。

——佘曉霜就是星星了麼？他不就是佘北屏的弟弟麼？人們都在喧傳着他是一個享着艷福的緋色的國度裏的人物，啊，原來是他，我以為他應該要怎樣的有美好的豐姿，原來是這樣的醜劣的他喲！……

他雖然不明白這不相識的人究竟為了什麼而罵他，但他的痛罵他自己是要承認是很對的。他明白他自己並不是一個怎樣美麗得令人顛倒的青年，所以他曾對他的朋友W說過，如果自己是女性的話，對於這樣的一個纖弱的男子是決不能感到滿足的。

但當他想到許多女性曾給一些比他更美貌比他更年輕的青年所追求而不得的驕傲者，却像羔羊一般的甘伏在他的腳下，他不覺感到點勝利者的深刻的悲哀了。

——要追求的，却永遠祇有追求，永遠給你失望，永遠給你空虛；不要追求的，却追逐着你，強迫着要你去接受她們的可怕的賜與。這矛盾的人生，這矛盾的情愛喲！

想念在他的心中消滅的時候，正是上一場散場了。他寂寞地迴顧着許多環籠他們的擁着艷女和他們的加意的修飾，夜禮服的光耀，西洋婦人的頭上插着的西班牙式的玳瑁梳，黑漆皮鞋的奪目，微澀的倦眼，和他們的矜持着要裝成上流人的態度，他又笑了。

她見着他笑，雖然不明白他笑的是什麼，却也陪着他一同微微地笑了。

（三）

看過了影戲已經是九點多鐘。

晚涼像水一般的柔拂着剛從温和如春風的劇院中出來的他們，在微倦中感到舒適和清爽。層疊的烏雲像鬼魅一般的斜掩着皎明的孤月。燈烣人散的滋味輕輕地泛上了他的心頭。

黃包車夫的招客聲，汽車的遠射燈，……穿着制服的印度巡捕的巡行，汽車的各種響號，……香氣隨風飄散的碎音，……晚涼澹薄的人影，……餐店旁的肉的香味，不知何處飄來的一兩聲外國夜行軍人的情歌。……

他想起剛才在戲院中的她的態度。

「你有時候麼？你不要此刻就回去麼？」

她的充滿了希望的眼睛投到他的身上。

他完全明白了她的用意不外是說「我們還可以走一忽麼？」的話。他為了沒有這樣的心情，而且病後的身子也不大好，醫生囑他要早一點休息，所以他是想拒絕了她的，但他看看她的熱望的眼光和微微地有點顫怯的聲調，他不覺驟然體諒到她的心中是有了怎樣的淒惶了。

——算了罷，算了罷！雖然我並不滿足於她，雖然我不愛她，但我既然覆了她的信也應該敷衍了她今宵，不好再來殘虐地撕破了她唯一希望的春夢了。自己祇要好好的和她說些話，祇要陪伊多走一點路，她的快慰就不可形容的了。就也算是一個陌生的路人，自己也不願吝嗇一點安慰，何況她的嘴唇是經過了我的蹂躪的呢？對於一個曾經有過戀情的少女，為什麼偏要吝嗇着這一點點的獻贈而令她抱着深深的失望的悲哀呢？自己總是明於責人，不曾想念到這也不盡是她自己的罪咎。算了罷，算了罷！今夜且撕破了我平日的信條，一切都曲從了她，讓她得個盡情的歡忻了罷！

他這樣的想念着，他是完全改變了剛才帶點寂寞和冷酷的神態了。

他〔許〕久沒有對什麼女性用〔過〕的含情的笑態今夜為了〔她〕而再展了，他的注望在她的瞳中的眼睛有個極溫和的表示。這就像他們醉飲着愛戀的醇酒的時候的他的情態。

「到外面走走纔回去不好麼？」

這自然是出了她的意料之外的。他當初的沉默給她一個失望的預感，不料這次他竟然的自己提出了她心中要說的一句話，她是怎樣的驚喜喲！她似乎覺得自己的力量還可以維繫着他，他並不厭棄她呢。

他望着她的臉上的喜色，他又感到心酸。

——啊啊，你這害人害己的怪物！在社會上你不曾有過一點力量，祇會對着女子施行殘酷的蹂躪，你為什麼不咒詛你自己滅亡，你為什麼不咒詛你自己破壞喲！

他强掩着嘆息。

（四）

「到尖沙嘴去好不好？」

「什麼都由你說罷。」

在渡海的小輪上，他們走進了房間裏。

有一個女性向他點首。他到了注意的時候，他也就輕輕的回了一個禮。

她是他在中學時代曾經戀過的一個比他年紀大的女子，已經嫁給了他的一位同學了。以前還是打着辮子的她，已經剪成了很時髦的短髮了。她的樣子還是以前的一樣，眼還是舊日一樣的有一點媚力，祇是面色有了點憔悴了，不似在學生時代的她那樣的有點處女的嬌紅了。

她的身旁坐着一個穿着洋服的三四歲大的女孩子，顏色雖然是有點黃，樣子倒很像她，特別是一雙眼，完全是母性的遺傳。

「你搬了到對海去住麼？」她望着他同行的女子。

「不是的，不過趁便到來走走罷了。」

「啊，久不見了呢。」沉默了一會，她說。

「是。這是你的——」

「這是我的女兒，麗蘭，叫叫叔叔！」她執着她的女兒的手輕輕地搖着。

「很像你呢。」

她望着他笑了笑。

「你的兒子呢？」

「——」

「這是——？」

「啊，我還沒有介紹你們認識呢。這位是陸湄姑娘，這位是鄭太太。」

她望着他的身旁，他明白了她的意思了。

他微微地笑。

閒話。

(五)

船到了尖沙嘴。

廣九鐵路車站的大鐘，在黑暗中告訴着時刻。

他望着她拖着她的女孩上了街車後，還向他作別離的揮手。到了街車漸漸的轉了個圈子在黑暗中折入了橫街的時候，他這纔記憶起而且覺得她是太太了，人家的妻子和母親了。

——又是這樣的懦弱的！

他最討厭H地的女子的柔弱，她們祇會屈服在別人的腳下去尋求一塊安息的地方，她們祇會聽命於男子，她們是不明白什麼是戀愛的，她們以為所謂戀愛就是結婚了。

他又望着身旁的可憐的她。他在內心嘆息以她的容貌而沾染了這H埠女學生的普通的習性是很可痛惜的。

沿着貼近火車軌道的大道上走着，漸漸的轉入了荒冷的街道了。稀疏的瓦斯燈在黑暗籠集之中吐着冷光。

路上是帶點森森的情境，踏在沙地上的跫音清楚地而且單調地傳到兩人的耳鼓中。

大家都默默地走着。

半小時後——

C咖啡店中新添了他們兩個。

他們對坐在一張籐心編成的椅上。壁上的燈光，映着她的紅顏；桌上胆瓶的花影印在他的手上。

僕歐敬謹地到了他們的面前。

「你吃點什麼?.」

「我要 Milk Sponge。」

「一杯 Milk Sponge，還要一杯 Claret。」

「你飲酒？」她望着他，一點哀憫的表情。

「……」點了點首。

「你忘記了你的胃腸病了麼？你不要飲了罷。」

「Claret 是很弱的飲點不成問題。」

「雖然是弱，你總是不適宜的罷。」

他一時性起了。

「病了算得什麼，我要飲，我要飲！」

她的嘆息。

「你嘆息什麼？病了是不關着你的呢。」

「雖然不關着我，你總要珍重你的身子呢！你總愛糟踏你自己這都是我的罪過罷！你怨我你也要珍護自己呢！」

「……」

「不飲不可以麼？」

「祇飲一點是不妨事的。」

「你不要飲了罷！」

「——」

「曉霜，你不要飲了罷！」

這一句話引起了他的差不多已經遺忘了的回憶。以前的境事又重新跳回了他的腦幕中，她的規勸已經送不進他的像墓墳一般嚴閉着的耳朵了。

（六）

沒在回憶中的他回到了幾年前了。

那是他是十六歲，還在中學的二年級念着書。

一個殘冬的一日，他收到了一個比他長四歲的女友的一封信。

信上是說，在一個漫漫的長夜中夢見了在一塊從未見過的地方和他接過了一個甜吻了。

他們的認識雖然衹有兩個多月，但她說她已經為他哭過了一次了，這緣因就為了他不知什麼緣故的退還了，她寄他的信和一切照片。當她接到了他的決絕的退還時，她不覺驚醒了同睡的姊姊在夢中啜泣起來了。

他感動於一個女性的垂愛，年輕的他醉了。沒有經過女性吻過的口唇渴望着有這樣的一個幸福的一天把夢中的綺情現實起來。

為了她的家庭的作梗，他們沒有接近的機會。

除夕。這是一個窮侈極奢的不夜的除夕。

他和幾位朋友在L的寓所吃飲。

為了他的淺狹的酒量而飲上了過度的烈酒。他是第一個做了歡樂後的囚奴而泥醉了。他浮泛地像四週在搖動般的行到了L住的房間，剛剛一眠上了榻上就嘔了。

酸穢的氣味沾滿了榻和地上，嘔後還帶着醉態的他也覺得這味道是很難聞的。

L的姊姊P姑娘和寄寓在L處的K姑娘和L家的二姨太都慇懃得可感的替他脫了近視眼鏡，然後把淋着香水的熱手巾覆在他的面上替他解醉。

在宿醒未解的時候，他把她寄他的信念給她們聽了。「我是愛他的，他也是愛我的」這些話也就是他在半醉中答覆了頑皮的P和K了，因為她們都已經知道了點他們的事情。

「我替你叫你的愛人來罷。」

還未曾得到他的答應：K已經開了門去叫她了。不久，她果然到了。

她略略和L，K各人招呼了後，她就借故到了他的房間裏。

她坐在床沿上。他的握着她的手的手放在腿上。

*　*　*　*

「你醉了麼？」

「沒有的。」

「你還狡賴？」

「你為什麼說我醉？」

「你想來騙我麼？酒味還是這樣的大！」

「那裏有？」

他張開了口，意思是給她嗅嗅。

「我不聞，我怕酒味！」

「你聞眞一點罷，我的確是沒有酒味的。」

當她的頭接近他的口的時候，他躍起了接了第一吻在她的臉上。

這是第一次他嘗到吻的滋味。

她的臉紅得利害。

後來他們作過了許多的情話。

她的手臂給他斜倚着，他的口唇頻繁地吻着她的手指，由指尖一直吻上了手腕。

「我要回去了喲！」坐了約摸有半點鐘，她說。

「到十點鐘才去好不好？」他指着她的腕錶。

十點鐘將近到了，他又把牠撥回了九點鐘。

「這樣不得的喲！」她笑着按住了他的手。他也笑了。

她依然是坐着不走。

「你醉了眞多事！」

「什麼？」

「剛才我到來的時候，K笑我是佘太太，你已經把一切都告訴了她知道了麼？」

「沒有的，沒有的！」

「你醉了當然是不知道了。我給你的信她們都知道了呢！」
「——」
他有點後悔飲酒太多了。
他覺得在秘密中戀愛着是另有一種風趣的而今為了自己的飲醉而把這值得自己低頭咀嚼的好夢撕毀，什麼美好的情懷都給自己一時的醉酒而破壞盡了。
「我以後不再飲酒了。」
「酒飲多了是不好的，你的身子是不很好呢。」
「眞的，我以後誓不再飲酒了。我而今在你的面前發誓，我佘曉霜是再不飲酒了。」
把望着他的莊嚴的發誓，倒不覺笑了。
「你不必這樣認眞，飲一點也是不妨事的，祇不要飲得太多的酒就是了。」
「不，我以後怎麼也不飲了。」
「好罷，你不飲也好。」
* * * *
第二天的筵席上。
各友的酒杯上都深深淺淺的斟了些酒，祇有他的一個酒杯是潔白的。
「這樣不能够，這樣不能够。」
「飲一點，曉霜無論如何都要飲一點的。」

「對不起了，我不能飲酒。」他的婉拒。

「為什麼不能飲酒，啊，你是被動的！」

「啊，被動，被動！」

「你一定要飲酒！」

「你不必這樣認真，飲一點也是不妨事的，衹不要飲的太多的酒就是了。」

不知怎樣知道了這話的K照樣的說了一遍，同時P也學他說。

「不，我以後怎麼也不飲了。」

大家都哄然大笑，他自己也就微微地紅着臉搭赸笑了。

（七）

Claret已經給僕歐送來了。

往事的追懷令他有點力量去抗禦這血色似的酒的引誘，他又想起了自己的病後的弱軀。他衹是對着這一杯酒在沉思。

「你不要飲了罷！」

「——」

「我替你叫點別的東西好嗎？不要飲這些了。」

「好，不飲了罷！」

最後，他毅然接納了她的勸告。

她的歡喜不獨是因為他能够珍惜自己的身體，她是慶祝自己今夜什麼也成功了。最後的勝利是盡屬於她了。失去了的他又依然給她得到了。

他見到她持着空虛的奏凱，不覺笑了，他像要對她説，

——姑娘喲，你且不要太快意罷，你的勝利的凱旋是寫在水上的呢！

選自《勝利的悲哀》，上海：現代書局，一九二九年九月

昶超

ZERO

「你們講去！」他似乎有點發怒了——用力的把盆中的片泥拋到水池上：「其實講也講不成的，小T的話還可以信麼？」在水面激起的輕微波浪，還柔然地遠離內心向外延擴散；南風吹來，便緲得牠無影無蹤！……

幾日來沉靜得差不多全不講話的R，居然也會從唇邊迸出聲來，本來是值得驚異的；而君子如P，却滿不在意，依然的聚了全身的光芒從波紋的鱗片透射到池裏震蕩的水草。至於素來英雄的F，却全然不同了！

「誰信他！」F在池邊忽然慷慨地立起來：「——這善於造謠的捉狹鬼！只有狗同他是一樣的鼻孔放屁！」接着右手一提，水點便從天外飛來落在挑起R說話的H面上。其實也沒有事的，假如H不在。然而那時却非同小可了！H曲兜着手心，通的一聲不知放到那裏去；這一剎間，蘊蓄在池裏的死水，便如小雪似的點點在空中飛舞了。

有如小石投在鏡面的平湖，一場小風波片刻便悠然歸於靜滅。在當事者的主持正義F和他的對手H，固然沒有什麼問題；就是旁觀者如B，也不大受什麼影響。最多，也只聽見P君子「嚇嚇」的嚷了兩聲。至於焦點所集的R，似乎也不覺得怎樣重視，然而一到他同B的視線相接的時候，彷彿是輕微的一笑；這笑聲，後來想起，未免不覺得帶着點特殊意味的。

不知如何的寂然一會。

「而且，」終而還是R發動了！他凝視着池心噴水管的蘚苔：「事實總是事實，無論如何，對於我自身只有零，而小T的宣揚也就等於零，這算得什麼？卽使他幸而造謠造中了，然而那是何等可笑！失戀的故事也值得他們較嘴磨牙。……」

眞的，素來不知世上復有所謂「女人」的R，居然也有機會為小T一樣的人把他同「女人」在閒談上連成一氣，這確乎是一件十分「不通」的事情！或者這也是所謂「國粹家」所慨嘆「世道衰微」的緣因。雖然R在行為上不像個「國粹家」，但憎惡女人的僻性，却未免不令小T一流好講閒話的人去賜以「新道學」的嘉名。R會同「女人」兩個字發生關係，却又未免費了小T的一片好心了！本來小T頗想替他創造新生活的新紀元的，然而R似乎是汙腐極了，對於女人也渺渺茫茫——雖然他曾經飛到宇宙，但宇宙是沒有「女人」這個東西的；於是他跑囘地球。不知何故，因之他才恍然明白女人是不好的東西！而這「不好」之中，又尤其以「年輕」為最壞了。小T用「天然」的威力把R的名字不只連同「女人」，並且連同「年輕的女人」，再進一步連同「愛人」在他自己的牙縫中磨出來；當然是顯明的多事了！所以F一把正義之矢一檄，無聊的空氣便衝得雲散煙銷——！

然而還有些人——大約是關心R的，R覺得他們的行為太鬼祟了！有時他們在有意無意中遇到R，總是似笑非笑的張開口：

「噲！塞了氣管了。」

似乎——或者是R以為——在每個同類而不同字的句中，都帶有些偵探式探問口風的口氣。又有時，聚攏一堆鬼怪怪的議論，故意使R覺到，待到R行過來時，他們又「嚇」的一聲散了。R以為他們把自己當賊看待，那是不得了的，於是也當自己是犯人對待。雖然形式上身體還得自由，但是他的靈魂早已為一班人的精神羅網所禁錮。不知總有多少日，他一早心惴惴的閃入校門；到時候洪鐘一響，又心惴惴的閃出來。

不料R今日閃入校門在椅上乘了兩小時的風，一送送到池畔，竟有H這個四眼東西迎將上來：

「喂！小T說親眼見W同Z進公園；你想，Z不是『你』的麼？」

突如其來的一枝鋒矛，鋼盾還沒有兜上去，不提防第二枝冷箭又颯的一聲向過來：

「你聽見了沒有？我重覆說，Z是『你』的！」

幾日來半聲不響的R，終而不能不出聲了。但聲一響之後，倒使池裏的死水活動於空中；這實在是他所不能預料的。幸而他們雙方都是尊重公眾秩序而善於淡忘的大學生，因此得以安然無事。

至於關心R的，以為他一定是非常異樣的寂寞，原因是他一不做聲。然而他們究竟是一無所得，其實R也不怎樣覺得寂寞同不安，本來他自己是一無所得，所得只有渺茫的圓圈——ZERO。一切都飛去了。

不知在什麼時候，R突然的已經坐在十二教室的廿四號坐位上；並且悄然的攤出書來。沉重的腦袋一抬，講壇上也不知幾時站上了一位教師，而且黑板上却又是不知那裏飛來的一個圓圈；定了眼，也確乎是一個渺無所有的圓圈。圓圈，對於他似乎是有一種未發現的神秘關係的！他全身的血集中了頭部，彷彿輕鬆的煙霧，飄然而上浮；眼球騰出無比的豪光，把圓圈熔化，又閃出另一天地來；在明月底銀光流瀉的草場上，幾個鄉村的孩子手連手的圍成大圓圈。圓心中站着一個赤了前臂同雙足而用手帕緊束着眼睛的孩子；待到外週的唱歌繞了幾圈而靜止，便去尋求他所要找的人。不提防一絆，束眼的手帕落了下來，一班孩子便哄然地四散！——已經是過去十二年前的舊影了，現在剩下的只有渺茫！……

正惟有渺茫，那追懷便能够向無窮舒展；往事又如狂濤怒浪的奔湧上他的心頭：

總還記得，——假如他永不會忘記。他最先一趟因為走賊——或者說走兵，本來是一如二二如一沒有兩樣——的緣故，他父親決意拋離可愛的故鄉，將家庭移到繁華的香港。他自從在故鄉河岸慰別了帶淚送行的小G，同熱吻了家中兩條老狗後，不久又在石龍鎮上了二班快車；在囂騰喧震中，他訝異的從窗格望出去：一片汪洋的嫩綠稻浪中，夾着田園上幾個騎了水牛的牧童，有時幾條黃狗在四處追逐奔走。他想起小G同兩條「老黑」「老黃」，他受了極大的感動。在火車浩蕩的進途中，同遠樹迷濛的村落浮浮的退後旋轉，他不期然流露：

「別離啦！故鄉的雲山！」

熱淚灑落軌道的邊旁，永遠留下創痛的痕跡。大約這是他第一次的眞情之淚，他以為一入繁華之門便要流淚的！

車到九龍，突然便發現從來未見的大房樓，其他一切接觸到的東西，似乎都有點古怪！這是值得鄉下人驚異的；然而小R聽人講慣了，倒不十分覺得希奇。獨有「圓圈」這個東西是在他感覺上得了勢的：在他眼球內所閃現的是什麼東西？——洋樓的窗子是圓的，車子的輪是圓的，站在街內執短棍的，左胸的白東西也是圓的；無論何處都充滿了圓圈。他以為圓圈對於城市總有點關係的，雖然他也曾畫過圓圈，在粉牆上留下不少痕跡，但是他未曾讀過什麼書，不知道圓圈在數學上的意義是等於零的。然而到現在他發現了城市的神秘，發現城市的靈魂便是零！

在零的圓圈中跳了幾年。除了圓圈之外，他還認識了一對「皮鞋」。皮鞋，本來是極普通的，然而這却不同！原來所指的皮鞋，是套在穿了制服長褲的脚上的；而兩脚却巍然的樹起一個胸腹的前半身同兩隻手，——這幾樣東西同樣披上了制服。此外還有一件頭顱，在一般意識上是和普通人沒有兩樣的，不過面孔是滿了脂肪的紅潤，和鄉下焦黃色的瘦骨頭不同；而且鼻子特別的彎尖得可以啄人，雙眼也兇得發青光了！小R據可靠的推測，早知道那是洋人無疑了！洋人，是從前皇帝最怕的，所以就非同小可了！小R幾次親眼見過同樣的彎鼻東西，他的皮鞋尖却和一個赤了脚鄉下人的臀部發生音響的關係；而一隻粗大無比的手，跟着也同灰色的後衣領結不解緣。剎那間不知走到那裏去！而旁觀者——值得尊傲的黃帝子孫——總是肅然。這可算為中國人秉性和平的一證！

圓圈和皮鞋在R的記憶上是永遠存在的，他帶了這兩件東西趁了輪船一風便吹到C城。在C城，雖然踢人的皮鞋少了許多！但圓圈這東西是免不了的，於是R又在圓圈中跳了幾年。

R的視覺和聽覺漸漸同「女人」這個東西接觸到了！他覺得「女人」太古怪了！於是他乘了長風去宇宙尋求，宇宙也渺茫無所有！偶然在靈的光芒一閃，他恍然覺得「女人」是不好的東西！證據倒沒有了，因為地球便是「女人」的領土，「女人」執掌了無上的威權；R不甘降服於威權之下，悄然遠避，從此便憎惡了女人不知若干年……！

小T憑空造他謠，自然也太無聊了！他突然轉了面想去嚴厲地質問他，小T也突然抬起頭來歪着臉一笑；不知是表示講和還是有意挑戰！隆的一聲，R回過來，只見教壇同粉擦衝突所發生的碎粉，上騰迷漫得如隆冬飛飄的微霜；三角形代圓圈而興，黑板上陡然為所佔領了！

構成三角形的三根直線，又融合為流星，在腦的太空中飛蕩：

他冥眼去追尋，全身彷彿灰化而輕飄！他發現所謂彎如新月的女人柔媚底眼睛，就是三角的變形！而三角眼的眼角是朝天高的。女人，對於他本來沒有絲毫關係；然而在他的記憶上，似乎也曾經幾次在「女人」眼角之「下」走過的，至於成因却茫然無可稽考了。本來三角一碰着了ZERO的窮鬼是必要現形的，就因為圓圈是宇宙的，而三角是地球的，所以三角總是圓圈所範圍。

地球上充滿了三角的火炎，——尤其在十分講「體面」和有「錢」關係的地方，那是冰尖雪酷的東西，差不多要把人熔化了！然而R是能够抵抗的，正如他在精神上抵抗外洋運來的毒彈一樣！——毒彈，總是聰明人類所誇耀的東西，但也要為宇宙的圓圈所範圍；因為彈的効能是等於

ZERO的。

R在圓圈中，在三角形的角底，在一切枯槁之中，總算平安度過十七年！然而所得的只有零。有時他自己回想起：覺得自己彷彿也曾做過在人生戰場上吶喊的小卒，也曾做過掌孤舟迎逆浪而尋求光明的舟子；有時自己忽變成活屍，做惡魔的祭肉，有時自己自暴自棄的鄙夷為囚徒。到底是一無所得，所得只有渺茫！渺茫的人生大約是荒涼的，因此近來他索性靜默了。這自然是值得人訝異的，難怪小T造他謠。然而他雖然在形式上表現如此，他但是他精靈是無時不在尋求光明的前線更勇猛的突擊！假如他是個全能的世界創造者，他一定要將消磨了靈性的人類腦精改造；假如他是個萬能的醫士，他一定要注射刺激劑於已麻木了的行屍；最少，假如他是個思想的威權者，他也便可以舉起光明的火把一揮！……

一剎間忽然復回了他的意識，微微張眼，課室裏的東西霎時悄然的隱滅了去！他似乎覺得過去的十七年間似乎是有一點東西已經為他所抓得了！伸開五指，却杳無所有；他以為牠逃走了，倉徨四望，依然是渺茫的ZERO！

R幾個月來不寫東西了！其實寫不寫都沒有什麼問題，惟有逼着要寫而又寫不出，却是最苦的事。然而他今天大約要寫了！他腫着眼睛，拉開了椅，同時把一包書放在一邊，頹然放下臀部去。軟洋洋的攤開綠格稿紙，他有力無力的提起筆來；剛濡上了墨，突然又極迅速的放下去。

——女人？哼，沒有這東西！皮鞋？又太古怪！小G麼？還不算好！彎鼻子？太單純了！圓圈，三角，這更不成問題……！

眞的，他感覺到材料的乾枯，一時却又茫無頭緒，不知從何下手。但如果眞寫不出來，明明是侮蔑了自己，又太不值得了！於是他用雙手撐了發熱的額角以支持沉重的頭，閉合了全圈浮紅的眼；他的靈魂彷彿超脫了人間，向無窮的另一世界中有所尋求了！

——資料都為人所發掘淸了！剩下的只有「零。」好！這「零」便是我所要找的題目，「零」的形式代表是圓圈，而圓圈是宇宙的，可以舒展到無窮去！

他決定要寫一篇題目稱為「零」的東西，疾然的在稿紙上寫了一個「ZERO」字。但有人以為這是「鬼」字而不是「人」字，而碰見鬼是最晦氣的！所以他不再假思索的用墨塗了，從新寫了一個「零」字。寫了「零」字之後，——大約有兩個鐘頭。似乎他的手忙着動，似乎他的筆在紙上〔蠕〕動發了聲響，似乎他確已經寫了很長的東西了！然而在稿紙上跟着「零」字的，除了漫無系統的幾大堆蛛網的黑東西外，以後就是白紙。原來牠本身便是「零！」

他滿頭冒了火，火焰噴射出來！火花在他眼前亂晃；全身骨節筍臼都鬆浮。一瞬間不知如何稿紙便在地上分裂了！毛筆尖也變成了分放的點點白梅花。他覺得一個人能够侮蔑了自己，他已經是成功了！彷彿有無數的小圓圈鑽入他身體中，他幾乎要叫喊；但猛一抬頭，視線就如驚雷迅電一閃，同桌上圓鏡內自己的反影一接，火花跟着如流星般迸散出來！突然就拍的一聲，兩個人立刻化為烏有向鏡中飛去了！

而範圍圓鏡的外框，又赫然的是一個ZERO！

十六年七月二十八日草完

選自羅西等著《仙宮》，香港：受匡出版部，一九二七

釵觚

亂蔴

糟！……今天禮拜六，……他媽的，明天星期五，不，不！明天星期日，我的天啊！今天儘下個飽罷！明天不要斬斷了人的興趣，……了，你看，葉是這麼青綠的，一切的塵埃，給你洗淨了，咄，像初秋一樣，……寫意寫意，回過你的臉來，白白的，沒有一些血，為什麼的！可憐，下得更大了！……

知了……知了……知……了！你學學它，像不像，不，應該要說支……你靜看那不是……知了……知……了嗎……人家說這些可以令孩子眼睛銳利……是嗎？你試過沒有？……娘娘愛你麼？啊……拍，那裡的……駁殼……呀有趣，那邊，長長的那條枝上，三雙，知了……知了……知……有趣！你學學！

放你娘的狗……你認識「個個」嗎？不認識？真是混鬧，那天他不是和你問過姓名嗎？……真的，很容易記起他的因為他那雙眼……你想想……和額上的那條深深的痕！簾外雨潺潺，……羅衣不耐五更寒，夢裡不知身是客，……看看！一雙飛起了……呢！

呀！你以為我發財了嗎？我計給你看，四十元，除了一元所得捐，十元膳費，車費大約要九元……（太可憐，像這樣遠的路，豈不是一個星期要買一對鞋？我寧願多費這九塊錢了）且忽鬧，我計給你看：一元：十元，共十一元：十一元：九元：：共二十元：難道請朋友吃點東西，自己吃點東西，鞋子，這些不要錢嗎？：哈哈：：胡鬧：：我不能夠像她，整天寫信給處長，昨天又得了三十塊白水了，真是一個上等私娼：亞王前天早上六點多鐘，正看見他和李科長一對從T酒店下來呢！頭鬢蓬蓬！哈哈！不要臉，我相信不知多少工夫：：嚇：：兩聲：：駁亮，那裡的：：解放，社交公開：：原來如此，真是不要臉的狗男女！

是不是？是不是不要臉的狗男女？喔，我要寫一封信給P君：：喂：：昨天呢，我碰見過她了，那你不是說要介紹給我嗎？：：我着實不敢胆，我恐防她HUSB：：知道，那便糟了：：他是有鎗階級：：倒底：：是瘦一點：：不能顯出曲線美：：哈哈！人家不軌，是應該罵的，他們是可以自由的罵我呢，真是爽快，軟軟的棉花一樣，其香撲鼻，那時候，我的骨頭軟化了，滋味得很，：：

（細聲）喂！你至緊對他商量，八折，不要忘記呀！：：是的，老王的妹子太不像樣，牙齒很像山豬底一樣，聽說老王又淘着古井了，是不是：：知了：：知了：：知：：了！那有什麼關係，說什麼廉禮義恥？只要有錢便行了，醇酒美人，英雄韻事，這幾天抵制日貨很激烈，我昨天也有參加開會：：啊我忘記了對你說，土木洋行新近來了一種紗買給她做裙是頂合式的，沒有説誑！劣貨？管它怎的，美是沒有國界的，你趕緊去買罷，不要錯過：：好，我就交給你罷，：：我姓余：：我個老豆又係姓余：：是的用公函封寫：：要楷一點，快郵代電統統發完了，總共郵票一百卅二分，我昨天開會只開了一半，便跑了，誰耐煩等？

***

以上是從一個機關樓上放出來的聲音，我自己也不知這是有什麼意味！不過字紙簏是歡迎這種東西的，所以便把它寫了出來——釵䚡按。

選自一九二八年七月十四日香港《字紙簏》第三號

盈女士

春三與秋九

當一個婦人很了然的知道她的丈夫眞心的愛着她，二十年的光陰快快樂樂的像流水一般的過去沒有一點變心，一旦給一個年青的婦人把他吸引住了，她是怎樣的受到致命的打擊，安定慣的靈魂一刹時顯着飄泊無依的模樣。

如其我的年紀輕得一些些的話，我就挺着胸脯直着肩膊顯出憤怒的樣子來的了；可奈處在這個風燭殘年，那些直壯的力量已經不為我所有，聰明的鏡子立時顯出我的頭髮早經灰白，下巴和頸項早經起了一條條的縐紋。我底神經還是十分的鋭敏，和那些一老大了就覺得麻木不仁的人兩樣，可是，我的年齡給了我以意志的薄弱，使我一點自信力也失掉了。

當一個婦人拿起大幅黑頸巾把頸項圍起來，她是將要跨入老年時代的了。我用去了二十年的悠長的歲月，幫忙我的丈夫在這個地方佔得一個醫生的地位；起初我們到A省混過幾多年，他纔畢業於北方的醫校。那時候我們還很年輕，懷抱着天一樣高的奢望；我許是盡心竭力去勷助我底同伴，同時他也十分刻苦的能夠去做一些本業以外的事，他說，他所做着的事是一點一滴無非為着我的。

那時候我倆很感到赤貧的苦趣。我做着丈夫的女僕一般，打掃地方和看護病人都兼任着，一直到就醫的人多了，這纔有借外人力量的餘裕。大清早起，我得拿起稻桿帚打掃辦事室的地下和用毛掃去打抹椅桌，接着又得招待病人，穿起全白的外衣就十足一個看護婦，甚而整理數目，甚而書寫單據。有那雪片飛來的許多辦事室的工夫，家庭的工夫忙着，社會交際的那些事就難得有了。陸醫生說：「這兒每一件東西都由了你得來，這個功勞應歸你有。」從他這回的贊許之後，我越發擔心一切，工夫越發來得忙。

新婚底時光奔流似的過去。我們的入息是加增了。陸醫生的外科的聲譽已經雀起。我們就在山頂上面對着海灣築起住宅來，差不多地上樂園一般的住宅。那時我們的朋友也增加了許多人，我們的交際生活就開始，被朋友招待，和招待朋友的那些事就常常有。我的陸醫生每天的接頭有不少娉婷婀娜的少婦，荳蔻年華的少女，還有打扮得十分貴族的老婦人，從她們大方的舉止上顯示出她們都受過良好的教育來。據我所知，陸醫生對她們不曾有過一回是超於友誼之愛的，他那一顰一笑都為着我纔有，這是我底一生中最快慰的一件事。

新蓋的洋房，趨時的傢私，遠離煩囂萬態的市場，社會上有了地位，有兩駕新購的汽車，有一個眞心愛護的丈夫，又是隣近很有名望的婦人，再也沒有什麼奢望了。我所請求的每回他都允許，有無線電的收音機，又隨我的主意到各地方逛着玩着，用白金來鑲好我們訂婚結婚時候的戒指，圖畫懸釘在屋壁上，也有外來的精緻的花瓶，也有時髦的地氈鋪地；我在這個世界上再也想不出該要什麼了。

可惜我們沒有孩子，我知道陸醫生也愛小孩，他喜歡逗隣家的小孩頑笑，對朋友的子媳也十分留心；當我們結婚之前好幾時，也曾討論過關於小孩的事，後來工作過忙，勞心在錢的打算上，幾乎連做雙親的計劃都忘掉了。當我們享受家庭，朋友，游歷的幸福膩了，我們希望還要旅行歐洲去。

陸醫生大我一年，可是在體力上我比他易老得多了，雖則我們中間誰也不肯說誰先老。只是頭髮底灰白在他做着醫生是再顯得莊嚴不過，我的灰髮只能襯得面龐越發顯得衰老罷了。光陰於我們就像一個賊，牠在昏沉沉的黑夜把寶貝的東西盜去。我覺得青春已經捨我而去，這是一個多麼可感傷的時候啊；我連忙請過一個梳頭的媽媽給我理一下頭髮，但這只是一個徒然白費工夫的事罷了。

這時候，我們平靜的生活忽地發生變動了。這個城市的側邊，離開康莊大道很遠的黃色的山崗上，蓋起一間房子，因為牠的孤立無凴遂至使我們不忽畧牠的存在。當我們的汽車走過時我們總會瞥見牠，牠就好像一隻大獸伏在這個山崗上，很不願意落到十丈輭紅的平地來一般；那時候我一點也估量不到這一間樓房會碰到了一個可悲可笑的命運，且給我們的生活以一塲搗亂。

一天的拂曉，時鐘剛報過七點，陸醫生就給人家請去治療一個難產的劇病，他說，那是在一個山崗上面的。從早晨一直待到夜晚，這才見他跑回，沒精打采地，他顯着悒鬱的神氣，體力又十分疲倦。他說：「病情眞的很重大，但是我已經給她辦妥當了，雖則現仍沒有完工。這個給命運播弄着的不幸的婦人，她的丈夫把光陰在C埠盡情拋盡了！流亡的他把妻子全丢在腦後，這樣她只能一個人在屋子裡和命運爭衡，雖則也有人在幫她的忙罷，我跨進她的門已經是時候了；她的失望使她的生產更難，而又是第一個孩子。這小孩的重量倒有七磅，有着很健實很精壯的小軀體。母親呢，那大概也平安着在罷，我相信。」我對陸醫生的本領十分敬佩。可是，照例他一診過病人回頭便什麼也就忘掉了的，這回却兩樣了：於她的哀傷的孤寂和可憐的容貌，沉着的勇敢和犧牲自己的精神，他說：「那是一件醜惡的事呵！這樣一個妙年的女孩，嫁給兇殘無道的浪子，人格居他之上，却給做奴隸了！」這些話和陸醫生的表情使我奇怪起來，「這女孩究竟是誰呢？」他說：「是蒯實夫人。她是一位柔情而又清麗的少婦，她的眼睛就像一隻帶箭的小鹿一般地可憫哩！」他的談鋒轉而向我，他問：「雪，我們可不可以替她和那可愛的孩子辦一點好事呢？在那樣淒其的情況之下，於她是一個大的缺陷，我們為要使她回復生命的光輝，給她到這兒一起住下，這麼辦才能是眞的悲天憫人的誠心哩；同時她就有希望好起來。而她的丈夫却又沒有回這個地方，雪，你怎麼說哪。」

我認為這是很應當辦的；同時我又在想：將來的結局怎麼樣？她的丈夫會不會回來？有沒有披簑衣救火的危險？

蒯實夫人來了，她有着黑色的眼珠和黑色的頭髮，雪白的靨兒。躺下紅花輭枕的黃木床上，就像一個畫中的少婦。因為飲食的均勻她已有些好起來了，那小孩也着實好看。幾個星期過去，她的元神全都恢復可以起床了。為的流亡的丈夫沒有回家，她覺得非常的困苦，於是她懇切地什麼家庭的或別的工作也想做了好作為一種代價。以她那樣一種柔和靄切的風度和那可悲的遭際，陸醫生替她在城裡的辦事室找到一個機會，給她做着簿記和別的瑣事。這樣她也就暫時合我們一塊兒住着。

於我是十分喜歡有一個孩子的，摟着她，疼愛她，好像生來就忘掉帶眼淚而又有苹菓一般嫩紅的腮兒的她，檢直襯得我們衰老的顏色也嫩起來。蒯夫人是二十二歲纔生下這孩子來的。她經過幾個星期的調養，她的富麗的青春再落到她的身體上了。她說：「親愛的陸夫人，住在這個地方我眞的舒服哩！」她又再三的對我伸謝，說：「陸醫生和你待我們那麼樣周到呵！」她那惺惺的黑眼就常閃着快樂的光輝，我也十分的衷心地疼她。她的熱心和努力合她那一個輕盈而又伶俐的仙姿，怕是會過她的人都和我一樣撩起動心的愛憐的罷！一個人要有着健康的體力和愉快，這纔能够樂觀一切，樂觀的人就常常是那樣賺人家愛。

一天晚上，陸醫生對我說：「眞好呀！一個年輕的女人合一個嫩孩兒合我們一塊，就像把時辰鐘撥牠倒行一般，使夕陽無限好的暮年時日格外的走得慢；可是：我們的青春再也留不住了！」這樣的感傷話就像在譏我年老，如同熱得通紅的鐵棒給我攔腰一打似地，我受不來。要是往時倒還不以為有什麼深意，現今可很不行了。

也許是我的愚蠢吧，我一生是永遠沒有猜疑過人的。有一天的晚上，我睡得較早，蒯夫人和我的丈夫在辦事室還沒有回家。她是做過幾個月刻苦自勵的工作，現在沒有了她檢直不行。這時期，她和孩子也合我們一起住。

大約到了夜半，忽然我聽得一點聲音在廊下作響，過一刻可又寂下來。是小手罷？我穿得一件睡衣悄悄的躡起脚步，在我走下來到了最低的一級樓梯，我瞥見一個人影。這可教我的呼吸窒塞住了，心的脉搏也突然停止躍動似的，在透光的玻璃窗下，那是我的丈夫陸醫生，眞的是他，他合蒯夫人正擁得緊緊的；怕是剛入過來的吧，大門的響音在告訴我。

這回的感情的震動，連着我的頭也震起來，一種尖利的冷風從我的心臟透出。如其不是我一般有着寬容的準備的婦人，眼見自己的丈夫貼肉地摟着別一個，尤其是年輕而且婉麗的，除是給命運放到幽險死寂的深巖，她的青春之火早經熄滅，像被棄在字紙簍中一張殘破的畫片的，再沒有一個不發火的罷！

我這樣趕快把感情的喉嚨扼住，不出聲，動也不動的石頭般地站着。蒯夫人就同落在第二個青春時代似的，傲氣地摟着他；我那已經成名的丈夫，他也在狂浪的把她吻着，青春也再落到他的身上了。可愛的熱情，他是再也難得在我這兒找到了！

我能不能把他們拆開呢？這於我又有什麼好的處所？這麼一辦我想只能得到把這個事情醜化了傳出去而已；不怕朋友們的諷刺嗎？不怕童僕們的誚笑嗎？那時候我幾乎氣絕了。我於是用我僅有的一點餘力，爬上我的睡房到上床去，一如發冷的模樣，我在打戰，在慌惶。我這樣地想：要是把這個事情洩出呢，怕我將會成為一個心胸狹隘的淺人了！我也不願意叫我的丈夫知道我曾是參看過他們的秘密來；明天呵我又怎麼樣對蒯夫人說話？噢，他們不是已經在樓上了？在那一個角落裡呀？在做着什麼啦？咳，這才是一個淒愴的日子。

日光射進房裡來。我十分用心管束着自己，把柔和的態度周旋於他們之間。我見到我那二十年如一日的丈夫，可是今天我的地位已給一個婦人佔了。現在還沒有顯示着一些正式的變動，外界的人怕不會知道的吧？在我沒有什麼好說時，我覺得他們的態度就怡然合往時一樣，只脉脉含情的眼角常常透露出依戀的神色。我知道，這全歸我先時沒有留心到蒯夫人的錯誤。她那姣艷的面頰，勻圓的頸項，柔緻的口唇，潔白的足踝，使我從鏡裡惘然的窺見我那弛懈的肌肉，無力的眼睛，全老了！

我慢慢的在呆想，也自己安慰着：我的青春期的生命他一點沒有輕負過我來，現在他攀上更高的生命，愛着妙齡的蒯夫人和她的孩子，她又是那樣一個無可告訴的人呵！我能饒恕得不到丈夫的愛在無可依傍的時候才戀上別人的女孩；而他的妻子已老得那個樣子了。

可是，我和陸醫生却已經第一次顯出一個裂痕來，同時我的傷痛就日深一日了。

有一天突然一件慘怛的案件發生了！蒯夫人在街路上給他的丈夫蒯實在醉蓬蓬的時候碰着打傷了！我的丈夫負擔着這個可駭的事，不能抑制的愴傷和憤恨把他的心衝激得將要發狂，他把她受過重創的殘體送進一家設備頂完好的大醫院去。她的每秒鐘都在和死亡奮戰，可是巨創落在一個致命的部位，不久她已是被壓入再難回首的黑暗的深淵裡去了。

謀殺案件疾風閃電一般迅速地一刹時傳遍了各地方，新聞記者和偵緝們忙着去探訪死者被殺的理由去。陸醫生幾乎憂鬱得變成發痴，復仇與苦悶佔盡他靈魂的全部。他連我及自己的工作都忘了。只有我是還恬靜的忙着許多事情，而且十分謹慎的在將護這個無母的小孩。

我慮着偵緝們許會給我們以搜查的麻煩，我先就把蒯夫人的遺物檢點過一番。那時候我意外的得到她一冊日記。日記裡的事情決不能給社會人們以知見而是關於陸醫〔生〕的名譽很大的。

從日記裡我知道了她對陸醫生懷着很恭敬的崇拜，尤其是對他那樣犧牲甚大的款待；同時也很尊敬我。當陸醫生的手貼着她的臂膀時，沉醉於糊模不明的歡欣的她什麼也忘掉了，回頭她卻立刻就會記起我來，又悲哀的懺悔自己的錯失。呵！你可憐的孩子，生的歡樂就煙雲一般的消逝去了！而這些還只是一種永久的苦悶的代價呵！

蒯夫人的死掉，我是困窘於現世底悲苦中，沒有給她送殯去。葬鐘和哀歌於我不是什麼愉悅只是深沉的懊惱。

生活是改變了，同時我的丈夫也改變過來了。我覺得男人的肉體的愛畢竟只是微乎其微的一點，不要獲到一些微末的倒把重大的失掉。一個活潑的小生命落到我們這兒，小孩已是屬於我們的所有了。我這麼樣活下去以至於最後的一刹那，也不能讓陸醫生知道我曾參知他們的事這一點。小孩是春草似的長起來，我們温和愷切的把她撫愛着，給她起個小名：孤芳。

事實過去得越越的遠了。我是得到這可寶的女孩，得到一種新的快樂，我以為這快樂於我是真的，一點也不會作偽底真。

選自一九二八年八月十五日香港《伴侶》第一期

張稚廬

晚餐之前

按習慣貝芬是每天喫過晚餐，接着趁一陣晚涼，就得搬出針線在書桌旁側坐下，陪她的孟雲寫作去的；當他倆都覺得有些倦意時，於是大家就把工夫放下，擁着親幾個吻或者彈起月琴唱一支小曲，振一振精神，這纔又各自用心作下去，差不多已經成為一個晚間生活的定則了。可是最近幾個晚間，她却老不高興地天一暗就爬上牀，橫針不拈豎線不動的裝出疲倦的神態。這個頗不尋常的變更，可以說是從那簇新的世界史綱臨了孟雲的書架上那天起的。

原來在他們結婚的第一個月內，就曾當面把每人應做的工作分配好了，孟雲靠他那一枝禿筆去掙錢，供給開門七件之需；貝芬決定不找別的工夫做，沖茶煑飯叠被鋪牀等雜務她得負責。可是在這個年頭憑你怎樣的絞腦搖頭，筆墨生涯終於强不過伸手向過路的人求乞。孟雲偶然在書攤上瞥見一部新書，他就急得周身發汗，回頭就趕忙的跑了回來，扯着貝芬商量辦法，於是，時而拿些嫁衣，時而要些首飾，送進貌為神聖的當舖去。這於貝芬是頗為掃興的事，那很分明，書架上擠得緊些，衣箱就得缺去一大角，小巧的鐵箱增添一條廢紙。

簇新的世界史綱躺在書攤上，還只是前幾天的事。當孟雲和貝芬商量得不到要領時，他幾乎是以强硬手段拿了貝芬最後的一只金戒走的。只三十分鐘，他就匆忙的挾了一包大書跨了大步回來，一屁股坐在籐椅上，拆開紙包，瞇一瞇眼睛釘着書皮，然後胡亂的翻，兩翻看看書目，看看插圖，於是偏了頭往裡叫道：

「芬呀，你來看！」意思是要貝芬來賞鑑賞鑑這部內容和裝釘都滿意的大書，可是嘤的一聲的答應這回就不曾有，而孟雲也好像立刻就忘掉這回事似的，他小心地除下近視眼鏡，揉了揉眼睛，接着就悠揚地拖起舊調來：

「念纍纍荒塚，
茫茫夢境，
王侯螻蟻，
畢竟成塵！」

他悠然地合上眼皮，表出喟然興嘆的神氣，同時兩個膝頭就不停的在搖擺。

貝芬正在透了火爐的廚間弄晚餐，她捲高衣袖，一手拿起菜刀一手按住一塊冬瓜低下頭在切片，偶然客廳上作了響，她明白孟雲外再沒有誰了，接着是呼喚聲，一會是一陣書聲，這使她像給人一掌往臉上批過去似的難受，被一種實力壓抑住的憤火變成切齒的咀咒：

「一個男子漢自家掙不了錢，恃勢搜上女人身上來，這可算得平？我的日用品不但不應該買，倒連祖母給的紀念物也拿去了！咦，先人底手澤就不值得珍惜！總有日子連我的金銀眼貓兒也送進當鋪，這纔落得干干淨淨哩！」

晚上，孟雲一個人正在客廳埋頭寫作，猛然一抬頭不見了貝芬，他急忙丟開筆管，悄悄跨入房間，搴開帳門：

「芬，你裝睡啦！」

貝芬穿了雪白的睡衣，側了身子在大籐牀上動也不動的朝裡睡着，可是一雙白襪還沒有除下，看來很有點裝睡的嫌疑。孟雲一伸手去搔她腋窩，這可使她再也忍不住要開口了：

「嘤，誰要你理，今夜你就在書架那一邊睡覺好了，上我這兒來可不准！」

「好的，你又生起氣來了。」

「別又動手動脚啊，去，你寫你的去！」

「芬，你乏了罷，別生氣，好孩子！」

他往她的頰上強迫地親過一個吻，重又回歸書桌旁邊，拿起筆管搖頭擺膝的往下寫。

x　x　x

一天的下午，太陽是火把似的在燃燒着，正樑上一滴滴吊下水點來。雖則住屋是朝南，有時也許撲過一陣微風，可是暑天的村鄉的午後，憑什麼地方總是死寂而又乾燥的，他們也不能例外地舒服。

貝芬穿起一件粉紅色單衣，赤着一雙白皙的脚，很懨悶的躺在房間特地鋪上的地蓆上透涼。她的手上拿起一束當票在計算，「一年期滿」「每両三分」的這些字眼就在她的腦際盤旋往復。過期票六張擱過一邊，這些只好留個紀念罷了；新當票六張又擱過一邊；將要滿期的還有十一張，這可教她有點躊躇起來了：「便不贖，難道連續票也辦不來？我們不是鄭重的約好過嗎：他掙錢，我煮飯……可是，你要他一輩子贖回，他轉而一口咬定你在想裝妖扮俏；一回，兩回，滿了，結果不外把傢私折得三成賤賣罷了……」

客廳東角的書桌旁邊的孟雲正在揮汗寫文，突然一個想頭使他叫起：

「芬呀，趁好天拿一些書晒一晒去罷！聽話，好孩子！」

「誰理你的事哪？就像玉皇大帝的御旨般命令人！」貝芬躺在房間恨恨的說。

「咦，女孩子心術太壞可不行的呵！你不理，我自己動手來。」孟雲也有點憤然。

「……」貝芬頓時合了眼，噓出一口悶氣，這時候，長得全身白毛，四隻黑蹄子的金銀眼慢吞吞地爬上貝芬的腿上，很馴服的屈膝伏下來。她也就張開眼睛，坐起，一手捏了當票，一手撫摸着光溜溜的猫頭在出神。

忽而積壓下來的隱痛使貝芬心生一個詭計：她悄悄兒躬起身子來，打開大墨盂，教金銀眼的四個蹄連四條腿也給印上黑墨。她小心地抱了他繞過客廳，就在晒書的那一隙地停着，然後揀了攤開在晒的幾冊世界史綱，把金銀眼輕輕放到書上，讓他在那兒踐踏，打滚，她却佯若無事的仍舊歸到房間，躺下地蓆上。

這回可掀出很大的風波來了：當孟雲放下筆管站起來，抬高兩臂往後彎着身子伸懶腰的時候，他一眼就看到金銀眼在抓〔書〕，被抓碎了的書紙一片片就紛披在那許多書籍的旁邊。他的怒火一沖，連忙的俯身舉起了痰盂，使勁的飛擲出去，砰然一聲地，可憐金銀眼的小小腦袋早和痰盂一起被劈破了！接着他往前邁步，不管三七廿一往倒在書上傷口流血不止的小猫身上就是一脚：

「媽的，該死，該死！」

在他的狂怒之下，他大步跨進了房間，叉起手來挺高胸脯，瞅着貝芬就罵：

「貝芬！你就這麼樣的給我搗亂嗎？」

「儘你吵，儘你吵，誰還理你的事！」貝芬慢慢的從地蓆起身，吃吃的回答。

「你瞧去，你……可還不是你！」

她頓時懾於孟雲的威棱，惘然地跟到客廳，這可使她轉而喫了一驚，失神的叫將起來：

「哎喲，你作的好事……」她的周身有點戰顫，眼睛緊瞅着孟雲，憤恨的火把在她的胸中燃起，「你賠我金銀眼來，你賠……」

「這就是屁話！你故意來和我掣肘，媽的！」

「這是一件兇暴的事情啊！要是來得勇敢，怎麼不到戰場上去逞英雄！男子漢單會給妻子下不去，單會在家庭裡學行兇，算得什麼啦！」貝芬用勁地反罵。

「你就做了狂妄而且下流的事！怎麼幾冊好好的書，就忍心給糟到這步田地……咦！」他接着哼了一聲，吐了幾口唾沫，奔到空地，檢起金銀眼的血肉糊糢的屍體直摔下牆角底攔搔箱去，連着幾冊被污的世界史綱也一同扔下去，壓在小猫的上頭。

孟雲氣喘喘的囘到桌旁，很沉重的坐了下來。貝芬呢，她早往房間的大籐牀上倒下身子，心裡只是突突的跳，同時她的小衫也已被急汗浸透了背上一大塊了；她還聽到孟雲的聲音：

「報仇雪恨，乃春秋之義！……身有身當，命有命抵，糟了一部大書，囘敬一隻金銀眼，還是老子的大度，嚇，……」

金銀眼是三魂渺渺七魄茫茫的去了，貝芬為了這件事覺得很感傷，可只是尋常的一種心情，在心頭的火把漸漸消滅了時，轉而覺得胸口空洞得難受。

x　　x　　x

事情已經隔過一些時，時鐘的長短針連成一條垂直線，天空撒下了偉大的黑幕，已是掌燈時分了。可是貝芬一直就沒有起過牀，晚餐一點也不曾預備，雖則兩個人的肚腸都在轆轆地作響。

忽而貝芬在朦朧的似睡非睡中，覺着有人在撫她的臂膀，又撫着她的胸膛，只是輕柔柔地。

「芬，不喫些什麼嗎？」聲音格外放得平和。孟雲的上身已是伏上牀來，一手支着牀上悄然開口。

她經過一小會的遲疑，決定囘一句話：

「你吃去，我可不餓。」

「芬！」

「嘤，你吃飯去啦！」這句超於諒解的話，使孟雲如像聽了她答應婚事時的話同樣獲得無可言說的舒服。

他伸手把她亂蓬蓬的頭髮往後掠了掠，再去摸一摸她那柔緻的頸項。

「呀，你這個黑痣又大了點咧！」他的手放在她左頰上了。

一會兒的幽悄悄的時光，過後：

「哦……可不是快要到七點了嗎？」貝芬再也用不着躲藏，她發問了。

「不想吃些什麼嗎？芬！」

「不……」

「怕還會有雜膾賣不完咧，我上市去好不好？」

她忽而轉過身子來，羞答答的伸手去圍住了孟雲的頭頸，暈紅的雙頰顯示出她那無所比擬的快適；在諒解之上，他們兩個嘴唇已貼得緊緊的，——他們在狂飲着青春戀愛之酒漿。

所有世界的一切，連着被摔在攞掻箱裡的金銀眼和世界史綱，都從他們這兒離開了；他們初入了薔薇色之夢，在這個快適而又聖潔的晚餐之前。

署名畫眉，選自一九二八年九月一日香港《伴侶》第二期

牀頭幽事

一

是去年龍舟鼓響的時節，郁易生從遠遠的息尼埠回到故鄉來了。整個月的水程，悶在船艙裏，本來是並不舒服的；但在易生，為的一切全像幾年前去國時所預期，金元同鈔票穩住了他，便覺得很快樂。還有，是那個快要組織的新家庭，不時的幻在腦上，一個輕盈的少婦，有如一朵乍開的玫瑰把名貴的新香新色都獻給了他。他有時在夢中夢到這，醒了來，立刻便豎起了一雙久困的倦眼向船窗外望去，那夏天的太陽正在染着汹湧的海濤，眼前一片是金碧的柔光，使得他覺到已把苦重的擔子挑到了目的地，立刻從肩上卸了下來的那種喜歡了。

「金元是一切希望的實現，永久如此！」他也就想到如何去支配他所有的財產，如何去把自己的忍耐性子底收成算給他的愛人聽這些事。他總算是「滿載榮歸」的勝利者哩。

以前，他也曾尋求幸福去，在夢中；他認為只有那些夢能夠滿足他，有時竟可超於理想的給他以一刹荒唐的享受的。不錯，他是一個年紀還青的孩子，所盼望的，無疑只有戀愛了，他是全不例外地等着戀愛的。

四年以前——那時他正準備去國——他也認識到一個女孩子了。雖說僅僅認識一個，但很够了：他認識她，表示着愛她，暗地裏還想着如何去佔有了她。她呢，年紀很輕，那時是十五歲，全不懂得什麼事的。他從她姑母家裏認識她，知道她住在二十里以外的一個四山環繞的風滿村，並不常常來，因為從那個村落走到這寒水灣，必得經過幾個險阻的小山，經過幾叢陰翳的樹林，這女孩一個人走來走去，自然不很方便了。

他也就常常的在等待這女孩，倘一來，他便即刻自然而然地怠着自己的工作，來到她跟前擠眉弄眼逗她笑，給她到村外的野園摘野花，掘水橫枝，同她玩骨牌下象棋；到她要走了就趕着往縣城裏去買東西送她，起初是買的薏米餅黃梅糖之類吃得的東西，後來漸漸混得熟了，就又想到要送她一點穿用的小物件，送她絲織的巾襪，送她束在辮尾的蝴蝶結。這些，她也全不客氣的接受過來，每就還問一聲：

「謝謝你，這又花的多少錢呢？」

她底不客氣的天眞，是使他愛念着的；但他却不單是愛她的天眞，他的初意原想把這些去求愛，所以他所要的還是她的心。怎樣纔能够獲有她的心呢？這問題，是常常盤在他心內，他也為此苦着的。因為倘使她的心不是屬於他的，他便不能掛起戀愛的桃色招牌來驕傲落伍者，他便不能實現他夢中的幸福，是不消說得的。所以每囘她要走，他送她東西，老是跟着說道：

「倫子，你幾時又來的呢？倘使有了一點空兒，還是到寒水灣來罷！」說過這話，他便緊着去注意她的表情，而照老例她是答他：

「費你的心！沒有別的事，我是愛來這裏玩着過日子的！」她把東西接下來，便提起竹籃走了。

果然，倫子沒有事便來，並且常常來，自然去也頻頻去，是住寒水灣兩天，又囘風滿兩天。

這麼一來，他所藉為獲有一個天眞的女孩的心底投贈，便也成為問題了。

易生是並不怎樣富裕的，他每月所能有的錢，為倫子，是花上百之七十以上了。而在他，每回送給她小物件時跟着所說的話，則仍然沒有更換過。他是有着很多的話待要給倫子說的，比如「你會愛我的嗎」這話，在他是認為頂要緊的，却想到這女孩未必會答他「好的」，或竟是抿着嘴低笑地反問一聲「你呢，郁先生？」即使能說了，而倫子年紀兒輕輕，說話很隨便，那還是無多用處是不消說的。所以他每回待要說出口來，而仍然咽住了；並且這話也並不怎麼容易說得出，單兩個人對面的機會又是很少有的。

他和倫子玩着這若卽若離的活計是四個足月，他的心是全為倫子的緣故而惘然了，倘使是別的一個感情過重的青年，是不會在這尚未成功的中途去國去的。——然而易生却出乎朋友的意料之外，他好像是胸有成竹的遠到息尼去，並不回顧到一點什麼。

這裏不能說，他的去國是全為倫子，這僅是一個機會，到有財的地方發財去；但這裏也不能說，他去國與倫子完全無關，他出門時節雖則沒有倫子去送他，給他珍重的丁甯，但他却也曾給倫子留別的信，說他四年後——倫子十九歲的時候準得回來，那時候應該有了錢，便能够同倫子到省城去讀書，學繪畫或者學刺繡；說他希望她自己保重一點，而且得記着他。只差的是他仍然沒有寫出「你會愛我嗎」這所謂要緊的話罷了。他想，這也說得足數了，一切的希望就實現於此行，而那希望又決不會是「娼妓」，牠是一筆穩當的儲蓄，日子飛度了這以後的四年，便可以寫了支票支取來的。

二

日子的飛度是容易的，他在去年的五月，在龍舟鼓響聲中，一帆風順的回到這鄉下了。第一，他是問到倫子，他想要待倫子來，纔把許多綑着的箱子打開，看倫子的表情如何，應該用怎樣芳馨的親吻來暖一暖這勞人的心？應該怎樣在密語中給他温存的默許？——但是，你們想罷：別過了故鄉四年的人，也許自己不覺得上了年紀，不覺得眼角添了摺扇似的縐紋，而實在情形：看到一個挑了兩頭百斤稻草，毫不費勁地在田塍來去的青年人，你決不會想到他是四年前的小童；甚而送別時還問行人買個不倒翁的稚子，現在也居然做了人家的父親，也不為希罕了。易生門前的小桃樹，已長得很高，像小姑娘一變變成了少婦，這時候正是倚門含俏，搖曳生姿地在引人了。倫子從天真爛漫的童年時代突地變成婦人，這決不會是可驚的事，並且，倫子不單做了別人的妻，還又生了一個男孩子哩！

易生在外國，曾給倫子寫過幾回信，也給過一點異地的土儀；倫子也回過他兩封信，只問安，連着東西收到了沒有也不提。他在那時，實在也不曾當真的擔心到她，原因是他在以為倫子年輕，將來還一定會是他的，倘使金山順利，如願回來，他帶給倫子許多禮物，那倫子一定會用感謝而驚異的眼睛看他，一邊却顫着聲音說：

「謝謝你，這又花的多少錢呢？」這樣接受下來，那時候，他又即刻記起那要緊話，便乘勢摟了她，搶着問：

「倫子，你會愛我嗎？」於是倫子害臊了，她一定說：

「不要問我，單問你自己！」事情並不會窘人的。

一切準備了給倫子的東西，都非常之名貴而又小巧。但現在的倫子全變了，是別人低妻子，別人底母親了。易生聽到了這事，心即刻便往下沉，呆想了大半天，想到什麼「天下多美婦人，何必是？」他擺了一擺手，決定把倫子這人從腦中摘下。不是嗎？於一個有夫之婦，你還得用着如何費心嗎？

他有了錢，而且年輕，鄉間待嫁的女孩，似乎比應娶的男子要多幾倍，這漂亮人物，要娶妻呢，可以預料是「一呼百諾」地來的。單簡地說，郁易生回到鄉下僅够半個月，他也作了另一個女孩的丈夫，照一般人一樣，享到那人生最堪回味的濃福了。

由夏及冬，再過了舊曆新年，他的生活還是有福的生活；他的妻和他一樣地胖胖的，兩口子玩着過安閑日子。也許有一時，因為經過倫子姑母的門庭，不免要記起那天眞的俏臉，由是而有點後悔，但只要回到自己的家，看到另一張胖臉的獻媚，便什麼都會忘下了。還有一時，却因為對妻吵了嘴，而又需要妻的身，强迫地把妻擁起來，他便會闔了眼，這時候，他腦子上的赤裸着的婦人是倫子。倫子於他，便止於這些瑣屑的關係了。

人的遭逢是這樣離奇的，以終生的一夫一妻算來；原該在先要怎樣嚴於選擇纔對？而人們却大抵只消佔有一個就行，易生也很隨便的佔有了他的妻。好像這些人生來就缺少了靈魂這件東西似的：在中國，至少已經過幾千年，男女間儘有什麼結合，而靈魂大抵是不相通的。以單是無選擇的肉體的牽合，只有這一事，竟能維持到現今，眞不能不算得為中國文明底特色之一了！

易生佔有了一個，居然也很滿足的度了半年，女體的賞鑑，是仍然不失其興奮的。玩完了一趟，剛以為太膩了，而只消隔過一天，便又把那玩得膩了的那些肉，看作神奇，非再玩不可了。他們看到女人的肉，大抵是認為神秘不過的寶貝的。

三

在家家戶戶正忙着煎年糕煎菜湯的所謂人日，易生的家來了一位生面的客人，是出乎意想的，那個人竟是倫子。

倫子是一個婦人了，雖說年紀還輕，度了這新年，纔算二十歲，但是舊時的靈的天眞和肉的健實，是給世累蝕去了許多了，她的臉上，又很顯然地現出初為孩子所苦累的憔悴來，同時在她那並不入時的裝束上，也有了久為物質所苦累的窘態。

「哦——倫子呢，倫子呢！」易生把正在玩着的水仙花放到桌邊，很熱烈的來迎着她。

「郁先生，我道你認不得倫子了啦！」

「恭賀你！」易生笑着拱了手。

「有什麼值得你來恭賀的？」

「我正想找到你那邊去，給你們賀年，却總覺人閑心懶似的，又不時要有朋友來，所以，」他端了一盅熱茶給倫子，接着道：「啊，快五年了，這一回，為什麼不同了孩子來？我聽說你有了孩子，却眞地有着『昔別君未婚，兒女忽成行』之歎呢！」

「丈夫和孩子把我夾攻，快累死了！早已聽得你榮歸，却無暇到此；郁先生，偺們大家都似乎老了許多了！」

「可不是嗎？」

「你却還是很有福氣呢！」

「也快生子囉。」

「怪道呢！你比前許多年眞要胖得多。」

「你却太瘦了，怎麼呢？」

「簡直不成人樣的，你瞧——」倫子把指頭輕輕的點着自己的臉頰，叫易生看，却不知怎麼自己感動了一下，耳邊立刻泛了輕紅，這樣，倫子又比較的好看了。

易生笑着看了兩眼，私下裏想，倫子的坦白的胸襟，率眞的態度，是出乎所料的，這人兒，還是很可愛的呢！想到此，便說：

「倫子，請你等一刻！」他逕自往裏邊去。倫子想到他一定要把新娘子引出來，介紹給她，好叫大家後來見面好招呼，便卽刻把衣角輕輕扯好，然後她四下裏環看了一周：這屋子內是另一種新的安排，什麼也精巧而合適，一座小洋樓似的時辰鐘放到長檯正中，兩旁却放了兩架照相。這引了她，不由的站起來，走到桌邊，原來一個是易生，其外一個是女人，這女人有着一個很胖的鵝蛋臉，倒也端莊不過；倫子認定這是郁夫人，端詳了一刻，便卽笑着仍然坐到椅子上。

倫子剛坐下，易生便從裏間出來了。他穿了一套黑絨的西服，底下是烏溜溜的皮靴，雙手揑着帽子同一根黑油油的手杖，分外見得神光煥發，與那四年以前的模樣兒比起，眞算得為另外一個漂亮人物了。

「郁先生往那裏去的，打扮這般齊整？」倫子不由得站起來問，為的她還有一句要緊的話兒同他說，而且又是異樣的麻煩的——倫子的丈夫失業了，她現在很窮，這孩子的牛乳錢也拿不出，這回是特地來借點錢的。

「新年大頭還會有什麼事？」易生臉上顯着微笑說，「我帶你去會見朋友們去，是幾年了，我們都沒有去和他們耍去，他們大概也在盼望得見一見你呢！」

倫子不知道他究竟要去會見誰，也想不出該說什麼好，在這時候，好不好把來意說明，還是解決不得；但是，倫子是不覺的跟着他的後頭，走出了這門，上到街路上了。

一路上易生沒有提起什麼事，她也正因為借錢的問題纏住了，不知道應該怎樣開口纔對，所以大家是沉默着。行人眞不少，大概都是穿的很漂亮，為這舊曆新年去尋點開心的，鄉下人到此時都覺得自己很有點事的樣子，各自搶着去，也沒有注意到這兩個人的，所以他們直到了渡頭，都沒有覺到不方便的處所，同時他們的心，也各自打算着自己的事，似乎也忘了什麼人的注意了。

「我們上城去！」易生上了橫水渡就說。

「去找誰的？」倫子望了他一眼，疑惑地問。

「你同阿雙也疏遠了，前幾天我碰到她，還問你究竟那裏躲呢！——我們就找阿雙去罷，這個老朋友是會引人笑的。」易生一邊說，一邊揚了一揚手，渡夫會意連忙把竹篙往岸壁一掙，船就滑開來，跟着搖到那船尾巴的長櫓，把頭擺轉，向縣城那邊搖去。

「阿雙住那邊？」

「城南。」

「幾時嫁到城南，我怎麼會不知道的呢？」

「吓，這你不知道並不奇怪，你的事情阿雙也不知道，我也不知道呢！那天阿雙還睜圓了眼問我，你嫁了誰，我纔依你姑母的話，說嫁到驪珠坳那姓白的人家。——事情我們不知道的還多呢！」

「阿雙可還愛玩？」

「這不知道，但也瘦了。」

倫子點點頭，心裏立刻就想起從前的阿雙來；她是幾年沒有見到這愛玩的姑娘了。所以還是願意上城去一趟；不過她立刻又記念到家裏的丈夫和兒子：因她丈夫有點病，又沒有錢，所以他願意陪着兒子玩，打發她到無論誰的家借一點的；她想到自己的使命未完，又怕跑了出來太久了會叫丈夫擔心，不該還同易生到處閑逛，她於是說：

「時候可不早了罷？」

「不，還是很早，大家腔還在被窩裏做夢呢！」

「我並不得閑的。」

「一個人那裏便終年終歲躲在家裏討苦吃？趁這新年我們開開心也不過份，我看你還是——沒有用過使女嗎？這如何過活的？」

「沒有呢！」倫子聽到這些不客氣的話，心想趁這時機說說自己的窘境，却顧慮到後面還站了一個渡夫，而且借錢這事又特別使人容易胆怯，她只望到對岸去，儘自出神。

不久，橫水渡從許多並排着的艇渡中間穿進去，泊到岸邊了。易生很敏捷的先自跳到岸上，然後伸出手來引她，艇是蕩的人站不住的樣子。她也就依着把住了那手，一跳也跳上了。雖則她覺得這太放肆，同丈夫以外的男人拉了手，便不算失身，也總算失手了。

岸邊是新闢的長堤，舖戶正從新在興土動木，看來覺得橫七豎八的，只有從前預備着讓出路線的幾家酒館和旅店，還很完整地矗立着，酒旗的招展，表示出怡然自得的樣子。

「乏了，我們歇一會子才又走罷？」易生一邊說一邊仍然在走。

「到那兒歇去呢，你想？」

「吃一點東西可好？」他指到一家平等酒家。

「我倒不想去，還是看阿雙罷！因為我是不得閑哩！」

「時候還早！」易生客氣地要求她。倫子想到可以趁這機會來說明來意，而且方便得很，就答應了，跟到酒樓上。

四

第三層樓，全是房子，他們揀了第六號的，大家坐下來。

地方經過了幾回兵災，幾回賊禍，人人也現出了窮相來似的，於上酒樓這事大家都認為奢侈，而且又有了什麼筵席捐的苛例，酒菜特別貴，所以這一行的生意漸漸冷淡了許多，大廳的散座也並不熱鬧，房子是更其冷落了。倫子一進房門，便即刻放了一度心，這裏十分幽靜，一定不會碰到熟人，她是可以不必担心到另外的事了。

「這裏是談天的好所在哦！」易生先把外衣除了下來，說着，一邊按了電鈴。

伙計把兩個人的茶端進房裏，大概是看到一個男人和一個女人，轉身便把花布門簾扯下，這時候房裏不但幽靜，更有點黃昏的情味，使人舒服的。

他們是對面在談着，所以眼睛也常是在對看。他們點好幾個菜名，吩咐了伙計照辦。然後，倫子終於把要說的話半吞半吐的道出了。她說要借錢，借八十塊，再把家境的赤貧訴說了一通，那清淺的雙瞳看到桌下去了。

「這樣的麼？」易生也莊重地回答，「讓我想想法罷！有是有的，何況我們又是從小就要好過的？」

「沒有了錢是什麼都似乎要失掉了的。」倫子眼睛晃着清淚的說。

「你也太奔波了！倘使，倫子，倘使我們一直期待着呀，你是不會這樣窮得苦透了！但是成事在天，現在也難說。」

伙計送進了幾碗時菜，跟着一壺橙花露酒；兩個人的隔膜似乎減薄了好些；而也同時有點興奮，都不客氣的舉起牙筷。

五

不多時，他們都有了薰醉樣子，兩人只默默的對坐着，倫子的兩頰又顯出桃色的嬌紅，在易生看來，是比小時候更其嬌媚了。

於是清楚而悠長的書聲掩起來了。

「竹馬相過日，還記你雲鬟覆頭，臙脂點額。」

一會又是——

「放學歸來猶未晚，向畫樓存問春消息，向我索，畫眉筆。」末了是——

「十年湖海長為客，都付與風吹夢杳，雨荒雲隔。今日重逢深院裏，一種温存猶昔……只此意，最難得！」易生一句一句的背着，這樣地衝破了一時底沉默。

「最好還是郁先生借我一點錢，我現在只知道管家了。」倫子把他的話岔開，說自己的。

「我說過這無問題的，」易生略躬起身子，坐到倫子旁邊，就又說，「倫子，我們不可以依舊玩骨牌摘桃花去嗎？不可以的嗎？——倘使倫子念舊，我想，這是並不難的！」

雖是藉着一時的酒氣，但聲音仍不免有點不自然；在倫子聽來，這些話是動心的，因為倫子還年青，為世故掩埋了的温柔的心很容易就會再為活動。但倫子却自然而然地把身子偏向空的地方去，她意識到這局面不很好了。不過既然同着一個男人進到這房裏，偏一偏身子是不濟事的。這一來，易生也偏向倫子身邊，他們的距離仍然一樣的。倫子覺得事情越發有點不對了，她應當怎樣去待他，客氣好呢，還是趁風扯篷去跟他親熱？這是一時不容易便得解決的問題。

易生仰着頭，眼睛釘住壁上的一幅黑牡丹，口裏徐徐地吐出一口煙來，在這暫時靜止的一刻過後，暴動便開始了：

女人的手是頂惹人的，古人用「雪藕」這字眼來形容，其實也不能盡其萬一。倫子的手惹了易生，於是忽然之間易生便把那擱在椅靠上的惹眼東西把住，同時是，一個親吻給到這上面了。倫子是只有急遽地把左手拉回，放在腿上，眼睛昏昏地望着桌面的殘羹冷酒。

「這裏很靜哦……」易生低低地説，口脣在倫子耳邊。

倫子立刻打了一個冷噤，她覺得這地方實在太幽靜了，幽靜到使並無這種過份的預期的女人感到孤另無助。

易生原也沒有第二種思慮，他見到倫子抽回手放到膝頭上，一聲不響，便又把右手伸開，猛的環住了倫子的頸，説：

「我愛你，倫子！」

這很够使倫子喫了一驚，為的她是沒有從易生方面聽到過這種話，同時記起丈夫當到枕邊快意時是這麼叫着的，不禁卽刻想：「這回可冒了險了！」於是她打算掙扎開來，却還沒有想定，易生另一隻手又把她的右手拉住了。

「我們享樂……好不好？」聲音從易生口裏傳出，低低的在她的耳邊叫着，因為顯然是一句不等回答的問話，所以他整個地動作起來，坐到這温柔人的身上了。

好容易倫子用了力，把這突如其來的男體推到空椅子上，自己跟着站了起來。倫子想下樓去，但她又定着，心在跳。

「哦哦，倫子太是固執了，倫子……」易生豪興正濃的也站起來，釘着倫子風致灑然的柔姿，又在笑。

倫子並不憤，是超於害羞的顫慄，她定着，睞睞眼睛，說：

「我得走了，我說過我是不得閑的！」

這話一說，倒把易生急得忙把她的手重又拉住，接着，狠命的擁了起來，在臉上，唇上亂吻。

倫子掙開來時，她立刻便走了。

「呵，倫子！」易生叫道：「這你沒有拿到呀！」倫子聽到聲音，回過頭來，看到易生搴開了門簾，拿了鈔票在招着手。

倫子拿到了四十塊錢，很匆忙的跑下酒樓，直到了渡頭，看到恰恰擠滿了人的橫水渡，狠命的擠前去，船就離開了岸壁。

她把緊捏着的鈔票塞進衣袋，然後想起易生，待回頭一看，他正好站在岸邊用手招一招，大概是同她表示道別的意思，但倫子立刻就又不看他，轉眼去看回鄉的路，她又念到那性急的病男人在看孩子的那種急燥情形，不期然地竟流下眼淚來了。

六

春天的風微拂着行人的臉，像一隻玉人的手撫愛着樣子，那些穿紅着綠的男女們，是愈見其舒暢而且溫和了。倫子倒例外地覺得熱，臉上身上都騰了汗似的，兩個膝頭也抖起來了。是春的復活呢，是一時的驚悸？是害着臊了呢，是懷了內疚？倫子自己全分不清楚，她單是在惘惘然，一陣子的風拂過來，又是飄飄然地，像喝了適度的酒。

給吻着了呢！這個人為什麼這般兒粗野起來？倘掙不過來，那怎麼好？不會弄出更奇的事嗎，這不是難說的嗎？她這麼在想。却又覺得很妙了似的，感到了一點神乎其神的歡快。同一個小時候的男友，在無人地方，親吻了，這能算得過份？於是她又後悔不該這樣來奚落他，不該叫他這樣難受，她恨着自己太愚蠢，太輕視了人。

但易生也應該給我諒宥罷？我是怎麼樣人了？也嫁了丈夫，也生了兒子，也生存了，也戀愛了，青春已經去得很遠很遠了！並且又是久別初逢，那裏便這麼樣不客氣起來？倫子想到這個，心就平靜了許多。

這路也很長，從縣城回到驪珠坳，約莫是十五里路。要走過了七八里長的田基，纔進到了有人煙的村落，要越過五個村落，纔到了家。倫子看路程還遠，不覺心裏焦急起來，又想到丈夫和孩子，她的脚步自然而然地走得很快，眼睛看地，也不留意到從身邊擠過的人。

漸漸的，她的心越是鎮靜了，什麼都沒有想了。她特意要走得快，但她恨她沒有更多的氣力，這時候又實在不能够太快。走到心跳上喉嚨，要不緩下一點兒，仍然照一般的速度，即使可能，然而走不多久是一定會走得氣絕的。她又覺得兩個滿了乳汁的乳，漲的很有點癢癢兒的，就又想到孩子會餓了，大半天沒有東西到肚子去，是應當更其橫蠻罷？

走到了茶亭，就忽而有人呼着倫子的名字，道：

「倫子，你可是瞎了眼睛的？」她正想回轉頭來，那人已經抓住了她的臂膀說：

「好姑娘，連我也不放在眼內了？」

「明雲，你怎麼會走到這裏來的，孩子丟到什麼地方去啦？」倫子瞧到丈夫的臉，不由得驚奇地問了。她一邊在說話，一邊却也拉到他的手。

「怎麼去了大半天的呢？」男人很有點生氣的，他的臉蒼白到叫人怕看，口唇是輕微地在抖顫着。

「你別生氣了，我的腿快要跑折了！」說着，因為瞧到還有行人擦過身跟，覺得在這大路上不該拉拉扯扯的，叫人笑話去，所以立刻就放了手。

「事情辦好了嗎？」明雲把氣咽下，裝着聽話的臉問。

「我們慢慢的走，慢慢的說罷。但是，孩子究竟給了誰看？」

「什麼『有子萬事足』哼！這孩子給我的纔眞是滿足了呢！你想，從你跨出大門就起碼哭叫，再不饒人似的，東走走也不是，西走走也不是，給乳嘴也吐，你想！」

「虧你前兒還說做女人好，就是這麼個好法罷！——你究竟把他給了誰？」

「二嬸看不過，抱了去的。」

「你告訴她要來等我的嗎？你也太是多心，倘使我不打這邊走，不是落了個空，那你又得等到幾時？」

「不要提這個了。你只告訴我，辦得到辦不到？」
「你猜看？」
「我不猜，這也是猜不着的。」
「扯了大半天舌頭，纔扯了二十塊錢，總算不辱君命罷了。」
「也不虧這一走。」
「也不虧你這一等啦！」
「還是誰的？」
「誰的呢，不是我姑母，誰還管你死活？」
「我們趁便買些蛤蚧罷。」
「別得心急了，孩子不知是死是活，還是趕着回去罷。你也是不好多走動，明天託人去買就是了。」
「省省儉儉的倒還可以多過幾天了。起先我在擔心，走到這裏也等了大半天，一半為的錢，一半為的你。」
「難道沒有你來就會失敗了不成？你總是太多心罷。」
他們慢慢的在走。兩個臉面也現着開春以來所罕見的愉快，自然，這全為的經濟問題，可以有錢買蛤蚧，買牛奶，買米，是應當比平時開心一點的。

七

倫子在先原也是一個活潑不過的女孩，嫁後也還是鎮天價跳着玩着，當到明雲正在靜着性兒改課卷或者做文章時節，常就用許多方法去挑逗他，譬如她覺得丈夫老不理她，儘做自己的工夫，在晚上，每就是懷了玩弄他的心，走進房裏洗澡，手掌拍着盤水，弄得水聲來，然後嚷道：

「哥，來同我擦背！」或者故意的叫：

「莫要吵着我呀，我洗我的澡的呀！」這樣一來，明雲再忍不住，上了她的當了。

打從產下了小孩，她的青春便似全然落在這小孩身上似的，倫子靜過來了。她常常為着丈夫的糾纏不過，憤憤的說：

「你麻煩，你忍不住又來纏我了！」

他們都覺得太冷了，兩個人已沒有赤條條地擁着睏的興趣了。今天雖則也還好過，但總喚不起熱情來。

明雲從牀上爬起，把掛燈挑得更是光亮，尋到了一包沒有吃完的糖子，自己吃了一個，另一個悄悄兒的塞向倫子的口裏。

「這黃梅糖我就從小愛吃它的，甜甜的，却有一點兒酸味。」

「怪道呢，我打諒是怎麼這樣愛拈酸，原來好吃這個。」

「無中生有的説我也不理。我説從小愛吃它，是因為小時候也有人愛吃，他不時的送我呢。」

「誰送你，可是男人？」

「哈哈，你得舐舐味兒，這究竟是糖，不是梅子，為何就自己拈起酸來，還賴我呢！」

「我猜你一定同過誰要好的，聽你的說話猜得八九了。」

「我同誰好過又怎麼樣？」

他們不期然地混做一堆。於這問題大家都很有興味似的。

「也不怎麼樣，可是當眞的呢，我却要求你告訴我！」

「這個可不能够。」倫子想到易生的事，恐怕事情弄眞了不好，轉口說，「還是趁孩子睡了，我同你睡去罷！」

「不要『顧左右而言他』了，倫子，我求你說，說你的來歷。」

「難道我是來歷不明的？」

「又不是這麼說。其實凡事我也不是認眞起來的。不過以為說說倒也有趣罷了。倘使我也曾勾搭上別的女人來，我不知道要如何詳細地說給你聽了。我覺得一對年輕夫婦，他們能有浪漫的過去，在更深人靜，又香又暖的被底中，大家像說人家的戀愛故事般說出，倒還眞是一件新鮮的玩藝呢！」

倫子闔了眼的在聽，她知道這人是心多的，說是說得等閑，其實太是認眞了。她於是想到要把這話頭岔開，便睜了眼大聲道：

「你不知道呢，你快把我那挂着的衫拿下來！」

明雲聽到這話，以為事情或會坦白的攤開來了，那衣袋裏一定有東西，一時豎起來，搶着去。

「你不是把錢給了我？又那裏來這二十塊的？」他拿到兩張十元鈔票，出神的問。

「不知道。」

「還不是短報了這數目來賺我的開心？」

倫子的臉眞是勝似桃花的，表示着勝利者的笑容。也因為記着日間的事，禁不住伸出手來把明雲拉住，要他俯下頭來，給一個親吻。

他們計議着開銷這四十塊錢的事。孩子衣服得換新的，他雖還很小，而瞧着別的孩子穿得大紅大綠，每就動起小手脚來，似乎在慕着他人的走運樣子，他們常常因此覺得懊惱，對不住孩子，每用道歉的眼色瞟着他，說道：

「英的還要花花綠綠的，爸爸快要同英做新的呢！」

孩子之外，倫子要明雲也得做，別這般枯枯槁槁的叫人看不上。明雲說：

「你還不知道我？又不是做的『密斯運動』，做這些新的什麼用？」他也想到倫子，她的嫁時衣，好的典了。粗的舊了，她倒是不可隨便，就接着說：

「不是你的要見光，這樣穿得古頭古腦也不是事，你做好罷！」

「我不做！」倫子沒有說出理由，那只是聽到明雲不做，她便不好說做罷了。後來議論了一些時，却因了明雲說，倘不做，就取贖一些，她想到典去了的那些樣子都太舊了，所以才答應去剪一件短短的旗袍。這一個夜間，他們都儘情的玩了大半天，乏了，就又起來吃過夜飯。纔抱着睡去；且不多表。

八

是二月的開頭，風雨滿天霏着，毛毛的下個不休，氣候也很冷了。

一天早晨，倫子纔弄過了早飯，就拿起一柄雨傘，匆忙的出門去。這是為一個女朋友的事情奔走的。原來她有一個高小時代的同學，姓姚名璧，她們的交誼是很親密的，却因為大家都給家累弄得不開交，不常會到。昨天忽然接到姚璧的信，說是：自己近來越做越不好了，丈夫已有意難為她，母家又沒人照應，自己說要同別人做保姆去，丈夫囘信答應了，這樣一來，在家是再也混不下去的。現在恰恰又已找到一個人家去，每月可以有十塊八塊；末了，她說願意在離家之前同倫子見見面，說一些心事。倫子聽說她弄到這個樣子，兀自感傷起來。想到姚璧今日生涯，且忍不住落下淚來。不知不覺間，把這話給明雲說了。

「嫁給大腹便便的男子，是沒有好結果的，從前姚璧也不是想不到這一著，却只因父母在堂，連摸索一下子也難了。你想，那男人準又是討了小的啦！」倫子歎了一聲說。

「年紀輕輕兒的，給丟了，也可憐。」

「姚璧也對我提起你過，說：『早知潮有信，嫁與弄潮兒！你的雲也便是那個弄潮兒了。』那時我知她話裏有因，也不便去問，現在落得這個樣子，想起來她倒也有先見之明的。」

「那你想怎麼樣？」

「看如何，倘她不太客氣了，或者讓她到我們這裏看看孩子也使得的。」

明雲贊同了她，並且吩咐她首先就同姚璧說這個。倫子是滿心歡喜，冒雨找她的朋友去了。

姚璧住在香村，只一個鐘頭的路便可以達到，但因為有雨，又是吹的打頭風，雨傘只得往前擋去，這一來步行倒緩多了。

倫子的腦上，就只不時的閃過姚璧的臉，這女孩全像一朵花，像一朵芬芳皓潔的蘭花，却不想嫁到從小就立心娶妾的大腹賈，享樂了她的肉體，然後迫她出走。她在可憐姚璧，同時却以為，她太是安份了，太是軟弱了，難道不可以提出抗議來？難道一個人就單是活着給人欺負的？卽不然，也應得打個正主意，設法改嫁纔是。為什麼不能夠預先想定的呢？倫子一邊獃獃的在想，一邊却趕着的在跑，行程之苦惱也不大覺的，不覺之間，她已看到香村的天后古廟了。

姚璧的家原也是常常走動的，倫子收好雨傘，一進門，看到那五十過外的長臉女人，就叫了一聲「太太，」太太也客氣的站起來呼她「少奶奶。」

「三嫂子可在家？」她道達了來意。

「在家。」老婦人冷冷的囘了話，順着又坐下了，重把針線拈起。纔又說：

「她在睡中覺，隨便你罷。」

「可是在房裏？」

「樓上。」

為什麼三嫂子搬到樓上了，樓上可以住得的麼？倫子卽刻有點茫然了，却看到那老人家已那樣的冷喉冷嘴，不好再招惹她，就逕自提起了腿，經過一個從前原是璧住的房間，從廚房的進門左邊一個梯子上，一手扶着那從樓上垂下來的大蔴繩，一級一級的往上去。

在一個陰晦的牀頭，她找到一雙帶了很重的憂鬱味的眼睛。

樓眞小，只一個角，佔廚房三份之一地方，為的多年塵烟的往上薰，誇大一點說，這裏的一切是一個燒飯鐵鍋的鍋底，全只有烏煙，是黑漆一團。裱壁的新聞紙也分辨不清那鉛字同空白，藍色的蚊帳由灰暗而全黑了，何況樓門外尺來寬的樓板上面，更又不時的從小天櫳漏下雨水來，連房子內的東西也灑了個半濕不乾。

「這個是黑暗世界，你却是一顆明星了！——你是幾時搬到了這角落的，你的香閣誰人佔了？……」

「你坐下罷！我道是這雨天，倫子抱着阿哥睡覺去了，那裏還管得到我的事情，却不料倒還來了！我們眞算知己，只這條路委實太遠了點，難為你吹吹打打的搶着來。」

「好久就想到要來的了，只那孩子最淘氣，鎮天價給我纏着。」

「且慢談情罷，我合你倒一碗熱茶來，暖暖心。」

一個瘦小的黑影似的，順着那木梯子漸漸的消滅了。

倫子看看樓板，看看小天櫳，不覺打了冷噤：這算得為一個樓，而且是人住的，也就奇了。煙火氣一天緊似一天的撲過來，要是別人呢，倒也罷了，偏又是這嬌生慣養的自己的女人，那可怎麼說，萬一薰死了？夢想不到璧也逆來順受了這個無罪的刑罰，她不知是怎麼過的。倫子不斷的湧起憤激之念，直待姚璧端上一碗熱茶，纔用手抹了一下眼圈兒，再用力的瞧了她這朋友兩眼。

「你瞧我可是瘦了不是？」姚璧含着悄然的幽笑說。

「再沒有小時候的珠圓玉潤了。——璧，你打了什麼主意，搬到這個所在？你瞧！」

「我是不怕黑暗的。」

「這不儼然是地獄？誰打你到這裏來？——呃，你這又是弄的什麼，同誰縫這衣服，這陰天如何瞧得眞？」

「太太叫我做給那個的呢，我想，做一天和尚也得撞一天的鐘，反正閑坐也無聊，而且也不免人家嚼舌根去，我們粗人就是這般死幹的！」

「你的男人可是回來拜年過了？」倫子興奮地問，却只見姚璧搖了搖頭，說道：

「你除下了衣服來罷，我看是太濕了，招了病就不好。」

倫子看她不願意提到男人，只怕是沒有回來了，也不好再問。她把外衣卸下來，只穿的那褪了紅的縐紗棉緊身，再把衣鈕略略解開，好讓呼吸寬舒一點，然後拿了溼透的衣裙張開了披在牀頭橫木上。

「你的兒子很會乞人笑了罷？你纔有福！」姚璧說着，現出不大自然的笑。由是她們談了許多「別來風雨」，她們的談話越發勁，窗外的風雨也便越急激，雨點打到天櫳玻片上面，丁丁地响。

「我同雲說過，要請你到我們家裏住去，鹹魚淡菜，總有兩餐就罷了。還又可以幫我的忙，看看孩子，雲喜歡得了不得，趕着我來，他更吩咐我首先問你這個呢！」倫子出於至誠似的說。

「這怕太不成了，我如何可以又叫你們擔心的！」

「我可不是來請你做工，也不是什麼意思，那只是當成朋友往來的常事罷了，我原也知道你是客氣的，可是這回却用不着啦！」

「似乎不好意思呢。」

「你就因為這脾氣太不好——也該說是太好了，你纔碰了這裏的大釘子的。老是說着什麼『甯人負我，毋我負人』的古話，有人給你攢心的一箭來，却還得陪笑去歌功頌德，這你將來怎樣過活呢？我們也正不必去說誰負累誰的話，只是偺們一塊兒弄玩着過日子，不也是『不亦快哉』嗎？」

「你的先生怎麼說呢？一個無知婦人，硬來佔進他的家去，喫他的飯住他的房子，不會日久生厭？這倒是應該在先想定，省得後來人家說我不知禮節的。而且，我們究竟也得瞧着男人的心做事哩！」

「別客氣了，也別胡疑了！這事情又不是什麼天大的，也用不着細細打算。」

「那麼你讓我再想一想罷！」

九

風雨仍然滿天，泥濘却滿在地上。兩個女人，覆在一柄布傘底下，在綠淒淒的春野上緩行，風是冷的，但她們的心都蘊住一股熱氣，覺得人與人之間的心之交感，是叫人有着無上喜歡的。

忽而倫子似乎記起一些事，就問：

「你的老狗娘太太，問你帶行李沒有，這她是什麼意思呢？」

「她倒以為我是一去不回的了。她們儘在呪我，走了就拔出了眼中針，怎麼不這樣急急的問呢。」

「你却還要奉承她呢，在我是不會再回頭的。」

「生來這個奴性，是無法的；我很怕開罪了誰，即使是小孩子。」

「那你不覺得苦？」

「夜裏可以讓眼淚同我發洩，一切事我都不想叫人不安，倒是自己受了干淨呢。」

「你是薄命紅顏！」

「所以我也不說我苦。倘若嫁到什麼才子之類的人，那我便更加不好過了，這樣磨折我一下子，還算是老天爺開恩呢。」

「你說嫁到才子會更要薄命嗎？我却不會有這個想頭的。」

「總之我願得聽天由命。有時人家壓迫了我，我容忍下來，還暗暗地感到寬心呢。我想來想去，到這會子也想不出我究竟是怎麼一個人，像是有氣沒氣的活着給人忍氣。」

「那你頂好配到我那個了。他真真是炮仗般的頸子，一點小事都會引起他的暴怒，拿我來煞性子，雖則他的心倒是再好沒有的。」

「這樣取笑我是不行的呀……」姚璧登時緋紅了臉，把倫子捏了一下。

原來明雲也是認識姚璧的，只是一面之緣，也沒有說過笑兒。這回他瞧着倫子帶她進來，就越是客氣的招呼着。

他暗地裏想，所謂「簾捲西風，人比黃花瘦」就是她這模樣兒了，拿這來形容她那蕭然的後影，眞是再恰當沒有的。憔悴中而仍帶有一股清氣，憂傷中而仍不失其幽靜閑雅的本性，使人瞧到了但感到動心的舒服，只這孩子的命運又太蹇了。他看到倫子同姚璧走進正廳內的房子裏去換衣服，很受了不可名言的動情，眼睛直瞧到窗外的綿綿風雨，儘發着杳茫的幽思。

倫子穿上了一件自織的玫瑰紅絨線中衣，跟着出來的是姚璧，她却換上了倫子的淺灰色文華縐棉襖，底下是紅方格子的佛蘭絨單褲，雖則比較着寬一點兒，而那清眞的神韻越顯出來了。

她們走到偏間，坐在明雲對面的長籐椅上。

倫子望了丈夫一眼，含笑的說：

「獃獃的瞧什麼，還不趕快致歡迎辭！」

「我們都不用客氣呵！」明雲微微的笑了一笑說。

「起先這貴客是不答應的，後來我說你也喜歡，她經不過我苦纏，纔扯着來了。」倫子轉看姚璧說：「別多心了，『到處楊梅一樣花』，一個人還不止是兩餐一宿？偺們就這樣好好兒住着罷了。」

「可不是嗎？我們却比不得大門大戶，都是一點氣兒也使不來的。」明雲在幫着說。

「便是你生氣，倒也是不怕的，我們這温柔的女客是不怕誰生氣的呢。」倫子說着，便把姚璧的生活也略說了一通，明雲只是搖頭。

姚璧儘紅了臉，又看到倫子夫婦之愛如膠漆似的，不覺暗自愁歎。

「倫子又懶，孩子又淘氣，我巴不得多一個人來管束她們。女士〔肯〕紆尊降貴的暫時將就住下，實在歡迎之至。」

「罷了，這樣的歡迎辭實在有點肉麻。」

「你倒又有人同你談天，也可以不理我了。」

「你還說呢！這樣一個人，要我理你一點什麼？」

「你不理倒還好，我也樂得清清淨淨。」

「我一來就累着你們吵嘴了，我說是不好來的啦。」姚璧笑着靦然的開口。

「那麼，你一來我們就該親吻纔好了？」倫子也笑起來說。明雲不便插嘴，自獃笑着。

偏間是書齋的陳設，十分的樸素。前壁一個小窗，蒙上了一幅花布窗簾，雨打到這上面，全濕了。窗下是書桌，桌上的橫書架一列書很整齊，桌面上却橫七豎八的放着一些雜誌同稿紙，雨點不時的吹下一兩點來。這偏間的後頭，卽是明雲住的房子，從正面打開了兩扇雕花屏門，裏邊的陳設也可以一望而盡。

「你住在什麼地方的，這個，還是正廳的那個？」姚璧瞧瞧房裏，不由得問。

「我嗎，」倫子說：「我是在那邊正廳的房子，這裏他住了。是打從孩子出世之後，便是生分似的，他自由地就搬了過來。以前沒有人住，讓牠空着好久了。」

「倫子可以搬過這邊來，讓姚女士住那邊，這麼一來，你還能不理我嗎！」明雲笑說。

倫子正想開口，只見姚璧接着道：

「你們可以讓我自己睡在什麼地方都好，或者就在廚房也使得的；倘要這樣的拘執起來，我是不會舒服的。」

「不是這麼説，你們女人總要住一個房子纔好。」明雲説着，又不知怎麼一來，覺得這話倒有點語病了，就又説：「橫竪我同倫子住一個就够，那個是多餘了的，不要緊。」

他們的交談，直到了孩子哇的一聲醒過來纔中止了。

原來今天早上倫子走後，就有人冒了雨的送信來，是給倫子的。當夜倫子搬了過來，明雲纔提起了信，給了倫子。

信是出乎意外地，易生給她寫的。呼她表姊姊：自己的名字上，就冠上了「表弟弟易生」字樣。是因為上一回要借八十塊錢，一時挪不到，沒有借够了。這回是叫倫子有空，就到寒水灣去，再要四十塊的。信就只這樣寫，很簡單而扼要。

「我的老表的，你瞧瞧！」倫子心裏一時蒙上了驚喜的薄雲，把打開的信，送到丈夫手上。

明雲也寬心了許多，他問：

「易生是多大年紀的？」

「不多大。」她隨意的答。她不能不説易生是自己表弟，倘不然，是要疑心的。

「那麼你喜歡就又走一趟罷。」

「是的。」

「姑母倒還可以濟急，這可不容易呢。」

「借錢却是頭一趟的，我一向沒有問過誰，只姑母容易說話就問問罷了。」他們的心又是安定了許多了。談話一時停歇下來，便只聽見風雨不絕地吹，這春之夜是容易使人動情的。

「倫子，不要睏了！」

「什麼事呀！」倫子做出憤然的聲音。

「這麼個良宵，辜負了可惜的！」

「別拉扯我，很有點頭暈！」倫子把下身略頓了一頓，表示她麻煩。

「假的，剛纔好好的，這會子却胡謅了！」

「眞的，頭很重，風吹壞了的。」

「那麼不來了嗎？」

「誰高興呢。」

「固執的！」

「你纔固執呢！而且不看你的面孔，瘦到那樣子了，還儘自『色胆包天』的！」

風雨很好了。他們又想到不久之後又有了一筆錢，尤其是倫子，她想到易生身上，儘管嘴强，這會子却也不能够拒絕那解衣解帶的手，心一動，眼睛也覺得蒙了雲翳似的，軟癱地再不想說什麼話了。

十

第二大早上，姚璧回自己的家去了。她想到倫子夫婦也不是怎樣苛刻的人，事實上〔他〕們也不大理家事似的，要自己來幫忙的地方很不少，便決定把自己的東西拿過來，住下去。

下午，仍舊有雨。

「那麼你今天去不去呢？」明雲懶洋洋的躺在長籐椅上問倫子。

「去是想去的，但你瞧！」倫子望到外邊的雨回答。

「不去也罷，這雨天就太悶人了！」

「你是愛雨的，什麼『雨打梨花深閉門』，還不常常的挂在口邊，怎麼這會子却呪起雨來？」

「我却盼望着天雨金呢。一個人為柴米弄得心交病了，又那裏有這閑情逸意管到自己的愛好。」明雲說着，點上一枝捲煙，吸了一口，又轉了話頭問：「老姚不是就要回來了。這雨天可太苦了這人兒啦。」

「你看老姚怎麼樣？」

「什麼怎麼樣？」

「她好不好，那種品貌？」

「好是好的，惟有遭際却頂壞了！那種眼睛是多們地飽含憂傷的味兒？看她笑一笑，就轉叫人不好受，却不知怎麼一來，又常常這樣的在笑；這苦惱的孩子！」

「昨天到了那邊，瞧她還是一針一線的在替丈夫做衣服呢。」

「可憐的……」明雲一邊這樣答着，一邊却不知是想到了什麼，就站起來，走到自己房裏，把一個瓦甕的蓋子揭開，伸手下去，就又說：

「快寫個『常滿』來罷！」

「也不用你瞎操心，你這人是胆小不過的。」

「別的也還罷了，惟有這柴米兩字，我怕得很。舊年年底好容易弄了兩百塊錢，到如今不過兩個月，就又清楚了。要寫點什麼掙回一點，這毛病兒又發作，寫寫又擱着，眞不知該怎樣的打算呢。」

「說是不用你瞎操心了！橫竪掙不來也不可强求，看你拚頭拚腦，寫了又寫，鈔了又鈔，你自己便不覺得煩，我也替你惱呢！」

「燒飯去罷，也不早了。」

倫子默然的坐了一會子，便起來往廚房去。她想到這時還只有四點一刻，五點起程，六點便可以到寒水灣，這樣她還可以在那邊過一夜，明天拿了錢纔走也不遲。但她又想，錢是一定借的，易生對自己就沒有吝惜過；但一歌兩意地借此來談情說愛，拉拉扯扯也是有的，這又該怎麼辦呢？他或許又會要到城裏去，死活的絆着，說要答應他，仍然要愛他，那可怎麼好？難道就這樣將就了去不成？倫子想了想，臉倒熱起來，也打不定什麼主意，只有一點動心，似是不能不去，而且當晚就得去，她便即急急的加柴減水的，把晚飯弄好了。

一時姚璧也回來了。一個小孩子，替她挑着兩件小包袱同一個小皮箱，都全然給雨打濕了。

他們也露出倦怯樣子，把東西放在地上，自己便都坐下。

「東西都搬過來了嗎？」倫子看到太少了的所有，以為一定是還有許多不給拿來的，便這樣的問。

只見姚璧搖了搖頭，表示不願説，又道：

「燒好了飯沒有呢？肚皮都翻到背上了！」

倫子問孩子是誰，孩子紅了臉説：

「就是挑擔子的罷了。」

倫子又留他吃過了晚飯，纔給了一點錢，放他走了。

姚璧足跑了一整天，這時候收拾了碗筷，便問倫子要了點肥皂，關起房門，自己洗澡。

天是陰一陣晴一陣的。雨又漸漸的歇下來了。倫子倚在門邊，看到快晴了，便即別了明雲説：

「我去罷！」

「趕得到就去罷。」

「纔五點鐘，趕得快，怕趕不到就夜了來嗎？」

不知為什麼，他倆倒把姚璧和孩子都丟下，關於是否要去歇一宿的事，也沒有提到的，倫子很匆遽的，心亂亂的，拿起雨傘，獨自走了。

十一

却說倫子出門不久，姚璧洗過澡了，為的打算在這裏寄居下去，便把倫子讓給的房間略略的整理過一會。有一座鏡臺，是倫子的，因為不便搬動，便留給她用了。從前她也有過這麼一座，是用了不久，太太就半搶半借的要了，她是好久就沒有享過有鏡臺的人所有的福的。她於是在打疊好了一切碎屑事情之後，便拿了一點鉛粉，打溼了，抹上那鏡面去，再用乾的毛巾慢慢的抹着，這蒙了一層雲翳似的鏡子，便突地晶亮起來，這其間，一個纖影就停在姚璧的眼前，一時使她喫了一驚，定睛地看着。

她的眼睛發潤了，但同時她又對那纖影笑了一笑。因為太乏了罷，她瞧了弄得井然有序的牀頭一眼，慢慢的順着身子躺下去了。

這是不常有的胡思亂想，她一向就只有關心到別人的事，服侍粗暴的男人，引逗頑蠻的孩子，替太太的易怒担心。……一切唯恐別人受窘，倒長期地把自己失掉了。「從前我是活潑的，現在是憂鬱了；從前我是豐滿的，現在是一個瘦鬼了。……那些幸福的花朵，在別人的放肆之中漸漸的都萎謝了！」這想頭是初次的騰在姚璧的腦上，在稍微地覺得難過的時候，她忽然又豎起來。

青春是不再來也罷，横豎也不會再來的了。只這由於全無抵抗的敗退而獲有的這陰森而頹敗的戰場，那裏的腥腐的氣息，枯朽的四肢，為的仍然不想叫親近的人難受，却得略加收拾才好了。她的思想大概如此。她在泓亮的鏡子之前，把臉上的幼毛刮了；一個不大時行的S髻改梳了短辮；再把水粉薄薄的抹了一抹。這會子，鏡子給她證明，從這一回收拾後過，她的青春是再來了，她頓卽年青了至少五年。

她倒是獃獃的坐在椅子上，想一想：又瞧一瞧那鏡子，這麼一來，她是怯於出這房門半步了。她以為這是害臊的：這樣直是換了另一人似的，檢直像「狐狸精」，人要瞪了眼睛怪看的呢。但她又想叫倫子瞧瞧，看是否漂亮了，她於是叫道：

「倫子，你瞧瞧這房間！」

過一會子，她聽到：

「這纔齊整好住。」回過頭來，只見明雲笑着在看她，又接着說〔：〕

「倫子也太是懶骨頭了，好好的一個房間，偏弄得東翻西倒的。你得閑，還不妨替我們那邊佈置佈置。」

「好的。」姚璧回身來說着這話，耳邊泛上了輕紅。

明雲自然的走了。他踱到自己房裏，心却有一點兒蕩，他想起林黛玉來，却又猜到這姚璧的性情，倒比那林丫頭要寬大的多，笑了。他才又瞧到孩子睡得好笑，四肢懶懶的伸着，倒似一個太字。他忍不住用手指連連的刮他臉皮，不想孩子乖乖的似在養神，覺到有人惹了他，卽刻瞪圓了眼，又映了兩映。他笑着去抓他脅窩，一邊說：

「乖乖兒的起來罷！但是媽却逃走了，媽不愛你了。」

不知道孩子是懂得聽話還是愛蠻，忽的嗳地哭起來。孩子哭聲，驚動到還在怔着的姚璧，忙的拖了漆皮拖鞋跑過來，瞧到孩子給明雲抱了，就伸手接過了。

「他媽一個不管的上街去了。」明雲告訴她說。

姚璧一邊在點頭，一邊就逗孩子，「噯噯，好好兒的，好好兒的，媽媽給買糖呢……」

「孩子慣會使性子的。」

「不怕，孩子是這樣的，一切孩子都愛這樣的。」

「倫子却在恨他，說他把她的一切都斷送了，他是這樣麻煩，倫子偏又那樣不耐煩，倒是我常常受了他們的窘！」

「孩子就愛蠻，這不能怪他，三頭兩月的懂些什麼。」

「總之無後的人是幸福的。」

「那也要看誰的。」

「倫子就不愛。」

「不愛的人却偏會有，又是三年抱兩的鬧不開呢。」姚璧說了話，瞧瞧孩子已經睡着了，便躡了脚步轉到自己房間，把孩子輕輕的擱在牀上，拉一條毛氈給搭上，然後她一手支着頭，在孩子旁邊睡下。

眼是儘瞧着這小臉龐，越看越是感動。誰能知道，她這個落在陰溝底下的柔魂，由於這孩子的臉相的挑引，却忽而有了一點兒春天的氣息。溫和愉悅地回活轉來了呢。她就又想到目前的事：跑到這兒來，說是丈夫不好，當然也是道理，其次，沒有養育過孩子來却是重大原因。倘使自己也有孩子，像目前的英，他們也決不會逼走自己。一般的婦人，也就常靠孩子去吃安全飯。

想到這，她倒不免憤恨自己。憤恨自己沒本事，不能自立。如其有什麼機會能使自己不吃男人給吃的飯，這會多麼輕鬆了？於是她又自然而然地重又想到工作上頭，她想自己這種人仍舊是不能這樣依靠在倫子這兒，還是工作去的好。

陡然一聲震耳聲音，像在門外就爆炸了一個炮彈般的，但漸漸又是越遠越遠的去了。這雷鳴，把姚璧的心打慌了，同時孩子在酣睡中也翻了兩翻，哇的哭起來。原來一陣晴光之後，接着天半又是灰雲四合，繼續的灑着綿綿的雨，這雷鳴過了不多久，就比日間更其滂沱地沖着下了。

「倫子往那兒去的呢？」抱起了小孩的姚璧便這樣發問，因為她覺的擔心，雨太大了。

「說是往寒水灣，這會子該還在途上罷？」

又是大家沉默着，他們都很着急的，想起在這疾雨長途中的倫子。

十二

大門早就緊緊的關閉了。風和雨滿街滿巷的，一點兒人聲也沒有聽到，更練館的更鼓也傳不到，這屋子裏兩人的眉頭心上，只是一片溟濛，幽幽息息的。

孩子呢，自然姚璧抱着一起睡了。從前的伴侶是一隻金銀眼的黑蹄白貓，現在却居然是這麼個好孩子，姚璧是很有福了。可是睡的是客牀，佈置固然大不相同，那白白的帳子同繡了花的輭枕，一張朱紅的大被，都是倫子「奩儀錄」中的所有，這不免使她想到自己飄搖的身世，同時又愁念到狠毒的丈夫。朦朧間，似乎身旁睡了一個男人，像上帝吩咐了派來解決女人般的，臉上獃獃的在笑，一隻粗壯的手伸到她的腹下來，儘捏着挑着，忽然又略躬起身子，那手早把她的褲帶解開了。兩條白腿同着一叢黑毛引了他，便爬起來，連她的裏衣也給除下，然後用力的揉着兩個乳頭，不管死活的壓着她。末了，一切都平靜了。却不料她的手臂略略的動了一下，觸了男人的腰背，只聽得一聲叫道：

「嚇，這樣挨下來是什麼意思，你這殺千刀的！」

跟着這一聲暴戾的喝聲，姚璧睡眼矇朧的陡然豎起來了。定睛一看，却清楚地瞧着一個人影正搴了房門的白布簾往外閃出了。

孩子在被窩裏呼呼地睡去，桌子上的罩紗燈更其清亮地照出一切的安排，姚璧想，這該是四更天氣了罷。她頓卽覺得無限春寒擁了進來，連忙又卽倒下。心裏只是茫茫的，也想不到什麼一定的人和一定的事。只那睡不着的煩悶纏了她却是一定的了。

一會，她又聽了一種温柔淒楚的聲音，彷彿是——

「相見爭如不見，
有情還似無情。
笙歌散後酒微醒，
深院月明人靜。」

她想，這又是失眠了罷。他們大概是不慣這的，只這一個夜晚，便要唉聲歎氣的，儘念着一些歪詞來洩氣，倒覺可憐可笑。她便又想走下牀來，瞧瞧究竟是幾更天了，又要不要吃點夜飯的？却轉念到倫子跑掉了，自己留在這兒，也不好怎麼樣，或許由此會招了別人輕視，更覺不妥，就立刻把這意思打消，倒是在心裏暗地裏念「一二三四……」起來，想藉着這辦法來醫治這失眠之病。

「老是睡不着了。幸而是在這裏，晏一點起牀也沒要緊，不然，太太是饒了誰也饒不了我的。現在眞是海闊天空，逍遙無礙。這時候才受得人生是有點意義的，只可惜太遲罷了。」正想着，那客廳上又有書聲了。她笑了起來，知道又是明雲在感傷了。這回聲音剛歇止時，却隱約地聽到了他的脚步聲，一步一步的似乎望這邊來，到房門口，又轉出去。不久，就又定在門邊。

「怎麼着的？」她這樣在打量他，同時瞪眼一瞧，只見明雲手裏拿了一冊小冊子，慢慢的，慢慢的，進房裏來。她不想招呼他，也想不到怎麼作，却立刻把眼睛合上，裝着睡了模樣。

明雲走進這裏來是又一回了。其先，他只想瞧瞧姚璧同孩子究竟是怎麼個睡法，瞧過了，便出了來。這會子心只覺癢癢的，便不由自主地，悄悄的又跨進了這門檻。

「英睡得好。」

他撩開了帳門，只看到被窩外的一隻小手，自己幽幽的說。這樣，他儘自耽看着那隆起的被頭和女人的黑髮。然而他却也坐下來了，這是全無理由的，單覺得兩膝一輭，不由的歇着，就這樣了。不多久，他的左手又放到被面上，再不想到這底下是怎樣一個人的，儘自己獃玩着。其後，他非常恐怕的，他的手全然探進了被窩裏，先是觸到了雖是隔着一件裏衣而仍然十分柔滑的胸膛，心跳得很厲害；再往下一動，他倒趕忙的站起來，輕輕的俯下頭去吻了那橫在枕邊的玉潔冰清似的臂膀，像完成了大事業般地，走了。

明雲躺在自己的牀上，呼了一口氣，手按到心頭，纔慢慢的定下神來。

「這行為果然荒謬！」他想，「要說戀愛呢，那也罷了，偏又作出這鬼鬼祟祟的樣子，倘來的不巧，醒過來，睜了眼問，『先生，這也是人的行徑嗎？』那還了得？……」

他扯了被頭蒙住了腦袋，在紛亂無章的妄思幻想中，終於睡着了。

第二天早上，他很早就醒過來，也立刻記起夜裏的一切，故故的挨着時刻，不願起牀。聽到八點鐘當當的打過了，不久就聽到姚璧在逗孩子笑的聲音，主意一定，伸了伸懶腰，纔故意高聲的問道：

「幾點鐘了？」

「剛打過八點，怎麼你聽不到呢？」

「睡昏了呀——你同英起得那們早呢。」

「孩子是五更天就醒過來了的，倒好玩，他睜圓了眼睛瞧瞧我，又自己笑笑的。」

「他偏要和你好，也怪。」

姚璧沒有回話，仍在逗孩子。

好像絕無其事的，他們在吃着早飯。明雲瞧到這女朋友的臉，比昨天又是另一種温柔明麗；眼睛也減少了憂鬱病，清清淺淺的，靈靈活活的，與倫子的別又不同。姚璧問他：

「倫子怎麼還沒有回來，你知道她幾時回來嗎？」

「倒沒有準兒，料是下午罷。」

「在這裏打擾着你們，也不是事的。」

「這裏多了一個好伴侶倒是真。」

青春再又落在姚璧的身上似的，大概是想到夜間的事，自己作不得主的給明雲佔了便宜，雖在自己這聽天由命的人看來還不算什麼事，這會子却聽說什麼「好伴侶」的話，倒也不免不好意思的羞紅了臉，同時也略把態度轉的更其端莊。不過這一來，明雲也瞧到了，暗地瞟了兩眼，似乎想到了什麼的笑着說：

「倫子同你是幾年的朋友了？」

「從小就認得的！我和她又是同年呢。」

「怪道你們倒像一個模印出來的。」

「究竟還是兩個人，我那裏够得上她？」

「我看性情倫子够不上你。」

「別又取笑了，我有什麼個好處，一個人儘是任人欺負的。」

明雲又記起夜間事情來，這會子再不好說什麼，只望到那自己曾給親吻過的女手出神。

倫子也回來了。她帶了四十塊錢同一些糖子回來。她說：

「你們知道阿雙這妮子也當了教員嗎？我昨天到寒水灣去，表兄弟告訴我，她正當着寒水灣鄉立國民學校的教員，我立刻找她去，果真阿雙在那裏指天劃地在教書呢。」

「阿雙倒也會做人。」姚璧讚歎的說。

「阿雙瞧了我，就問我可得閑，她要上城去幾天，或者我得閑了就給代課去，但這可又累了璧辛苦了。」

「你答應了去的嗎？」明雲趕着問。

「答應了，只怕你不放我去呢！」

「不放你去是什麼道理，我也何嘗阻你什麼來的。」

「那麼我明天是要去的，去幾天也沒有準。」倫子笑着說：「璧，你替我看看孩子罷！橫豎他也得戒乳了。」

姚璧儘笑着沒有理他們，這時候只點了點頭，表示無可無不可的意思。

簡而言之，第二天的午後，倫子又到寒水灣去了。姚璧送她說：

「倫子，你得趕快回來呀，莫累我老等着呀！」

「倫子眞高興！」明雲只這樣說了，看姚璧不安定的情態，自覺有味。他也想到一些要買的東西，不久，這屋子只有姚璧同孩子在呀呀的笑語。

十三

這又一個夜間，姚璧很早就給孩子纏着睡下，直到了二更報過，纔再爬了起來，把日間沒有弄好的東西弄好，替明雲熨了幾件衣服，同時在想：這位先生別給我太難過了才好，我只是你們的朋友，你們請我來幫忙的，要放尊重些，莫要當我是小娼婦，不要臉的！

但是明雲的心又感動着了，當到姚璧正在房間洗澡，盤聲水聲，都能激動了他的熱情，這時候，他便決定了地，從那以前上了鎖的兩個房子中間的一度小門的那些門縫裏悄悄的望進去。這樣，他想，誰又會懂得到呢？他實行起來了，他看到一個纖纖的女體，白的臂膀，高的乳峯，深的肚臍……

他顛倒到了極度，在那皓潔的身上披了睡衣時候，却突然的想起：

「這不是『鑽隙相窺』是什麼？」

他躺在長籐椅上，想做一篇詩，來讚美這無雙的肉，詩題就叫作「無雙的肉」罷，但他又即刻想到一個，以為還是題作「姚璧禮讚」比較好一點。可是，他這想頭眞只一瞬間的事罷了，這會子却轉了一個圈子的，正在想到應該如何的撒野，如何的完願這些。這女人眞太叫他動心了，從那善睞的明眸顯着無盡的嬌俏，更有着在男人跟前無可饒恕底美的身段。倘是一個平凡的，穩實的孩子，是決然地他沒有這興奮，沒有這胆量的。明雲正在這樣獃着，眼前又瞧到那隔壁的房間忽已全黑，他知道昨天晚上她是沒有熄燈就睡的，這會子心又一動，以為這麼一來事情更妥了，他幾乎制不住如焚的慾火，想立即走進去，給償了這心事。但他却總還不至於這樣强，所以仍然躺在牀上，胡思亂想。

「你是一個可憐的絕代佳人，我怕你，而你却偏到這兒來了！我的靈魂同我的肉體，將會因你而得到新生，然也將會為你而永遠死滅！呵，我的女神！……」

看看光景也不早了，雨雖歇止，街路上也已沒有人聲。這房子裏充滿了夜的誘惑力，一切都在催促他，拉扯他似的，他不顧前後的，飄然地在黑暗中走到了一個幾乎要看不清楚的帳前。

這樣，他便躺到牀邊了。

女人是動也不動，他也並不畏懼什麼，公然的慢慢擠着過去。女人仍然不動。他便認眞起來了。

「只怕孩子醒過來不好。」他想。

他的動作仍不太急，待騰上了女人的身上，倒是一陣子的急遽的抽搐似的，倦下來，壓着了她的全體了。

他完成了人間的第一幕喜劇，却只管不動，依然的壓在女人身上。

終於姚璧把他輕輕的抗了一抗，呼了一口長氣，他也就睡在旁邊。

頭腦昏昏沉沉的過了幾點鐘，不知想到什麼地方去。約莫五更天光景，他略略清醒了一些，他的膝頭也已碰到了一些細膩的肉，他不知是自己佔進被窩來，還是女人分給半張被，不免怪異着。

他不管人家聽到聽不到，幽幽的說起話來：

「唉，醒醒罷！我這行徑也再難得到誰的饒恕，也毋須誰的饒恕的，我為你害得瘋，我願為你死！然而這也是多餘的話，總之我為你纔這樣了。我不願你難過，其實這也不是天大事情，只要你自己不固執，倒還是好的呢。我，我⋯⋯」他自己倒流下眼淚了。

姚璧動也不動。

「倘是願意我回到自己的房子去呢，姚女士，你給我接受這親吻罷！」

他撐起上身，正想俯下頭去，姚璧突然伸了手橫住了自己的口唇。

「璧，親不親也罷，你能給我定一定心呢，你同我握一握這手。」

他是勝利了，姚璧伸手狠狠的捏了他的手，便即轉身朝裏睡。他果然定心地爬下了牀，低低的說：

「璧，你好好的睡到大天光呵！」

他獨自在自己的牀上，昏昏的也睡下了。

簡而言之，他們的生活是昏昏的過了一天又是一天，白天誰也不多話，夜裏更其寂然的，只幽幽悄悄的鬧不清。

「璧，你不怪我呢，就給親吻罷！」明雲纔歇了動作便老是這麼要求着，但姚璧的手也老是橫住了口唇，不給吻，只緊緊的給握一握手，來表示態度，他也便回到自己的房裏睡了。有時他不覺得在姚璧的牀邊睏着了，那女手便推他，要他走，他從沒有同這寬大的女人睡過一整夜。

十四

倫子已是十幾天沒有回來了，中間也曾寄過一封信，說阿雙仍然住在城裏，這學校又天天有六小時功課。連星期也抽不起身，所以只能等阿雙回校，纔好跑回。這樣他們仍然繼續的在幽暗中度着驚喜交集的生活；他們雖也不時想起正在寒水灣指手劃脚在教書的倫子，只是兩人不願意說出來。

是舊曆二月的月底，天氣晴朗的一個早上。明雲同姚璧正吃完了飯，他們也許要打開話匣子，大家來把心地說明，他說：

「璧，我們不要再這樣了罷，我瞧你老不開口，我擔心呵！」

姚璧只動了一動口唇，却聽見有人在敲着門環，兩人都楞住了。

「你先生是不是明雲先生，姓白的！」一個胖身體大眼睛的年輕女人，看到明雲打開了小門就問。

明雲是識不到這人，打諒她找姚璧，也答應一聲「是」，讓她走進偏間。

女人紅了臉，看看姚璧在收拾碗筷，有點驚異似的問：

「是尊夫人罷？」

「不，這是我們的親戚。——女士是找我，貴幹呢？」

「我打諒是尊夫人呢。這也是為的尊夫人的事，所以纔來的！」

姚璧好氣好笑的走進廚房。

「女士是那裏來的，可是寒水灣？」

「正是。我的丈夫叫郁易生。」

「呵……」

「事情也奇怪，先生，」女人低低的着緊的說，「所以找上門來，也不是無緣故呢。原來尊夫人是從小認識我丈夫的，也是他介紹尊夫人到寒水灣當教員，這大概先生也了然罷？不過，先生，你有所不知，你夫人的行徑也眞古怪，我丈夫原是男人，省港澳的各處走動是有的，却不料個把星期以前，他到澳門去了，跟着，我打聽到——這實在新聞得很呢——我的丈夫同你夫人，不知弄的什麼把戲，會在澳門一塊兒在走動，那巡城馬還證據確鑿的告訴我，他們倒手牽手地上什麼維多利亞影戲院去呢！——到寒水灣當教員的倫故娘，可不是先生的夫人？先生該怎麼樣的處置這個事情，該怎麼樣呢？」

「你打聽眞了？」明雲呆聽了一陣，這會子陡的站起來說。

「怎麼會不眞，難道會捕風捉影的就去撕自己男人的臉的？」

「這倒是奇聞，但是，」明雲也低聲說，「這裏也不大方便，人聽了不好，還是我探眞了內容，看應該怎麼樣，我回女士去罷。」

「也不必回我，為的今天我却要跟他們去，看看這不要臉的……」

「也好罷。」

「先生，你倒耐的好，這會子也不發火的！」

女人氣憤憤的跑掉了。

姚璧原在猜想，她看這女人冒失情形，心就怪。從廚房裏看出來，知道是跑掉了，自己也不由的放下了工夫，走到偏間。

不想明雲立刻從椅子上豎起來，眼昏昏的瞧着她，一把抓住了手，坐下了，她却整個兒的倒在他的懷裏，急的忙叫：

「你瘋了，你瘋了，怎麼好這樣作，是什麼一回事的！」

他只緊緊的攬住了她，她也掙不開來，那躺在小籐車子上的孩子却哭起來了。

明雲要給親吻，却不能，一個白手腕橫住了口唇；因為孩子哭得再不饒人，姚璧纔滿臉羞紅的亭亭走開，抱起孩子。

明雲全不把事情看得怎樣認眞，他也不願去忖度倫子的居心，他只愛着了姚璧，他毫不懷疑的在愛着她了。

這一個夜間，他用了許多話去逗姚璧；姚璧推了他，他再不動。

「不要臉的！」一個清脆的聲音。

「『我躬弗悦，遑恤其他』呢！」明雲一邊哼着這話，一邊吹滅了燈。

「黑呀！」

「我們都是不怕黑暗的呢！」

姚璧想，自己似乎説過這麼一句話，説不怕黑暗，今兒給別人拿來打趣了，她儘自記憶，看是對誰在什麼地方説過，却越想越麻煩，只又聽得明雲道：

「許多時也是你已吹滅了燈的，這會子點起來有什麼意思？」

他熱烈的愛着她，她動也不動。

十五

三月三的黃昏時候，倫子帶了許多小包裹回來了。她似乎胖了一點，臉也愈見其娟媚而且善笑，這竟使他們也喜歡起來。

起先明雲還自己不免有些生氣，但他經不過倫子的擾鬧，輭下來了。他躺下了牀便說：

「你說你沒有情人過，我就不信！」

「……」倫子不說話。

「你沒有情人，誰同你鬧到澳門去的？」

倫子流淚，哭着了。

「你索性告訴了我，也不虧我做了一場烏龜忘八呢。倫子你也不是小性子的人，我早說過，能有浪漫的過去，像說人家戀愛故事一般的說出來，我是喜歡的。『若要人不知，除非己莫為』，你的事情我也是略知一二，但我可以饒恕你，只不能不請你把頭來尾去道清楚罷了。」

倫子也再不顧慮的，她坐了起來，吹滅了燈，然後仍然坐在丈夫的身邊，握了丈夫的手，慢慢的，她說：

「有沒有情人你却是不會知道的，你說有，我說沒有，這也鬧不清，別再鬧了。但是，我有『奸夫』，這我也不想瞞你，現在也不能瞞你。那個人，他不好，實在我也不願提到他的名字的，這要請你不要迫我，橫豎我只有死的了。倘一定得提名道姓的說，是痛苦的。這一陣子你只不要叫我太難受，不是說我受不住，倒是心一痛事情就會說不清楚，也白虧你饒我這一場呢。」

「那麼你就說，但一點半點兒都隱瞞不得，隱瞞不得！」

「也是他央求了我，到寒水灣去代課去的。那個學校只一個老頭子當校長兼教員，今年算是擴充了，纔又添了阿雙。我到寒水灣去是代阿雙的課，晚上要改點課卷，所以也住了阿雙的房子。我應該先說，這學校的校舍原是郁氏的祠堂，很够寬闊的。正面有三個教室，容下一百以上的學童。右傍有一條走路，外邊是一排房子。我是住在這走廊的最後一個房子的，因為那裏有窗，往外望是一片青青的田野，叫人愛住。

「我說第一個夜間的事罷：

「第一個夜間，便不好了。那時我正在看文卷，忽而砰然的在田野外響了槍聲，南北兩個碉樓也各自放了一响，同時號箭也飛起來，這還不是明火打刼嗎？那時校裏除下一個女雜役之外只有我一個人了，我們都十分驚訝，正想設法打聽一下子，却不料那人從後門的矮牆上跳過來了。他告訴我們，這一定是想擄人，鄉下的軍火並不多，這回不知怎麼樣結果的；他，他是有錢的呵，看看光景不對，便立刻一口氣的跑到學校了。

「你道是什麼事，原來是庸人自擾。據說，一個女人走到一個背角地方，前面忽然來了一個男人，到了她跟前，一把拉了她的手，說，『你往何處去，』這女人卽刻連呼救命，却想不到這正是她的丈夫。這樣一來，更練放槍了。

「這是後來纔曉得的事。當夜，我們還是全不安定的在猜想，他也不願回家，這是無法的，誰敢擔保他去的呢？

「我原先也並不知道他是一個什麼人——這樣說詳細是詳細了，但不怕麻煩了你？我以為簡單一點，說些扼要的好，可是我全沒有什麼權力這樣去決定，你吩咐罷！」

明雲的心甜一陣酸一陣的，這會子也覺得倫子一點一滴的說起來，也太苦了，便說：

「你說罷，眞不眞也全在你，我那能用一些空話搖動到你的心的？你說罷！」

於是倫子背靠着牀頭，再幽幽的說：

「新年時候借的錢，你道是怎麼來的？我很苦，因為那時候我沒有告訴你。雲，你再也不必拈酸了罷？倫子果然都失策了，作算倫子已經對不起你，不配作你的妻，這麼一想，你可以立刻奚落了倫子，自己便也沒有苦了。在一個酒樓，我給人吻了過來，這我纔拿到了四十塊錢走的呵。後來他寫信給我，說再拿一點，我找到他，恰恰好阿雙又告不了假，我以為代課罷了，橫豎只消三頭七日，却想不到又昏了。當那槍聲响過後，他決心留在校裏，我不好怎樣他，便打疊好了隔房給他住下。到了夜半，他竟悄悄的爬到我的身上來……。這大概無須說得的，我也不能說。」

「這不成！倫子，你放寬一點度量，作為說人家的事情一般說好了。」

「眞是害臊的事體呢。這樣壓着在身上，你，你猜我一定輭下來罷，我那時候也自己作不了主的，儘他弄玩了一刻，到後來，他弄兇了，竟然大胆地作着，不知怎麼一來，我倒憤然的推了他，我說，『這也是人的行徑嗎？』他再不敢怎麼樣，敗退了。

「但是，他仍不失他誘奸我的野心，他說他有一筆鉅款放在澳門，等阿雙消了假，他問我能不能跟他走一趟。當然，我那裏會答應這麼一個人的。後來他却允許給我五百塊錢，說，『為了友誼的援助，我給你。』於是我又跟他昏到澳門去。

「我們住了大酒店，一個廳子，又一個房子，兩張牀是對朝着的。我說，『這不成，我要獨自一個的。』但是人是昏昏的，想不清什麼貞操，什麼罪惡，這樣我失身於這人，是再無問題了。

「你說我不害臊也罷，說我不爭氣也罷。我是女人，我瞧到我們許多失了人性的雛鶯乳燕，天天為了要吃飯，天天也不能不失一次身，我也不能不同情了她們了。也許會有人說，倘是好女兒，决不會去當娼作妓。不錯呀，但叫她們『不好』的又是誰？——唉，饒了我罷，我的心是說不清的，說不完的呢！」

「倫子，你又怎麼樣的同那男人睡覺的？這倒不能抹過一邊不說。」

倫子很鎮靜的，仿着她失身樣子，一樣一樣的表演出來。

「你大度的，我不看了。」

「我是小娼婦，我再不害臊了呢。」

「你不要憤激，你是好人。」

「這世間再沒有好人。」

「我說你好。」

「實在很壞，雲，我拿自己的身去騙人的錢，這〔還〕不壞透了嗎？我現在也有五百塊錢了，但是你不要用這些，只待我死了，拿來裝置一個小墳，碑上寫道：『小娼婦倫子姑娘之墓』，底下加一行註，道，『這是她自己賣肉買來的，倒也乖巧』，雲，你看這麼辦好不好？」

「説一説你現在的心罷！」

「唉，拿出一些男子漢的英雄氣來，就殺了我罷！」

「再用不着你俏皮的口才了，人家好好的待你，你偏又還來作弄我，你這是什麼意思的，倫子？」

「『好馬不喫回頭草』，你偏偏又要待我好，這叫我怎麼説哪？」

兩個獃獃的沉默了好一會，倫子纔伸起身子下了牀，説：

「我找姚璧有話説。」

明雲倒急起來，握住她的手，説，

「有什麼話明天説罷！人家替你管家，一天到晚的鬧個不清，這會子也不該搗亂子去哪。何況你長途跋涉，也正要歇一歇呀！」

倫子順着坐在牀邊，默一會，就決然的説，

「我有話同她説，怎麼不放我去呢？」她逕自起來，往正廳房子去。

姚璧原也滿胸問題，全為自己所不能解決的，她聽到了倫子的一篇失意新聞，更其茫然，竟像無思想的動物一般，張眼捫心的坐着。瞧到倫子過來，纔卽刻定下了。

在滔滔不絕的暢談了一陣之後，倫子纔把她的意思説了：

「我為你想，我為明雲想，我希望你們度幸福的生活！你們再不好理我死活，我的壞處你們是知道的。你呢，你是決不能這麼樣單身活一世的，你聽我的話，你們同居去罷！倘你們有愛慕的心情，那更是合理的呢！」

姚璧似乎沒有什麼感動的，只閉着眼睛。

「璧，你瞧瞧我的心纔是呵！」倫子一邊説，一邊却流了眼淚。

「你睡覺去吧，有話我們明天可以説的！」姚璧把倫子勸着，終於倫子也回到自己的房裏。

十六

第二天的大清早，倫子醒過來，她瞧到孩子忽而睡在他們的中間，覺得怪。孩子是跟姚璧的，這會子怎麼會自己上牀來？她為要解釋這疑問，就立刻起牀。

時候是上午九時，鄉下的人家早吃了飯了，倫子心裏想，這樣的生活越過越不好了，九點不起牀，不開大門，卽使別人不見笑，自己也該不好過呀！

但是，她搴起了姚璧的帳門，只瞧到一張井然叠好的大紅棉被。

好像早有豫感的，倫子立刻流淚的叫道：

「姚璧走了！快起來呵！」

明雲慌忙的跑了過來，他在鏡臺上拿起了一張寫了幾行字的稿紙，不覺念道：

「朋友，我走了！

『馬後桃花馬前雪，教人那得不回頭？』

然而我從此再不回頭的了！」

他們完全呆定了，這時候，很明麗的春光，正從那幾扇雕花屏門的穿花處溜進來，剛照到兩張淚眼矇矇而又異常喪敗的臉。

（一九二九，七月十五日脱稿於香港）

署名張稚子，選自《牀頭幽事》，上海：大光書局，一九三五年十月第四版

龍實秀

清晨的和諧

"Tired with all these, For restful death I cry!"

他吐過了一口猛烈迸出的長氣後，帶着顫震的聲音急促地這樣叫了一下，兩隻深深陷入的複褶着幾縷皺紋的眼，隨着攏合着；他倒身躺在零亂起伏的被堆裏了。

三月來未有洗濯過的被單，白色的本質換轉上淡淡的垢黃，而且輕輕的發出一種骯髒的氣息了。他的臉剛剛磨擦着油膩的被頭的一部分，一股微微的冰冷的意思侵襲到來，和久經時日的薰蒸着的肉的臭息，透入他的呼吸。他連續的用力急促地噴氣幾下，把頭翻轉到另一邊，隨復張開兩眼，看了一下那堆在牀裏靠背旁邊的褪色得模糊醜陋的什色毛毡，又掉轉過看看淺紅色的面巾蓋着的枕兒，和在牀首右角堆積着七八本硬皮洋裝，毛邊雜誌等書籍……他突然的用右手抵撐，牀板躍起站着，掀拿着被角，把牠從牀裏捽到靠着對壁放置着一列竹凳子的樓板上。接着，又很迅速的，抓取那張褪色的毛毡上手，正要像剛纔一樣的擲去，但忽然又縮回手停着，衹低下頭來呆呆視着從他手上拿着直垂下到樓板的毛毡……

他這樣站立着，足足過了五分鐘的時間。

漸漸的把頭抬高到平常的地位，斜身支着牀頭的柱子；手上的毡已經一半搭在牀邊，一半還拖在樓板上。

他向樓內四週顧望一下，同住的四五位同事發出了幾種高低的鼾聲……睡在樓前最遠的一張牀上的於君，在花布的帷帳外望進去彷彿正在轉側。他突然弛緩了臉上緊張的神色，像是感悟着什麼般。隨復，慢慢的拖步過去，檢回那被子放在牀上，並且撲拭了幾下沾上灰塵的地方。

「唉！可憐的人生，可憐的怯弱者！」他頓足着歎息。

厭倦與憤恨主宰着他一切的意識。他現在雖然似乎是平靜許多了，但內心的掙扎仍是很激烈。他滿胸仇視對敵的氣概，在目前這寂寂夜深的樓內，彷彿是藏隱着他的仇敵。

推開了樓前的窗門，一陣冷風，迎面吹來。寒月已經上了中天，襯着幾片淡淡的薄雲，周圍籠罩着料峭和淒涼的岑寂。他不禁打着冷痙。

回到樓裏，捻息了電燈；終於挨進入冰涼意味的被窩裏了。

「說什麼冠冕堂皇的話，帶着教訓色彩的話呢？還是教訓自己一下罷！六十幾歲老年的父親，現在害病了過兩月多了，還讓他挨受着工作！兩個妹妹，一個已經十幾歲，一個也十歲了，還是在失學！啊！自己偏偏有許多閑心來幹那些不尷不尬的事情，說是為着人家，為着社會；你為着人家為着社會的好處在那裏呢？不要說親親而愛人的意義方是正當妥善的話了，就使視父親妹妹們當作是社會裏的平常分子，和你自己有着的普通關係，也許不能這樣漠不關懷的呵！……

「什麼是眞理？什麼是主義？眞理與主義是要掩閉着你兩眼，令你盲目於環繞着你周圍的情形的麼？你自己以為知道得更遠更大，為什麼近的小的而且和你比較密切關係的你倒不知道！……」

他轉側一下，感覺腰部有些微微的楚痛；兩脚是異常冰冷。他伸下手握着脚趾試探了一會，便把脚向上的縮上許多地位，達到比平常睡着腿間的位置，因為這樣踡曲着容易令兩脚取暖。

「啊！我比昨年衰老許多了。比昨年更要怕冷，比昨年更多毛病；我發生生理上的變化竟這樣厲害呢！……這幾天早晨在車上都覺得吹來的風刮得兩眼發生刺痛；在這半點鐘的路程上我是幾乎要閉着兩眼的！

「我的腦已經漸漸壞下去了，眼又要發生毛病……像這樣的人生，我本沒有要愛惜自己的必要，但如果認眞殘廢了，我這光棍一條怎樣生活！幾月來因為家庭事情的刺激，心靈創痛已不得了，加以個人生活的沉悶，生理上又呈現變化，給我的心情日比日的惡劣下去。我感覺到我現在寫的東西，什麼總比從前壞許多了，連寫自己痛苦的文字也不能用心描寫結構了。是的，認眞苦悶的時候，還有什麼心情來咬文嚼字呢！所以現在有朋友說我比較從前燥暴許多了，我又怎樣能否認？啊！我怕已不能忍受能着了……」

壁上的鐘是不能鳴打的，他祇隱隱約約的聲聞不知那處隔壁房子傳來「噹……噹……噹……噹」響了四下。

夜來沒有解決的，永遠不能解決煩亂的思索，還盤旋着他的腦間。他一面走着，一面還浮動着厭倦與憤恨。走到了一間百貨公司門口的陳列櫃的玻璃前，略略偏側着頭對着玻璃映照一下；在這一瞥間却端詳着自己的影子，又感想着無限的意思。

「高先生，呵，恰巧在這裏得碰着你。」迎面來了他的朋友潘先生，一位中年男子和三位姑娘走着。「不然，我們走到你處去，倒落空了。」

「哦……哦……」

「我來給你們介紹……這就是你們要見的高先生。……這是興華學校朱校長，……這是朱姑娘。這是……這是……」

「哦……哦……」

「嗄嗄，高先生，素仰素仰。——我們時時拜讀高先生的作品，我們異常欽佩，現在得到會面，眞是好極好極——榮幸之至！——高先生，敝校要於十四日放年假，我們想請高先生駕臨演說，增光一下，教訓那些學生們，所以——我們特請潘先生為我們介紹。我們現在正想要到高先生處呢。」

「哦……哦……」他始終是囁嚅着。他的臉上堆着很和諧的笑容，沒有睜開得十足盡的眼光，正注意着那淡淡的日光映照不到的朱姑娘微笑着坎入的梨渦的小小的陰影裏。……

十七，一，七。

選自《深春的落葉》，香港：受匡出版部，一九二八

張吻冰

重逢

回到旅館來他輾轉了一夜，舊時的火焰重新的又燃燒起來，到黎明時分，淡藍的晨光由玻璃窗瀉入佔滿了房中的空間，他才睡得合眼。

近午茶房入來打門，說有一位女客找他。這時他起了床還未梳洗。他的心抨抨的起了跳動。他想：怎麼辦呢？靜芙果眞的來了。他不知怎樣，持什麼態度去對付她。

「你是吳殿萍先生嗎？」入來的不是靜芙而是一個陌生的傭婦粧束的女人。

「是！」他點了點頭。「有什麼貴幹嗎？」

「太太有信交給先生。」

他把信接在手中，顫抖地拆開來讀。他知道一定是她給他的了。字樣寫得非常娟秀，用鉛筆寫的：

萍哥鑒：本擬今日到訪，今因事不果；請今晚移玉〔步〕台x號敝舍一叙為盼。

靜芙

那傭婦走了。他把茶房遣了出去；默默的坐在床沿，把信又重讀了一次。

——去不去見她呢？就去一次怕也不會有什麼大不了罷！雖說是舊日的戀人，然而都結了婚了，都成了老人家了。去罷，像訪問一個平常的友人般去罷，不怕有什麼的。像三年前月夜的一幕，怕不會再有的了！就是我向她有所要求而她也未必肯應承。那沒有什麼變故時都是由我主動的。可是我可以自信了。有了家室，有了兒子了，對一個結了婚的婦人你怕還有什麼！

他的自信力太深了，他的考慮也太不高明。他不知道人被感情衝動時，會衝破人性底界限；熱烈的火焰，足以把字體焚化而有餘。理智有什麼？禮教有什麼？社會有什麼？強制的力又有什麼？它們的分裂比什麼還來得容易，只消機會的來臨。人又那能為力的，人是要永遠受情感的支配的了！就算他有超人的本能，外體的誘惑不能使內心受其影響，然而靜芙呢？她是三年來廝守着討厭的丈夫——自己不愛的討厭的丈夫，缺乏心靈的滋養，渴望戀愛的慰安的女子，如今珍貴的機會橫放在她的面前了；失去的將拿回手裡了！誰又敢去担保她？

過了一會，他的心又起了些反感：

——就算去見了她又有什麼呢？除了在那已愈的傷痕上深深的重新刺上一刀又有什麼呢。都是不去的好了。怕說起歡愉的往日，彼此都有傷心。老了，青春的美夢不想重溫了！然而只有這次難得的機會也放過了它，殊覺可惜。而且也太不近情，因為大家都以為沒有重逢的機會的了。

被外部的感情所衝動；被新的好奇心所包圍，他一方實很想見一見從前不見一刻就像一年如今暌隔了三載的她，同時他又想知她對他持什麼態度，雖然說是理智堅強，然而他終於到她那裡了。

穿了粉紅的浴衣，身體發散出新浴後蘭花肥皂的香味，水汪汪的眼和處女時代的一樣的動人，其中還帶有多少的誘惑性；蓬鬆的亂髮，短短的覆在額前，微倦的姿態，像春曉時所見的自己的妻；沒有穿襪，拖了一對顧繡的拖鞋赤露了白皙的肉質半透明的雙足；胸部跟着呼吸的程序一降一高，斜躺在一張梳發上，簡直是一個貴族懷春少婦的樣兒，對他是強有力的蠱惑。

他到她那邊時是晚上七點，屋裡什麼人也不在家，後來才知道是去了著名的游樂塲——梨園。只賸日間帶信給他的僕婦。一見了他打過招呼後就跑入裡層，所謂啟森的母親和其他的人一概不見。

那女人歇了一會又由裡層走了出來說：太太叫他不要客氣到裡面談談。他無意識地跟了她走。打發了僕婦出去，關緊了門。

「你來了嗎？我以為你不肯來的了！」她媚笑着對他，指着一張椅子叫他坐下。

她一樣的躺在梳發上，他坐在她的面前——很接近的坐在她的面前，他和她的膝部幾乎接觸了距離只一寸間。只消他或她稍一動彈，他和她都接觸了。

她的態度很從容的，他却很不安了！週身也感着不自然，同時，心房也跳動得厲害，比初次和她接吻還要厲害，他覺得她不懷好意了。

他聽不見她問些什麼。

「萍。」她把浴衣整好了一下，把露出的粉腿覆回。「不見幾年却消瘦了許多了！聽説已結過婚了，是不是？」對他的顏容她特別的注意，媚笑沒有離開過她。

「唔！消瘦了？那自己也不大注意。是的，已結了婚了。」他也笑向她，可是並不像她的自然，牽强而帶有凄涼的意味。「前年總算馬馬虎虎的結了婚了。」

「馬馬虎虎，作什麼解？不是戀愛的結婚嗎？」

「並不是不是戀愛的結婚，然而也大無聊了，結婚有什麼用？結了婚了，煩惱也增了許多。」他冷笑着，從檯上拿過一枝煙卷放在口中，她忙替他把火點上，當他湊近她手裡的燐寸時，他嗅見她腋下耐人的香味，他神智有點昏亂了，拚命的狂吸了兩口煙。

「有誰結婚又不是煩惱的，你們戀愛的結婚也說煩惱，那我們就更不堪設想了！」她想找一個機會對他訴說了自己三年來的狀況；三年中間怎樣地思念他；怎樣地過着非人的生活：怎樣地遇人不淑；怎樣地過孤零的生活的凄涼。想引起他的同情，節節的廹向他的弱點——感情脆弱的弱點。

「唉……」他嘆了一口氣，把煙灰抖在銀包的煙碟中，「王夫人，別來眞的怎樣了？我一點也不知道。」他果然把機會給她。

「萍，我還是一樣的叫你，我還是叫你做萍呢。為甚你要這樣的稱我了？什麼王夫人，怪討厭的稱呼！」她把笑容斂了起來。隨後繼續：「三年來的事嗎？說起來實在痛心了！三年來不消說未曾快活過一天，什麼難也捱盡，什麼苦也吃够了！」她的兩眼起了渾紅。

「芙，未必罷！三年來却沒有幸福過？有那樣十全的丈夫——在社會上有名譽有勢力有金錢的丈夫，這不算幸福什麼才幸福？物質和精神上的快樂你也享受够了……」明看出了她的一切的了，他却要反面去激她。他對她並不是沒有同情，唯其有了同情才想知道她的一切，他無異廹她把別後的情況澈底地說了出來，其中還帶着諷刺她和啟森的意味，不，他並不是有意的諷刺她，在她面前驕傲啟森那是眞的。

「够了，萍，你說的也够了！」她截住他的話頭。「萍，估不到了，你是這樣殘忍的。還是你眞的不知道我？三年來的事實你果眞的一點也沒有曉得嗎？我給笑萍的信你一封也沒有過讀？是了，我給你那封信你可曾收到？和他一到了南洋就給你寫的。為什麼不見你的回信。」她起首是憤憤的，說完了時又轉到和平。

「芙，在外飄泊三年未曾回過家一次的我，結婚還是在廣州結的，你的消息自然隔絕了！」

「那我給你的信呢？接到沒有？」

「如果那時眞的要知道你的消息時，」他繼續自己的：「也不是沒有可能的，只消託南洋的陳君調查調查就什麼也可以曉得了！然而我不願這樣做，我當時憤恨你到極點了。後來萍姊寄了你的信來，我就更不想知道你的消息了！芙，雖然說是不自由的結合，我以為婚後大概雙方也會融洽的。精神的生活雖沒有一定，然而物質方面總算幸福的。」

「然則為什麼連一個回信也不給我呢？」她問他。

「因為我不想，」他很從容。「芙，我為什麼要攪擾你寧謐的心靈；破壞你的幸福呢？我因為一向希望你都是幸福的。而且，橫豎都要離開的了，就不如斬釘截鐵的離開，省得雙方煩惱。」

「我完全並不如所你料了。」未說之前她已掉下淚來。「萍，離開你後我不曾幸福過，在南洋的生活簡直不成生活的，過那地獄的生涯罷了！新婚後的兩三個月頭他對我不差。萍，我愛你的心幾乎給他移轉了！」她見他只低着頭並不做聲，她又說下去：「後來就大不如了，原來他是結過了婚的，不，並不是怎樣正式的結婚，去國以前，他在南洋念書時已和幾個不正經的女人鬼混過了的。所以後來就不大的理會我，回到那些她們妖媚的女人們那邊去了！當時我很心傷，其實那樣值得傷心呢？明知他並不是眞心愛我的了。我的傷心，的確是受了一時的衝動，所以後來也就淡然了！他不到我這邊來糾纏我倒覺得好，倒覺得清靜些；不過，所難堪的：寂寞與無聊的傷感叩我的心扉，萍，我那時只一味的思念你，世界除了你外更沒有愛我的人了，父母愛我不會令我嘗這些痛苦；朋友的愛只能在說話時表現出來。萍，唯有你才眞愛我——始終的眞愛我的！」

他不知道她的存意，見她流淚了又不知要怎樣去安慰她，他成了世界上最不靈敏的動物了！

「萍，我眞的思念你到極點了！方以為沒有再見的機會了，不料這次回來以為只無聊的散散心的，却恰巧遇着了你。萍，有你，我今後的生活怕不至於如前般無意義了！」她住了哭的用祈求般的淚眼望着他，他明白了她的來意。

「有什麼意義呢？就是再見了又有什麼意義呢？我們還不是如目前一樣嗎？芙，你要明白，我們都結過婚了，不能和從前般坦白的。」

「萍，結婚有什麼？結婚不過是一種騙人的公式罷了！我何嘗不莊嚴地結婚過？正如你所說：我們是結過婚的了；然而你以為我可以永遠地和他一同生活下去嗎？不，不能的，沒有愛情的結婚，遲早只有任其分裂罷了！萍，要我問你：你還愛不愛我？」她坐了起來，燃燒着火焰的眼睛像喝醉了酒。他奇怪極了：「為甚從前還對男子害臊得什麼似的的靜芙，會變成今日的和什麼富有愛的經驗的中年婦人般磊落，而且廹人到這般田地！」

「芙，此一時也，彼一時也，雖然我時時還一樣的掛念着你。可是，環境不同了，所以我們的關係也要跟隨環境轉移。以前是貞童和處女的我們，和現在的我們比較起來就有莫大的差別了！芙：你是有夫之婦，我是有婦之夫，我們的關係不能超乎朋友以上了！」

「萍，然則你是騙我了的。你不曾對我說過嗎？你是永遠地愛我的，你又說形式上雖然我們或會被隔絕，然而我們的精神是絕對融洽的，我不能屬你時你也一樣的愛我，永遠地愛我，你不曾對我說過嗎？萍，現在怎樣了？」他和她更接近了！他敏鋭的聽覺聽到她的急促的呼吸聲。她那雙媚眼對他有非常的誘惑力；而且時時却像預備倒在他的懷中的，若不是有某種成見早佔滿了他的胸中時，也怕已把她抱在懷中狂吻了！

「芙，我何曾一日的不愛你……」不給他說完，她一雙肥白的嫩手已加在他的項間。

「然則可以了！」她把唇送到他的面前。如果他向她更沒有表示時，她就毫不客氣地送到他的嘴上了！他忙避開。

「芙，不！我們已沒有接吻的權利了！要我們恢復三年前的狀態我們已沒這樣的可能了，我們要犯罪的。芙，不錯，我們是接吻過的，然而我已說了，時候不同了，就算不怕對不起你的丈夫可是我也怕對不起家裡的妻，她是用全身心全靈魂戀愛我，信賴我的。」記起自己的妻，就更堅決了！他無論如何却不能答應她所要求；他更怕她的要求會超乎接吻以上。

聽見他說起了家裡的妻，她就無形的起了一種妬意，她也站起來。

「開口說犯罪！閉口說犯罪！萍，聽說你已信了基督教了，你已是個基督教徒了！怪不得會有這樣的虛偽。萍，既不能始終的愛我，你當時就不該要求我和你 Kiss 了！萍，一吻之罪，你太把接吻看得便宜了！」她倒身在梳發上，哭出聲來。他想近前去撫慰她，同時又被畏葸阻止。

他覺得今晚非和她接吻不可了！不給她接了吻後怕不能回去的。他後悔來錯了。給她困守着了還有什麼辦法呢？眞的，那樣像她的女子也太可憐了！吻她罷，這次一來只好犯罪了！對不起自己的妻，對不起自己了！如果她不會向我有更大的要求時，就吻她罷！

他前去湊近她，正想把她的面部移轉來的，忽然像强烈的電光般閃進他的腦中，Thou shalt not covet thy neighbour's wife.

——不行，不行那也是 Covertness 的一種。不行，眞的不行！她不是屬我的，我已沒有佔有她的權利的了！他又把手離開。

「萍，我已受了你的欺騙了！」她更大哭起來。

「我何嘗騙你呢？芙，我們是沒有那樣的自由的了！唉！你太不能體諒我了！」

「我何嘗不體諒你？」她答他：「萍，你怕對不起上帝；對不起妻子是不是？那却是義理的。義理之前無眞愛，你那裡是能用眞心愛我的人！不過，萍，我可太愛你了！」淚光燦爛的眼凝望着他，她看見他點了點頭，她繼續：「萍，你用不着怕害，我不再强迫你了。唉！猜不到了，連我最後的要求也肯忍心的勒而不與。萍，你和從前眞有天淵之別了！」他沒有做聲，她從梳發上翩身起來，連拖鞋也沒有穿，赤着足的走近門邊，把門打開了！說：「萍，我不再犯罪，如果可以說是犯罪，不再打擾你的聖心了！我要將你還給上帝；我要將你還給你的尊夫人。萍，現在，你可以去了！」她左手支持着左脅，右手伸成和肩膀成了水平線的指向門外；如珠的熱淚在她微昂起的面部紛流。

他沉浸在哀傷中，不知要怎樣做才好，終於低着頭，一步一步的慢慢向她所指示的走出。走到將近踏出了房門，到她的身旁時，神秘的力使他像着了瘋狂般把她緊緊的擁在懷中，拚命的在唇上吻了一口，她並不掙扎。

他覺得頭部很沉重兩足像離開了地面般的。茫茫然從她家踱出，像喝醉了酒。

歸途中，一灣的新月掛在高空，合一堂的大鐘正打十二點。

選自一九二九年一月一日《伴侶》第八期

岑卓雲

夜

雨，已經止了。剛才那種淅淅瀝瀝的聲音，已經聽不到了。屋上那塊明瓦，又射進微弱的光來。

——雨晴了。他該快到了吧。女人的眼睛凝着，像是在躊躇，又像在靜待一種消息。但她聽得的，只是隣房睡着的那位老年的家姑的一陣陣的咳嗽。

那種咳嗽引起了她片刻的凝想。那剎那間，她像不大清醒，思路是糊糊塗塗的。在一般人的意見，在社會上的所謂道德上看來，她是有負於她的家姑的，換句話說：她是對不起她，她是欺騙了她，雖然她自己是極不以為然，她還相信她愛憐她的家姑比以前還甚。

知道，社會的人都承認她的行為是犯了罪，她對自己的將來的命運就有些預知之明：殘酷的待遇，是不免的。但不免便又怎樣呢，她能够壓住了自己的情感要求而毅然決然的拋棄了她心中的那個人嗎？不，決不，尤其是到了現在喲。

在先，她存心不過是想玩玩吧了，她並不是想犯這樣的罪的。然而數度的接觸後，她却陷而不能自拔了。他是一位這麼强壯而又勇敢的人，他是這麼愛她，他是能够這麼體貼她，使她愛他比什麼還甚。為了他的緣故，犧牲了性命名譽有什麼要緊呢！二十四年來，除了他外，何曾被人愛過，更何曾有人像愛自己一般的愛她。七歲就死了母親，家道既貧，父親又是一個雅片迷，喜怒不常，常常找她發氣；雖有一位痛她的哥哥，但不常在家，嫂嫂對她的感情比什麼還壞，所以她自小就沒有幸福過，是愛神的擯棄者。十七歲她就嫁到這裡來，家姑是一個老婆婆，對於她不討厭也不痛愛。丈夫的年紀雖比她大，但性情却是小孩子，對於她的心事半點也不懂，日間好像路人一般，都互不關心，夜間除了來這話兒時有些動作外，便什麼都沒有了。表示愛的說話是永永聽不到的。結婚僅數月，他就到外埠去尋工作，一去之後，到現在還是消息渺然，有些人說他已經死去了。本來，就有憂鬱症的她，這時更覺做人的無味了。怎知道呢，怎知道她却得了活命水，苦難中得了救星，她開始感覺到做人的有意思，她嘗着從未嘗過的愛的滋味。無論說體質或丰儀，她的丈夫都比他不上，但這些不能說就是她愛他的，最大緣故，她愛他大概因為他愛她，他能體貼她一個女人所要求於男人的，體貼而已。她數年來的積鬱消滌淨盡，她常倒在他的懷裡盡情痛哭。在她看來，這是一件最快樂的事，她在同時就得到他那可愛的口吐出哄小孩般的她從未聽過的慰語來。

他是這麼年青，這麼漂亮英俊，竟肯犧牲了一切來愛一個在她看來是平平常常的婦人，想起了這些，她有時就覺得痛苦。須明白，她是愛他的喲。在一個深夜，她倒在他的懷中哀哀的哭了。那男人就抱着她，附在她的耳邊說：「又為什麼呢？」女人的聲音是若斷若續：「我的命眞苦！」以後只是哭。「誰得罪了你？說啦！不要哭！眞孩子氣。我開罪了你嗎？」女人只是搖頭。「我想？……金生喲？……我是累了你了！」「我不明白你，究竟……？」「我想起你待我眞好，金生，……但是，我是一個婦人，你又年輕，又……我是累了你了！」男人就像明白了一切，「住口！不要再說！你總愛說這些話，你還不明白我？」這「你還不明白我」有呼淚的魔力，又把她弄急了，哭更甚，男人是聰明的，知道她不哭不痛快。所以只替她拭淚。

那男人的確感動得她太深了。於是起初那種「玩玩吧了」的思想，便變為專一用情，到現在正像簷前滴窪，只有越弄越深。教她現在決絕了他，是萬萬做不到的。他能夠犧牲了一切來愛她，難道她還有愛惜着什麼而不敢犧牲嗎？至於說到她將會失了她的生命，在她這是全無問題的。為了不幸，二十四年來尋死的念頭連她自己也忘記蓄過有許多次了。現在為愛而死，比前時那樣無聲無臭的死去強多了，她還憾恨嗎？所以她雖然知道自己的前途是異常灰暗，但她並不去理會，（實在也理會不來）甚至連想也不去想，這自然有些因為不敢去想，她現在只是貪嘗着目前的甜蜜。

房外起了風，竹樹沙沙作響。她幻念着在風裡有一條黑影一步步的前來。漸漸的清楚了，那就是她心中的那個人兒。

「還不來。」女人的眼分明是疲了，沒有一些神，時開時閉，她還沒有解外衣睡覺的意思，只仍是徘徊着，態度是有些焦躁。

她望望床，就想鑽上去。但一剎那間又覺得不好，雖然倦，但他來時正好向他表示她待他好並不是假意，這是機會；她就勉強睜着眼，望着明瓦射下來的星光。然而，「還不來。」

她又低着頭徘徊，最後向着兩扇門呆呆的望，宇宙本來是像死一般靜，差不多最微弱的聲音都可聽到。但她這時却怨懣着大地太嘈雜，她分明覺得有人在門外「得得得」的敲了三下子門，她提起神來凝聽，却又什麼都聽不到：若果不是她耳朵有毛病，便是大地並不靜，她的耳朵是沒毛病的，她相信。

煩悶的長絲，纏住她的心。

她怨，怨誰呢？這可不必說。一個對於愛人口聲聲說「我愛你」「我愛你」的男人應允了密約而可過時不至，他的眞心怎樣就可知；難道這樣的男人還不足怨嗎？然而，不久她漸覺得她不能全怨那個男人，她應該怨天。天不下雨？她想他總不至失約。就是下雨，若天不黑暗，她想他總不至失約。她也總可以在他的懷裡了。他的心，她是信任的，而且從前他並沒失約過。因為她只怨天，所以她極原諒他，而且覺得深夜要他跑這遠的長途，究竟是苦的，何況天還下雨呢。

「金生，我明白你。」她好像要受一種譴責而低聲在感動地說了。他之所以還沒有到，她覺得一定是因為天黑路滑，栽倒了要回家去換衣服；或掉下塘或糞窖去；……她眞担心，她的心跳了，掉下塘或糞窖去是會溺死的。——或者，……她還沒想下去，眼前就現出一幅圖畫：一個男人給蛇咬死了，倒在林中，滿頸是血，這男人很像金生。她不想再看這幅圖畫，她的心麻亂極了。害怕支配了她的寸心。搖一搖頭，想擺脫這些。「沒有的事！」她在安慰她自己。對於天，她就越發怨恨。「天哪，做做好事罷！」

不久，她又覺得天實在也不能怨，若能夜間也光明，那不是和日間一樣？他又怎樣能够來呢？她的心於是像墜在一個無底的深淵。

人仍沒有到。

風最喜歡捉弄人，不時吹響門戶，她有幾次疑惑他到了。有一次她竟跑去幽幽的開門，雖然她跑到門邊要開了門時，知道門外並沒有人，但她還是要開，她希望開了門時，他剛剛跑到，或雖不到而可在望，而且今晚她自己也不知為了什麼，總想開開門，不是這樣，就好像有一塊大石壓着心頭，不能移去。

門外是一派好景，雨後的晴空，黑藍得可愛。星星像魔鬼的眼睛，頻頻睞着。星光閃爍下，樹林中像有惡魔窺人，她不禁打了一個寒噤。

門是關上了。男人還是沒有消息。女人却因為晚風一吹，清醒許多了。

「不來了吧。已經很夜了。大概有件要緊的事要做也說不定。明晚，不，後晚問問他就知道了。」女人自己安慰自己，實在她是太想睡覺了，她就把衫鈕解了一個。

然而，「不對，有什麼要緊事呢？有要緊事為什麼那晚不向我說明，說不能够來呢？」以下的那「大概是出了亂子吧！」她沒有對自己說出來。她最恐怕不幸的事，這些事她不願想，也不敢想，她最不喜歡她自己的幻想：滅絕，雖然同時她的腦已有了些不幸的迷糢的小影，而且她已在無形中戰慄着。她總是在自己安慰自己。

「他總會來說的。他總會來說的。」她疑想着，她希冀着，她又把那解了的鈕子繫上。

她之所以候那個人至這樣夜深還不肯睡，實在是另有原因在的，她難忘那晚的事情。那是前一個月的初五，她記得很清楚，這事在她大概是永永不能忘記的了。那晚隔鄰三嬸有喜事，叫她助她們春米，弄至更深才回。雖然那晚是約會期，疲倦的緣故，竟倒在床上睡着，至天明才醒，當時她就覺得萬分的抱歉，恨不能立刻跑至他的跟前認罪，就是他一時憤怒，搥她幾下子，她也願意的，只要他能原諒她。別天晚上又是一個約期，當那聽慣了的「得得得」的三聲叩門響了後，沒有睡過的她，就抱着負罪的心情來開門。兩人擁抱了，第一句話他問她：「那晚為什麼不來開門？」她的心就不住的動。「我知道，貪新忘舊，女人的心！」她全身就慄動起來。心是一陣陣的被刺。當她向他很抱歉地說明了一切原因，而且苦笑着說：「你那晚是來了的吧？累你跑了，眞是過意不去。」而他却哼了一聲，並且很冷的答：「為什麼沒有來，我敲了一陣門，不見開，我就明白一切。我最怕壞人家的好事。所以我就很知趣的走了。」時，她就不禁哭了。有什麼比一個女人得不到一個男人的原諒更傷心的呢？她覺她所擁抱着的他比大理石像還冷，她要把他烘熱，所以她把他抱得更緊。而且哀聲啜泣：「金生，你也不懂我？連你也不信我？我不如死了的好！」男人本是故意弄她的，這時也覺不好再挖苦了，放柔了聲音：「我明白你，不要哭，我不過說玩吧了，為什麼要認眞起來！睡着了（不）來開門有什麼要緊？實在我敲門敲得太輕，一不留意就聽不到了。」女人的哭已經起了程，不是會這麼容易制止的。好像玩音樂，正曲玩完了，還是收板煞科一般，畢竟是有靜止的，但已費那男人的唇舌不少了。女人是感激的，特別是他的辭句，他的温柔，他的温和地解釋他應該原諒她的理由。她得於他的不只是感激，但除了感激兩字外，又沒有別的可以形容，照代數的寫法，這可以說是感激加A（。）「這回沒要緊。不過別回要仔細點，（最）好不睡，因為在門站久了，或敲門久了，就很容易給人家知道。」這是她永遠不忘記的他所鄭重説的一句話。

為了故事在腦中廻旋，神經受了擊刺，她就不想睡覺。便記起了另一件事情：當那晚送他到門外前，她把她忽然想起的意見説起來：「金生，我想了一個法兒，下次我預先開了門，掩着，你來時，輕輕把牠推開，靜靜的跑進房來，點上燈，這樣我就睡着睡不着都行。你覺得怎樣？」金生因為時間迫促；不及細想，便點着頭走了。

別晚，她果然照這計畫而行，預把門開了，只虛掩着。但却出了岔子，因為夜深時有幾條狗在打架，負傷的那條把門衝開進來了，她不禁嚇了一大驚。忙跑出去把狗趕走。隣房住着的家姑就停止了咳嗽，歎息般的説着：「現在不知變成什麼世界了？有門也不願關。野狗却能够〔跑〕入來。哼！哼！變了變了！世界是變了！人是變了！」她顧不得許多，雖然家姑的説話有「野狗」兩字足令她思量，只是驚。她想家姑不親跑出來還算幸事。她跑了出來見她穿上這麼艷麗的衣服，她的命運就定了。這眞危險。所以他到了後，她向他説了今晚的危險情形，並徵求他對於廢止這辦法的意見。他自然是贊成的，因為辦法實在是不妥。

她終於敵不住睡魔的纏擾的屈服了。她忽見金生站在她的面前，他不知何時進來，她也忘記了問這個。她只説：「為什麼這麼久才來？」她是喜歡到什麼都記不得了的，但他並沒有回答。兩眼睜着，望得人害怕。「金生，為什麼喲？」她帶笑站起來，拍〔他〕的背，她就覺他的頭有血痕，肩也有，這時她的手上染紅了。驚。「這是……？」「你快些跑！我們的事他們統知道了。我給他們斬了幾刀，他們快要來找你，快些跑！」他回頭就跑，她追上去。「金生，等等我！」

看看追上了，她就一撲，却落了空。醒來，知是一夢。週遭沒有聲音，也沒有金生。夢中的事仍未泯忘，故尚有餘悸。雖說是夢，但既有這樣的夢，難保沒有這樣的事，而且這或者是天爺爺的報夢。這便是這個女人的哲學，夢是這樣不祥，她越想越覺担驚了。她證以近數日來人們對自己的態度言語，更覺這夢有變成事實的可能性。

就是一條狗衝入來的那晚，家姑不是說野狗却能够跑進來嗎？這野狗二字有嫌疑。

有一天和自己頗要好的隔隣的三嫂笑着問：「他（她丈夫）不在家你覺得……吧？『孤枕無侶雙脚凍』哩！」這笑是特別的，她感覺。

又一天，幾個氣味相投的朋友，也可說是同鄉，相聚談笑，善謔的蓮仙姑娘對鳳嬌姑娘說：「聽說你移到大嬸的家裡住，這大概是利便那個人吧。是不是？」「你倆才哩！」鳳嬌望着她，不望蓮仙，笑。

前幾天她在燒火，五嫂經過時，說：「昨晚……？」但接着是笑，沒有說下去，所謂昨晚，就是約期之一。

不用說別的，就是上四天，二姆的七歲兒子很天眞的對她說：「昨晚你這裡有……」但說到此，便聽得門外有呼他的聲音，他就跑出去，以下的話她覺得大概不妥的多。

近來一羣人相聚而談，總是談懲奸夫淫婦的為多，不是講孔方里的某婦，便是談粵橋鄉的某女，還有其他等等，這些像有意無意的嘲諷她。

綜合了這些的態度言語想來，她覺得她倆的事情大概總大有人知道了。於是夢中的情形便又再現在目前。「唉！罷了！」她感覺到消極的悲哀與驚懼，前途不堪設想了。這鄉的懲奸夫淫婦的方法，據她所知和最近調查所得，是這樣的：凡捉奸，奸夫逃脫，而淫婦獨獲的，則把淫婦囚以猪籠，扛之遊巷，後便投之濁流，以為後人戒；倘若奸夫淫婦一齊捉住，便把二人衣服除掉，背向背的捆着，和用利釘穿着手足，遊巷完了，便擲下海中。她覺得她不久就要嘗這極刑的滋味，心中就不免在微惴。死，她本不怕，但這樣的死，她却不願，特別是正要享樂的時候。

一切仍是靜，金生固沒有來，而捉奸的人也不見到。遠處已有鷄鳴，顯然夢是不驗了。她的情緒像中國現代的軍閥，一個去了一個又來。這時希望已佔據悲哀恐怖的地盤。

但對於那個人兒，她仍是担心的。一聲鷄鳴後，她不知覺的仰着頭歎了一口氣。

署名卓雲，選自一九二九年九月十五日香港《鐵馬》第一卷第一期

哀　淪

心痕

——綠眉女士的一頁日記——

為着昨夜允許他底要求，——今天到他的家裏敘談，並且要順道來看我的愛人，所以特別的早起來了。真可笑，我不是幾次都想避去不再見他的嗎？為甚麼祇給他說了幾句話，我的心情便又非見他不可似的呢？矛盾終竟是人生的本能啊！

十多年來，初秋的景色，淒涼慘淡的景色，我在今朝算是領畧到了。離開了我每天醒來時總有三十分鐘留戀着在作幻想綺思的牀，推開玻璃窻看看，天色還不大開朗，那一幅天然圖畫，已完全影入我底眼簾了：蒼翠的山峯還迷濛的罩上一層淡白柔美的輕紗，村裏鱗鱗參差的屋瓦飛起了數匹噪着晨歌的喜鵲，西風殘掃下的老樹動也不動的兀立着，牠是一個强者呵！而枝梢弱小的黃葉，却飃飃捲落，發出了蕭蕭的悲調。在這樣的一個清晨，一切自然界都呈露清凄的色彩，一陣一陣的涼氣從我的襟袖中送入，似乎都帶悲愁的意味，使我感到慄然的寒意和無限的空虛，我的知覺也就給這悲感遮蔽而模糊了！

一絲迴味的凄涼，又在心頭泛起。

薄薄的單衣，禁不起秋風的吹剪，我重新又鑽進那可愛的被窩裏，温暖的香氣重到了人間。太陽從雲端裏漏出了一線白光，漸又給陡起的黑雲遮蓋了。雨是傾盤的瀉下了，當我們吃早飯的時候。

為着要見我的愛人和他——一星，我沒有半點畏懼和遲疑披上了雨衣冒着滂沱大雨出門了，慈母的勸阻，我是理不到了。

我本抱了無限的熱情來見我的愛人，但是見了他後，怯弱的心靈却又微微悸動了，在他的朋友的目光監視之下，我就如犯囚站在裁判官的面前一樣地顫惶倜促。而忠實的愛人是微笑地向着我，很自然地流露出他的真摯，而同時却就使我慚愧，因為我又要在他的面前撒謊了呢！

怕着一星等候得焦急，我便匆匆地走了，我的愛人依然是誠懇地相信我，所以一切也不加以盤問和阻止，唉！他又怎曉得綠眉會向他說謊話的呢！我可憐的德光，我可憐你呢，你又受了我一次的欺騙了！

一星很肯定地知道我必來的，雖然我曾失過幾次約，這樣滂沱大雨的今天，他便很早預備着許多我歡喜吃的東西來供候我。一切我所需的，他總親自如侍役般奉給我，我感謝他！但是他親密的熱情，不更會令我難過嗎？我望着他頹唐而又憔悴底面孔，那不可遏止的惜憐的同情心，不自覺地流露於眉目間了。

他很靜默的望着我，不知在凝想甚麼，可怕的眼睛總沒有離開我，但是我敢斷定他所想的是離不去我的身上了。我不敢正視他，有時偷瞧着他的時候，目光偶然和他的碰着接觸，我很難為情的低下頭去了。我真可憐他，一個將被美麗的青春遺棄了的人，彷徨着幻滅的歧途中，誰來救援他呢！委實他是懦夫，他是弱者，在信上他便很勇敢的寫上許多甜蜜濃厚的誘〔惑〕的話，也曾將一本廿五葉的彩色信箋寫滿了濃情麗語寄給我；在口裏他始終不敢吐過一句「我愛你 綠眉，」的話。我有時候利用他的弱點來取得勝利，但有時我又可憐他的怯弱去安慰他。

不敢正視他的原因是：因為當我瞧他的時候，他是常常這樣向我說：「好美麗的眼睛，我給你溺殺了！美麗的可人兒，我將會死在你眼睛之下！」我是無能拒絕他說這一類讚美的話，同時我又怎能拒絕他跟着這讚美的話進增了的熱情，我怕呵！

他的房裏佈置得很華美而貴族化，但我眼底裏看來却到處顯現出無限的孤寂意味，真的沒有半絲兒溫和的暖氣，一切都很死寂地站着，我的目光忽然移到整齊地放在牀裏的一對新繡的枕套，無疑地是出自女子的纖指，奇怪不可制止的妬忌心催使我多看了幾眼〔。〕「這枕套昨天才買在公司的，好看麼？」他已知到我的意思了，「很好」我用很難過的苦笑來掩飾。我恨極我自己了，明知不能長久的愛他，為甚麼對他總是這樣疑心，這樣嫉忌呢？

「綠眉，你看我這裏是多麼寂靜沒趣啊，我能活下去麼？我早晚便會給汽車輾死的了。像我這樣的人，生也沒趣，早死還乾淨呢！」

「一星，叫化子也不願意死呢，難道你便願意？」

「他有他們的快樂，我有我個人的人生觀！」像久已鬱結在他心裏的這類話，竟爽快的吐了。

我很想用手掩着他的口不許他說的，但是，我有勇氣麼？他難倒我了，我不知怎樣惜詞去安慰他，搜遍了枯腸，終也找不出一句有力的說話。我怯弱的靈魂顫動了，心兒也砰砰在跳，無力地讓他緊緊握着我的雙手來吻，但我一點也沒有感着要逃避，對着我的鏡映出我的兩頰紅了，比塗上胭脂更艷紅。他的雙膝跪倒在我的足，我却木木的坐着，一任他施為，心坎裏搧出來的熱度全身都像電化了，衹兩隻掌心覺得有一種冰涼。

我愛他一片綣繾的痴情，可憐他的環境，我極想擁抱他，給他一點甜美的安慰，萬惡的社會准許我任意去吻一個男性嗎？就是我的愛人也不會原諒我的吧！

本來一個少女，具有這樣的情感，是一件不幸的事情啊！現在我的靈魂像墮到黑黯無光的地獄中一般的痛苦。我知道假如要減少煩惱衹有爽快地決絕他。我也曾下過幾次的決心了，到底理性又給情感所戰勝，真是無可如何呵！有時他有一星期或十天不來看我，我會熱烈地想他，或者無意識地惱恨他！但是，他來了，我如像拾得了珍寶一樣的歡喜，喜過之後，我又怕了，結果，還是給了他一些難堪，要使他對我的熱情疏淡。

為着怕再牽起他凄凉的情調，我抱着了惆悵歸來，誰知道我的心情再受了意外的一個打擊！我竟變成了小說中的人物，我不明白我自己了。

在寂寞的歸途中，我順道去林冥蓀一泄我的積悶。

冥蓀是我的最要好的朋友，她有忠實的心和靈魂，她沒有向我說過一次謊。她的哥哥偉山，也是我底好友，或許是我的恨人了，總之：是我生命過程中不能忘去的一個人啊！他曾經挽救過我失去的靈魂。他也曾在一個時候從她的手中攫取他的心靈過來而交付與我，他的確是我心靈中曾經佔過重要位置的人喲！

他是一個富有〔魅〕力的男性，他的言語舉動性情都具有一種特別誘惑異性的魔力，尤其是他的柔美的眼睛善能散播出無限的愛的種子。那時我正在陷入凄凉苦悶之中，他便乘機來同情我慰藉我；同時他一樣地使我同情他慰藉他，於是我們便由結識而進至熱戀了。在素來聰明自負的我竟然也昏迷起來：人間的虛偽的同情心，值得我攫取嗎？兩脚的欺騙的動物也值得我同情嗎？你蠢了，綠眉！然而上帝就偏偏賜給女子以如許脆弱的心靈。

在我們的愛的全盛時代，他是極真摰的，我說起不幸的事情的時候，他會感動地為我下淚；我覺得快活的時候，他會熱烈地為我狂笑；其餘的甚麼海可枯，石可爛，而我們的愛與日月一般不可毀的一類話，更如每日的家常便飯了，那時，我狠信賴他，我覺得我是勝利了，我也如山羔羊一樣的馴服他。然而欺騙，怕就是上帝賜與男子的唯一本能了。

後來他為某一件事情走了，聽說他已走到離我很遠的異地，幾年來絕隔了消息，委實我也不願意知道他的消息，他臨走的時候，沒有向我告別，也沒有說甚麼，原來他的愛妻正從鄉間來了呢！好一個沒勇氣的男性！好一個虛偽者！然而，我絕不懺悔和他認識，因為這不是從學校教師的口中所可得來的智識呵。

前塵如夢地在腦海中奔流過了；當我突然看見使我愛而又使我恨的他站在冥蓀身傍的時候。我愕然不知所可了，竟說不出一句話。他一雙美目很難為情地望着我。我遠遠的離他站着，因為我想他知道我的心是在恨他呢。

「偉哥今天才回來的，他正在問着你的近況呢。」聰明的冥姊不遲疑的替她哥哥說。

「我們隔別很久了，綠眉，你為甚麼這般消瘦？生活好麼？」他也忙跟着說，好像是他說話的機會到了。

「謝謝你，偉山，你好！」我是帶諷的答覆他。

「幾年來的流浪生涯，行踪是很飃忽的，信也沒有寄過你，綠眉，你不能原諒我麼？眉，明天我准來訪你！」他知道我怒了，便又續着說。

十多只烱烱的電光齊向我身上投射來，我知道此時我最適合於走了，他雖極用眼光來止住我，我可詐看不見了。

本來我應該表現極自然極大量的向他打招呼，和親密地談話，這麼一來，他必定很慚愧，很難過的。那時，才是我的勝利呵！但是可恨的，可憐的綠眉，你為甚麼沒有這樣機械，你盡量的驕傲狹量，是會貽笑人家的，他此時大概高呼着勝利了！

幾年來我屈服在威嚴的運命底下，身心都同樣地消磨，今後我祇有拒絕一切再來誘惑我的惡〔魔〕，與運命決一最後之爭鬥了！看誰奪得錦標歸。

選自一九三〇年四月一日香港《島上》第一期

侶倫

Piano Day

出了A教堂，脂粉的香味，温和的氣息，一切隨着音樂的波震散失；在如倒立的掃帚的街燈底光箭下，我看見自己呼吸吐出來的薄霧樣的輕烟。

送了琪提上了船，我忘不掉「野谷咖啡館」的一個約會。

域多利亞城中部，這美麗的海濱，成了個展覽的陳列所；幾座莊嚴的銅像，幾塊整齊的草園子，幾部睡了的汽車。還有幾方面臢出的柏油路，那是讓給觀覽者的地盤。走過那一排整齊的櫻花樹，我沿着德輔道邊轉上馬路去。電車軌在路燈下濃淡地反映着，成了兩條並行的閃着銀光的長蛇；一直伸到遠遠。

一輛電車駛過面前後，「Y.M.C.A.」幾個白亮的豎排的字，在一個龐大的盒子似的博物院的屋角處凌空伸遞出來，攝着人家第一意識。不遠地，花園道口，一個什麼在張闔着紅綠的鬼眼。滑稽的眼色，抑制着汽車的顛狂，和行人的進止。軍人俱樂部裏，隱隱地在一張標着紅色大字「Cheer O！」的橫額底下，漏出一陣温和的音樂聲。大會堂前的石女，仰首朝着灰綠的絨幕似的天空，從手握着的〔喇〕叭筒，噴起萬千鑽屑。歌賦山下一帶都穿起嵌綴上金碎的綺裳，開演着夜的美麗，美麗的夜。

我完全迷幻在這温柔的夜裏。

「Cheer O！」好一個警惕人們的標語。我陡然的打了個寒冷以上的冷痙。

青年人是應該享樂青春的，我直覺地生起一些聯想。……

思路很沒端緒，大概是今夜神經樞受了過甚的擾亂的緣故。像幾個方形的木塊錯亂的在心裏浮滾，安排不來。……愛的苦悶中的T和P。……都眉。……戀愛。……阿碧。……我和琪提。……都眉底舞，底眼睛。……

聖誕節前的佈置，玻璃櫃裏面，攝目的花帶和雜錯的色紙碎提醒了我，於是我踏進了野谷的門檻。

我聽見了慣聽的口哨。

＊＊＊

T和P的茶已經降到杯腰。

「要什麼？可可？」被P一向認為頗有脂粉的藝術的女侍——阿碧，背手慣對熟客的神態向我問。今夜的胭脂像是薄了一點。

「聰明的孩子！」

「不是麼？你們總愛靠這開夜工，也筆寫叉了囉！」眼角一瞟，她的影子在白簾上低下去了。

寂寞的燈光下，兩個青瘦的臉孔，在我左右兩邊相對着。微隆起的顴骨，恍惚是出自比亞詞侶筆下的人物。

T用脚尖支着地面，身子把椅身仰傾着，背靠貼着房壁；一種懶洋姿態。一張游藝會的秩序表，經過了無聊的手指摧殘後的樣子，捲成一個筒子的躺在咖啡杯的碟旁。緩緩的又鬆開來。P一隻手支着額，一隻手把羹儘攪那杯底。還是吹着口哨。——這是他無聊時的習慣。

一進了房子，我的週遭已經換上了一股温暖的氛圍。寂寞祇配和寒冷混合的，但此刻多麼不諧合呀？我正想，突然——

「不錯呀！」我左手面的T，在給誰佔有了的空氣中衝出一句贊嘆的口吻。眼線斜溜了一下筒子便投到我來。微笑的眼睛，頗有幾分女性的媚意。T的話常常是這麼突兀的。

自然我知道他說都眉那孩子。

「P，還是痛？」出門的時候，P便說頭顱有些毛病了的。我要拉他出來，為了鑒賞都眉的藝術。看見他此刻的神態，我禁不住要問了。

「還不是一樣？」

「我看你是看了跳舞，暈起來的吧，我早說坐得近舞台是不好的。」T給P說。

「還好笑人！自己一路上像夢囈般的嚷着不錯不錯！」P報復意味的口氣。

阿碧的纖指把可可端到我襟前來了。指甲的閃光，我聯想起她的口唇。

「碧，胭脂漲了價麼？塗得這樣薄。」

「吃了！」碧順口的答。

「對呵，給P哥吃了，是不是？赫赫……」

「赫赫赫赫！」

阿碧臉紅了，不曾虧了本；阿碧對我們說過，紅樓夢是她最愛讀的。她馬上把話頭轉了彎，

「怎麼？這個儘托着頭，怕會墮下來麼？」柔指向P的肩膊點了點。

「你給胭脂他吃吧，要不是，那頭就會墮下來的。」

「墮下來給你作麵包吃喲！」

「碧，我告你，一個姑娘的跳舞把他看暈了。」我說着，我覺得桌子底下P蹴了我一下脚尖。

但我能夠不結束這一句話麼？「這毛病除了你是不會醫好的。」

「不知道，我不是文學家，不像你們的嘴鼠一樣尖。」阿（碧）慣愛用這樣的話做自己的武器。

「不錯呀！」P放下了手，換不了興奮的神情，十足T的口吻說。

野谷是P發掘出來的，自然我知道他是讚阿碧這孩子。

＊　＊　＊

說完了阿碧的脂粉藝術，都眉的腰肢和腿子，在薄霧樣的輕烟裏跳起舞來了。

……

T今晚確是受了點迷惑了，都眉底舞實在給了他心湖上一個有力的激盪的，據我的觀察，他早已經私戀她，衹是他到現在還是怯弱，沒有勇氣。慫恿一個缺少勇氣的人前進，不是怎樣過不去的事吧？我想。

「確有點琪妮蒂嘉寶的風韻呢，」我知道嘉寶是T鍍了金的電影偶像，「自決一下吧！」

「照你的説法，簡直是冒險。」

「要戀愛，沒有勇氣是不行的。」P的話。

T還是猶疑不決，他那有含蓄的微笑，上面放射着思索的眼睛。

「那麼，你承不承認你是愛着她？」

T表現着默認的笑。

「那，你不放胆，是蹧蹋了你自己。」

「……」

「據我看來，這孩子是很容易上手的。」P加一句。

「去吧，除了你藉着習Piano接近她之外，天不會給你掉下機會來。」

「看看罷！……」T還是沒表示。

＊　＊　＊

「你們兩人都一樣怯弱，眞估不到。」出了街外，我説。

「怎講？我也需要勇氣？」P意外的問我。

「還不承認，對阿碧就够不應該了的，吻也不敢討一個。」

「誰愛她的？」

「哦，險呀，她寫信給你是什麼回事？難道今晚動搖起來了？」

「女侍會靠得住的？」

冷靜的街上，T似乎心不在乎我和P的對話，又搬起他無聊的發洩來了：

「Oh! I wish I had some one to love me. Some one to call me their own. ……」

＊　＊　＊

秋間。在一個X體育會宴請新聞界和文藝界的歡叙會上，是添上一些游藝助慶的。秩序表中的一項唱「囚犯曲」底下，是印着都眉姑娘的名字。我們算是第一次賞識了這風頭頗勁的歌舞家了。

「這態度，你會聯想到誰個？」當歌聲和Piano電鞭一樣的閃印着各人的耳膜的時候，坐在中間的T膝部碰了我一下。

「琪妮蒂嘉寶。」

「對了。」

茶會的時候，我們是被介紹了。

「很歡喜認識你們，名字是知道很久了」——多麼迷人的一雙流星呢！

她一點沒有客氣，沒有稱呼先生，也沒有那一般人常常放在口裏，預備認識人家時好吐出來的，「素仰」一類的話。兩瓣薄唇的翕動，成了主宰了幾隻眼睛張闔的權威。

散會時，在同一輛電梯裏，她對我們說：「有空請去探探我呢。九龍塘委納絲道X號。我那兒有Radio，如果你們高興，還有Piano呀！」

但我們沒有到過去。

＊＊＊

琪提對我說，都眉常常提及O社的我們的。

同樣，T也常常向我作這樣報告的：那一天他在那兒碰見了都眉呢。

在這男人走路時，差不多少不了女人作裝飾的都市裏，我知道T所需要着什麼的。我曾這樣向T徵問過：「你對於都眉，怎樣呢？」或：「你不是想學習Piano麼？」

T祇是躊躇的笑。

昨夜，T把一張假座A教堂的游藝會秩序表，匆忙忙的跑到報館來。說：「有都眉姑娘跳舞呢！」

自然是不能放過這機會了。都眉在台上的時間內，T的預備鼓掌的兩手，是沒有分開過的，台上曲的線條的躍動，給了他有力的催眠，迷〔惑〕。於是他約我到野谷咖啡館來。——

事情是咖啡館別後十天的光景。

一天早上，我還未起床，T便有了電話來。

「怎麼了？又來了一張秩序表？」我以為又是開游藝會了。

不，他要向我借錢。

「借錢，這麼突然的！」——這總是有個奇怪的緣故吧……，我意識還不大清醒地想着。〔驀〕

地，T柔靡的聲音，使我恍然的憶起一樁頗有關連的事了，是琪提昨夜睜着眼簾告訴我的，她看見都眉的手搭着T的臂膀，在街上走。……我沒有把這問，T開口了：

「告訴你，我的事情成功了。」

「什麼事？都眉的事麼？」我還裝模作樣。

等他答了個「對了」，我便為興致所驅使着，不憚煩的要他說這事的過程了。條件是要借到錢，那不消說。

於是T開始了他低聲的故事。從「你知道的啦，自從看了她的跳舞之後……」那一句起。

「……」

——

「我自己原定的計劃，第一利用聖誕的機會，寄一張賀片但這不是有點唐突了麼？事體又多麼湊巧的呢，聖誕節前一個星期，我和她在過海的船上遇見了。她坐在船頭那面的房子，我在船尾。十分鐘的水程，我們都相隔着。到船泊岸的時候，大家走出船旁，準備上岸；這才看見了。她向我招呼了，那種笑比在舞台上致謝掌聲時沒有兩樣。我的心充滿了幸福的豫感了，第一賀片有寄去的可能，第二呢此刻有幾句話的機會。你說這是怎樣的一個巧遇！

「要天才知道的，我正要設法把脚步和她的齊起來，我發見她的臂膀有一隻手揑上了，這是一個和我們一樣年紀的青年。立刻，又是一個怎樣有勁的打擊？你以為夢就這樣破了麼？不。……她說『想見你很久了，為甚總不到探探我？』霜，你想這句話多麼有意味？答應在幾日間會訪她去了。為了她敢在那青年面前說出這樣的話，我不是可以放心了麼？

「當夜，我便寫了一封信通知她，說後天去訪她。喂，你知道我這一天是懷着試探意味而去的麼？果然，我是成功了。那天，她敷了很勻混的粉和口紅。情態還是一樣的媚呀！你知道麼？一個如果是不高興某一個男人的女子，當她接見他的當兒，她在自己的身體上是不怎樣介意的。……

——呃，好個愛情的試驗法！我這樣想。

「但，她竟然修飾起來，這意思就叫人心躍的啦。僅是第一次的探訪，誰敢表示什麼呢？我祇是不大拘謹的談了些話，頑了一會 Piano 就走了。她對我的態度眞出乎意料的，她的任性和浪漫，我竟不禁有些怯起來。可是事情却是這樣開始的呢……

「因為一下子不敢太來得頻，間了一天，我才到第二趟了。情形更有不可思議的進展。這第二趟的情勢，我覺得以前的畏葸是過慮了的。我把要想學習 piano 的意思說出來，她歡喜我間一天去。她說，因為餘的日子，是她學習法文的時間。她的有加無已的魅惑，當晚我就立意要把一張愛情的賀片寄出。實在我自己還有幾分掛心，你猜她怎樣回答給我呢？是一張普通用片，另用一張私人名片寫上『I love you』字樣；這麼別開生面的。完了。……」

「以後呢？」我還斤斤問他。

「你不要以為我神經過敏，沒有證據，昨夜我們逛過街來。……」他又說了：

「還有一件事忘記說的呢，P先我一天便到過了，這是我第一次到訪時知道的。這鬼子眞詭秘呢！都眉今晚要請我們看電影，她要P也一塊兒去，我是不同意的，但她却固執，眞沒法。我能够把愛情作要挾麼？赫赫！」

最後的話，是說家中的錢還沒有寄到，目前却要用了的，所以要借。

我答應下午到O社去，順便送錢給他。

我恍惚的腦幕裏，浮幻着一個異乎常態的笑臉，忘形的摹描自己的故事。隨即又漸漸消失。

＊　＊　＊

「旅霜，對不住了，今晨打電話時忘記了今天是 Piano Day，累你空走一趟，想到我的心早到了那裏去了，你會原恕我的，錢請放下書案的抽斗裏便行，我此刻要過海去了。　　T留。」

摸了門釘，到了O社，我衹看見這張條子。

實在我是給游戲心情驅遣着，為檢查愛的贓物而來的；禁不住不翻翻東西了！

打開衣櫃，一陣香氣撲了出來。裏面多了幾瓶東西。髮膠，香水，未用過的雪臉膏。還有一盒送禮式的精緻的信封和信紙。Lady's Wax,……

「祝你永遠有着快樂的 Piano Day——」在留給他的信上，我這樣寫着。

T是在戀愛中了——我和琪提的心中都掛上了這件事——並且很甜，甜。

聖誕後一個星期，我到九龍訪琪提，在滑鐵盧道遇見了他們。「旅霜！」倒是都眉先叫起我來了。我向他們招招呼，同T說了幾句話，我便匆匆要走，我暗裏給他一個祝賀的眼色，他輕輕捏了我一把臂膀；笑着，弄了一下鬼眼。

是後一天的晚上，我趁星期六的空閒，跑到P的流寓找 P，告他一些T的戀愛消息，因為個把星期沒有見過他了，也許T也沒有見到的。可是到寓所見不到他，我一直跑到野谷去了。天曉得他到那兒去呢？阿碧倒問起我來。

「要你才知道，眞的沒有來過？」

「騙你會死。自從前二個星期六，你們同來之外，影子也不見了。」

——人家戀愛着，自己不找阿碧混，却着了鬼迷般的不知那裏匿跡，眞是怪物。我心裏想。

第二天，琪提又睜着眼簾跑到報館來，第一句便告訴我一椿新聞，有人看見都眉挽着P到九龍城吃餃子呢。

「看錯了人吧，我們是做着夢麼？」——但琪提的眼睛却證明這是事實。

「我昨天下課，在公司門前碰了她；同她一塊兒過海去。她説啦，T這人是愛不上的，她曾在街中當眾拉一下襪子的吊帶，便惹起他的不高興。這不是值得懷疑的拆夥的動機麼？」

「你為什麼不問問她是不是愛上了 P？」

「誰好意思，她的脾性又是不好惹的！」

我和琪提正談着這幾個鬼子不知弄什麼玄虛，T的電話來了。——

＊＊＊

應着T的邀，我和琪提同到O社去。才進第一重門口，便聽見T的聲音嚷着什麼：

「…… My Love is dreaming. Some where in Naples. Far over the sea……」

倒不是囚犯歌了呢。

琪提望着我笑了。

跨進了廳檻，T踱着方步；見了我們，便躬了身子，向我們行了個中世紀騎士的禮儀。

「Piano 很有成績了？」我問他。

他笑，這笑是包裹着幸福的靈魂的。

「你見到P麼？」我很關心似的問他。

「很少，還不是日夕到野谷找 Kiss 去麼？」

T像是還不大介心於P的生活，難道我好給他搗鬼的？T邀我來是償錢給我，拿了錢，沒有說什麼，我們便告辭了。

刷得光耀的皮鞋，桃色的絲襯巾。……T給了我個新的印象。

又是好幾天我沒有到O社去了。

有一天下午，我走在街上，P迎面走來，手挾着一本書，無無聊聊地走着，噘着嘴吹口哨。

「到那裏來？」

「到公園讀小説。」

「這星期來呢，總不見你，你到那兒去了？」

「演了一齣劇！」他失了靈魂似的，説了就走。

什麼「演了一齣劇」？我帶着這疑問返報館。這刻，T的電話又來了。

——又得了秩序表？戀愛的新消息？借錢？……什麼都不，他約我明天有空上O社。

「有事，現在不可以說麼？」我奇怪了。

「不，你來！」我幾乎懷疑這會不是T了，聲音是這樣不柔靡，這樣沉着。

——明天不是Piano Day麼？「演了一齣劇」……Piano Day……？？……

打算到O社去的第二天上午，琪提也到報館來了，還是睜大着眼睛，她又報告我奇怪的消息。那是，在前夜，她看見都眉坐在一個青年駕駛的電汽車的後座上。是憑後頭的一輛巴士的頭燈射光中，證明這沒有差錯的；她還回頭來招手。

不是魔鬼上了身嗎？這幾個鬼子弄什麼把戲？這是夢？夢？夢？

「我心裏又浮泛着木塊一樣的東西了。……P.T. Piano Day……都眉。演了一齣劇。……琪提的睜大的眼睛。……」

進了O社，沒有了歌聲，也沒有了中世紀騎士的禮儀。

T裏着被還未起床。P態度悠閒的坐在椅子上，兩手插着褲袋，雙脚擱上書桌。吹着口哨。

「今天不過海去嗎？」

「拆夥了！」P搶着回答。

「怎，眞的？」

「你看！」T指給我們桌上一封信。

琪提和我爭着讀了。——

到了事情拆穿的現在，你們已非敵人了，所以信不想分寫。

「P・T・兩君：

可憐，你們都給我作弄了的。想來可笑了，你們把事情能互相守着秘密，很佩服。其實秘密與否我是不打緊的。不過和你們接近之始，便知道你們都是自私者，我所以不能不叫你們不要聲張，並且分配了你們到來的時間，——一個人一個 Piano Day，第一個給我察覺了的，是T君了；但是P君呀，你不要驕傲，想想你也有不能來的日子。

自私心，T君是比較甚一點的，第一夜逛街就問我那天同船的一位是誰？實在你愛我便是，何必問及我所愛的人呢？其次，是看電影的一夜，我要P也一夥子，T君就不高興起來。T君，P有告你麼？在劇場裏，我叫你到票房替我打電話回家，你離開座位的時候，我和P君是偷過一個吻的。

在街上掀起衣裾拉了一下襪子，T君又老大不歡喜了，我真不知道你為甚如此窄量。腿子是我的，難道這樣會傷及你的體面嗎？給人看見了，你會失去了我嗎？吁！——

二百塊錢不是了不起的數目，問起你們，都覺挹然於色了。以為T君如此，誰知道P君也一樣的。在我生息的氛圍間，我是不曾聽聞過有『免費戀愛』的。你們能够和我出入於餐店劇場，自然我也可以向你們支取用費，不過變變方式而已！為要置備冬季衣物，每人二百塊也不足為過吧！這僅是第一回，已經如此；以後當然還不止此數，愛下去，我還上算嗎？

我不是文學家，不會把愛字有怎樣奧妙的分析，也不知道愛有什麼意義。我所認為意義的，是任誰都可以給他愛，祇要有代價；換句說，要對方給予物質的享受吧了！也許愛字還有別的說法，然而沒有法子的，是我所感覺如此。你們男人可以從女人取得你們所愛的，女人就不可以從男人取得女人所愛的麼？我眞不明白，你們為甚麼吝嗇着這一點！其實，男人的錢除了給女人花費，還有什麼用塲呢？今天禮拜六，表哥下午要將一輛 Motor Cycle 搬來。兜了圈子，他要同我到公司去。……Piano 有興趣沒有？不客氣，則還可以請來。

沒有什麼贈別，倘你們願意的話，來，x這兒給你們一個吻。

都眉」

還沒有看完，琪提笑到腰也抬不起來的樣子。

「出色！」我禁不住說了。

「我一天能够寫一本小說也不能化的。」T自言自語的說。

「還是回野谷去吧！」我打趣地向P慫恿。

「糟糕的哩，阿碧給了我一封信，個把星期沒有回。」

「女侍是靠得住的麼？P是什麼回事？」

琪提拉着我走了。

「逛街去麼？」我故意的推了T一下。「你們不是都同有一個 Piano Day ？」

T將我的手一揮：「走！」

幾個方形的木塊在我心裏排好了，成了鬱悶的窒塞。

出到門口，隱隱地又有起聲响來，
「Oh! I wish I had some one to ......」
琪提望着我笑了。

二九，聖〔誕〕初稿，九龍，向水屋。

選自一九三零年四月一日香港《島上》第一期

安安

嚷着餓遭了媽媽無情的喝止，勉强靜下來而漸漸睡着了的安安，不知怎樣地走進一個夢裏。他覺得自己又在鄉下的田壟邊的低畦裏面；還有爸爸，媽媽，和妹妹。還有別的〔許〕多人。他們都是伏在那裏不動；他自己手裏拿着吃了一半的福祿餅，他想繼續吃下去，却奧明其妙地被一隻手朝他拿着餅子的手背一打，餅子跌到坭上面，那隻手隨着就把他一拉，他就蹲在媽媽的前面。媽媽把他〔擁〕得那麼緊，他的前額清楚地覺到媽媽胸脯的激動，好像在頭頂上面，有一種像蜂羣混合着發出來的嗡嗡……的聲音；但那不是蜂羣，是比蜂羣還要大，還要可怕的東西：他知〔道〕它們叫做飛機。一想起飛機，他就本能地向媽媽的胸脯更靠攏一些；突然一陣可怕的怪叫彷彿從半天插下來，接住是轟隆一聲巨響，他跟着別的人一同從低畦裏面被拋了起來。他醒了。

安安睜開眼睛，沒有爸爸，也沒有妹妹；他只看見一片黑。他仍舊睡在媽媽的胸前，媽媽的溫暖的氣息在他的頭上微微的吹拂着，不是伏在低畦裏面而是朝他睡着了。安安才知道剛才的遭遇是一個夢；他不明白夢是怎樣來又是怎樣去，憑了曾經有過的經驗，却知道那不是眞實的；他有點高興起來，但是肚子裏的不舒服又不知不覺地回復來，他想吃東西：無論什麼，只要能夠吃一點就好了。可是這是沒有希望的；他沒有忘記媽媽在早些時候嚴厲地呵責他的聲音。他又想起剛才在〔夢〕中拿着的半個福祿餅來：如果沒有那「轟隆」把他拋醒，不是可以把那半個福祿餅吃完麼？他此刻的肚子不是舒服了麼？他憎恨着那「轟隆」！他好像明白為什麼人人都怕那「轟隆」了！

安安忽然有了一個很簡單的傻想，連忙從媽媽的胸前翻過身來，睜大了眼朝自己身邊的地方去望看，想看看那半個福祿餅是不是還在那裏；可是除了黑暗，什麼東西都看不見，什麼東西都沒有，他失望着。怕（一）動了媽媽，就不敢再轉過身去，身子把朝着低矮的〔帳〕頂躺着，把眼睛閉了起來。但是沒能够睡去；模糊地，他底腦子還想着「轟隆」，他的眼皮裏面好像畫着放出蜂羣的聲音一樣的飛機；他的改變了位置的耳朵彷佛就聽到一種悠長的嗚——的聲音，這聲音對於他是那麼熟習和可怕，他記得當着這種聲音起來的時候，許多人就四處奔走，接住是飛機，接住是「轟隆」；不久就是到處許多人們的嘩叫……安安懷疑自己又是進了夢裏，他連忙睜開眼來，那嗚——的聲音分明是在耳邊響着：不知道從什麼地方發出來，就像他曾經聽過的一樣。安安越聽越是怕起來了，媽媽為什麼還不起來呵？媽媽為什麼還不起來？這樣想着，他又聽到四處漸漸響起來的嘩啦——嘩啦——的砲似的聲音，一種突然喚起來的舊記憶，使他半點不遲疑地恐怖起來了。他立即轉過去，用了手輕輕地却急促地搖着媽媽。

「媽媽，警報呵！警報呵！」

媽媽身子動了一動，把手背擦一擦眼，覺到阿安正在把〔她〕搖着嚷着，在半醒中不高興地罵出來：

「見鬼嗎？今晚你總是這樣那樣來騷擾我，看我把你摔出外邊去！」

「警報呵！媽媽？警報呵！」阿安有點怯意低低地叫。

一聽到「警報」這字眼，在半睡中的媽媽像着了魔似的立即爬起半個身了來。向兩邊看望一下，她很快又若無其事地〔躺〕下去，嘴裏咕嚕着一些聽不清的話。安安覺得不明白，他有一種慾望，要知道媽媽為什麼不帶〔他〕走，為什麼不害怕；仍舊不放心地問着：

「你沒有〔聽〕見麼，媽媽〔，〕還有炮……」

媽媽不等他說完就打斷他的話：

「那裏來的警報呢？蠢人，這是香港呀，我給你嚇死了！」

媽媽一邊說一邊把他拉攏一點，又把被頭拉上了一些來，他的頭也給蓋過了。但是安安仍然不感着滿足〔。〕那嘩啦……嘩啦……的聲音好像從地底裏穿過來一直攢進他的耳朵裏面，使他的心沒有方法甯靜。他懷疑媽媽一定沒有聽到剛才那一種嗚——的聲音，因它一響起來就給那嘩啦……蓋過去了。他有一點不願受委屈的心情，要證明他是什麼都聽清楚了方才舒服；於是把（被）頭輕輕掀開一些來，好奇地問着：「可是媽媽，那響着的是什麼東西？」

「燒炮竹賀新年囉，什麼東西！如果你還是這樣多問我就把你摔出去；你不好好的睡，不要想我明天給你油條！」

聽了口氣，安安知道媽媽已經生氣了。他靜下來，動也不動地躺着。可是他的一顆小小的心却是動着的，明白了那響着的燒炮竹的聲音，他安心下來，只是一個奇異的思想却在這裏出來了。新年，在他的腦子裏留着怎樣深的印象呵，他記得在家裏的時候，他穿着紅衫和綠色的褲子；狗頭帽是黑色的，中間釘着一個金色的壽星公，鞋子是有花的，上面有一隻小鈴，走起路來就發出好聽的聲音，這些都是由媽媽老早替他裝扮起來，吃了早飯，爸爸就帶了他和（妹）（妹）出門去，（妹）（妹）也是穿着好看的新衫，可是她的鞋子却沒有小鈴。他們牽在爸爸的手裏，最先到隔壁的狗哥家裏去玩；狗哥給（他）們炒米餅，狗哥的媽媽何婆給他們利市錢，然後爸爸又領着他們各處去走。他們同樣地得到許多好處，許多快樂。這日子不是一天的，是記不清楚那麼長的。而且新年來的時候他老早就覺到了，至少媽媽和爸爸就忙着這樣忙着那樣。為什麼這一次他全不知道呢？全不是那麼一種樣子呢？為什麼媽媽不給他裝扮來來呢？

他奇怪，他好像不相信這是新年，但是炮竹分明在響着呵！媽媽不會騙他。媽媽説這是香港，也許香港的新年是和家裏的新年不同的罷？正如那裏的嗚——和香港的嗚——是不同的罷，安安希望是這樣。可是什麼時候是家裏的新年呢？他想起把這一切的事情都問一問媽媽，媽媽會給他說明白。但是一轉念間，他記起媽媽剛才生氣的口吻，立即把自己的慾望忍下去了。他只是微微地抓開被頭，偷偷地向媽媽的睡臉睞了幾下眼睛。

安安不是怕媽媽眞的把他摔到外邊去，他不相信媽媽會那樣做，因為她說過不知多少次了。他是不願再〔擾〕醒了媽媽。媽媽實也太疲倦呵！〔從〕早到晚的坐着打紗，一雙手不歇地挍着那個風車似的紗盤，他好像不曾看見她休息過一下來抱一抱他，只讓他在她的週圍走來走去。當他有時覺得那個紗盤轉得有趣，想走前去摩它一下，媽媽就覺到他的來意似地說着：「不要搗亂我的工夫呵！媽媽不賺到錢就沒有飯吃了！」一把他想去玩玩的希望完全打消。他不知道挍着那個風車似的東西怎樣能够去賺錢，他知道的却是，媽媽已經不像在家裏的時候那樣愛他了。從前他歡喜什麼她就〔給〕他什麼，常常把他牽在手裏，常常撫摸他，吻他。現在，這一切的溫柔都不知道在什麼時候失去了。〔代〕替了它們的是另一些東西。她變得脾氣燥暴，愛罵人，有時又沉默着嘆氣，睡着的時候又會暗裏哭起來。

安安不明白這是為了什麼，但是他記得很清楚，在爸爸和妹妹都沒有了之後，媽媽便成了這個樣子了。也許就是為了這樣的緣故，媽媽才不像別的人一樣的賀新年，才不給他裝扮起來的罷？想到這裏，安安覺得沒有爸爸和妹妹是一個很大的不幸，是一個很大的損失！但是爸爸和妹妹怎樣沒有了的呢，什麼東西使他們沒有了的呢？是可怕的可恨的「轟隆」！於是他的腦子裏就湧起那可怕的一幕來了。

安安記得那是一個非常混亂的日子。他不知道這是怎麼一囘事，許多人一同離開了家，不知道往什麼地方去。他背在媽媽的背上，媽媽的手上挽了包袱。爸爸挑着擔子，挽着〔妹〕〔妹〕的手走在前頭。隔壁的狗哥也拖着他的媽媽和他們走在一起。他們已經在山上過了兩夜，仍舊向着陌生的地方走去。人很多，很熱鬧，他想起了前幾天在屋子前面走過的大兵，忽然不知道誰發出一聲喊叫，許多人都囘過頭向天上望，立即就像看見什麼魔鬼似的，大家都忙亂了起來；擔子和包袱拋得滿地，人就向四處亂跑；他聽到許多小孩子們的哭聲，他也莫名其妙想哭起來。他想找尋媽媽，却沒有想到自己就在媽媽的身上。

他又想找〔到〕爸爸，可是媽媽已經在路邊的溝子蹲下去，他不能够看見遠一點的東西。他努力想抬起頭來，却給媽媽喝止了，他就把頭伏在媽媽的背上。他很清楚地聽到天空上面響着嗡嗡的聲音：那聲音突然强起來，接住就是「轟隆」，好像什麼地方〔爆〕〔發〕了一〔様〕；他有一個慾望，希望媽媽快些站起來看一看。媽媽只是動也不動。一個「轟隆」又來了，一陣風把一（）沙坭從頭頂上潑了下來，好像要把他們壓下去的様子。一（）重濁的聲音充滿了天地，好像許多怒吼的怪物在頭頂上跑來跑去。但是很快又沉了下去變成了嗡嗡的微音。於是地面許多複雜的聲浪起來了。媽媽抖擻着身子站起身來，背了手拍着他叫：「安安呵，不要〔驚〕呵，同年歸來呵！」不知道為了什麼，這時候他忍不住哭出來了，媽媽沒有管他，立即從溝子裏爬了上來，挽住包袱向一塊人聲雜亂着的地方跑去。那裏有一層塵烟瀰漫着，地面像開了口似的有一個大窟窿：旁邊躺着許多不會動的人，有的沒有了頭，有的沒有了膊胳或是腿子；有的是肚子打開了，有些東西從裏面湧出來。在每一件東西的下面就是血，他想看多一些，可是許多跑來跑去的人把他的視綫隔斷着；許多複雜的聲音把他的耳朵弄得煩燥。在那些聲音裏面，他也聽到媽媽的叫喊，叫着爸爸的名字，叫着〔妹〕〔妹〕的名字。可是沒有聽到爸爸和〔妹〕〔妹〕的應聲，媽媽就瘋了似的到處亂跑亂叫。把他抛得好像騎在〔馬〕背一樣。

他知道一個很大的痛苦來到媽媽的身上了，他覺得一種莫名其妙的害怕，就放聲大哭起來。媽媽彷彿〔並〕不覺到他的存在，仍舊跑着叫着。最後是跑回那個大窟窿的旁邊去，看着那些沒有人樣的人。那些人全是破爛的，很困難認出來是誰，〔周〕〔圍〕已經有了許多人坐在地上大聲地哭着。他看見狗哥也在那些哭着的人裏面，躺在他脚邊的是他的媽媽何婆。

她的衫破了，肚子穿了，血在那個口邊流出來，把肚皮染得一塊紅；嘴張開着，兩隻眼睛也睜得很大，就像她曾經給他講「熊婆婆」那個故事時裝出來的一副神氣。他害怕，急忙地在媽媽的背上伏下去，不敢張開眼睛來看什麼。他覺得疲倦，這樣伏着很舒服，就一直伏下去不抬起頭來，讓媽媽把他抛來抛去，讓許多的聲音在耳邊叫嚷。這些感覺漸漸都淡下去，他不知道怎樣就睡着了！什麼事情也不知道了！到了醒來的時候，他看見自己是躺在媽媽的膝上，是在一隻擠滿了人的船裏：看不到爸爸也看不到〔妹〕〔妹〕。媽媽揑住手帕一邊擦眼皮一邊抽咽。他要明白他想看見的人在那裏，就向媽媽問：「爸爸呢，〔妹〕〔妹〕呢？」他看見媽媽的嘴抽動了一下，像是要說什麼話，可是沒有說出口就大聲地哭出來了。淚珠落在他的臉上。他覺到媽媽是因了他的問才更傷心起來的，就不敢再問下去。他知道爸爸和〔妹〕〔妹〕一定不在這隻船上和他們同在一起了，那麼，他們究竟那裏去了呢？沒有人能夠告訴他，他有點抑鬱起來。不知道怎樣才好，他只好冉冉閉上了眼睛。於是彷彿做了一個新奇的大夢一樣，他隨了媽媽經了幾天的行程，來到香港；在一個陽台底下，用破（一）包架了小小的帳幕住下來。

這樣以後，媽媽就變成另一個人了。

安安想到這裏，有點憤恨起來了：那「轟隆」搶去了他的爸爸和〔妹〕〔妹〕，也搶去了媽媽對他的溫柔和愛；使他在新年沒有好看的衣裳穿，沒有釘着壽星公的狗頭帽子戴，也沒有響着小鈴的花鞋子着。它是怎樣可惡的東西呵！如果要媽媽像在家裏那樣愛他，一定要爸爸和〔妹〕〔妹〕都回來才能夠了罷？但是爸爸和〔妹〕〔妹〕什麼時候才回來呢？還會不會回來呢？他記得最初來到這裏的時候，他就期待着他們會突然地回來；現在，日子過去得這麼久，他仍然沒有看見爸爸，也沒有看見〔妹〕〔妹〕，只看見媽媽的嘆息和眼淚，這些都好像證明他是失望了。想到這裏，安安覺得有點悲哀，然而他不願意哭，他怕擾醒了媽媽。他覺得他要記住那可怕可恨的「轟隆」，他要知道它究竟是怎樣一個東西，要怎樣才能夠向它討回爸爸和〔妹〕〔妹〕。這些，媽媽都會知道，他一定得向媽媽問個明白。……

嘩啦……還在斷續地響着，只是聽不到那嗚——的聲音。安安想得太多了，他沒有能夠睡得着，只是靜靜地閉上眼睛等待天亮，希望能夠快一點把自己要知道的事情問媽媽，而且快一點吃到媽媽給他的油條。

選自一九三九年一月三日至一九三九年一月七日香港《華僑日報・華嶽》

夜之梢

從夢中驚醒起來，我的眼前就展開一個騷亂又新奇的景象。室裏的燈火全都亮着；在熟識的面孔之中夾〔雜〕着許多陌生的面孔；一副一副鷹樣的兇相。閃着光的〔手〕〔槍〕和電〔筒〕〔攙〕在許多隻手裏，在人之間穿來穿去。四處響着脚步的聲音和拉動箱子與抽屜的聲音。我知道是什麼事情發生了。

連忙從床上落下來，我的前面已經對住一件閃着光的東西。這是告訴我，我已經沒有了自由。接住是威脅意味的盤問：鉛筆在對方的記事冊上迅速地活動着。這活動同時進行的，是各處的分頭搜查。陌生人是帶來狩獵的手，一切有秩序的安排全給破壞了；衣裳和什物隨便丟着，為的是要尋出他們希望中的東西；於是到處都淩亂得恍如戰地的破堡殘壘。一個鐘頭以後，三個人被監視着一同走下〔黝〕黑的樓梯。

我彷彿從一個夢裏〔醒〕〔來〕，又跌進另一夢裏。但是許多新異的感覺，却證明了這不是夢，是水晶一樣清澈的現實；在夜盡之〔前〕，許多人都經歷過了的現實。我沒有驚慌，因為沒有什麼理由值得我去驚慌的，我只有〔隨〕事情的發展去擺〔佈〕，夜盡了，太陽不是快要出來麼？這個信念把我安慰下來了。

街上，正落着絲一般的小雨，把夜風染得分外清冷。出來時沒有戴帽子，涼氣彷彿從髮〔根〕〔竄〕進身子裏，然而我忍受着；我的心是熱的。週圍寂靜得像一匹垂死的巨獸，只得零落的

〔街〕〔燈〕苟延着牠〔垂〕〔絕〕的氣息。鞋子刷着地面的聲音是那麼玲瓏，人影像一堆移動的〔柱〕子。

我們夾住差不多十多個陌生人中間走着。他們中有的手上挽住皮箱子，那裏面〔載〕了屬於我的東西，稿件，書信，日記和〔照〕片。它們也跟主人一樣遭着無辜的厄運了。我知道它們被擾亂了安寧却不會有怨恨，它們都會感謝我能給它們分沾一點〔光〕〔榮〕。然而我感到慚愧，我耽憂我的非份的遭遇所能給它們的，也正如我所能給別的人的一樣，是失望。

穿過幽街穿過馬路我們來到一塊曠地前面。那裏停着一輛車，車門是開着的。像一隻張開嘴來等着食料的餓獸。牠吞進過許多光榮的或是不光榮的人們；永遠是貪饞的。我突然記起迭更斯的「A Tale of〔Two〕Cities」的某個場面；只是這不是白天，也沒有道旁的叫囂的羣眾。而我們是靜悄悄地出來，靜悄悄地駕了車。時代變了，人也變得聰明了啊！

在黑暗的車廂裏，一個蹲在角落裏瞌睡的人被擾醒了，抬起頭來望一望，打着呵欠。

「齊了麼？」

「沒有！還有一處。」

聽了回答，打呵欠的又把頭垂到膝上去。

我們被電筒指示了在一條長凳坐下來。幾個陌生人分佈在左右和車門口。「領袖」們站立在車外面，交換着得意的笑語。我們三個一起坐着，却不許交談一句話，只是呆然地等待着一個時辰，聽着一〔聲〕有〔傳〕〔染〕性的呵欠。

「我還比你利〔害〕啦，幾晚都沒有睡。當兵也沒有我們的苦，你想那裏有這時候還沒睡的？我們眞努力呵！」好像覺得這話說得有價值，末一句是提高了聲音的。一個「領袖」的臉孔恰在這個時候在車門口閃了一下，那個人就趁勢用徵求同意的口吻重複說一遍：「不是嗎，ｘｘ？當兵有我們這麼苦嗎？我們眞努力啦！」隨後是一陣諂媚的笑聲。

「努力就有功〔牌〕〔囉〕！」

「哈哈哈哈！」

我想掩上我的耳朵，可是沒有能够這樣做。我只好努力用思想來轉移我的意識。腦子好像塞着很多東西，又好像〔澄〕〔清〕得什麼都沒有；我除了想好幾句必須應付的話，就什麼都不能够想下去。我把視線移到〔罩〕住鐵枝網的窗口外面去，遙遠的海上籠罩着薄霧，給停泊的船隻畫上一塊輕紗；流落的船〔燈〕迷濛地像老年人的眼，遠遠地傳來了幾聲鷄啼。

「幾點鐘了，ｘｘ號？」

外面有人應聲進來：「四點還差十分鐘！」

「還不去，怕得等到天亮啦！」悶時間的不耐煩地自語。

「來了！媽的，又兩個！」

在車門口的叫出來，於是車廂裏疲倦着的人都興奮的動起來了，大家朝外面望出去，一道電筒的光在不遠的地方幌着，漸漸的走近來。

一陣雜沓聲在車外停止，有兩個人被擁進了車裏，幾個陌生人隨後跨了上來，一個的手上也是挽住皮箱子。他們就夾住了那兩個人坐在我們對面的一邊。憑着窗子的光線，我看出來兩個都是我相識的人。然而在這裏，我們是不相識了。

人在車裏擠得滿滿。「領袖」們大〔概〕坐到司機座那裏去。司機人走過來把車門重〔重〕的關上，强烈的黑暗好像驟然把我們抛進了礦穴裏面。接住車就起了震動，車窗外的天空也移動起來了。

輪聲越來越是急〔激〕，像是要把夜的寂靜壓碎，又像要把我們的心鼓舞起來。我們是準備著去接受一個新的命運，這命運裏面是寫着一個不曾知道的故事的。我沒有因為黑暗而覺到窒息，因為從兩邊的窗子我還看見光，那是街燈的光，明亮地從鐵枝網裏漏了進來，恍如〔雨〕〔天〕的閃電一樣。〔街〕〔樹〕的黑影在我們身上掃過去又掃過去；這是一個撫慰，它遏止了我對〔於〕〔未〕〔來〕〔的〕一篇故事的幻想，而叫我讀着眼前的一首無字的詩。

不知道多少時候，車在一個地方慢下來，又停下來，我們跟了陌生人下了車，那裏有曠地，有圍牆，有莊嚴的房子。到處亮着的燈火，在告訴着這裏的工作是沒有分開白天和晚夜。

「跟住來！」

五個人跟了他們向一個充滿了燈光的門口走去。在那裏面，辦事人捏了〔饞〕飽〔墨〕水的筆在等候着。穿了制服的人往那裏走出走進。五個人成了許多眼睛集中的焦點。我們在一張長凳子坐下來；然後按着次序被叫到辦事人的檯前。

「什麼名字？」

「ｘｘｘ」

「什麼？」照例應不清是他們的架子。到了重複説清楚了，他們的筆才寫下去。

於是領帶，褲帶，鞋帶都被「命令」着脱了下來。一隻陌生的手把我們全身摸過，把手帕，手〔鏈〕，〔銀〕幣，記事簿和筆都拿去，一一記在所〔屬〕的名字下面。一切能够有「危險性」的東西都和每個人脱離了關係。再一聲「〔跟〕住來！」之後，五個人夾在前後左右都是陌生的中間走。

出了門，向一排沉黑的房子那一面前行。曠地，拱門，走廊，石階，曲折的街道，這一切對於我都成了迷宮的行程。最後，我們被領到一個〔黝〕暗的大房子前面止步；鐵柵開了，五個人就被關了進去。於是一夜的騷動，在鐵鎖的扭動聲中打了個結。

房子是空洞的，三面的厚〔牆〕（）（）住屋頂，沒有窗子；一張大的鐵枝網作了前面的藩籬，門就是開在下面。一枝電燈高高的從屋頂吊下來，淡黃的光顯得不够分配，陰沉沉地。沿住牆壁安設着一塊狹長的板條，這是凳也是床。中間放了一隻便桶，這便是房子裏所有的一切。因為陰沉，空洞，空氣就顯得分外淒涼了。我們靠緊坐在板條上面，輕輕地商量着我們要商量的話。大家都感到能够關在一起而高興。可是這並不能和緩我們中的人的氣憤，他總是這樣説着：

「這什麼行呢？起先以為問清楚了話就釋放，誰知道什麼也不問就關起來。」

「褲帶怕我們用來自殺還有理由，連袖鈕也拿去了才沒有道理；難道吞進肚子去就會死人！眞是豈有此理！」

我們只能够互相傳遞一個苦笑。世界上的事情如果一切都符合我們的理想，則世界就不會是這麼一個世界，我們活着就可以省掉許多事情了。在這樣的時候，這樣的地方，什麼憤激都是多餘的。我們只好靜靜地等待事情的發展，等待着看命運將會給我們的生命寫下什麼故事。眞理如果還在人間，我們所失去了的總會獲得補償。

疲倦來了，大家都在板條上面躺下去。地位不够，只能够蜷纏着身子。皮鞋作了我的枕。一夜來神經的過分〔刺〕〔戟〕，使我一時間沒有方法睡着。在鐵柵外面，不時出現一張鬼臉，樣子像要看看裏面的人的動靜。我閉上了眼睛，另一種東西又擾着我的寧靜，我聽到接近鐵柵的走廊下面，那荷槍巡夜的警察的脚步聲；沉着地打在我的〔耳〕膜上，心上。

從短睡中醒過來，房子裏更陰暗了些，但是鐵柵外面，却有一點薄薄的光投在地面；遠處嘈雜的人聲也多起來；沒有時計，我却知道夜已經盡了，爬起身來，用沒有鈕扣的〔襯〕衣袖子刷一刷眼睛。

「陽光來了罷。」這樣想着，我看見那一塊薄光之中，巡夜的警察的步子止在那裏蹺了過去。

選自一九三九年三月六日至一九三九年三月七日香港《華僑日報・華嶽》

絨線衫

1

黃昏，從公司回到家裏，踏進了客室，我看見書桌上放着一卷郵件。

妻坐在靠近書桌的沙發椅子，編織着預備雙十節送給我，作結婚週年紀念禮物的絨線衫。每天照例要料理瑣碎的家務，妻是難得有一氣把衫織好的時間；而且往往會破壞她底耐心的，是已經有了五個月身孕的一點醒覺：恐怕遲些會沒有做事的心情和機會。因此預定中的兩件絨線衫和一條領巾，便不能不提早編織起來；每天趁着下午的一點空閒，織一些又放下，織一些又放下。那一雙纖指運用着的兩支鐵針，往往使我記起來她游泳時的兩條剪刀樣的腿子。

「琳，一個你歡喜聽的消息：明晚星期六，七姊妹海浴場又開水上游藝會，去看好嗎？」我放下登着這一段新聞的晚報，向妻報告。妻是歡喜看水上游藝會的。

「是嗎？我去的。」

妻很隨意地答我的話，我發覺她一邊編織，一邊眯着眼微笑。妻的笑，在她的表情中是最使我迷惑的；那樣輕盈柔媚；像熟透了的荔枝輕輕破開，現出甜膩的魅力。這情態，常常使我私自憑藉着，自許為人世間丈夫中幸福的矜耀。說我最初的愛是立在妻的笑態上，也不見得是滑稽的話罷。但是在今天的微笑的神色裏，我看出了隱藏着奇怪的意味，我的心不自然地跳動起來。

「笑什麼；拾到鈔票？」

我用習慣的玩笑口吻這樣問。走過書桌前面，把郵件拆開來，是一本託遠地朋友買了寄來的書籍。

「沒有信嗎？琳。」

「有了書不够，還想要信麼？」

妻常常愛說出這一類不成理由的話，從來不脫少女時代的俏皮。其實我也只是照例的問問，並沒有要接到什麼信底目的。但是使我放心不下的，依然是那謎一樣的微笑；我忍不住再問一句：「為什麼這樣儘笑？」

「那裏，你不許人家笑的啦？」

把視線回過編織的工夫上面，彷彿因為我的問更笑得高興；我有點窘起來；忙的走到鏡子前面看看：可是找不出我臉上有什麼污迹，只是嘴裏嚼着糖子；這却不是可笑的理由。

「你笑得太神秘了。」我無可奈何地說。

「可是還有更神秘的哩。」一樣是笑着說的。

摸不着妻的意思。我忽然醒悟起來忘記了一件經常的功課：立即從妻的旁邊抱過去，在她的嘴唇上印上了吻。

「這樣還不給我說嗎？」說着，我嚼着的糖子從舌尖溜進她的嘴裏去。

「這樣就說的？便宜啦！」

一點嬌嗔的情調抹上妻的眼沿，伏在我的肩上，像一隻馴服的鴿子。

女傭在廚房裏叫，要妻去煎那每次她要親自經手的腐皮捲；妻才離開我的懷抱。從衣袋裏掏出一封海青色的信來，向我誘惑地搖着。我看不清楚信封上的字迹，可是字體看得出是纖細的。

「信罷了，稀罕什麼？」我勉强裝出不在乎的樣子，可是却忍不住伸手去搶。

看見我伸出手來，妻便走遠了些，把信封上面寫着的字一個一個的念出來：「郎送本埠九龍，華靈登道五十號，柳青若先生啟。呃，一封情書啦！」

妻的神色和口氣之間，都有着想要挾什麼的模樣，我着急地説：

「那裏來的情書！給我看看。」

「條件呢？」果然又是這麼一套了。

「明晚的水上游藝會，還不是最現成的條件？」

妻仍然是故意躊躇，我無可奈何地要求着：

「好好的給我罷，我給你看就是。」

女傭來到客室的門口了，廚房裏的油鍋傳出一股濃烈的香味。妻急急趕出去，把信放上門口的壁櫥上面。「誰要看你的！」這樣自語着，帶着未斂的微笑看我一眼，便向着廚房走去。

2

「青哥：

（雖然沒有得到你的允許，但還是這樣稱呼下去罷，我喜歡啦！）

為着那一樁事情，我終於到香港來了：這在我是多麼高興的事！你呢？你對於我突然地來了覺得怎樣？

香港的美麗依然一樣，（你看，我仍是這樣迷戀着香港呵！）但是却變動了不少，從我不再認得地方這一點，我才醒覺到，我們原來是隔別了悠長的三年了。三年多少話大家需要講呢？

本來要親自來拜訪的，可是担心摸不着路，所以叫人先送一封信通知你。方便時來看我罷——思豪酒店六樓，六十四號房。

尊夫人好麼？先此致意，遲天當來拜候。

——蘋。」

晚飯的時候，在妻手煎的腐皮捲的香味裏，我把妻看過了遞回給我的這封信再看了一遍，一種突然泛了起來的興奮情緒，在我的心上盪漾着盪漾着。

那麼天眞的又滲雜着成人底感情的語氣，使我對於這個三年沒有見面的朋友，（現在不該説是朋友麼？）由漸漸平淡的印象，喚起了親切的記憶來。

三年隔別着，停止了通信是在兩年前，由於蘋的結婚作了一個段落。兩年間，蘋沒有信來，我也沒有給她寫過信去。雖然大家在從前有過一頁不容易忘記的歷史，可是到底彼此的生活都有了變動，在先是蘋有了所屬，在後是我有了妻。這樣地位的人，沒有必要的理由是不方便寫信的。隔絕了消息是這麼長久，但是兩年來，深印在我底記憶中的，依然是那麼樣一個天眞的面影，一個和妻一樣善笑的女孩子。

直到現在，我仍然難於說出來，究竟愛妻多一些呢還是愛蘋多一些。雖然這裏所謂愛，在時間與生活的演變中是有着分別，然而兩人所給我意識着的好感，却同樣的不分高低。這是妻也明白的。妻知道我和蘋的已往的關係，正如我自己知道一樣多。為着堅定妻的信任，我不願有絲毫的隱瞞：最初和蘋曾在怎樣的情形下相好過來；後來因為蘋的家庭反對她和我的戀愛，要把她逐出來時，為着她前途的幸福設想，我怎樣的立下決心，假託一個理由離開了她；這些妻都知道得很清楚。由於我這點忠實的結果，使妻因為想到有了偉大心腸的丈夫而滿足着；想到自己原來有做戀愛中對立者的資格，而把她的愛表現得更深。我是深深地體驗到這一點幸福過着日子。在晚上，浴在淡緋色的燈光裏，妻坐在沙發椅上縫衣，我抽着烟捲，翻開貼滿了朋友相片的「相冊」作消遣的時候，往往翻到一張永遠浮着笑容的相片停了手，便自然地向妻提起蘋來。妻有時也故意提出一兩件由我告訴過她的舊事，向我捉弄。

「現在還愛蘋麼？」這樣的問。

未必我表示了愛蘋便不愛妻，但是妻明知而故意的問，誰知道她更會怎樣問下去；萬一我答出不適宜的話來，對於妻愛我的本能上，會不會有刺戟呢？若果我安慰妻說，無論如何我的心只有她才能够縛得住的，這又未免是小題大做。可是逆意地說我不愛蘋，妻不會相信。事實使我不能說不由衷的話，又得避免使妻難過，我有點窘，一下想不出適當的回答來。

「怎樣？默認了啦！不做聲的！」妻高興地迫近一步來了，眼光狡滑地向我溜一下。

「如果你改變是我的地位，你不會愛她麼？」我立即找到這麼一句掩護的話反問妻。

妻微笑着低下頭去，不說話。

雖然大家都明白這是開玩笑，而且，這玩笑往往是這樣地結束；但是我知道這不是妻所滿足的；在玩笑後面，不一定沒有一種東西在主動着。我覺得妻不再追問下去，雖然是對於我所答覆的話表示認可，却隱然地含有不願太為難我的意味。在這樣的情形下，看到妻低頭不語的神色，常常使我不安心。

我於是感着矛盾的痛苦了；把自己的舊事忠實的告白，原來是為着博取妻的信任，却不曾預料到成為擾亂妻底心懷的種子，我有點懊悔。然而這究竟沒有用處。實在想下去就覺傻得可笑，夫婦關係已經成立，還有什麼可疑慮的地方？但是妻只要看見我偶然有些表示，或者在種種可能牽涉到話題的機會下，都有意無意地顯出近於諷刺的口吻來。比如，她有時把事情弄錯了，我說一兩句糾正的話，她便反應着：「是蘋一定不會這麼笨拙的呵！」或是：「可惜我不是蘋哩！」這一類刺耳的話。

這是使我常常難過得答不出話來的。我覺得用不着以過分的認眞去向妻解釋——然而那當眞是游戲的麼？我愛妻，却有着不能對妻說出來的煩惱。

可感謝的，是兩年來蘋自動停止了通信。

現在，突然接觸到我結婚後第一次接到的蘋的信，而且說已經到來了香港，我的興奮，自然不在於它喚起我舊事的幻象這樣單純。我想着，怎樣去看這隔別了三年的朋友，怎樣使妻對於這件事情感到同我一樣的快樂。

把這箋套回信封裏去的時候，我向吃着飯的妻說：

「琳，吃了飯，我們一同去看蘋好嗎？」

「讓我想一想看。」妻微笑着，沉下眼睛這樣答。

「你不是說過，希望有個機會認識蘋的嗎？我知道蘋也很歡喜見到你的。一定得去。」我記起來妻曾對我說過的話，便這樣肯定着。

「信上不是說要來『拜候』的麼？我是主人，應該等客來的。」仍然用這樣天眞的口吻答過來，得意地笑。

「正經些，我們快吃飯，吃完就去。」

「誰不正經？你去不是一樣的嗎？」

妻還是那樣固執，我有點不快意，忍不住問：

「但是你為什麼不去呢？」

「我去，不怕妨礙你們講話嗎？」故意把「你們」加重了口氣，用一種取笑的神態望住我笑起來；我直覺到這個笑的裏面，是藏住針尖似的東西，直刺到我的心；她挑起潛伏在我心底的非常現實的煩惱。

「總是這樣的，你。」下意識地，我伸過手去在妻的臂膀上捏了一下。

「信上分明寫着為了那一樁什麼事情來，誰知道她說的是什麼。」

聽了妻的話，我才醒覺了在過分的興奮中沒有想到的事情；蘋的信中寫着：「為了那一樁事情，我終於到香港來了。」這兩句含糊的話，我很不明白。究竟她為什麼事情來香港，沒有說清楚；可是細味信上的語氣，彷彿我應該是明瞭了一樣；我把信抽出來再看了一遍，越弄得莫名其妙。我記起蘋從前是有着那麼一種粗心底毛病的；把沒有說過或做過的事情，當作已說過或已做過，常常弄出笑話來。也許現在還未改變過這種習慣，因此在信上出現這一件疏忽。但是連一件成為來香港的理由的事情，也會粗心了的嗎？

雖然自己也不相信自己的推測，可是也把它對妻說出來，這裏面是有着可能底理由的；並且補充了一句：「誰明白她信上所指的是什麼事？」

「要你才知道呵！」妻仍然是不莊重地反應着，我摸不着這裏面的眞實的意思。

越是辯白越是會着迹起來，我覺得心頭壓住一塊石。在妻那麼一句語氣下，我什麼解釋都失去效力的了。妻好像認定了我是很清楚的，只是在她的面前弄玄虛，好像事前已背了她講過許多什麼話；好像這一封不知道是第幾次的信，落在她的手，才不得已公開出來。越是察覺到妻的臉上，眉眼，都浮着疑惑的神色，我越是不知道怎樣措詞來使妻相信我的忠實。靜默着，我的心漸漸湧起煩燥，把沒有吃完的飯放下來。

妻也像懷了心事那樣，默然地獨自吃飯，大家的嘴都像被封住了似的，不再講話。一股不知道從那裏來的冷氣，輕輕地把吃飯之前的興奮壓下去了。

3

第二天早上，陽光像平日一樣從窗口射進臥室裏。在牀頭，妻照常的替我放好日報，烟斗，和襯衫；照常的在廚間幫忙女傭弄膳；照常的說，照常的笑。什麼不快意的事情，都像忘得乾淨。我心裏也感着輕快和明朗，可是我沒有忘記今天去看蘋。

忍耐了一夜的緘默，我知道見蘋之後，什麼都會明白的。決定了趁今天星期六下午的空閒，到蘋那裏去；我希望妻到底能夠同行，和蘋一同遊玩半天。

早飯之前，我把預定好的今天的計劃對妻說了，我要她一同去看蘋。

「我不是說過，你一個人去是一樣麼？」妻淡然地答着，她原來沒有忘記這件事。

「但是你就為了信上那一句話而不去嗎？」這時候，我不能不再提起這件事來，雖然很不願意提起。

「你眞神經過敏，我怎麼會那樣想？開開玩笑你竟誤會了，好傻！」

從妻的明媚的笑態上，掩映着妻的本性的天眞；我才覺到我眞是神經過敏；她昨夜是故意裝成那樣一副疑惑的神情來作弄我；而實在，她的心上是什麼都沒有的。一夜來不安的心緒，在妻的明媚的笑中溶解了。

「但是不和我一同去是什麼理由呢？」我仍然有些不放心，望住妻的臉，要在她的神色上找出一些什麼來。妻沉下眼睛，低聲地自語：

「你知道我這一向都不高興出去的；多難看我的身！」

這一提才使我醒覺起來，有了五個月身孕的妻，身體是一天天起着變化；在「第一次」的羞澀觀念下，近來的確很少出過門。就是星期日我休假，都沒有從前那樣的興緻，嚷着要我伴她到外面去走了。要她這樣去訪不曾會面過的蘋，作丈夫的我是能體驗到妻底心理的：那是多麼難為情！可是我竟沒有想到這方面，無端的不安了一夜，我覺得傻得可笑，心却放寬下來；一邊覺得妻也太頑皮了。

「好啦，琳，你在家裏等候，讓我下午帶蘋回來，你預備弄幾種小菜請她吃晚飯，好嗎？」我高興着向妻提議，妻是常常喜歡在客人之前表演她的烹飪技術的。

「自然的，是嘉賓啊！」那麼得意地歪着頭說，妻又讓我看見她明媚的笑，我的心也蒙上一層明媚的愉快，什麼鬱結都消失得乾淨。

早飯後，我穿起休假日伴妻出外才穿的一套洋服，穿起妻今天特別替我拂拭得光亮的皮鞋。妻也特別愉快，吩咐女傭下午買些什麼，又買些什麼；客廳該早打掃；走出走進，像一隻小兔。照例在妻的唇上接了吻，我便拖住輕快的步伐走出來。我心裏充滿着幸福，我醒覺着我是已經有了妻子的人。

4

下午，吃了午點，我去到思豪酒店的六樓。由一個侍者領我到六十四號的房門，輕輕的敲幾下，門開了，一個兩肩披着兩條短辮子的女子現出來；看見是我，跳過來握我的手。

「眞的是你，青哥，我一猜就中了；請進來，請進來！」這樣高興地叫着，便領着向陽臺走去。讓我在籐椅子坐下，立即跑進去按鈴叫侍者要什麼，又走到磁盆去開了自來水管。

望住她，我幾乎不敢相信這個是蘋；因為我不相信時間能够倒流，把我再帶回幾年前的感覺裏去。可是實在地説蘋沒有變，又確有變了的地方，只是一時不能説出具體的痕迹來。我好奇地向她看，把她的一切印證着腦中喚起來的舊記憶；那都像是過去得並不久遠；而目前這些事象，又彷彿在什麼時候曾經有過似的。在夢一樣的玩味麼，我幾乎沒有聽到她已經在叫我：

「要洗個臉啦，青哥；這麼熱的天氣。怎麼會一個人來的，尊夫人為什麼不一道來？」

説話仍然是那麼輕快和隨便，沒有絲毫陌生的樣子。看見她把毛巾放進磁盆裏去，我便走進去抹了臉；一邊答她的話，道達了妻歡迎她到我家裏去的意思。

「我知道你今天總會來，所以老早就等着，為什麼不昨晚來呢？我等得很焦急。」

我胡亂做了個昨晚不能來的理由，跟她走出陽臺，在圓桌旁邊坐下來。侍者已經把汽水和香烟端進來。把汽水放在桌子上面，給我點了香烟的火，便走出去。

「我記得你從前是不愛抽煙的，不是嗎？」

也許覺得我抽煙的樣子很老練，睜着懷疑的大眼，仍然是三年前發問時的習慣搖一搖頭；兩條短辮子在肩上像球一樣跳。

「你好記性，我是去年才抽起來的；是大人了呢！」我打趣地這樣答。視線穿過繞繚的煙霧，想靜靜的端詳三年的時間給一個青春劃下的痕迹。

蘋從煙包裏抽出一支煙來，放到嘴裏；點上火，也是似模似樣的抽着；我忍不住也信口問她：

「你也畢業這一門了？」

「不，我是此刻才抽的，也是大人了呢。」說着，她得意地笑起來；對我噴了一口煙，接住就問：

「怎樣？你覺得我變過了嗎？這麼長久的三年。」

「半點都沒有，如果這也算得是變，我覺得你變得比前時更青春了些。」

「你說謊！」不信任似的應了我，她端起汽水叫我一同喝了起來。

這不是說謊而是事實，在幾十分鐘的觀察下看得出來，蘋不但沒有蒼老多少，而且青春好像永遠停止在一個年上。仍然是那樣活潑的舉止，任性的態度；那樣愛說，愛笑。時間對於她的生命，彷彿不會發生意義。從前喜歡把一頭柔絲似的秀髮留得長長，現出野蠻的風度，現在却編成兩條短短的辮子；把她的年歲減輕了；更增加了一種少女的嫵媚。我禁不住摸摸我下頷刺手的鬍子，覺得自己是老了。

「眞的，你改變了你的髮式，如果偶然碰到，我眞認不出來是你呢。」我把最新鮮的感覺說出來，證明我說她沒有老去是眞實的話。

蘋笑一笑，撫摸着披到肩膊下的束住黑絲帶的辮尾說：

「這就是我要先寄一個相片來的意思了。我以為大家隔別得久了，先看到相片，見面時會覺得自然些。」

「什麼相片？」我不大明白她的話。

「就是我起程來以前一星期寄給你的，寄到你的家；沒有接到嗎？你不曾搬過家罷？」她也感覺到我反問的奇怪。

「我沒有搬過家；可曾寄過相片來麼？沒有接到。」我想，如果寄到來，妻收了也會交給我的，我也不禁詫異了起來。

「那麼，你連我為什麼來香港都不知道的了？」蘋覺得很意外似的急着問。

「那裏知道？我此刻第一件想你告訴我的，正是這件事情。」此時記起了昨晚她給我的信，我想，那兩句莫名其妙的話，一定和這事有着關係了。我便告訴她，昨天送到的信我看不明白。

「這眞湊巧，我是連同相片寄一封信來的。信上告訴你：我要為華旦，我的丈夫，辦理承受一份叔父遺產的事情，或者會到一次香港。因為承辦律師已經寫了好幾次信催促了，華旦的職務忙得不能抽身，只好由我來一次。有了這個動機，便先寫信通知你，同時寄一個相片，誰也想不到天下事有時偏是這麼奇特！你不說起，我以為你完全知道了，原來大家都糊塗，眞好笑！」

蘋彿彷覺得這件意外事發生得有趣味，說了就自己笑。

「還是為了小心，我是叫華旦寄掛號的，不知道何以會寄失了。也算了罷，反正我是來了，不預先通知也有不預先知的妙處，你不是已經認出了我來麼？」

蘋笑着，又向我噴出一口長長的煙；她對於失落了的信，好像並不在乎的樣子。我也不再把這件事追究下去。我想起妻為了蘋的信上的字句惹起妻的疑惑，已經完全可以解釋，我的心頭移去一塊石似的舒快。

5

談話的中心都移到彼此三年來的生活狀況上面。大家都同樣感到，三年的時間並不很長，同時也不算得短，至少大家的生活都有了變化。因此蘋就不肯承認我說她沒有變過的話。她說，她的外表上也許沒有變，可是思想和性格却改變許多了。三年前後是截然的兩種人生。從前是什麼事情都看得簡單，認為人應該快活。可是現在，什麼都看得多經驗得多；有了世故，對於一切，都不由得帶着感傷的心情認眞的看了。這是說，人生到了某一個階段，便有某一個階段的發見。

「卽如」，她喝了一口汽水，接住說：「我們從前是很高興以老了老了自認的，好像要這樣才夠做人的資格；但是我已經漸漸感到，一個人眞的老了的時候，就怕連『老』這個字也不敢提起。所以我覺得人應該知道滿足，還有青春就該抓住青春，過一下應該過的生活；可是三年前，我沒有這點醒覺哩。」

一邊抽烟，一邊聽着蘋的理論，我一直沒有開口的餘地。可是我不厭倦。我歡喜從一張會講話的嘴裏，聽聽一個靈魂的經歷，並且希望再會聽出一些新奇的故事來。我不願打斷她的話柄，聽她繼續講下去，都是關於自己的事情；她想過些什麼，做過些什麼；那麼瑣碎又冗贅。從那些幸福的訴說，和她的興奮的神情看來，都證明蘋對於婚後的生活是滿足的。跟着她說的每一句話，我都能够從她愉快的眼光裏，看得出一顆活躍的心。

「華旦先生是理想中的人物罷？」

歸納了她的話，我懷着好奇心提到她的丈夫。我和他不曾會過面，只是很久以前就知道，是個有着家產和美德的男子；也就是為了這些條件，蘋才在家庭的成見之下接納了一切。聽到我那樣的問，蘋沉下了睫毛自語地說：

「你是這樣想？我還滿意他的。他很愛我。」隨卽望我一眼，似乎要探探我的問是否純正的用意。然後又說下去，說到丈夫為人是怎樣精警；理智怎樣强得近於粗暴；感情怎樣柔和得叫人不相信；性情怎樣孤僻。可是，她說，她歡喜這樣的男子。

「所以我什麼都得遷就他了。」這樣做個結論，又接住說：「你還記得我的性子從前是很固執的嗎？假如你見我的時間長久些，便會察覺我完全變過了。因為華旦的脾性比我還要固執，我就反而在他之前軟弱下來；要不是，我們就不能相好下去的。我知道你奇怪我改變了髮式，打起兩條辮子，這也是華旦的意思。不問理由，他高興我這樣做我就這樣做了。我遷就他，尊重他，就為了我也愛他。——但是，你覺得這樣會好看嗎？」

她搖一搖辮子，徵求意見似的問。我笑着點頭，她也快樂地笑了。

從蘋的言語和態度上，都找不出一點舊夢的記憶來了；三年的人事變遷後的會面，只是久別重逢的朋友一樣平淡。我不知道她眞是把往事遺忘得這麼快，還是故意不願意提起；我總有點不以為然的感慨！但是想到新的生命的光芒，是應該把陳舊的記憶掩蓋過去的。她還是這麼天眞而且幸福，我又有着在會面之前預料不到的安慰。

「尊夫人也是理想中的人物罷？」有意套我的口吻，忽然望住我這樣問起來。

我也用了滿足的口吻答她：「還算是那樣子。」

6

陽景由欄杆移到背上，才知道時候不早。恐怕妻望得不耐煩，我便徵求了蘋的同意，到我家裏去吃飯。

半個鐘頭內，過海小輪和公共汽車的行程，我帶着蘋由香港來到九龍我的家。

客廳裏，忽然現出了新鮮的氣象。什麼都拂〔拭〕得乾淨，放得整齊；桌上一個空了許久的花瓶，插上一束鮮艷的羌花，清香散到各處。觸目都是清新的感覺。這一切都表現了妻的一番心力。

妻坐在慣坐的沙發椅上，編織着我的絨線衫；看見我回家，立即放下工夫站起來。望到蘋，眼睛充滿愉快的光。

把兩人介紹過了，妻伸出手來和蘋的握着，連續說着歡迎的話。

「時常聽到青若提起蘋姊，想會面很久了。」妻說。

「所以我便來了呢。」

蘋說着望一望我笑，大家都笑起來。妻一面招呼蘋，一面忙着開風扇，叫女傭，倒茶，開水菓；她的高興就和蘋在旅店招呼我的沒有兩樣。女傭把熱茶一杯一杯的放在桌上，連杯子都是今天才開用，嶄新的。妻在每一件事物上，都運用着禮儀和體面。她自己也換過在家裏穿的便服，穿上鮮艷的紅綢旗袍；臉上抹上薄薄的脂粉，處女的豐姿好像回到她的身上；我記不起多少時候沒有看見她這麼一種動人的情態了；這情態和旁邊的蘋比較起來，有着各人不同的美麗的對照。

大家圍着圓桌子坐，喝茶吃水菓。妻吩咐了女傭預備晚飯，便和蘋談起話來。問着幾時到香港的，華旦先生為什麼不一同來，哈爾濱風景如何之類的話，儼然主人的模樣；態度和詞句都非常謙遜又客氣。蘋好像覺得同樣的話在兩人之前說兩遍是怪有趣，答一次就總是對我微笑一次。我沒有話可說，只是默然的坐在一旁抽烟。

聽到蘋說到這一次來香港是意外的機會，我忽然記起來寄過信和相片來的事，便插上口：

「是的，琳，蘋說來香港之前，寄過一個相片來，好像沒有接到呵！」明知是沒有接到，我這樣說，是對於蘋昨日的信的措詞，有解釋的關鍵。

「有過這一件事麼？」妻詫異地望蘋一眼：「沒有接到呀。這麼湊巧，我們的信件一向沒有遺失過的。——不是嗎，青？」

我向妻同意地點一點頭，補充了一句：

「而且蘋的信是寄掛號的哩。」

「這樣也會失去了眞够奇怪；我想不妨向郵局查問一下啦。可是單是一個相片麼？」

蘋於是把相片夾着信，信上寫了什麼這一番話，再向妻講一遍；連為什麼要寄相片來的意思都說到。「因為我和青哥不會面已經三年啦！」提到我，總是歡喜用那麼親切的眼光向我抹，好像要徵我是同意她所說的話。

蘋的詳細的告訴，把妻昨夜所懷着的疑慮完全解釋了。但是這個啞謎破了似乎沒有給她多大高興，神色淡漠地微笑着，彷彿那是意料中的事似的，只說：

「信寄失了也有好處，沒有通知的會面，不是更有一種趣味的麼？」

「這樣說起來，我們還要感謝那封信的失去呀！」

大家都為蘋的話引動得笑起來。這時候，女傭走進來說，晚飯預備好了。

7

一向寂寞和單調的食桌上，忽然多了一個賓客，彷彿整個吃飯間都有了明朗的氣象，使我和妻都快樂起來。大家都喝酒來慶祝這一次的叙會，連從來不喝酒的妻都破戒；可是她喝得很少，儀式地把杯沿放上唇邊，微微一啜就放下。蘋却不同了，她比我們還要快樂，一次一次忘形地望着我笑，一邊端起杯來興奮地喝着；要不是我看出來她全是為了高興，我眞要驚異她的酒量。她知道我的妻怕喝酒，於是單獨逗我一同喝了。看到我杯裏的快要喝乾，她毫不拘束地，把自己杯裏的酒，倒進我的杯裏。我也興奮着，一口一口的伴她喝下去；一邊聽她講話；許多瑣碎的記憶，都在酒的刺戟中喚起來。「還記得嗎？青哥——」儘是這樣青哥青哥的叫，像不知道什麼時候已這樣叫下來似的。

妻坐在一旁，冷然地用聽故事的神情望住蘋，好像想不到神交許久的蘋竟是這樣豪放的人物。蘋的熱烈的態度，使我幾乎沒有餘裕的機會留意到妻。

「琳，你也該再喝一點酒，舉起杯來罷，我們一齊喝有味些。」恐怕妻寂寞得難過，我故意要逗起她的興緻來。

「是呀，大家喝，琳姊，我們難得機會一同吃飯，來啦！」蘋也把杯遞過妻那邊去。

「對不起，我實不慣喝酒的，今天有點不舒服，還是你們喝罷。」

妻推却着，動也不動那前面還賸有半杯的酒，我催促她也不能使她舉起杯來。我不方便問妻那裏不舒服，可是突然感着一點不快。

「蘋，我喝罷，乾了這一杯。——為我們今後的友誼！」說着，我叫蘋舉起杯來，互相碰了杯就一同喝乾。

我想不出來妻謝絕了一同喝酒的理由，但靜心的觀察一下，妻的異樣了的神色是漸漸看出來了。儘任蘋對我講話，她只默默的自己吃飯，好像這樣吃下去是不得已似的。卽使有些話要她說，都是那麼客氣，那麼冷靜地；完全是不着邊際的應酬意味。我沒有看見過妻這麼一種淡漠的模樣。我覺得妻說的不舒服完全是一個託詞；究竟什麼事情使她變過了態度？我想不到一點概念。但是無論如何，我總覺得妻的脾氣表現得太着迹是不應該的，至少我不願意這個晚餐形成了只兩個人的熱鬧。

然而這情形也不延長得很久，彷彿也自覺着她的態度是不適宜，妻漸漸地又插起話來；對於蘋的興奮地追述舊事，好像很發生興趣，問着問着，彷彿要從蘋的醉意裏面，聽出一些什麼來。我明白這是妻在適當的機會下一種好奇的心理，想知道一些或者不曾從我口中知道的事情；我却沒有意見，我也落得從蘋的記憶中拾取一些舊夢。

完全是孩子氣的蘋，是半點也不覺到妻的近於成人的用意；說着說着，在我已經遺忘了的瑣事，在她的記憶上還留住濃厚的意味。

「呀，還記得的呢，琳姊，青哥從前是很愛說故事引人家笑的，現在還是這樣嗎？」忽然又扯上這麼一件事來了。

「有過這樣的事麼？我倒沒有聽他給我講過一次呢，太沒福了。」

妻諷刺地說了，向蘋抹過一眼。我聽出妻的語氣，很感着窘迫，記起上午在旅店對蘋說過的話，便替自己解圍：

「是大人了呢，還作那些孩子的事嗎？」

「好辯護呵！」妻用了只我才明瞭的口氣應着，從投過來的一瞥眼色裏，我感到迫人的光芒。我和蘋都忍不住笑，妻自己也不好意思地陪着笑；妻彷彿有所感悟，連忙用別話把這不很和諧的空氣改變了。

飯後才六點半鐘，距離水上游藝會開會時間還有一個半鐘頭。窗外的夕陽十分柔和，把香港的半面鍍上一層悅目的金色。平日在這樣美麗的黃昏，慣愛和妻過海去，乘電車沿住海邊去乘涼。現在趁多餘的時間到電車上兜兩個圈子，吹散一點酒氣，才到水上游藝會去，也是很適宜的事。這樣想着，便向妻和蘋提議，叫妻換過衣裳出去。

可是妻的意思忽然變了，不願意去。

「為什麼不去？」我詫異起來了。

「我說過，我有點不舒服。」妻垂着頭這樣說。

「不舒服，吹吹涼風會好的。」

妻依然沒有表示，我改變了初意慫恿着：

「那麼，不去水上游藝會，坐電車兜個圈子就回來。」

「那裏不是一樣？很本是不想出去的，你們去好了。」

妻的語氣是平靜的，可是印上我的心却不平靜；不知道怎樣，我總覺得妻的態度是奇異的，我找不出一個能够使她改轉原意的方法來。

「我們出去了，讓琳姊一個留在家裏，怎麼過意得去？沒有什麼要緊，還是一同出去走走不好麼？」

蘋也為妻的神色攝住了，莊重起來要求妻同行。妻是半點也不搖動的固執着答：

「沒有什麼要緊，只是不舒服就不想走動。你們去罷，反正我休息一會就好的。我隨時可以去，蘋姊却難得有機會，——看水上游藝會。」

聽到妻最後一句有刺的話，我知道是沒有方法要她同行了，心是出乎意料的不快！但是不願使蘋感着乏味，也不願取消了我的約言，只好讓妻留在家裏休息，下一次再找個一同遊玩的機會。在蘋之前，我不願妻給蘋絲毫不良底感受的。

蘋向妻說了幾句客套話，祝了晚安，便和我一同出來。妻循例地送到門口，微笑着和蘋握手，我察覺到妻的微笑也是不自然的。

8

一股不快的情緒，漸漸在我的心上形成抑鬱了。

我想到妻。

妻眞是不舒服而不出來的嗎？這是一出了門就生起來的疑問，而且是自己要相信又不敢相信的事情。並不是對妻的信任起了動搖，而實在是覺得妻的情態有些異樣。印證着吃飯時那一種索然無味的樣子，都顯然和她不願出來是有着關係。是不高興蘋的豪放的態度麼？這是可笑的話。不願意三個這樣關係的人同行麼？也不能成理由。是早上所表白的不去訪蘋的理由麼？而今蘋已會面；縱然是那樣，也不該有那麼一副顏色的。然則為什麼昨晚才說好去看水上游藝會，却突然變卦不去呢？得不着自己認可的解答，我的心彷如壓着一團濃霧。

沉味着自己的心事，我幾乎忘記了蘋坐在身邊了，直到她對我講起話來。

「琳姊是慣會有什麼毛病的嗎？」

「是很尋常的一點，不大要緊。」雖然是親摯的朋友，可是為了妻，我不能不說一句謊。

「信任我們的感情嗎？放心你陪我出來，不怕妬忌？」蘋用取笑的眼色望住我說。

「你太會想像。」我裝作淡然的口氣。心裏却驀地閃起了些什麼，我給她的話抓住了。

「你沒有覺得？琳姊好像不高興我來呢。」

「怎麼看出來？你眞神經過敏；小小的不舒服是她常有的事。」蘋的話很認眞，然而我不能不替妻辯護。

「但是你以為妬忌是很奇怪的事嗎？」蘋望住我問：「我不怕對你說，華旦要讓我同一個像你這樣有過好感的人，常常在一起，就做不到的；不一定是不放心，至少是不歡喜。」

「可是你此刻却離得他這麼遠，而且坐在我身邊了呢。」

我故意打趣的說，想和緩蘋的感覺；但是她却莊重起來——

「話是這樣說，實在他只許我在香港停留一兩天，辦完了事情就立即回去。假如他抽得身，也不會讓我單獨一個人來呀！」

我的腦海裏搆想着一個孤僻善妬的男子的面影。沉默着，心上的濃霧更加鬱結起來了。

「我還沒有告訴你，」蘋仍然很有興緻，繼續講她的話：「你會奇怪我兩年來不寫信給你的原因嗎？也就是順從華旦的意思：他不高興我和任何男朋友通信。但是我並不覺得他的思想陳舊，他因為太愛我才這樣固執。自然我也愛他，所以不願拂逆他。同時我知道，你明白了我這個情形，也會原諒我的。」

停了一會，像沒有忘記她原來的題目似地，她突然來一個結論：

「所以我說，妬忌是男女都同有的本能。你相信嗎？」

我不表示意見地笑一笑，蘋再補充她的意思說：她向我解釋兩年隔絕音訊，並且要求我原諒的話，都寫在那一封附有相片的信上。信既然失了，所以她得再向我提起。

我承認了解她的情形，根本就沒有埋怨過她這麼長久不寫信。但是說到妬忌的話，我仍然辯護着說，妻並不是如她所想像那麼樣的人。可是話是這樣說，心却顯然地給蘋的經驗話牽進紛亂的思緒裏去了。

想着妻晚飯時的情態，想着平日提起蘋時妻的取笑；印證了蘋的感覺，梗住心頭的抑鬱更沉重起來。固然蘋的理論不能够一例地去衡量一般情形，可是找不出理由替妻作解釋。像妻那樣了解我的，也會有這樣的舉動，是自己也不相信的事。兩年來共同生活的保障，一切事情的坦白和忠實，是完全沒有意義的麼？我覺得痛心！我能够遷就一切，只要我能够忍受和委屈，可是妻那樣無聊的舉動，連蘋都感覺出來了。妻不但沒有給蘋一個好感；還留下一個壞印象，我很難受！縱然蘋有着不以為異的一種見解，但是妻這一種意識，根本就不該存在夫婦之間的；如果讓它再發展下去，將來會到了怎樣的田地呢？不信任一個坦白和忠實的丈夫，是怎樣的一種侮辱呵！

這樣想着，對一切都有個概念了。我明白妻不願陪伴蘋出來玩，和今天不願一同去旅店訪蘋；都是有緣故的；是妬忌心作崇，是故意裝出顏色來給我看。妻原來也是這麼一個心懷狹隘的人！於是蘋寄來的信失落了的事，也醒悟起來了；一封掛號的信偶然給郵局失去了，也許會有的事，可是在這時候，却覺得十分可疑。想到妻眞是犯了這一件罪過也很有可能的。也許，信寄到家裏的時候，她看見是女子的筆迹，禁不住妬忌心的驅使，私下裏把信拆開了，發覺了女性的相片，更不高興，索性藏起來了罷？或者，看過了信，知道相信是蘋之後，生起懊悔，可是已經不能放回去；而自尊心又不許她在事後向我解釋，結果還是悄悄的把它毀滅了，全部事情都掩沒了罷？記起在蘋提到這事的時候，妻那一種淡然的神色，不以為意的模樣；不是證明了她什麼都瞭然的情形麼？想到這些證據，我覺得妻不但有做過這可笑的舉動的可能，簡直是一定在我想像的兩種情形下做過了。但是為什麼還說出「信上分明寫着為了那一樁什麼事情來——」這似模似樣的話呢？一向信任的妻，也會做出這樣虛偽的事來，我的坦白，我的忠實，我的愛，原來都浪費掉了。我忽然感到一種悲哀！

懷着沉重的抑鬱和一點憤懣的情緒我伴着蘋在水上游藝會消磨了一晚，直到送她回去旅店，我都不清楚這一晚做過些什麼。

9

夜深回到家裏，妻很早就睡去，但是仍然不放心地去問女傭；妻可有什麼病？女傭用詫異的眼光望住我搖頭。我確信一夜來所推測的事沒有錯；連去理會妻是否眞睡了的閒情都沒有，就獨自睡去。

第二天，一切早上由妻擺佈的事情，都照常擺佈着，妻也照常的在廚間幫忙女傭弄膳；只是聽不到平日慣有的笑聲。我在牀上張開眼，看見妻在門口來去的走過，昨夜的惱恨立即浮上心來，彷彿總要發洩一下才舒服。

吃飯的時候，我已沒有閒情像平日那樣的講什麼話；妻也默然地，連舉眼望我都像很侷促。彼此之間彷彿梗住什麼心事。我耐不住這無邊的沉默；一種東西壓迫我，我要開口，可是不知道該說什麼，從什麼說起。

「晚夜的水上游藝會高興嗎？」

到底是妻耐不住，這樣地先開口了，顯然又是有着諷刺意味的，她所問的不是水上游藝會。

「當然是高興的。」我還抑不住一夜的鬱氣，加重了語氣答。我有着希望她也聽出我的話意而快意的用心。

妻果然會心了，不再開口，飯又寂寞的吃下去。然而鬱結在我心裏的煩燥，却不容我說了那麼一句就滿足；這時候，再也忍不住了。

「琳，」這樣叫着，等到妻望過來的時候：「我想問你一件事情，我希望你忠實回答我的。」

「怎麼？我對你有不忠實過麼？是不是？」妻對於我的話很反感，顯然今天神色也不同了。

「不是這麼說，我是希望此刻提起的事情，你得表示忠實的態度。」有了成見在心，妻的反感也不能使我驚異了。

「事實是怎樣就怎樣，要問就得率直的問出來，為什麼要弄得這樣曲折？」

看見那一種有準備的樣子，我覺得妻是故意逞強來掩飾自己，也許要使我退縮；我忍不住憤怒起來了。

「我問你，琳，蘋寄來的信是不是你收了？」

「你是說，蘋寄來的相片？」那麼迅速地反問着。
「就是那一封，我很奇怪會收不到！」
「收到收不到是你的事，我根本不作這樣卑鄙的行為！」
「作不作你自己知道，但是有什麼理由偏會失了一封掛號信呢？我不明白。」極力把態度平靜下來，可是我的語氣已經定了妻的罪狀。
「因此就懷疑到我來了？」
「不一定是懷疑，只是這樣問，難道做丈夫的要向妻子找一件小小問題的解答，都不可能的麼？」話是無法說得好，可是仍然要為彼此留些餘地，不能不說得這樣模稜兩可。
「說得好聽，不懷疑是這樣子問的嗎？你完全認定我收過你的信了。」
我想索性就承認了她的話，轉念間却又忍住了。一種分析不開的煩燥梗塞住我的胸。妻的强硬絲毫也不能動搖我的疑心，我看得出來她的倔強全是自尊心的表現，要故意擺出這個態度來抓我的弱點；却想不到我更聰明的看出她的狡滑了。雖然是默然地沉着臉吃飯，眉宇間却流露着兇惡相，我覺得妻已經不是平日那樣一個温柔的女人。
但是看情形，要弄出一個結果來是沒有希望的事。這樣相持下去，只有更深地損傷着感情，更難弄出頭緒。問題鬧大了，妻就更不肯承認。想到女人的心理，想到這是妻，我醒覺到應該稍微節制我的感情，至少得遷就她；讓她明白我的查問並非惡意的，要使她自覺到她的行為的錯誤。這時候，我懊悔把事情的開端弄壞了。

但是轉念間，我又覺得我是對的；固然追究一件過去了的事情是無用，我能够原諒了那一種罪過，然而不能忍受的，是那一種行為的意義。那是齷齪的；它不容存在夫婦的生活裏面，而生活的日子是那麼長。我可以放棄了全部事情不追究，只要妻承認一句就滿足。於是我換上了解釋的語氣說：

「琳，我希望你先要明白我的意思，我只說我是懷疑。一點小事就動氣，在我們是應該的麼？實在縱然你是那樣做過了，也不算得什麼，要相信我是了解你的。但是我只要你一個承認就算，如果眞是做過的話。我們可以忘記了這一件事情。要認清楚，我們所需要的是信任呀！」

但是我的話半點效果都沒有，妻反而氣憤地把碗箸擲下來。

「信任麼？好漂亮的話！你已經最先不信任我了，有什麼話可說！要怎樣想就怎樣想罷，我收了你的信，收了你的信吃掉了！」

半吞半吐的反應着，妻就站立起來，把椅子一推，背過身子便向寢室走進去。

10

於是沉悶的日子來了。

妻完全變了，變得和以前截然是兩個人。一見了面，就沉着臉，沉着眼；再也看不到那明媚的笑，聽不到那清脆的語聲。就是對女傭也很少吩咐什麼；從女傭的詫異的眼光裏，看得出她女主人的變態的反映來。早上，對坐着吃飯，一句話也不交談；飯已形成了為敷衍而吃的樣子。飯後我立卽穿好衣服出門，往公司去。大家都像漠不相干的人。黃昏從公司囘來，妻也不如往日的習慣抬頭望一眼；可是依然坐在慣坐的沙發椅子，編織着我的絨線衫，總是沉着臉，沉着眼。

在這樣顯明的變化中，我開始是有幾分不習慣的難受，接住是感着寂寞了。平日過慣了的生活倒是平淡，如今突然反常，我好像失去了什麼似的空虛着；只要踏進家裏，便直覺到一股冷氣包圍到身上來。

蘋的事情要一個星期才能辦好，但是她不來我的家，說是怕妻不歡喜。我只好聽她方便，也沒有把我和妻的衝突告訴她。但是我不能不陪她到各處去消遣，晚飯後就從家裏出來，到思豪酒店去。有時晚飯也不囘去吃，從公司打個電話約蘋出去外面吃飯，飯後又到各處去走。這樣的行徑，一面是盡主人招待的義務，一面也有着意氣的作用，是報復的心理；要使妻知道，她的變態使我連飯也不囘家吃了，晚間也不高興留在家裏了。我要這樣子叫她難受，而至於不得已先開口，認了她的錯，我才肯休止。因此我往往夜深才囘家。

但是，那也不過把寂寞的難過推延得後一些罷了。

由於自己的感受，有時也會想起妻來，體驗到妻也有同樣的寂寞。整天坐在家裏，沒有旁的事情分心，妻的難過一定比我還深的罷？這樣想着時，我會生起內疚，我懊悔把問題弄大，太無分寸。我原是沒有想到一個小小的懷疑，對於妻會有這麼大的力量。顯然地，妻的賭氣全不因時間而減輕；她寗願忍受寂寞的痛苦，也不甘願放寬她的強硬。——然則妻是否眞有理由這樣子強硬的呢？我的懷疑，我的認定，會不會全是主觀的呢？這樣自問時，便記起她的話；「要怎樣想就怎樣想罷，我收了你的信，收了你的信吃掉。」那樣模稜兩可的表白，都證明了她强硬的背面，是空洞得什麼都沒有。

日子一天天過去，情形沒有變；彷彿這麼一個局面，永遠跟日子連續下去似的。我現在才知道妻的個性這麼强；我感着一向被尊崇妻的觀念蒙騙；我原來過了一年自己欺騙的生活。一種成見的黑影牢牢地罩住我的心，意〔識〕起妻，分明會湧起恨的情緒來。

「信任我們的感情嗎？」時常想起蘋這句耐人尋味的問語，都會發生力量；思路長了翅膀似的伸展起來：想到蘋都感覺妻的卑鄙了，一定也聯想到那一封附有相片的信被沒收的事了罷？也許回去見了丈夫，偶然也會當作笑料講起來了罷？我是有着這麼一個不通情理的妻子！這些幻像一湧起來，就覺得耳根也熱着的慚愧，對於妻的怒恨更深了。

但是事實又這樣矛盾。白天上了公司，在公務的紛擾中我倒能夠忘記一切。到了公務完了的黃昏，坐在回家去的過海小輪上，或者公共汽車裏的時候，望着平滑如綠毯子一樣的海，望着車窗外一列列的街樹，一切遺忘了的事都回到心上來。想到回去的是冷落的家，冷落得像家一樣的妻，冷落的妻的臉和眼睛；我要在這樣冷落的空氣裏，度過一個新的黃昏和晚夜，那成了痛苦的寂寞，便預先使我難受起來。

何苦來呢？

是的，何苦來呢？無可奈何地自省，也漠然地解答不出來。妻有妻的寂寞，我有我的寂寞；只要一方面謙卑些，把成見放低些，大家的氣都消的了。這樣想着的時候，我覺得自己太傻，小題大做，我的犧牲太大！於是對自己的固執也反感起來了。——縱然妻有過錯，不可以寬容地原諒她麼？難道還有第二次同樣的事件麼？為什麼一定得由妻先開口才可以？自己吃虧一次不可以麼？說是等待不耐煩的時候到來；耐不住的倒是自己。這樣相持下去有什麼了期呢？只落得糊塗！算了罷，把小小的衝突若無其事地忘掉，把家庭的融和空氣恢復起來，隨便找個機會講話；遷就一回罷，也許只是這一回。……

不容許自己太多想，立了那樣的決心，我回到家裏。妻依然坐在沙發椅子編織着，沉着臉，沉着眼。一看到妻這一種岸然不可侵犯的情態，一種現實的醒覺使我立卽躊躇起來，我的卑屈的思想又飛走了；我會找出更聰明的理由反對自己了。是應該輕易開口的麼？萬一我講話，妻依然用那樣倔强的態度接受又怎樣？而且，反正挨過這麼長的日子，為什麼自己反而軟弱下來？妻能够忍受寂寞，為什麼我又不能？我先表示了和好，豈不是承認了我所做的是錯誤，以後行事還有信仰麼？……想到這一點，我又覺得遷就妻是不應該了。為了換得和好而把根本問題忍痛地丟開，只有永遠留下一個暗影，永遠是以後安寧的障礙。我不該把問題的中心放在兩人之間的融和與否上面，而忘記了根本維繫着今後融和的信義問題的。

想到信義二字，我又把我的決心推翻了。

蘋雖然走了，我仍然像蘋在香港時的習慣，每晚，走出外面去隨意地浪蕩。為的怕呆坐在家裏煩悶。我到電影院，或是跳舞院去，無目的地消磨時間；到了疲倦的深夜時候，才跑回家來。我希望妻已經先睡，省得見面時沒有話說的難過。但是當女傭應了門鈴來開門，我踏進室裏，燈火依然開着。燈罩傾斜地把燈光映着沙發椅子，妻穿了寢衣坐在那裏編織着，依然沉着臉，沉着眼。

在意外的失望之後，我的心便閃過一種往往在這時候會閃起來的軟弱的感情：覺得妻又一個人挨過長長的寂寞。可是只一瞬間，自尊心又使我强硬起來，我不讓自己多想什麼；脱了衣履就上牀去，像過着獨身生活的人一樣。於是五分鐘內，我聽到妻站立起來移動椅子的聲音；放下織針的聲音；按動燈掣的聲音；走近牀前的聲音；接住是輕輕的躺下去，便是一陣彷彿是疲倦，又彷彿是憂鬱的嘆息聲音了。

11

日子在同一的方式中過去，一切都成為習慣了；可是不能成為習慣的，是毒蛇似地纏住身心的寂寞，一天比一天加强；然而越是難耐，越是想起那一個根本的問題非解決不可。

「琳，你眞沒有收過蘋寄來的信麼？」在吃飯的時候，好幾次要這樣問出口來，可是話到了喉頭就吞咽回去，怕語氣太突兀，又弄出岔子來。但是急燥的心，却沒有方法找得出委婉又直捷的話，除非不開口，一說就非這一句不可，結果就始終迴旋在肚子裏。對住妻，一股冰冷的氣氛從她的臉，她的眼，一次一次的壓迫過來，煩燥像火一樣燒着我的心。

一個機會來了。

星期六前夕，報紙上預告着：七姊妹海浴場又開水上游藝會。

「琳，」是星期六日早飯後，妻照例是放下碗箸就向寢室走去，我在背後叫一聲。我是下着最大的決心。

妻略微歪過頭來。

「什麼事？」站住了這樣問，是覺得我叫的意外。

「我今晚想和你去看水上游藝會，去不去？」看見妻仍然要走向寢室去的神態，我有點不高興，但仍然勉强矜持住口氣。

妻躊躇一會才答：

「不累贅嗎？」

「怎麼說這話？」

「同蘋去看不是很好？還想到我幹嗎？」

諷刺的說了，就走進寢室裏去。我明白她的積怨要發作了；可是仍然遏抑住衝動的感情，便追問着：

「你這句話是什麼意思，琳？」

「就是我所說出來的意思。」隔着牆這樣答出來：「難道我會說歪曲的話，需要解釋？我不是會歪曲事理的一種人！」

「叫你去是好意，去不去由你，為什麼又無風作浪起來？你想到什麼事情去了？」聽到妻全不了解我的苦心的語氣，我怎樣也忍不住又發起脾氣來。

「我才沒有像你那樣會想像，無中生有。」

「那麼，你是懷疑我和蘋有了什麼了，是嗎，琳？這才是無中生有哩！」我感着被冤屈了的難受，想着我的退步又得不到希望中的結果，預備在這個機會運用的溫情，完全消失了。

「有沒有誰管得你，天知道！」

這口氣表現出她的疑心，我知道我每晚出外，在她的心目中形成了一個疑團；但在這樣的情形下，却又不甘願解釋。

「你以為蘋還在香港嗎？她走了多久你還不知道。」

「就是因為蘋走了，你才想起我來了，什麼心腸不看清楚！」

這樣合理的誤會，一時要解釋也不容易，只得說：

「你帶着成見看事情，自討苦吃不是我的責任。」

「看誰有成見，無中生有的人就沒有成見！」

聽到妻那麼主觀的口吻，全不容許事情和緩，我開口的初意已忘記得乾淨。想到妻自始至終是妬忌，不信任丈夫；我更肯定那一封失去的信是落在她的手上無疑。我覺得不趁勢弄一個明白就沒有機會，也跟住走進寢室裏去。妻用有準備的眼光向我釘着，我的話便憤然的出口來了：

「成見什麼，你說我是冤屈了你嗎？」

「是的，那封信，那個相片！」

妻頓着足，這燥暴正印到我的心上，我趁勢抓住這個關鍵。

「但是除了你誰能夠做這件事呢？什麼信都收到的，倒是蘋的掛號信就失去了，天注定！」
「那麼，我要你的信做什麼？」
「你不高興我和蘋有什麼來往，這樣狹隘的思想，都從你的舉動看出來了。」
「舉動。什麼證據？」
妻仍然要倔强地辯開她的罪名。但是蘋吃飯那一夕的記憶，和蘋所告訴了我的感覺，都清晰地奔集到我腦海裏來。
「蘋來吃飯的一夜，你就不該那麼冷淡。」
「我承認蘋的親暱樣子，我是看不過去的。」
「這就是你不信任我的表現，你不知道在朋友之前，那是一種失禮的事麼？」這時候，便又湧起蘋把事情當作笑料對丈夫講的幻象，我的因羞愧而激動的氣憤更制止不來，口氣也加重了。
但是妻絕不因此退步，仍然是那麼有道理地反駁：
「信任是一件事，但是誰的眼裏容得下一粒沙子？」
「就因為這樣，你埋沒蘋的信了，可是你却不承認。」我始終不放下這個題目，我覺得妻是無法再有遁詞的。
「憑什麼權威迫我承認？哈哈哈哈！……」妻忽然仰起頭像瘋了似的狂笑起來，隨卽變成一個兇狠的臉相，眼光可怖地釘住我：
「乾脆的說討厭我還好罷，用不着假借什麼理由了。」

「討厭又怎樣？」覺得妻不但不認錯，還要把罪名加上我身上來掩飾自己，我止不住激怒，想走過去動一下手，可是轉念間又控制下來。

「討厭我可以走！」

「走就走罷！」沒有思索，這句話便衝出口來了。我覺得妻的倔強是沒有憑藉的，好像她兇狠的臉相就完全表現了她的眞面目。

「眞的？我走了你不會有後悔？」說得那麼堅決地。

「一點也沒有，我不稀罕不忠實的妻子。」

全個人陷於激動的感情裏面。我感着一切都紛亂，紛亂，說話都不像從我自己的嘴說出來，平日的温文半點都沒有了。

聽到我的堅決的表示，妻立卽去拉她的皮箱子，拉衣櫥。在寢室裏走來走去。我什麼都不管，有點巴不得她馬上走了還好的心情。帶着一肚子的鬱氣走出來，向着公共汽車車站大步踏過去。

12

坐在辦公室裏，簽寫着那天天一樣刻板的文件，極力要把工作來忘掉我的鬱悶，可是心情紛亂得什麼都做不稱手。

一年的夫婦生活，從來沒有像今天這樣激烈的衝突過；而且，妻竟要走了。這樣嚴重的事情會發生在我們之間，好像自己都不相信。我希望是一場惡夢。我承認不稀罕不忠實的妻，但是就這樣把兩人的生活拆散了，是值得的麼？也不見得這樣會把問題解決得來。而且，妻幾時才回來，還回來不回來？如果我不表示同意，她留着不是還有慢慢想個方法和緩的機會？現在全盤事情都由我弄糟了。……越是追悔，越要想起許多事情：想到妻回到家，不知道把回去的理由編排得怎樣，一定不會說我的道理；我同意她走，多麼失策！更想到妻懷了六個月的孕，這樣的刺激和奔波，對於她不很康健的身體，不知道有沒有影響！我奇怪自己為什麼始終不想到這方面，偏在無可挽回的時候才醒覺起來。現在是來不及了。

追悔和自責的心理夾擊着，什麼妻的不忠實，什麼夫婦的信義；我都完全丟開了。我只深深的感覺到錯誤，缺乏處事的經驗。一種分析不開的難過，好像要在我的胸口迸裂出來。我幾次想放下工作，跑回家去挽留她，甚至可以說，什麼都能原諒她，只要她不走。但是這意念只偶然地閃一閃，我的自尊心總不容許我輕易決定；我担心着這舉動，不知道會不會做成事後的懊悔。

在紛亂中，我過着夢一樣的一天。

黃昏從公司出來，怕回家去對住空房子更煩悶，一個人去用了飯，便趁車到七姊妹海浴場的水上游藝會去散心，忘記自怨自艾的心事。一直到散會的夜深才回去。

帶着落寞的心，坐在船上和公共汽車上，什麼都看不進眼。心像斷了綫的輕汽球似的飄忽着。想到平日回去，還會看見妻坐在燈下編織，現在回去是看不到了；也不知道什麼時候再看到了。悽然的情緒，針一樣地刺我的心。

女傭給我開門，也沒有問心向她問什麼，便向開始空虛的寢室走進去。燈熄了，沙發椅上已沒有妻的影子。我把寢室的燈捻着，打算察看一下妻有些什麼留下。突然聽到牀上發出來一陣輕微的嘆息聲，我輕輕的走過去，隔着紗帳向裏面看一看，妻背了牀沿躺着，動也不動。

這時候，驟然湧上我底心頭的，倒不是意外的安慰，却是一個疑問：妻為什麼沒有走呢？

我把動作裝得像平日一樣，脫了衣履，走到工人房去找女傭。

「太太為什麼沒有走，你知道嗎？」我早上和妻的爭鬧，妻嚷着走，女傭都是知道的。

「我不曉得。太太早上拾好了東西時，對我說要回廣州去的，十天八天，或者一個月就回來；叫我照常燒飯，照料少爺一切的事情。後來彷彿躊躇好久，又走進房間去寫信，寫好了叫我去寄。我不認得字，不知道寄到那裏。回來時，看見太太已經把拾好的行李解開來，說不去了。模樣是哭過來的。——少爺，究竟出了什麼事情？太太天天在家，人那麼規矩，大家和和氣氣不好嗎？」

女傭睡眼矇矓的還要嘮叨下去，我止住她：「你睡罷。」便走回寢室來。

我懷疑妻的走不成功，也許是想起了什麼事情，不敢輕易決定，先寫信回家去商量，才定奪她的行止。但是一想到妻在那一封信寫了些什麼，對家人說我一些什麼話：一定委屈了我；我的心又不平靜了。靈機一動，我輕輕拉出書桌下面的字紙簍，向字紙裏翻，希望會發現一些寫壞了摔掉的碎紙；可沒有結果。一點可以捉摸的痕迹都沒有，然而一點不能捉摸的東西，却在我的心上滋長起來了。

我差不多肯定着，妻除了安排計劃來對付我，就沒有寫信的理由。三個半鐘頭的火車，便得由香港去到廣州，乾脆地回去了有什麼困難！做錯了事還要向別人討同情，是多麼無道理的事！這時候，我反覺得起先的自怨自艾，是太寬容了妻，連妻也不如的懦弱。妻說走却沒有走，不是證明我的寬容是多餘的麼？事實證明我一切的認定都是不差的，理直才能氣壯呀！

第二天，又是照常那樣默默地吃飯，我半點不露出什麼神色，妻也沒有用什麼機會表示不走的理由。以後一天一天，都同樣過下去。但是兩人之間，依然罩着成見的陰影，深深地，漠然地。

13

在直線的生活下滑過了日子。寂寞的感覺已經麻木，連我的頭腦都麻木着了。我不再從無結果的反覆的思想中去自討苦吃；我用看戲的心情，來等待着這一齣戲的收場。妻的冷落和沉默，在我的眼裏，比以前像更深了的樣子；這些都不能使我有什麼心理上的反應。一個新的概念蒙住我的心，我覺得妻隨時都預備離開我；但是她又不容易做到，她畢竟得依附我生活。看出了她的弱點，我預感到勝利到底是我的，現在怎樣也不容我退讓。

這期間，蘋的信和相片失落了的事，完全忘掉；而事情的中心，却轉移到兩人間的衝突上。這麼奇異的變化，我自己也解釋不來；只感着兩人之間的暗影一天天地放大；對住妻，我覺得憎厭，覺得恨，覺得害怕；彷彿她的身上附有鬼魂。

一個星期，妻除了對女傭說話，簡直是一個啞了的人。也不再提起走。樣子好像有所期待，無疑的，是等待家裏的覆信。我也不期然地同樣等待着，看那是怎樣的一個謎！可是沒有消息。每次從外面回來，私下裏向女傭探問，有沒有信來。女傭每次都是用詫異的眼光望住我搖頭。好像她也明白，我的探問是含有她不了解的意味。但是我還得等待的。

在等待的日子中，我的心倒寬下來了，任目前的僵局延續下去，什麼都不理會，一切都放到那封回信上去轉移。

但是信到底沒有來。

是得看得顯明的事，妻也有不耐煩的神色了；脾氣變得燥烈，對什麼都容易使氣；一點小事就向女傭身上洩憤，弄得女傭莫名其妙。這情形常常是當我在家的時候發生，要使我看得不舒服。我替女傭難過，可是說不出話，只有心裏煩燥。為了減少女傭無辜的刑罰，我總是穿起外衣就向門口跑出去。

向門口跑出去的次數多了，平白地又添多一重痛苦。一方面感着用時間來期待轉圜的機會已經無望，我又焦急起來。但是這樣的女人，轉圜了又有什麼用呢？這麼不忠實，這麼固執，這麼壞脾氣，以後也不容易合得來。用這想像來自解着的時候，我不但不認為這一次變故的可悲，反而覺得是幸事；它使我有機會認識妻的為人。結婚前對於「妻」字的美麗憧憬，是全部破滅了，這破滅是永遠不能復圓。想到妻究竟有一天要離開我，我將會變成怎樣孤獨的人！一股無法排遣的悲哀，便又繞住我的心。自己感覺着人生中做了一件失敗的事，於是自暴自棄的念頭，便不期然的生起來；不知道從那一次起，我竟然在夜裏喝起酒來了。我要藉着酒來麻醉我的神經，忘記我的苦惱。每夜都是帶着醉意回家，而且都比平常更晚一些。

回到家，應了門鈴來開門的，却不是女傭，而是放下了編織工作出來的妻。到了我把衣履脱下，昏然倒在牀上，她才收拾起工夫，把燈熄掉。於是那經常的嘆息聲又聽到了。

我不但不為這種温情打動，反而覺得這是妻的內疚的反映：看啦，走不成功，畢竟在丈夫之前屈服了，要這樣子來補過了呢！

於是來了這樣的一夜——

聽到那一口沉重的嘆氣之後，我極力閉上眼皮；但是鼻孔發熱，酒氣燃燒着神經是那麼興奮，輾轉着不能够睡去。我覺得我的頸項有一隻手彎過來，輕輕的找我的臉。

「又喝過酒呵！」

聽到那帶有怯意的聲音，一種勝利的驕傲立卽支配了我，我不動也不説話。妻的手慢慢的退回去，按住我的肩膊，搖一搖。

「青，聽我講一句話，你始終認定我收了你的信麼？」我好久不曾聽樣和婉的口氣了。

妻並沒有忘記那封信的事情。

我一時不知道怎樣答她。

「只要你説一句，無論是什麼話。」

「要你自己才知道，」已到了不能不開口的時候，我這樣説：「但是我不高興你始終不承認。」

時間證明我的道理是對的，我沒有理由推翻我的自信。

「現在我願意承認我的錯誤了，但是你得答應一個條件：忘記了這一次的事情。」

「事實是事實，為什麼說願意！你是說，我委屈你承認的嗎？」我忍不住反感起來，重着口氣。我不願接受妻那一個要求，那是狡滑的。

「但是我的確沒有收過，連想也沒有想過的。」聲音是抖顫着。

好像熄了火的煤塊給撥了一下，我的平伏了的氣憤，又燃燒了起來；我知道妻到底要抵賴。縱然接受了這不自然的要求，對於兩人的信義上，沒有半點好處。我說：

「沒有收過就索性不承認下去罷，誰要你忍痛承認！」

聽強起來的語氣，妻不再開口，把按住我肩膊的手縮了回去。我躺着動也不動。靜默了一會，我聽到後面傳來嗚咽的聲音，妻哭了。

雖然說為了夫婦間的信義，始終要把妻的錯誤行為矯正過來；可是聽到那麼淒切的哭聲，我的心忽然軟弱下來了。女人的眼淚是一種力量，而妻的一聲一聲的淒咽，使我聯想到她的可憐的情態，同情的意念漸漸地湧起來，我又責罵自己了：你這沒理性的動物喲，了解妻的個性不就是一切了麼？一定得迫着妻沒有路走才快意的麼？不管她承認是出於什麼方式，她已經先開口了；單是這一點不是可以抵償一切了麼？算了罷，把可詛咒的事情忘掉，把往日的感情恢復回來，縱然不圓滿的結果也還就一下罷。女人的自尊心是比男人強的呵！……我不讓自己有考慮的餘地，幾次想翻過身去，把哭着的妻擁抱，吻她許久沒有吻過的嘴唇；吻乾她的眼淚；來補償我的歉意；贖我的罪。只要翻過身去，什麼都解決得乾淨了。可是惟其是這麼容易，我的理智又不容許我輕易做出來。——看見我始終不動，妻失望着，自語地說：

「青，你完全不了解我。」仍然帶着抽咽的聲音。

「你不讓我了解你有什麼辦法？」

「到了現在，說什麼都不中用了，我知道沒有什麼話能够解釋得來；我希望時間會慢慢使你明白。一句話說，我是愛你的。你不知道這兩個月來，我寂寞得怎樣難受。」

我仍然不說話，聽她繼續講下去。

「我承認我的個性是强一點；可是我也受不了委屈，你不相信我沒有辦法。我明白這樣賭氣下去是沒有結果的，我們還是離開一下的好。想前想後，我決定今晚要對你講一句話：我暫時回母親那裏去住一下，到你需要我回來的時候我回來。反正我在不在這裏都沒有關係；老媽會照應你的一切。」

「你早就說過要走的了。」我不很相信地故意這樣說。

「所以我說你不了解我。」妻的口氣不比剛才和婉了：「前一次我是一時感情衝動說過要走，但是那時候不明不白的走了是不對的。我懊悔自己的失言；便停留着。我希望慢慢會有個機會，讓這個壞的情形改變。但是現在，我知道我所期待的已經失望。——自然，我現在說回去，並不是像前次說回去的意思，這一次是完全為了你，為了我，為了大家的感情。我希望你明白這一點。」

聽着她的訴說，我默然不答話，表示我不反對她的提議；心裏仍然不相信事實是如妻舖張的那麼好。我覺得她是藉着離開我的花樣，來和緩我的疑心和憎恨。但現在，也只好由她做去了。

「我想，你對於這事是沒有反對的，但是我得向你說一聲。我決定明天趁午車起程。你不致有意見罷？」

看見我不開口，妻便這樣徵求我的決斷。我是完全被自己的成見蒙蔽住了，便半點不遲疑的應她：

「我沒有意見，回去就回去好了。」

在微醉中，我終於昏然的睡去；妻還說了些什麼，我都不清楚。半夜裏，我被一個惡夢驚醒起來；模糊地還聽見嘆息聲，很快地又入夢。

14

第二天一切都如舊，昨夜的事恍惚是一個夢的記憶；只是心上梗住一件事：妻今天走了。早飯在靜默中吃過。飯後妻開始檢拾行李，却沒有前次那樣匆忙。一直到我出門去的時候，大家都沒有說一句話，好像什麼話都講完了。我和妻就這樣分別。

妻要走了，這是非常清楚的事實。兩個月來的賭氣的日子，把一切反常的生活都形成了習慣。我不再感到難受；對於妻失了信任的觀念，使我對什麼都淡漠下來。我不但沒有惋惜妻的走，反而覺得解脱了什麼羈絆似的舒服，像吐了一口鬱氣似的暢快。以後，我可以不再對住那麼一副冷落的臉孔了；也不再有每夜到外面消磨時間的痛苦了；什麼夫婦的信義，愛情，都是想像得太美麗的夢話；我是全部地失望，也看透了一切；好像縱然妻不再回來，都不打緊似的。像前次為了妻說走而生起來的追悔和自責，半點也不再有。我已經是從結婚的迷夢中醒過來的自由自在的人。好像失去了許久的舒泰和平靜，都回到我的身心上。我如常地做着辦公室裏的工作，不去思想什麼，也不須去思想什麼；妻的意象，彷彿在我的記憶中消失了。

下午兩點鐘，我在外面用了午餐，回到辦公室裏的時候，在寫字檯上發現一封才送到來的信。看見郵票上蓋着哈爾濱的郵戳，我才突然記起來那離別一個多月的朋友。

點着了香烟悠閒地抽着，我把信封剪開。抽出摺疊的信箋，忽然掉下一個四寸的照片來，是微笑的蘋；兩肩垂着兩條短辮子。一陣驚惶的情緒電似的閃過我的心；我把香烟拋了，急忙把信箋打開來。

信的內容是這樣——

「青哥：回到哈爾濱一個月，早就要寫信報告平安的消息，為了家務忙着，竟因循到現在。雖然仍不能如自己所願的寫那麼長，但是為了下面的事情，我不能不執起筆來了。

「今天接到琳姊的信，她告訴我：為了我前時寄來的相片失去的事，你對她竟生起誤會，使你們因此失和；請我把向郵局查問的結果告訴她。這件事情使我覺得非常不安。我好像犯了一次無可赦的罪一樣。並不是因為事情由我的相片惹起來，而是因為這事來得意外。——很簡單的，那個相片並沒有寄出去。

「緣因是這樣：為了華旦每天上銀行去辦公的方便，我平日的信都是交給他投郵，寄給你的一封也沒有例外。想不到因為那封信是寫給你的緣故，他竟然把信拆開查看，又無端地留起來了。我回來把失了信的事向他提起，叫他去查問，他才告白出來。誰知道竟闖出這樣的大禍！

「和你見面的一夜，我曾惘然地說過：妬忌是男女都同有的本能；而且也曾告訴過你，華旦的異脾氣。寄一封信，一個相片，本來是尋常的事，可是他要那樣做，也找不出什麼理由來解釋。所以在這方面，我也無話可說。可是仍然不高興他這種無理的行為，為了這事和華旦賭氣，到現在還沒有和好。今天看了琳姊的信，更難過，又吵鬧了一場呢。

「越想越是慚愧，要請你們原諒，實在不敢開口了。但事既如此，也沒有辦法。只願你們明瞭眞相之後，立卽消除誤解，我希望我的信寄到時，你們已經親愛如昔。

「信本來應該寫給琳姊，為了措詞方便，我覺得寫給你的好，希望你和琳姊一同看。我在這裏向你，特別是琳姊，表示萬分的歉意。

「相片是立心送給你的，現在補寄罷，也算是代表我來謝罪呵！……」

我沒有勇氣再讀下去了，每一句都像一團火向我的心上滾過來；我直覺到一陣一陣的疼痛，從脊髓散佈到全身每個細胞；像許多小蟲到處攢。我的手捏住信箋抖戰着，不敢再看一眼；我怕給什麼人看見，急忙把它塞進公文袋裏面。一團昏黑的東西突然蓋上我的眼前，瀰漫着，成了無邊的昏黑；我覺得一陣暈眩，身子就支持不住地向椅子倒下去。我勉强掙開眼要看見東西，才彷彿從一個夢境裏清醒過來，於是我的眼沿湧着許多波浪。——兩個月來的寂寞生活，妻的冰冷的臉，妻的嘆息，妻的眼淚，沙發椅上的孤影，絨線衫……一切遺忘了的記憶，都奔集到眼前來。

慚愧，羞恥，自責，種種複雜的情緒混合在一起，像鍊一樣絞着我的心。比痛還難受的感覺，在胸懷裏脹大起來。我希望有一種東西來戳開我的胸膛，讓我宣洩了我的難過才舒服。我又希望有個地方讓我攢進去毀滅了自己。

我極力鎮靜下來，勉强要把工作來平息我的紛亂。但是不能如願。腦海空虛得什麼都沒有，只是一個思想非常清楚：妻走了。

一想起妻走了，對自己的痛恨又深起來，我忍不住拚命的抓自己的頭髮，抓了又抓，都不能洩我的氣。抬起頭來，看見週圍的同事們的眼睛都向我嘲笑；連我的寫字檯，椅子，甚至墨水瓶，都是嘲笑的模樣。我的耳驀地發熱起來。一個希望從心上閃過，我連忙拈起手邊的電話聽筒按上耳朵。忽然醒覺到家裏沒有安設電話，又立即放下來。我從衣架上抓下帽子，推開了辦公室的門跑出去。我彷彿聽見許多笑聲，從背後包圍過來。

路程是怎樣走着的，我都不清楚。但是我到底回到家了。

女傭給我開門，我急急問着：

「太太走了嗎？」

沒有等待回答，也怕聽到回答，我一直向室內走去。推開了房門，我的心跳得很急促，眼一陣昏花，我只好停下來喘氣，揩着額上的汗珠。

房間裏什麼都沒有變動。妻安詳地坐在沙發椅上，沉着臉，沉着眼；編織着送給我我的快要完成的第二件絨線衫。

（一九三五，春）

選自《黑麗拉》，上海／香港：中華圖書出版公司，一九四一

騰仁

飄泊的片斷

夕陽照在海上，眉痕的新月現在鮮紅的雲縫裏，浩浩的海濤，向着海岸皓皓的白石不斷的揚着咆哮的聲浪奔騰而來，炳東獨坐在海岸上的一塊大石上，金黃色的兩岸的高山，似乎向他微笑。炳東在一個孤立的島上已經住了四年，一年之中除了嚴冬之外，他在晚飯後是要到海傍去的，或是靜坐，或是看書，唱歌，這好像是他的堂課了！

炳東住的孤島離K埠不遠，日日都有小輪來往，三點鐘工夫就可以達到。孤島上約有十戶的人家，大小商店有五間，他也是島上的一間小商店的主人。島的灣內有世世傳下的疍艇六十餘隻，每兩隻為一對，每對由十餘人至卅餘人不等，男女老少都是生長在二丈餘長一丈濶的船上，有的因為人多船小，入夜睡時，只有用橫行排列的方式，每對男女之中間着一二個兒童，由船頭排至船尾，這種船叫做「索罟」。索罟船捕魚是在夜裏，用大光燈掛於船傍，照入海裏，排列成行，燈光輝煌，煞是好看，入夜點綴在鯉魚門外新界一帶海上的火球就是了。說也奇怪，海裏的小魚要向燈光的底下聚集的，愈聚愈多，海水變黑，漁戶們就知道有許多魚了，海水愈黑魚愈多，魚多時，每對船捕得百餘担不等，那麼每夜入息每對船也有千數百元不等。有時他們在未下網之先，先打了魚炮，據說打下魚炮，魚類就不能逃走了。有時有許多漁夫們的手足都打爛的，多麼危險呵！還有更奇怪的捕魚方法，捕鮫魚時每隻索罟船頭要放一個大鼓，打得咚咚作響。捕鯧魚時要先放下木做油白色的假鯧魚十餘隻入海裏。炳東在島上因為住了四年之久，蛋戶們對他的感情很好，他就開了一個小商店，賣的油糖什貨餅食，生理也不寂寞！

炳東四年前在H縣時，因地方紛亂，集了七個同志，這七個同志，都是炳東的叔姪兄弟們。當時僱了一隻小船，晚飯後由H縣出發，望K埠乘風破浪而進，初時船頗穩定，愈進風浪愈大，船身搖動得十分厲害，七人中有三人嘔吐，炳東也是嘔吐中之一。風浪大時，打過船面，炳東初時吐出沒有消化完全的飯粒，後竟吐酸水，最後酸水也吐盡了，如同死了一樣，伏在船肚，動也不能動。伏在船肚的炳東，正在想起離別母親及家人時的情況，和飄泊異鄉後的生活又不知怎樣！忽被同船的人聲打斷，原來風浪過大，一葉小船，載浮載沉，不得前進，倘風浪再大些，是很危險的！想要找一個地方上岸，再由陸路到K埠，結果一同贊成，在F縣的一處沙灘上岸，海浪很大，幸得船主是老於航海的，看海湧一來，順湧將船拖上沙灘，海傍一帶起了白沫，沒有沙灘的海岸，給海湧沖得水花四濺。七人上岸後，叫阿來先行，阿來是（他）們出發時請來做嚮導的。那時東方已現魚肚白色了。

炳東們和阿來一共八個人，經過了許多村落和小市鎮。他們經過一個地方遇着一個廿餘歲的非商非農的人，鑲着一只金牙，頭戴尖頂大竹葉雨帽，一看着嚮導阿來就問：「你們八個人從那裏做生理來的，現在有沒有貨帶來？」阿來有意無意的答道：「生理有，但沒有十分把握！」那位鑲金牙的人的一雙怪異的鼠眼，使炳東們看了，很是可怕！炳東們行了許久，一轉灣又遇着那位鼠眼的人，都不明白那位鼠眼的人從何處轉過那山路，和這樣快捷的又與炳東們迎頭相遇，使炳東們都更恐怕了！炳東們到了一個前臨大溪的鄉村，嚮導阿來要食鴉片，炳東們也要買午點，進了一間小商店，店主人大約有四十餘歲，身穿着裝銀的背心衣，看來是一個老於世故的人。那店主人看了一總人到他店內，起身表示歡迎，速速點頭。口說吃烟飲茶不已，又向阿來問：「你們去那裏做生理？倘有生理路時，要招呼我！」阿來也隨便點點頭，炳東們却一點都不明白！就向店主人買了幾個月餅，又向人家買了幾個煮熟的番薯。炳東們七人中一個年紀大的伴阿來在店內坐，因恐怕阿來有靠不住的行動，暗中監視他！

阿來是F縣的人，是和炳東們同宗，炳東們要到K埠，要從F縣經過，所以在出發時請阿來做嚮導，果然一路上遇過不少行人多認識阿來的。將近黃昏，炳東們才得到了阿來家鄉的一所磚窰，預備在磚窰裏吃了飯才進阿來的家裏。磚窰的四週都是水田，窰前橫過一條大河，河前又跨過一行高山，高山的外面，方是四通八達的大洋。水田都是種着青翠的禾苗，時時被風吹得簸動，好像大海裏起了綠波，使人心怡神暢！炳東想起在路上看見的那位鼠眼人，及小商店裏的主人穿着裝得數百元的「銀衣」，一開口就會使人發生疑點的問話，不能再忍下去，便問阿來，阿來含着一種想食鴉片的神情說：「你們沒有到過這裏，當然是不曉得的，難怪你們！我們這裏與他處完全不同，剛才在路上遇見的那個鑲金牙者，我們這裏叫做『土佬』，夥伴很多，鄉鄉都有，專做陸上的生理——『吊參』！那個店主人却又不同，我們叫做『火船客』，夥伴更多，主使者都是鄉間的有錢人，或所謂大紳士，專騎刧來往海上的大小輪船，他看見我們一行八個人，他當然是識我的，誤認我們也是去做那行生理的！」炳東們聽了都瞠着眼沒有説話！阿來也隨即回家去打理七人睡的地方了。

炳東們在磚窰內，因為離了恐怖的社會遠了，大家都安靜得不比從前之愁眉縐額了。他們七人除開炳東外，其餘的名字，叫做炳西，逢標，元道，伯佐，新蒙，玉明。逢標是一位四十歲右左的人，身體肥大，學識也很好，炳東們從前都是他的學生哩！逢標看阿來離開磚窰，用快捷的眼光看了各人，説：「聽過不如看過，今天我們『土佬』『火船客』都領教了！我們現在也來學學『土佬』吧！但我們的生理要做到何處去？」大家都笑了！

玉明笑笑地説：「像你這樣肥大，又這樣黑，實在是條很難得的大人參哩！我們不可錯過！」説得大家更笑個不住！

炳東當時坐在一張壞了隻脚的木交椅，兩眼看着逢標，對着大家説：「我們今天所過的鄉村，大小不等，至小百餘人的小鄉村，也有一間鴉片烟館，這裏的鄉村可説都是黑化，實在看不慣！」炳東説時帶着一種驚異的神情，大家沉默了許久！

新蒙説：「烟館到處都有，小學校經過幾個鄉村却沒有看見，新制的小學當然沒有，難道一間『子曰館』都設不起嗎？」

逢標搖着頭説：「這裏的社會可以説是特別社會了，一切都是壞環境，社會教育是沒有可説的！我還聽得多，從前我的三兄曾到過離這裏不遠的一個小市塲住了很久，頗明瞭這裏的社會情形，時時在家內作故事般的述説，大概和我們今天所見的一樣！」

靜聽了很久的元道說：「這裏的社會，無事不特別，新奇，我們今天在路上不是常常看見成羣的婦女在耕田嗎？她們頭戴竹葉雨帽，褲脚倒捲至膝上，多麼勤苦！這裏的社會單算這些能夠自食其力的勞苦的婦女們，才是好現象，我初時以為男人不暇去耕田，現在才知男人是沒有做耕田的工作的，一切的工作都靠婦女去做！有許多男人是出外做那不用本錢的生理和吸食鴉片，在家裏替婦女們看護小孩子的，那是很難得很好的男人了！」

炳西微笑着說：「生在這裏做婦女，實在辛苦極了！櫛風沐雨，臉兒給日光晒得黑漆似的，世上最辛苦的婦女，要算這裏了！」

倚在門傍注視着橫過磚窰面前的大河上來往的帆船的伯佐至是也插嘴說：「這裏無論何處的墟市，都有警察駐守的；這裏雖然有多少本地的民團自衛軍，但都是『土佬』『火船客』的化身，朋比為奸，無惡不作，聽說從前省政府曾派過正式軍隊來這裏駐紮，實行清鄉；但所派兵額至多不過一營人，一營人在這裏自顧不暇，那敢去實行清鄉，因此住了不久就拔隊走了，兵去匪來，那麼，又是『土佬』『火船客』的世界了！」

大約入夜十點餘鐘，阿來從他家裏到磚窰，向大家說：「我們現在都進鄉去，族中的長輩經我說明後，都很歡喜！並代我給你們打理了今晚睡宿的地方！」

炳東一面行去，一面向玉明說：「在這裏的磚窰附近，買了幾畝田園，幾椽茅屋，種些蔬菜，養些鷄犬猪牛，種些禾稻，暇時看書也好，遊玩也好，這樣生活着，有什麼不安！有什麼煩惱！這裏風景不俗，可惜社會環境太壞了；否則我是要實行這提議了。」

玉明接着說：「我們這飄泊者，今後的生活，好像是大洋浮萍，多麼危險，多麼不安呵！我們是帶着死神在飄泊着！我們惟願世界上有我們飄泊的足跡，怎敢希望享受這種優美的幸福呢！」

月兒在雲縫裏忽現忽滅，村外的田園和遠近的山嶺都現出幾分憂愁的樣子！路上只有八條黑影在移動着。

選自一九三一年八月三十日香港《南星雜誌》第一卷第二期

魯　衡

殘廢者

一（一九二九）

這狹窄的小廳子，平常是用來會客，工作，吃飯的，現在被人家送來的喜帳裝飾像一間五彩繽紛的小宮殿了。因為喜帳太多，騎樓裡又躺着一個殘廢的人，所以在通到廚房去的通道的牆上也掛了兩幅。幾條裝潢得很體面的喜聯像巨人的手臂般的垂在喜帳的旁邊，不時的被風掀起。它們衹微微的向空中舉起，但被一條橫繫着的紅線牽掣着，不得不怯怯的再垂了下來。一百支燭的電燈光，把綴在喜帳上的金字照得燦然發亮，杏桃紅色的，銀灰色的，淺綠色的綢緞的絲光互相掩映。一種使主人和賓客都感覺到的喜氣在空中盪漾着。

新郎是一個高大而强壯的青年人，寬濶胸膛向前突起，紫棠色的面龐生着小小的癤瘡。因為新娘還未到來，他衹穿了一套深綠色的法蘭絨衫褲，同他的次兄忙忙碌碌的招呼來賓，或者幹着急需的事，或者走到隔壁叔父的家裡去。最先來的是林家世伯的孫女，她們同她們的母親和祖母搭了小輪船從香港過來的；她們的年紀都在十三四歲左右，身上俱穿着顏色鮮艷的衣服，黑色的頭髮也一律剪短。她們的母親是一個身材瘦削的婦人，穿着印花的緞旗袍；她說話時旁人就可以看見她的牙齒已脱落了幾枚，雖然她還很年輕。她們的祖母永遠穿着黑色衣服，一到來就很熱心的幫忙做事，不時的走進廚房去。她光滑的髮髻，在燈光下溜來溜去。接着來的是同族的叔伯弟兄的家人，有幾位富有的孀母都〔戴〕着兩三隻手鐲；金鋼鑽，紅寶石，在她們的手指上烱爍着。朋友也陸續的到來。因為地方太狹窄，容納不下這麼多的賓客，所以叔父的家裡也〔成〕〔了〕用來招呼賓客的地方。

微笑常常顯現在新郎的臉上，權愉的聲音也不時的很響喨的在他的口裡迸發出來；但他偶然走到騎樓去時，不禁感覺到有一點惱怒，立刻扳起面孔來。他拏眼光向那個殘廢的人一瞥之後，就走回廳裡去了。他的快樂的聲音又蓋在一切音響之上了；他叫道：

「你們儘量喝酒才對呀！」

在騎樓那裡，高高的掛着一盞噪鬧着怪聲的大燈；它如太陽似的吐射着強烈的白光，陰影和黑暗都震駭的潛匿着不敢抬頭，或者遠遠的站着打戰。一點點的煤油從大燈滴落下來。在它的旁邊，掛着幾個用花朵穿插造成的古式籃子；帶着寒意的風把花香一陣陣的向着廳裡送進去。那個殘廢者低聲的嘆了一口氣之後，就拏着小說讀，不願繼續觀察那些包圍着他的事物了。但是，他衹唸了兩行，就不能唸下去了。因為刺激着他心靈的苦痛把他的思想擾亂，不能平靜的集中，如一堆很淩亂的麻絲似的。他的被殘廢和過去的事情撕毀得異常破碎的心靈，在平常的時候也覺得被悲傷像蛇一樣的繞纏，況且而今又被這非常的環境所刺激。他渴想得一點慰安，乘着這機會要求那個預備着做新郎的青年人請一個音樂隊。他反對了，藉口他的次兄結婚時曾經請過，一來又可以節省這筆徒用來製造熱鬧的錢。

那個殘廢的人不能放棄這機會，固執的要求着，但結果得了一個可憐的打擊，於是他悲痛的沈默着。他又嘆息起來，拏着書本的手微微的顫動着在。

「我是你的長兄，假使有什麼不對，你也不該使我難受！」他想道。

他帶着悲戚的悒鬱〔翻〕動着書本，從頭到尾的翻動着，看來他好像計數多少頁一般。神經上正在這樣感受着這感覺的時候，一個穿着黑緞衣服的中年婦人，突然在他的面前出現了。她的手腕帶着一隻金手鐲和一隻玉的。

「你覺得冷嗎，清叔？」她用台山的土語問。

這種不關重要的又不能給與人家慰安的敷衍的閒話，殘廢者的回答便在臉上形成苦笑了。他跟隨着她的眼光向着騎樓外的黑暗的地方望着；在那裡，祇是一片漆黑，連燈光也沒有。

「二嫂到了什麼地方去？」她似乎忽然想起一件什麼事情般的問。

「她要生產了；母親送她去醫院住啦。」

* * *

嗩吶和破鑼的混雜聲，從遠處漸漸的走近來；起初是低微的隱隱約約的，後來却漸漸的洪亮。那些沒有秩序的騷亂的聲響，嘈雜的使人憎厭。那個殘廢的人蹙起眉頭，表示極端的不耐和努力抵抗另一種新的厲害的刺激。別的人却懽愉的像潮水般的湧出騎樓，擠擁着的靠在那用士敏土造成低欄，俯下上身。所有的眼睛望着同一的目標，所有的嘴巴也說着同一的話。沈重的美麗的彩轎，軋軋的響着，被四個轎夫抬着跟隨着一列短短的儀仗從那條街轉彎過來。紅綠色的小圓球，在彩轎的頂上和四邊顫動的搖曳着。它停在騎樓下；那些討厭的混雜聲也突然消滅了，賸下一片人的喧嘩的亂聲。

新郎很容易的被找出，因為他新近從外國歸來，他的舊時相識的朋友差不多完全疏遠了，沒有人把他藏匿在很隱秘的難找尋的地方。他照例輕輕的把彩轎的門蹴了一下，就忙轉身跑上樓來。交加着繫在他身上的紅綢帶子在他的身旁飛舞着。新娘伏在大妗（註：女家暫時雇來陪伴她服侍她的女僕）的背上，迅速的走上樓梯，經過那狹窄的廳子，一直走進一間簇新的房子裡去。在這當兒，爆竹開始轟響起來了。

急密的爆竹聲，連續不斷的響着，好像一聲很長的永遠沒有停止的聲音；每兩三秒鐘必定夾雜着一響或兩響的洪大的爆炸聲，宛如在緊密的機關槍聲中的炮聲。人的耳膜被震得快要破裂了，就是咬着耳朵高聲的叫喊也不聽見。灰白色的煙瀰漫於空中，雲似的把騎樓封鎖。它越來越濃厚，那個殘廢者因不能走避，幾乎窒息的要死，不禁痛恨起來。空氣攙着很濃烈的火藥味。

經過了好久，爆竹聲終於停止了；但空氣又覺得異常的沈寂，清靜，祇那盞大燈在低聲的歌唱着單音的長曲。

* * *

「大哥，你至少還要喝一盃呵，為的是你三弟的喜。」當殘廢者把酒盃放下嚷着要飯的時候，一個做媒人的老婦人這樣的對他說。

他苦笑了，一點眼淚從他的臉上落下來，落在飯裡。

新郎和他的次兄及男賓客都走到酒樓去；在家裡的是幾十個女人和小孩子，他們的手裡不是拏着酒盃就是拏着筷子，興高采烈的把肚子裝得很滿。

* * *

在那個永遠躺着的殘廢者的旁邊，那張桌子坐着十多個青年人；新娘站在他們的面前。她被一個年輕的大妗攙扶着，好像她無力支持自己的身體似的。她穿了一件行動時會響着低微的零碎的銅鈴聲的紅袍，加上戴着沈重的鳳冠。令人想起舞台上的戲子。她的頭一動，鳳冠的飾物就顫動起來，垂下來的用幾十串的珍珠造成的流蘇不時的打着她的臉龐。因為那些青年人一致的要求，新郎就在大妗的幫助中把珍珠流蘇分開兩邊掛起，露出一副好看的面孔來。新娘雖然敷着多量的脂粉，但在她半閉的眼睛上和俯下頭的狀態裡，還可以看見半嗔的羞澀的表情。她緘默着，如同一個傀儡。

青年人向新娘提出許多很難解決的，奧妙的，又令人畧覺難堪的問題，而且限着最短促的時間回答。新娘始終都緘默着，大妗不得不屢次替她說了許多溫柔的，可聽的，抱歉的話，而那些青年人因為尊重自己的緣故，很文雅的在幾次催促之後，把所有的問題一一解釋清楚。這並不是沒有代價的，新娘和新郎允許他們很多的食品。每一個問題正待解決的時候，正向新娘進逼的時候，它就被善於詼諧的青年人拏來戲弄新娘的資料，往往使人捧腹狂笑，連那個殘廢的人也微笑起來。假使新娘的面上顯露一絲的笑痕，他們便笑得更厲害了，說笑話的人便自己誇讚自己的本領了。不時的，一個年紀三十的大妗很有禮貌的端着一個紅漆盤給年青人敬茶，新娘的手就被攙扶着她的那個大妗搖動着，形成一個作揖的姿勢。銅鈴的聲音又低微的零碎的響着。

大概因為站得太久罷，新娘輕微的噓了一口氣，身體向左邊微側了一下，一滴煤油從大燈落在她的肩頭上。於是，一個手指上套着燦爛奪目的寶石戒指的青年人，很有趣的說了幾句又和煤油相關連的，又能使女人臉紅的滑稽話。

洪大的笑聲又轟然的迸發出來了。

「假使今晚的新郎是我，我是怎樣的愉快啊！但我已經是一個殘廢者，永遠沒有這麼樣的幸福了！」那個殘廢的人想道。

他的睫毛濕了。

* * *

四個月之後，新郎為了某種的緣故便離開他的甜蜜的家庭，再次到外國去了。

二

永遠垂着的，灰黑骯髒的，快要裂碎的帆布，霍霍的被風吹響。金色的陽光射進來，落在那一堆殘舊而粗糙的用具旁邊，熱情的吻着醜陋的地上。那個殘廢的人眼不轉瞬的望着，他的心靈被陽光給與的刺激，又感覺着痛苦了。

他的嬸母抱着他的堂弟走來，坐在陽光中的矮櫈上取暖。

「你母親已經走了許久，為什麼到現在還未歸來呢？」她說，一邊撫摩着她的兒子的頭髮。

他沒有回答她，眼睛還盯着她身旁的陽光，好像他聽不見她的話聲和不知道她到來一般。

「那個孩子很像他的父親，」他的嬸母繼續的說：「他的頭髮很長很軟，他的手指和脚趾也很長，完全像〔他〕〔的〕父親。」

「你看過他？」他問，他好〔像〕〔是〕夢中醒過來一〔般〕。

「是的，我曾看過他；前天我和你的庶母去看過他。他很有趣呢。」她回答說道，無意識的微笑着。

「二嫂怎麼樣？」

「很好。她是一個壯健婦人，生產對她不算是一回事。」

接着，她把她的兒子一上一落的拋動着，口裡響着，好像鳥兒一樣的怪聲，但那個頑皮的小東西並不驚懼，却笑了起來。她也笑了〔，〕眼睛着一滴愉快的淚水。

這時候，一個頭髮還青烏的老婦人站在門限上，也高聲的笑着。她走去把那個小孩接過來，也一上一落的拋動着的戲弄。

「為什麼阿姆還未歸來呢，她已經去了許久了？」那個小孩的母親又這樣的問。

「她去了不久，不過你掛望着覺得好久罷，」那個老婦人回答說道。她停止戲弄那個小孩，把他抱在臂彎裡。

於是，她們開始喋喋不休的談着那個快要歸來的產婦和她的像父親的嬰兒，和關於一切她們新認識的小孩的趣事，不時的笑着。那個殘廢者並不注意她們的說話，也不笑，却沈默着，眼睛又固定的滯留在他的嬸母旁邊的陽光那裡，好像在那強烈的光線中發現一些奇異的動人的東西似的。

他如懸崖的墜石，落在沈思的深淵，而在泥濘中悲痛的掙扎着。被殘廢剝奪的幸福，不時的在他的面前揶揄，也不時的在他的面前誘惑；他不能拒絕，報復的狂妄的想念也是永遠沒有成為事實的可能。他緊緊的咬着牙齒痛恨着。假使他並不是一個殘廢的人，他相信他已失去的幸福已被他獲得，懽愉的享受。無論什麼樣的誘惑。

小孩子的可愛的天眞，在他的苦思着的幻像中，成為一個蘊蓄有濃烈的誘惑性的聖物。吐射着莫可名狀的光芒。它是人類的一種悲哀的慰藉者，它把枯索悲苦的人生調和，而使生的連續得着暫時的懽悅。他的不幸比較旁人更加沈重，因此殷切的想念着在。但他一想到他已經沒有這樣的幸福，他的希望便在悽慘的焚燒着的地獄裡被兇暴的魔鬼吞噬了。

一陣脚步聲從樓梯傳來，那兩個婦人便突然停止了她們的談話，受驚似的站起身來，忙出門口去。

「阿嬸，快在門口裡燒幾張紙寶，」那個殘廢者的母親喘着氣說。她跟着她的媳婦，很艱難的用手扶着爬上樓〔梯〕。

產母小心的抱着嬰兒緩緩的一步步的踏上樓梯，臉上掛着疲倦的喜樂的微笑。她的新式的髮髻，宛如一朵黑色的奇花，在黯澹的光線中放送一些薄弱的香氣。棕色的長旗袍微緩的綷〔繚〕的響着。她跨過火光熊熊的紙寶盤，一邊回答人家的說話，一邊走進自己的房子裡去。她的婆婆分送着糖食，以表示每個人都因嬰兒的出生而感覺到如甜如蜜的喜悅，和吉祥的佳兆。

她捧着嬰兒給她的長子看，低聲的問他嬰兒像不像父親。那個嬰兒的小身體包藏在深紅色的緞棉大衣裡面，衹露出紅嫩的面孔。他的鼻子高高的，嘴巴很小，閉着眼睛沈睡着。他的頭上戴着一頂也是紅色的打裥的帽子，耳邊露出一些柔軟的黑色的頭髮。那小生靈的相貌，越看越像他的瘦長的父親，簡直是用縮圖器畫出來一樣。

「阿伯，我是多麼趣致，」老婦人替那新生的小乖乖說。

那個殘廢的人帶着晶瑩的眼淚微微的苦笑着，口裡含着一枚牛奶糖。

* * *

三個婦人坐在一個大木盤的旁邊，迅速的熟練的拏着薑刮，碎薄的薑皮把她們的脚埋藏。空氣變得有點辛辣，使人呼吸時感覺到一種特別的輕微的感覺。它不使人愛，也不使人憎，但那個殘廢者不時的放下書本，深深的吸了幾下，然後再專心的研讀。當他專心的注意書本上的文字時，常常把手指塞住耳朵，預防那幾個婦人的說話騷擾和引誘。因為太過悲苦，因為太過不幸，因為太過枯寂，他在兩天以前下了一個决心，開始研究文學，希望獲得一點慰安。為了這緣故，他不能任由自己的心情被人家騷亂。

他懊悔他自己為什麼要那樣吸那些辛辣的氣味，於是在心裡罵了自己幾句，但是，他沒有忍耐嘈吵的習慣，那幾個婦人的喧笑聲，街上的汽車聲，和小孩子的哭聲，像無數的蛆蟲般的在他的頭腦裡爬來爬去。他嘆息着，書本又從他的手上落下來。

希冀着的，以為有實現的機會的，人生最平凡的幸福，又在他紛亂的哀傷的感覺之中而離開他了，從他的妄想之中而遠遠的離開他了。他無能再鼓起他的勇氣，也無力再煽動他的熱情，頹廢的願意死的降臨，樂意得到永遠的安息，永遠的無我無物的消滅。他怨恨他的殘廢，他怨恨製造他的殘廢的庸醫，他怨恨一切，和他自己，於是他狂怒起來，想到自殺。但是，他沒有利器可以轟擊，也沒有毒藥可以吞服，祇是怨恨着，狂怒着罷了。怨恨與狂怒，是兩個具有野心的殘暴的東西，用很長的尾巴繞纏着他，張起銳利的爪撕裂他的心靈。

他忽然感覺到自己的生命這樣被那些感情和殘廢所摧毀，是很不值的，於是試想着振作起來和奮鬥，但再拏起書本時，他又疲憊的不願翻開，悽然的望着那幾個婦人。

她們正在談着一個窮相識，她是一個很笨拙的常常被人愚弄的女人，所以她們接連幾次的笑了起來。薑已經刮了許多，把那個大木盤裝得很滿。她們還是刮着，薑皮不斷的在她們的手上紛紛的落下去。

那個頭髮還青烏的老婦人端着一碗鷄酒給那殘廢的人，他低聲的拒絕不願接受，因為他傷他不過那新生的嬰兒的伯父，並不是他的父親的緣故，他詫異他自己近來這幾天為這個緣故而悲苦，有點被嘲的而又鄙俗的憎惡的心情。

「庶母，我不要了，我不想喝酒，」但他還是這樣的低聲拒絕。

後來，經過他的庶母幾次帶着責備的神情的詢問，並且他又恐怕她的誤會，以為不喜歡她的孫兒和討厭她的媳婦，終於不得不順從的把那碗鷄酒接過來。

三（一九三二）

黃昏已降臨了。淡薄的陰影從那廣邃的灰青帶黃的天空裡，溜滑下來爬進一切高低的地方去，爬進一切細小的地方去，爬進一切人類生存着的或荒僻的地方去。這雜亂堆塞的騎樓也被它靜默的包圍着，那個殘廢者的心並不像它那麼樣的安靜，不住的騷動，如同騰沸着的湯。他痛恨着和他的二弟下棋，可是他不能拒絕，因為他的生命在他不得已的豢養中偷偷的連續。假使他表示拒絕，不情願把自己給人家開心，他就會得到更冷漠的待遇了。他痛恨着，臉上浮現着笑容的痛恨着。

他想到他後日的生活問題，他想到他的研究的工作，所以他每下一着棋都帶着痛苦的情緒。他寧願閉着眼睛沈於不愉快的想象中，而不願這樣的敷衍。

正在這樣敷衍的時候，他的朋友和一個他不曾相識的少女到來探訪他；他乘機中止這未能決勝負的一局，愉悦的接待那兩個客人。他被解救了，他感謝他們。他微笑着。

「她是F姑娘」，他的朋友向他介紹説，他也微微的笑着。

她是一個年輕的强健的女性，在發育得壯旺的身體上穿着一〔件〕白色的短衣，腰下繫了一條黑色的短裙，樸素的很可愛。她有一個玉珠的鼻子，兩片鮮紅的嘴唇；她的柔軟的短髮垂到樱色的大衣的領上，宛如一束截斷的黑絲。這動人的形象在灰暗的黃昏裡像夢一般的顯現着。那個殘廢者的心靈深處被引動得如暴風雨中的波浪，不可歇止的澎湃，洶湧。他的已裂開的傷痕現在裂得更大更濶了，感覺到極端的痛苦。他所認為幸福的對象就是她這類可愛的東西，他所研究文學的目標也是她這類動人的生靈，他所忍受千種的悲痛而偷生着而等候着的，也是她這類能拭除悲哀的聖者。他的面前閃動着不可捉摸的光芒。他的身心燃燒着。

因此，他的聲音微微的顫動着，回答人家的或詢問人家的話總是很短的，總是三兩句。他恐怕人家知道他的感情，但經過了幾次的壓抑，總不能制止，有點口吃起來，囁嚅的説着。他的臉很熱。後來，他秪得沈默着，靜靜的聽着他的朋友和F姑娘的談話，有時插口的一兩句。他們調情似的談着，談着一個男女兩性誰靠不住的問題。可憐這善感的殘廢的人，在他們的旁邊，挨受着無形的炮烙之苦刑。

他悲傷的想着。他詛咒他的殘廢。天色已漸漸黑了，他的朋友和F姑娘還談着那個問題。隨後，她拿着一本文藝月刊覽閱。她疊着腿坐着。那個殘廢者想仔細的看看她，但她被一扇門隔住，他秪能看見她拿着書本的手和那兩條在短裙下伸出來的小腿。那是一對美麗的脚，他願意變成穿着它們的長襪子。他對於這個想念覺得可憐，又覺得可笑，不禁苦笑了一下，因為那兩個年青人的表情和所談的話時時露出愛戀者的態度，所以他相信她是他的朋友的愛人，於是他起了一個念頭。這個念頭在別人是很平常的，而在他是非常的狂妄，而且永遠不能實現的。他希望她能够做他的膩友，常常來慰安他，常常拏温柔的説話慰安他，常常給他寫一些使他忘記悲哀的信慰安他。他知道他自己是殘廢的人，假使這個希望能够成為事實，他便滿足了，他便沒有怨恨了，他便專心一志為社會犧牲了。因為這緣故，在和他的朋友第二次相會之後，他給他寫信要求他告訴他她的地址。他想直接和她通信，使她知道他的苦痛和希望。

「我的幸福是怎樣的渺茫！我的人生是怎樣的空虛！」他悲切的想道。

假使他是個康健的能行動的人，他相信他並不困難的就可以把他應該享受的幸福獲得，也不向人家苦訴他的悲哀，在他的心靈深處也沒有聲音嚷着空虛，嚷着渺茫，嚷着痛苦了。可是，他現在這樣一個殘廢的人：全身筋骨都壞了，兩脚不能屈曲的伸直，永遠的仰身躺着，輾轉反側更不可能，簡直是一具死屍，如果他的腦袋和他的手沒有表情動作，他還活着。而他的臉是那麼青灰，眼睛永遠帶着黑圈，面龐浮現出一副令人憎厭的賤相。這樣一個喘着氣等候死亡的廢物，還念念不忘已被剝奪的幸福，還無時無刻的追求那些永遠不能回來的幸福，是何等樣的妄想！人間有許多美麗的女子，也有許多可愛的東西，但她們是屬於强健的人的，它們也是屬於强健的人的。即使這殘廢的人伸着兩手哀求，她們一定不會投在他的懷裡，一定輕蔑的憎厭的走開，它們也不會落在他的手上。這樣，為什麼他還希冀着呢？他的生命的連續不多久就會斷滅了，為什麼還想念着那些不能成為事實的事呢？但他不管一切的希冀着，想念着，追求着。他不住的深深的嘆息。

在幻像之中，他看見那兩條穿着長絲襪的小腿。鞋尖在燈光下發亮。

* * *

過了幾天，他接到他的朋友的覆信，它帶來的是一個壞消息，他的朋友並不拒絕他的要求，很願意他在孤獨寂寥悲苦之中得一陣精神上的慰藉，但他已經失戀了，她已經不愛他了，遠遠離開他了。那個殘廢者一邊唸着，心上一邊被燒紅的鐵烙着。他們的愛情已破裂，他的希望便成了一種嘲笑的希望了。他不能再見她了。

他蔴木的顫戰的拏着那封信，他的眼角掛着一大滴的眼淚。

＊　＊　＊

現在，他在悲哀之中，努力研究一種學問，希望他想念着的幸福降臨，雖然他知道永遠沒有實現的日子。

一九三二，四，一五，在旺角寫訖。

選自一九三二年四月十九日至二十二日，四月二十五日至四月二十八日香港《工商日報·文庫》

報復

他坐在床上，漠然的向着那個角落裡望着。帶着黑圈的眼睛，從睫毛中流露出疲倦與痛苦；它們隱蔽着人類的絕望的悲哀。眼瞼是那麼無力，差不多不能够支撐，快要垂下來的樣子。他的瘦削的臉乾（一）的把牙床骨的輪廓刻劃出來。微微張開着的口，露出幾隻不潔的牙齒。兩片無血的嘴唇，乾燥的裂成如痂的形狀；一些污臭的黏液漬在嘴角裡。在角落那裡，蜘蛛網在蕩動着，而在他的眼睛裡却看見一個淪落者蹲在死神的脚傍，垂低頭等候着。

在畸形的社會裡，低級人類的生活是築在悲苦之上而苟延殘喘〔。〕但頹廢如他的弱者，還有什麼勇氣自救，還有什麼勇氣生存，與其在絕境裡悲痛的呻吟，毋甯把自己的生命獻給慈悲的死神。他微笑了，他覺得死神冰冷的嘴唇貼在他的額上。他的思潮在腦海裡奔逐着，澎湃着，一個個白頭的波浪把過去的殘夢帶來。

最使他激動的是一個少女的姿容，它把他的睫毛浸在淚液之中。十三四歲的相貌，長得美麗動人，在頸脖傍，耳朵之下生着一顆黑痣，鮮明的光潤的如同不知名的珍貴的珠子。她是他的妹子，後母的幼女。他有三個兄弟，也是後母養的。他們已經結婚了，在他離開家庭之前。當他每次想起永逝的母親時，當他忍受着家庭和社會所給與的激刺時，他的妹子必定瞞着父母哥嫂，冒着挨罵的險跑到他的身傍，拏潔白的手帕揩他的眼淚，拏溫柔婉轉的言語撫慰他的悲懷。他最不能忘懷的是每次因看是他的兄弟結婚而悲痛，得到妹子整夜厮伴和千百個長吻。他之所以悲傷，並不是因為長子的權利被剝奪的緣故，而是感覺到自己是被擯棄的可憐人，屢次想從懦弱的父親殘酷的後母的苛待之下逃脱，離開那麼可咒的家庭飄流於天涯海角，但他不能沒有他的妹子，祇得忍受着冷酷的眼光，和刻毒的罵聲，任命運給與而已。這樣的，直等到他的妹子得着不能救治的急症而死去，葬後第三天，他纔開始在一個黑夜冒着風雨離開家庭。他還記得當經過妹子的墳墓前，立在大雨滂沱之中痛哭的情景，不管流在臉上的是淚，還是雨水，祇是如癡如醉的撫着石碑。當和那新墳別離時，又是一步一回顧，依依不捨。

他曾在一個繁華的都市裡落魄幾個月，屢屢寫文章投給報紙的副刊，但退回的十居其七八，藉以為生的祇是一片乾硬的麵包，或一碗殘冷的飯塊和些少腐臭的菜。為了多次訴苦與懇求的緣故，一個交情還淺的朋友給他介紹到一個黨的機關裡當低級職員。起初他並不以很薄的薪水為苦，以為比寫稿好的多，但在發給時他纔知道有五分之二是不能使用的廢券。他想到生活的困難，那麼少的錢怎麼能够維持下去，一個月以來的權悅，又消滅於悲傷之下了。人到極端悲痛沒有希望時會不顧一切的反抗起來的，於是向他的權威者質問，為什麼給他那些要他的廢券。

「這裡的定例是這麼樣的，假如你不喜權，請到別處去罷！」權威者厲聲的說，右手在空中打着可怕的手勢。

第二天，他向朋友借了十幾塊錢，帶了行李和幾本書搭夜船跑到香港去，在貧民所住的地方租了一間和廚房相連的房子然後天天去他所知道的地方找尋工作。每天他都是垂頭喪氣的歸來每天他的臉上加多一層失望的悲哀。兩個月已經過去了，他還如同初來時的一樣，工作依然是別人的工作。在這樣磨難之中他常常失眠，常常歇思的里亞的在夜間坐着或踱着直到天明。身體已給重重的苦痛所摧殘，而今又被憂慮與失眠所打擊，漸漸的，康健和他分野，而且達到難於恢復的地步。

他坐在床上，把疲倦的眼睛，絕望的，漠然的望着那個角落裡，悲痛的沈思着。死亡雖然是可愛，但他不願意這樣不幸的毀滅。他深長的嘆了口氣，揩揩眼睛，下了床，拏着洗臉巾跑到廚〔房〕去盥洗。

x　x　x

一道熱度很强的陽光，經過酷暑的天空，從窗口投進來，落在書桌傍邊變成一斜四方形。計數不清的纖細的塵埃，在陽光中如雪絮般的飛舞。桌子已破爛的不成樣子了，那隻斷了半橛的脚用幾塊堆疊着的磚頭支持着；桌面已失了本來的面目，破處釘着一塊板，看來好像窮人的補釘衣服一樣。清除積塵之後，他從一個舊皮袋裡拏出一帙稿紙，開始寫他的文章。兩個月的光陰白白耗費了，什麼地方也去得厭了，他知道自己永遠找不着工作了，不得不再幹幹投稿生涯。投稿，在無辦法中的唯一辦法無出路中的唯一出路，雖然所換得的錢還不够維持生活。

一執起筆，感情，思想，過去的陳迹，都像潮一般的湧來，紊亂的難於整理。他試想把那些使他頭痛的東西排出腦外，集中一個思想，但他越想越紊亂，越想越覺得腦袋疼痛。他揩揩額上的汗，跑去喝幾盃冷水，然後走回來坐在凳上呆想。過了一會，他的腦袋依然如同跑着馬的跑塲，十百隻馬蹄迅速的一圈圈的跑過。痛苦與快樂，悲哀與希望，倏起倏滅的重複着轉變，使他連接着大聲的嘆息幾囘。除了嘆息，他簡直沒有能力幹別的事了。

他擲下鋼筆，身體向後一動，隨即把頭埋在手中，形成一個哀涙着的狀態。他想道：

「我眞一個字也不能寫出來嗎？我注定要悲慘的餓死嗎？不我不能餓死，我要生存，我要和命運奮鬥！假使我還有一點勇氣，我一定能够從死神的勢力中逃脱，繼續生存在人類的社會上！社會雖然擯棄我，把我擠出生命線外，但我覺得我必須生存，不能隨意被饑餓剝奪生命！我為什麼不能奮鬥呢？我為麼不能生存呢？我該繼續活着啊！」

好容易，他決定他要寫一篇小說，材料也想得了，祇欠結構和描寫〔。〕結構在熟練的小說家是非常容易的，在他却成了很困難的事了，如同不會編織的人，偶然拏着竹篾或籐條想編織一件東西時般的困難。他所得的經驗又是很少，平叙式呢，還是追溯式呢？他不能決定那一種結構形式是適合他所想寫的那一個故事。於是，他詛咒自己從前讀書大意，把書翻完就算讀過了，而且永遠沒有再讀，他悔恨的把自己的頭打了幾下，狂暴的罵起自己來。

「你是何等樣的無用啊簡直是一個廢物，餓死也是活該！」他高聲的嘶叫，憤怒的咬着牙齒，「你這樣一無所長，社會還需要你嗎？你知道嗎，你生存在社會上，不過是垃圾樣的東西！你這被擯棄者，你這被遺忘的廢物，你還有資格生存嗎？社會少了一個你這樣的人，不覺得損失，多了一個也是不覺得重要，究竟為什麼還想生存？」

他怨恨的痛哭起來，倒在床上掩住眼睛，淚水好像被壓迫出來一樣，從手掌下氾濫着的流了下來，把草薦濕了一大塊。大約過了十分鐘之久，他纔平靜下來，起身坐在床上，拏着手帕揩眼淚。

「我太惱恨了，我應該努力壓制自己的情感，假使還想生存」他又自語着。

現在他不管結構適合與否，於是再拏起鋼筆，打算開始寫下去。可是開端寫什麼好呢？這個問題又使他困難了。描寫人物先呢，還是叙述環境先呢？他一時不能判斷那樣較為穩當。他瞑目苦思，可恨亂紊的腦袋，產生出來的東西完全使他煩惱，痛苦，和他所想表現的故事絲毫沒有關係。額上的汗從鬢髮邊一點一滴的流下來，白布短衣他濕得如大雨淋過一般，他還一動不動的坐着。幾隻蒼蠅在空中營營的飛着，有一隻停在他毵長的頭髮上，舉起一對後腳磨擦着。微颸陣陣吹來，紅格的稿紙不時的掀起。這時候，笛子的聲音忽然從街上傳來，它如利刃似的戳進他的心靈，剛剛集中在一個焦點上的想像，又像蔴一般的淩亂了。

他蹙着眉頭，嘆了口氣，把鋼筆放在墨水瓶邊，然後用手支着下巴，等候着那個吹笛子的小販走去。心裡感覺到煩躁不甯，而且又覺壓着千鈞的石塊，聽着笛聲是何等樣的難過，恨不得拏把手鎗跑去打死那個討厭的小販。斷斷續續的笛聲漸漸變成好聽的聲音了。音調有時帶着少婦的嘆息，嬌慵無力的凭着欄杆遙想着遠處的愛人，有時響成急速的旋律，舞女用脚尖站在光圈裡面，敏捷的轉動着柔輭的身體在達到最快點的時候，忽然揚起兩手，緩緩的擺成各種美的姿態。她的纖腰向後一彎，嬌媚的長嘆一聲，如夢一般的幻滅了。吹完一支小曲之後，接着把笛聲吹成叫賣的聲音：「甘草欖，甘草欖，一個銅板三個！」靜默了一忽，笛聲又震響起來了，它如女人的歌聲，婉轉柔曼的唱着，漸漸的在遠處消失了。

焦躁的，煩亂的，而又有點快感的心情，立地輕鬆而平靜了，但執起筆還是苦惱人，不知從何處寫起來才好。思索了半個鐘頭，一個字也不能寫出。稿紙不知怎樣的被汗水濕透了幾張，忙撕了下來，塞進抽屜裡。他恨恨的拏出一本短篇小説集，橫躺着細讀，想從其中得一個方法，或一個靈感。看了幾篇，似乎略有心得時，他忽然聽見兩個女人的罵聲，是從樓下響來的。他狂怒的跳了起來，把書本向着角落裡擲去，塵埃如霧一般的飛起。

「他媽的，你們把我毀滅了！我的希望終竟不能實現了！我一定要餓死了！」他揮動着拳頭叫，眼睛充滿了淚水。

他憤然的擲自己的身體在凳上，兩脚八字似的分開踏着，胸前交叉着兩手，舉起孕着悲痛的眼睛望着牆上。牆上開了許多小窟窿。

「假使我能够永遠躺在一個深邃的山洞裡面，是何等樣的幸福啊！」他哀傷的想道（：）「死是仁慈的，它能够拯救我於餓的恐怖之中，它能够從使人痛苦的社會裡引渡我到永樂的聖地去，享受無知無覺的無窮幸福！它是我的最癡情的愛人，我將和她接吻！」突然的，他的靈魂深處的聲音這樣問他：「你不願意生存下去嗎？你願意如草木一般的滅亡嗎？你不想奮鬥，任擯棄你的社會永遠擯棄你嗎？你憎厭人生嗎？你願意拋棄未來的幸福如同敝屣嗎？」

他闔上眼睛（，）辛酸的淚水便像斷了線的珍珠一般的滾下來，滴在手腕上。嘈鬧的罵聲越罵越厲害，差不多要互相揪扭着廝打起來了。污穢的，刻毒的，野蠻的罵語，一句緊接一句，連喘息的時間也沒有，顯然彼此不能相讓，兩方都想敵對的仇人馬上屈服於自己的兇威之下。涼風輕輕的拂着他的頭髮，如女人般的溫柔。頭髮波動着，有時有幾根揚起跳舞，額頭滲出豆大的汗。他兀坐着不動，任由它混和着淚水流下臉上來。

「願意？誰個願意啊！現在自己的生命已是這麼樣危險了，還有什麼可說呢！」他自言自語的說，聲音低微的震動着。

他悲嘆一聲，站了起來，在房間裡踱來踱去，時而擺動着手，時而垂低頭長嘆，時而哭了起來，時而自言自語，如同瘋人院裡的瘋人。

陡然的，他站着不動，急忙揩拭臉上的淚痕，當他走到門口的時候。

「誰？進來！」他高聲的說，同時把門打開。

一個老年胖婦，像鴨子走路般的走進去，狹窄的門口差不多不能通過她的身體。一種使人欲嘔的混雜着汗臭的臭味，一陣陣的從她的枯槁的皮膚，鬆軟的肉，斑白而不潔的髮毛，污穢而褪色的黑衣發出來。當下她舉起昏聵的眼睛，望着他的臉龐，似乎找尋些什麼。

「租期已滿了幾天了，先生，」她緩緩的說，每個字說得很清楚。

「你來要租金嗎!?」他高聲的說，揚起兩道眉毛。他並不是威嚇那個老婦人，而是受了她的威嚇，不由得驚惶起來。

「是的，先生，四塊錢，」她說，伸出幾隻手指。

「太太！現在我一個銅板也沒有了，今天早飯還未曾落肚，怎麼樣打算才好呢？」他蹙起眉頭，用悲哀的聲音說，一邊做着絕望的手勢。

「不管你有沒有錢，我祇知租期一到就來要租金，別的事我不管，你餓死也好，做官也好，完全用不着我管，……」

「太太，你太使我苦痛了！請不要對我說這樣的話！我懇求你！假使有錢一我一定不會欠你的，請原諒罷！我想遲幾天然後把錢給你，可以嗎？」

他以哀痛懇切的語調一口氣說了這一串話，恐怕那個胖婦嚕嚕囌囌的使他更加難受。他的心靈已經受傷得那麼樣重了，假使不能設法避免再多的打擊，他相信他自己會立地滅亡。

「延遲幾天可以，不過我是為人包租的，明天房東來，拏什麼話去對付！假使沒有錢，為什麼不住在街邊，到這兒來混賬！」

包租娘把兩隻手架在腰間，肉微微的顫動着，因為她用勁擲出自己的說話的緣故。昏眊的眼睛突了出來，快要在空中飛躍了。

「千不該，萬不該，我不該租這間房子給你！當初我以為你是斯文人，誰知你是個無賴漢，混賬的東西！」接着她這樣喊，有幾分挑戰之意。

他沉默着，努力避免她的攻擊，假裝安詳的樣子，把微笑彫在嘴角傍邊，樓下那兩個女人的惡罵，現在已成了銳尖化，雖然兩方的噪音都瘖啞的不成聲。忽然有一個尖銳的慘聲呼叫起來，接着聽見玻璃器毀破之聲。有幾個人在排解。他深深的感覺到憎惡與痛恨。

「好，我寬限你明天上午！到時還沒有錢，請你馬上搬出去！」肥胖的包租娘悻悻然的離開他，用鴨子走路的姿態走出前廳去。

他又踱來踱去的沉思着。生命已達懸崖的沿邊，即使那篇小說能够馬上寫完，編輯先生又肯馬上發表，也不能阻止它滾下來，這時候，他承認他沒有生存的權利，他承認他沒有振作的勇氣，社會已不復容許他喘息了。掙扎，它對於他有什麼用處呀？反而給他以無限的悲痛，延長命運的苛待。於是他決意脫離這個可咒的塵環，替自己解除一切的苦痛。

當他走出門口，向着廚房那幾個正在燒晚飯的女人一瞥時，他便懷着萬斛悲淚，迅速的走下樓梯去了。

x　　x　　x

西斜的太陽，把參差不齊的建築物的陰影投在地上，在那邊行人道和牆上塗着金黃色的陽光。用金屬和玻璃製造的招牌及其他的東西，在陽光中炫目的閃爍着。天上浮着幾朵白窗雲，緩緩的移向北方去。炊煙幾縷，在人家的屋脊上裊裊的搖曳着。

他在陰影中大步的剪着兩腿，兩手也機械的搖動着〔。〕這時候，他唯一的想念就是死，忙着要幹的事情也是死，但他不知道怎樣才能夠安然死去。他試想着死的方法。最先來到他幻像裡的是投下海去淹死的形狀；他被人家撈起放在沙灘上，裸着的屍骸直挺挺的躺着，臃脹的突起的肚子現出幾條青筋，頭髮，鼻孔，耳朵都積着一些沙坭。他不覺〔憐〕憫自己起來，一個想和社會奮鬥的青年人竟如此收塲。他悒鬱的悲傷的强抑着眼淚，以傲然的神氣昂起頭向前走去。他不願意自己的屍骸一絲不掛的給沒有仁愛的人類批評，於是想爬上高處去跌死。腦袋破裂了，流出白色的腦漿，四肢和胴體完全粉碎，不像人形，混和着鮮紅的血液堆在堅硬的石塊上。在天空盤旋着的麻鷹，飛下去吃那豐盛的大餐。

「太過慘酷了，太過慘酷了！我不願意這樣死，能夠像睡覺一樣的就好了！」他不禁失聲叫起來，皮膚上起了一層鷄栗。

接着，他知道他在繁盛的街道上，羣眾的面前，不能任意顯露自己的情感，於是勉强的忍耐着，把淚水吞下肚去。油膩的臉龎異常蒼白，汗水又把白布短衣濕透了，當他經過一間西藥房的門前想走進去買幾瓶安眠藥水，但把手插進袋裡時，才覺悟他已經一個銅板也沒有了，不覺掉了幾滴眼淚他連忙用手帕掩住眼睛，假裝被沙塵吹進去的樣子。

「連安然死去的權利也沒有了，我是怎樣的可憐啊！」他悲切的想道，「社會對於我是這樣殘酷，我是非粉身碎骨的死去不可嗎？為什麼我如同馴服的羔羊，毫無抵抗，服服貼貼的被宰割呢？啊，我是怎樣的懦弱啊！怎樣的無用啊！」

一股興奮的熱氣突然在他的心靈上冒起〔，〕自殺對於他變成羞耻的行為了。他又奮然昂起頭來，以不可一世的氣概向前走去。他覺得自己是一個巨人，畸形的社會在他的脚下渺小的如同一粒塵埃。這時已是黃昏的時候，燈火開始放散它們的光芒了。他茫然的拖着身體向前進，不知何處是他的目的地，好像要走遍香港的街道一般。涼風不停的吹來，白晝的酷熱暑氣，已被帶到人類不能知道的地方去了。他感覺十分爽快，那些不愉快的情感似乎不再在他的心上存留了。

一輛美麗的汽車，載着幾個穿着漂亮衣服的女人，從他的身傍咆哮着飛過。他嚇的一跳，本能的向着右邊走了幾步。從汽車屁股噴出來的臭氣，使得他掩住鼻子。他望着那幾個女人。她們快要在轉彎那裡消失去了，短髮被風吹得亂舞。

「你們以為自己是尊貴的人嗎？」他憤然的在心裡罵道，「請你們想想罷！你們穿着華麗的衣服，坐着時髦的汽車，便可以傲視一切嗎？你們以為有錢，便可以把窮人不放在眼內嗎？你們看見我是一個窮光蛋，不當我是人看待，任汽車向着我衝來，這顯然表示你們的殘忍！你們知道嗎？殘忍是人類最野蠻的行為，尊貴的人是憎惡它的。你們既然那麼殘忍，還可以配做尊貴的人嗎？」

想到自己在社會上不過是一堆攦搓，被人家賤視，被人家擯棄，他又不自覺悲愴起來了。他緩慢的走着，失神似的沉思，生既不可能，死又感覺恐怖。他不知怎樣才能够解决這個極端困難的問題，於是深長的嘆了口氣。

忽然的，他覺得肚子餓得疼痛，需要吃一些東西。他今天沒有吃過飯，無論如何都不能空着肚子挨到明天，於是走進一間上等飯店，雖然知道袋裡沒有錢。

「我要生存！我要奮鬥！我不能任社會迫到死亡！我不能任饑餓剝奪我的生命！社會是我的仇敵，我要向它報復啊！」他坐在椅上，悲憤的想道。

電扇在他的頭上呼呼的轉動着，如同一個有靈魂的怪物。柔和的燈光從那些美麗的玻璃器發射出來，把放在三桌上的銀器映得閃閃的發光。桌布是白色的，花草圖案隱隱約約的現了出來。他和桌子及其他的影子印在光潔的大理石的牆上，他看見自己的蓬亂的頭髮，和褸襤的衣服，和貧賤的相貌，不禁冷笑幾聲。

但是，他並不憂慮或者覺得恐懼，却以享用的心情拏着菜單讀，隨後向女侍索取一張紙，寫了幾樣貴重的菜。

「我還要一盃拔蘭地，姑娘，」他冷然的說，同時心裡想道：「一不做二不休，索性儘量享用一下罷！」

「是的，先生，」年青的女侍低聲說，臉上露出一些蔑視的神態。她掉轉身走去了。

她的眉毛畫得很彎，豐滿的面龐敷着一層薄薄的胭脂，和一層鉛粉，嘴唇也塗了鮮豔的口紅，這顯然是一個甘願做富人們的玩物的女人，他不由得憎惡起來。但在〔她〕的顴上那顆小小的黑痣，使他想起他的妹子，不覺異樣悽愴，急忘拏手帕掩住眼睛，不讓淚水滾下來。假使他的妹子〔還〕活着，知道他悲哀痛苦，她必定會跑來慰安他；知道他頹廢不振，她必定拏使人興奮的說話鼓勵他。假使妹子在傍，他相信他不致於來到這裡〔以〕身犯法。祇有她的長吻，〔溫〕〔柔〕的言語，他便忘記了餓與死。她是他的生命的灌溉者，她已經隕墜，他不能不乾枯了。

女侍端了菜和酒過來。她穿着一件薄得可以看見肌肉的，香噴噴的，絲質的長旗袍，上面繫着綉花的白圍腰。纖細光潤的手把豐美的酒菜搬移過桌上之後，她便拏着光可鑑人的銅托盤，綺妮嬌步的走進那個門口去了。

拔蘭地一到舌尖，他便感覺到一種未曾嘗試過的濃烈的味道；似乎略帶一點辛辣，隨後有一般冷氣穿透他的身體。跟着來的感覺，是臉熱了起來，脈搏迅速的卜卜的跳躍，他微笑了，拼命把酒灌下肚子去。

〔能够沉醉到死去，是怎樣的痛快啊！〕他喃喃的說。身體飄蕩起來了，如在雲端上。在他面前的東西，也不住的搖幌。主顧們的頭在雪茄的煙霧中彼此亂碰；他們的聲音也變成模糊不清了。呼呼響着的電扇，忽然他覺得很討厭，它如賣弄風情的醜婦，一邊唱着肉麻的情歌，一邊拏扇把敲他的腦袋。同時，那幾個坐着汽車向他衝去的女〔人〕，又在他面前矇矓的顯現出來。他蹙起兩眉，把最後一﹝滴﹞拔蘭地喝了，伸出舌尖，在嘴唇上舐了一下。

﹝姑娘，再來一盃拔蘭地！﹞他高聲的喊，弩着醉眼注視着女侍的臉龐。

一個坐在他左邊桌子的青年人，向他投了一瞥輕蔑的眼光，但他祇沉迷於那女侍的姿色，裝着不見的樣子。他雖然憎惡她，假使能够得到她的慰安，也許把一切過去的悲哀忘却，當她靜靜聽他說了自己的故事和心情之後。他相信她會可憐他，也同他一樣的恨憎那個肥胖的包租娘和﹝畸﹞形的社會。眞是可怕啊，已經犯了罪的他，喝醉了酒更﹝加﹞斗胆幹他所想幹的事了！人類的法律，已被他踐踏在脚下了。

﹝可以慰安我嗎，姑娘？我是非常不幸的人啊！﹞當下他喝一了大口拔蘭地，伸手過去，緊緊的握着女侍的手腕顫聲的說。

﹝請尊重一點，先生！﹞女侍掙脱他的手，惱怒的說。她的臉漲紅到耳根。

那個蔑視他的青年人忽然哈哈的笑了起來，說他發神經病，於是他的怒火被煽熾了。他站起身來，玻璃盃被袖口帶翻，喝剩的酒倒在桌面，桌布立地變成寫得很幼稚的風景畫，他顛躓着走過去，睜圓眼睛盯住對手，拳頭在空中揮動着。

﹝你敢笑我嗎？你這蟲豸！﹞他粗暴的說。

﹝請尊重一點，先生！﹞對手傚做着女侍的口吻說，接着把手放在鼻上做出令人難堪的姿態。

他狂怒的向着那隻細小的眼睛重重的擊了一下。嘲笑者鋭聲呼叫着倒在一個女人的身上。那時有幾隻手死命的抓住他的手臂。腦袋被沉重的東西擊了一下，他便暈過去了。過了好一會，在半昏迷之中聽見一個男子的聲音，說道：

〔吃了十多塊錢的菜，可是袋裡一個銅板也沒有，顯然他有意到來棍騙！〕

他睜開眼睛，看見許多人圍住他，其中有兩個高大的警察。

〔去！去！到警察署去！〕一個警察喝道，在他的腿上踢了一腳。

〔我很願意啊，住在監牢裡是何等的快活！〕

選自一九三三年一月十五日香港《南星雜誌》第二卷第三至四期

媒

顏夫人在等候電車。她靜默的站在軌道的旁邊，街燈之下。

短髮被初夏的罨帶點熱氣的涼風吹起，在空中愉快的跳動着。又紅又白的臉龐劃出一種像高興又像抑鬱的難以形容的表情。她穿着格子長旗袍，腋下挾着一把美麗的陽傘。她沉思着。但不時向前望望，看看有沒電車開來。漸漸的，她等得焦急起來，恨不得背上長了翅膀飛到陸媽那裏去。

過了好一會兒，電車才蹣跚的開到來了，好像顏夫人的愛人廖先生投到她的懷裡那麼的遲緩。她噓了口氣，急忙的走進電車的肚子去了。

「叮，叮！」電車開始又蹣跚的爬動了。

顏夫人坐在一個老婦人的旁邊，掠掠被風吹亂的黑髮，向街外望了一眼，又從新想起來了。一想又想起前天的事來，這事像興奮劑般的把她的血液弄得瘋狂般的奔流，神經異常的緊張；它又像針鋒般的刺戮她，痛苦得幾難忍受。這事她永遠不會忘記的。在她的一生，它也許是最值得紀念的罷。

前天，因為太過苦悶，悲痛，大家都不能再忍，覺得事情不能這樣的繼續下去，必須澈底的解決才能够喘過氣來。他們蹙着眉頭想。偶然彼此的眼光相碰的時候，不禁苦笑了一下。想想，無論如何也想不出較完滿的妥善的辦法，而事情又那麼的緊迫，嚴重，眞是彷徨無措了。顏夫人含着眼淚望着她丈夫，心裡說不出的痛苦。她用勁的握着她自己的又勻圓又潔白的手臂，好像要把它握碎般。

這小小的房間充滿了悲鬱的絕望的空氣。他們憂慮着他們的將來，對於過去的事感覺到錯誤，但他們並不怨恨，因為他們不願意在這回憶的上面培植一株怨恨的樹。他們太好了，從前是互相諒解互相慰安的，而今為了這事而致決裂是可能的嗎？這太不值得了。雖然看來是三個人，但他們自己覺得是一體的存在的啊。

事情不能這樣的沉默下去，於是廖先生開始說話了。

「我可以退出去。」他說，他挺直腰肢，兩手捧着胸膛，肘部支在椅臂上。「世間的女子多着啦，我可以另外找一個，你們倆夫婦的幸福已經被我破壞得一點沒有了，我還能忍心再纏累你們嗎！我們的三角戀愛，眞太胡鬧了！」

「你不能離開我們，親愛的！少了你一個我們活着究竟還有什麼意義！沒有了你，我們不如死的好！」

顏夫人悲傷的叫。她的額上露出青筋，臉色是青白的。她的眼睛暈紅起來，鼻子也暈紅起來了，顯然她快要哭泣，但她咬緊牙齒把淚水骨骨的吞下去。她靠着椅背，急促的呼吸着。

「我們這樣的胡鬧，你以為是有義意的嗎，雯？」廖先生問，蹙着眉頭。

「這是可怕的，這是可怕的！」顏夫人驚駭似的叫道，「假使我們把這個情形拖長一點，我們的生命是很危險的……」

「那麼，你為什麼不讓我離開？」

「你不能離開她，廖！」緩緩踱着的顏先生突止脚步，向着廖先生舉起一隻手指說，「你知道，她如果失掉了你，她一定會死！她是異常的愛你，你也異常的愛她，誰也不能離開誰，誰也不能沒有誰。脫離這個三角戀愛的應該是我，並不是你。……」

「你是不能離開我們，凡夫！」顏夫人舉起淚眼望着她丈夫。

「請你冷靜一點，雯！這樣的事不能以情感來對付的。我知得你很透澈，我和你結婚已有四五年，你是相信我永遠愛你的，雖離開你，你也可以放心。廖和我們同居的時候非常的少，假使他退出去，你一定放心不下，痛苦的要死。這樣的比較起來，我離開你們是很適當的。從良心方面講，假使我還佔有你是過不去的。你和廖的變愛是在我愛你之先，假使不被我破壞，你們早已結婚了。請不要阻止我，我决心跳出這個三角戀愛的圈外，當作向你們贖罪……」

顏夫人跳起來，跑向前去，伸手把丈夫的嘴掩住，同時嚷道：

「不要說這樣的話，太使人傷心了哪！」

豆大的眼淚像斷了綫的珍珠般的滾了下來。她把濡濕的臉龐偎在丈夫的肩膊上。廖先生也哭泣了，他把面孔埋藏在潔白的手帕裏面。

「哎！你不能離開我！……你……離開……我是很傷心哩！」顏夫人低聲的呢喃着。她的手在丈夫的臉上撫摩着。

顏先生俯低頭，深深地吻了她一下，然後擁抱着她走到那把椅子去。

「你阻止我是沒有用處的，雯。你還願意我們繼續忍受這可怕的苦痛嗎，我脫離了這個關係，我仍可以和你們同居；我們依舊可以朝夕相見，如同現在的一樣。我這樣的幹，你可願意嗎，雯？」

說到最後的一句，他握着她的手，牽引到他的胸前。他的聲音是那麼的和婉，態度是那樣的眞摯，她又把豆大的淚珠趕出來了。她覺得顏先生幹的很對，除了這樣的處理，她相信沒有別種盡善盡美的辦法了。的確，顏夫人是很放心她丈夫把他們夫婦的關係解除，離開她的擁抱而跑到別個女人的身邊去。甚至她的生命被壓搾得粉碎，她仍相信他的愛情不變。在這幾年，她的心靈天天被包藏在他的溫柔的，懇切的，美麗的愛情裡面，幸福的享受着，咀嚼着，深深知道它是怎麼樣的，好像可愛的蜜蜂熟悉自己的工作一樣。她萬分的感謝顏先生，她可以用全副的精神去對付那個從前和現在都劇烈的愛着她的男子了。他是她第一個的愛人，他們將近達到結婚的時候，因為某種緣故，他忍痛拋棄她到南洋去，數年後，六個月以前，他們才能夠重逢；因此，她對於廖先生的愛情比較生疏一點；可是她依舊如前的戀愛他；假使他有一天不在她的面前，她就異常的憂鬱了，尤其是這兩三個月。顏先生能够決心這樣的辦。她的憂慮的，悲痛的，騷擾的心立刻安靜寬暢了許多。她深長的噓了口氣。

她轉動着濡濕的黑眼睛，緊緊的握着顏先生的手。當她想到他們夫婦的關係快沒有的時候，又不覺淒然。

「哎。我是如何的傷心啊！」她的眼睛含着淚水，說。

事情算是這樣的解決的了。但顏先生的年歲還是很青，不能不需要女人。而且他身邊雜事，也需要一個人料理的啊。顏夫人可以如常的服侍他，可是他恐怕自己被她的柔情引誘，又陷落那可怕的氛圍裡面。這樣的危險的事，他沒有勇氣再幹，也不願意再幹。居住香港雖然有好幾個年頭，但認識的人很少。這些朋友的交際差不多和他的一樣，拜托人家找一個女人簡直是不可能的。為了這事，他們又蹙着眉頭了。他們忽然想起世間有一種專門替男女兩性說合的媒婦，能够和她們商量就容易辦了，為什麼不去找她們，這樣的呆想可不是白費精神的嗎！他們覺得自己很愚蠢。不會向這坦平的地走，不禁啞然的失笑了。但是，在一瞬間，他們覺悟到這是空歡喜的事，因為他們無從認識這種的人，又唉聲嘆氣起來了。就算能夠認識她們，請她們找得一個女人，可是一切的費用究竟在什麼地方得來的呢？向朋友借嗎？這是辦不到的，因為他們的朋友都像他們一樣的窮。想來想去，他們一點辦法也想不出來，好像醫生對着快要死亡的病人束手無策的一樣。他們焦急的煩悶的互相覷視，過了好幾十分鐘。

最後，他們想起一個女人來了。她就是那個曾經服侍過顏夫人的陸媽。有一個時期，顏夫人需要一個女僕，鄰近的人把年輕的陸媽介紹給她。陸媽雖然在她的家裡工作了兩三個月，但給與他們的印象很好，她又温柔，又服從，像一個和善的羔羊。主僕的感情是非常的好，半點衝突的事也不曾發生過。陸媽的丈夫已經死了，家裡十分的窮，親屬都冷淡，找工作又不是容易的，所以她時常在顏夫人的面前表示她的痛苦，很想再次嫁人。想到這裏，他們不覺愉快起來，像探險家探得新大陸一樣。

陸媽的烹飪和料理家庭一切的雜事是很熟練的，顏先生所需要的正是像她一樣的女人，於是他懇求他的妻立刻到陸媽那裏去徵求意見。這種事並不是兒戲的，必須考慮過然後可能答應，所以陸媽不能馬上回覆。今天，一吃完了早飯，顏夫人就被催去繼續和陸媽談判了。

她的身子不是強健的，坐電車坐久了就覺得暈眩，但為了大家的幸福，她不得不再忍受這種痛苦。當電車快要轉彎的時候，她的腦袋又漸漸的暈了起來了。她握着拳頭輕輕的搥着額角。心裏怔忡着。電車的震動，她覺得很可怕，她情願步行，㚘㚘的在街上走是比較安適的。她祈求着，希望電車的速率像閃電般的快，她輕輕的嘆了口氣。同時，她開始拏緊在陽傘的柄端的深綠色的向纓繞纏食指上，隨又把着它解開。她抬起頭來，用痛苦的睛垂眼車窗望出去，車即窗格格的微弱的響。一排鐵欄干圍繞着一片廣濶的草場，像鋪着一塊綠油油絹，被修過了的可愛的草，齊齊整整的滋生着。在貼近着洋房子的旁邊，有這個外國小孩子在遊戲。他們天眞爛漫的跑着，叫着的放肆的喧囂。清脆的笑聲在嘈雜聲中發洩出來，像銀鈴般的響着。

陽光愛撫的偎在那灰色的牆上。洞開的窗戶，如同狂笑着的老人張開沒有牙齒的嘴，使人彷彿聽見那沉重的笑聲。在瓦簷邊，露出一塊青色的天。

五年前，廖先生正熱烈的戀愛着顏夫人的時候，每天，一下了課，他就挽着她的手在校園裏的草地散步。他們簡直不知道甚麼是痛苦，好像那幾個外國小孩子一樣的愉快。有時他們也跑着，叫着，高高興的。他們很相信他們快要結婚，於是他們預備了一切，等候着那期望的日子到來。

但是，他們的朋友顏先生把他們的理想破壞，用種種的手段阻止它的實現，並且環境又不許可，終於使他們不能如願以償。為了某種事發生，廖先生不能不跑到南洋去，而顏夫人也避難似的走來香港這裏。在香港，她遇到顏先生，大家都喜歡得流眼淚。沒多久，他們就結婚了。事實上，她也愛他的，所以在同居的第一天靜聽他告訴了他的愛情和陰謀之後，她也原諒他，用熱烈的吻寬恕他了。飃流異地的廖先生，她時常想起他來，憂慮的推測他的狀況。他安適呢，還是生病呢？她是不知道的。假使她想到熱帶的地方是不適合他的身體時，她就是好幾天沉默了。在這沉默中，顏先生看出憂鬱和悲傷，並且能够窺視到她的心靈深處的隱秘。他是不妒忌的，不過微微感覺點痛苦，於是他狂熱的擁抱着他的妻，瘋也似的吻她了。被他的手臂環抱着，顏夫人就忘記了她的憂鬱，而感覺到甜蜜蜜的慰安了。

他們平靜的過的幸福的日，像在樂園的一樣。他們的生活很像一首美麗的詩。

但是，癡情的廖先生並不願意放棄他的愛人，從遼遠的國度帶着創傷的心投到她的腳下。他的到來，正如她所願望的。他們默然的流着眼淚。顏先生覺得十分不安，也沉默的坐着。廖先生是他的好友，雖然他十足一個情敵，並且突然到來擊碎他的幸福，但他並不敵視他，一點醋味和憤怒也沒有。看見他們的悲苦，他自己祇自責而已。愛情的發生是不能控制的，這傷心的苦痛的事的造成，他不承認是他的錯處。

因此顏先生有充分的理由繼續佔有廖先生的愛人，況且他也很愛她，也像廖先生一樣的不願意失掉她。於是，他們同居着，希冀在這樣三角的戀愛中大家得到慰安。但事實上，並不是像他們所想的那麼樣，而是異常的痛苦，無論在肉體上或精神上。最覺得痛苦的就是顏夫人，一個人服侍他們兩個，差不多不能支持。假使那樣的延長下去，他們很相信他們的結果是很悲慘的。想到這種悲慘的結果，他們不禁恐怖起來。

「是的，這是很可怕的啊！」顏夫人在心裏說，太息着。

電車的簸動似乎更厲害，腦袋像被人擊了一棒那麼樣的又暈又痛，不住的拏拳（一）搥額角。

在鵝頸橋附近，她下了電車，緩慢的走着。她覺得腳步輕浮浮的，輭而無力，很想找張床躺下去，但她必須向前走去，不能在半途中休息，於是她忍耐着，以絕大的力量忍耐着。她把陽傘拿作手杖，篤篤的敲擊着柏油路。

太陽把街道曬得熱辣辣的，好像蒸籠一樣。她流着汗，喘着氣。那又紅又白的臉龐油膩膩的，像抹上一層膏油。走到行人道上，她才覺得有點爽快。微風輕輕的掠過她的臉龐，掠過她的軀體，給與她以溫柔之感。

顏先生愛撫她的時候，她也感覺到這種溫柔。時常的，當她感覺到這種溫柔，她就沉醉了，整個的心靈沉醉了。她很快活，她相信在這人間她是頂幸福的人。她撫摩着丈夫的頭髮，輕輕的吻着丈夫的嘴唇，流着幸福的眼淚。想着這甜蜜蜜的情形，顏夫人不禁停住脚步，掉轉身想回家去。她站着，沉思着。

「不！我必須和陸媽商量商量，那種三角戀愛太令人恐怖了！」她自語着。

於是，顏夫人又緩慢的向前走去，陽傘篤篤的敲擊着地上。沒多久，她到了一處僻靜的地方，行人是很疏少，令人想起荒山的古剎。許久以前，她曾想過和愛人隱匿到人跡不到的荒地優遊的過着他們的詩人也似的生活。這雖做不到的事，但她常常憧憬着的。有過幾次丈夫愛撫她的時候，她感覺到那種難得的樂趣。所以顏先生之於她，無異是她的生命；沒有他，她就很難生存了。

她拖着自己的疲憊的沉重的肉體從黑暗的扶梯一步步的攀登着。假使她的丈夫看見她這麼樣的勞苦，他必定抱起她走上去了。對於丈夫的痛愛，她異常的感激。為了他犧牲了自己的一切，她也很願意的。

「我回去罷，我不能沒有他！」顏夫人想道。接着，她嘆息了。

她躊躇了一會，然後堅決的舉起手，輕輕的在門上敲了幾下。

陸媽剛剛把洗淨的衣服晾好，回到自己的小房子裏倒盃茶喝喝，正想坐下休息一下，顏夫人就到來了。

「我到來了，陸媽。」

「來得很好，我正沒有事做哩。」

地方是很狹窄的，木板床已佔了五分之四，顏夫人坐在床頭那張靠着板壁的小木櫈，就把房門口塞住，人不能從她身邊走過。她揩着汗，一邊慢慢的喝着茶。她的陽傘靠在角落裏。

「那件事，你有沒考慮過？」顏夫人問。

陸媽的回答是把頭點點。她微笑着。她的身材是瘦削的，（下）巴尖尖，臉上有些少不十分顯現的麻斑。微笑着時，露出可愛的潔白的牙齒。

「你願意嗎，陸媽？」

陸媽沉默着。

「沒有什麼不願意，如果他眞愛我，我就可以和他同居，」過了一會兒，她才這樣低聲的回答。

「前天我不曾對你說過嗎？假使他不愛你，他就不要我來找你了。」

「眞的嗎？」

「眞的！我可以保證。」

「那麼，……」

陸媽把其餘的話吞回去，臉紅紅的望着那窗戶，窗戶非常的小。一線陽光射了進來。顏夫人望着她笑，一邊捶着痠痛的腰骨。

「那麼，你肯和他結婚了？」

沒有話回答，陸媽衹回頭微笑了一下。

「呵，你允許了！」顏夫人歡喜的叫。

陸媽又微笑了。顏夫人緊緊的握着她的手，輕柔的說道：

「此後，你是顏夫人了，陸媽。」

「謝謝你，廖夫人！」

一九三三，八，一八，深夜。

選自一九三三年十月十五日香港《小齒輪》第一卷第一期

求生

壁鐘剛剛敲過了十下，張四嫂果然就和那個女人和那個小孩子到來了。

那個女人，委實是一個從饑餓〔綫〕上走下來的可憐的人。她的尖削的面龐，黃油油的一點血色也沒有，好像用什麼泥土捏成一樣。髮髻一定久久的未曾梳理過，異常的（）亂，斜歪。它失掉了一切可愛的光輝，一團枯草似的挂在腦袋後便。一綹短短的頭髮從耳後伸出，懶洋洋的拖在背上。耳朵戴着已經變了灰暗的銅質的耳環。她的衣服，也和她的髮髻一樣的骯髒，不整。最令人驚心動魄的，就是她的緊緊鎖在一起的眉頭，和失神的悲苦的眼睛，一看見她們，誰也惻然的嘆了口氣吧。

她憂鬱的不安的坐在椅子上。那個小孩子倚凭着她的腿部，用畏怯的眼光緩緩的察視着這個生疏的地方。

張四嫂不自然的微笑着，她的微笑始終是神秘的，似乎隱藏着無限的使人驚異的不平常的喜事。然而，她的可憎的虛偽，依然很明顯的寫在她的面孔上，如同水上浮動着的油點。

「太太，老爺呢？」她對我母親說。

「唔，他還未起身呢，」我母親毫不在意的回答；同時，細心的考究着那個孩子。

「嘻嘻，太太，」張四嫂走前兩步說。「這個小東西生得不錯哩。你看，他眉清目秀，額闊鼻高，實在是一個聰明的人。嘻嘻，太太，你一定很歡喜的吧？」

她把那個小孩子拉拉扯扯的推到我母親的面前。揩乾他的〔鼻〕涕，她就甜言蜜語的哄騙他，要他叫聲我母親和我。他恐怖的望着我們，扁扁嘴巴想哭。

那個女人走來蹲在他的旁邊，低聲的安慰他，哄騙他。

他嗚哇的哭了起來。那個女人連忙把他擁抱在懷裡，拏起衣角揩拭他的眼淚。她的眼睛有點濕潤，眉頭皺得更緊，更可憐。她沉默着。

「他有多少年紀呢？」我這樣的問。

「已經六歲了，姑娘，」那個女人嘆息似的說。

「該是入學的時候了！」張四嫂說。她撫摩着小孩子的頭髮。這時候，她也蹲在地上。

小孩子伏在那個女人的大腿上，斷斷續續的哽咽着。他的手裡握着幾塊我母親給與他的餅干。

「你要多少錢呢？」我母親問。

那個女人默默的想着。眼眶又暈紅起來了。

「我很喜歡這個小孩子。你要多少錢，不妨直說。我決不會使你失望。」我母親很誠懇說。

「你究竟要多少呢？」張四嫂望着她說。「太太是一個慈悲的人，多花兩個錢也是樂意的。」

「太太，你能够給我四百塊錢嗎？」那個女人〔發〕（）的說。

「你不能減少一點嗎？」我母親俯低上身說。我心裡開始着急起來。四百塊錢並不是多，為什麼我母親還要減哩？人家母子分離，已經是悲慘的事，我們還想貪便宜嗎？」

「不能減少的，太太！」那個女人的眼睛已經噙着一泡淚水了。

「太太，這個小孩子是一個頂好的小東西，你多花幾個錢也是值得的哩！」張四嫂恐怕這個交易不成功，就這樣的慫恿我母親。她的嘴邊滑過一個可親的微笑。

我母親沒有回答她們，衹是眼不轉瞬的詳詳細細的觀看着小孩子的相貌和身材。她的表情顯露着一種依依不捨的狀態。

「我的確不能減少的，太太，」那個女人痛苦的說。眼淚像斷了線的珍珠一樣的滾了下來。

「這是賣兒子的錢，太太！我要用這些錢來還債，來醫治他父親的病，救活他父親的生命，也用來救活我自己，我祇有這一個……這一個兒子，我把當作寶貝……嗚嗚！我……嗚嗚……如果……」

她的哭泣把她的話切斷，不能說下去。她越哭起大聲，一邊用濕漉漉的面龐在她兒子的頭上推來推去。小孩子看見他母親哭泣，也不禁嗚哇的一聲把頭埋在他母親的懷裡痛哭。我的鼻子瘦溜溜的，差不多要流淚了。我母親素來是心軟的，早已拿着帕子揩拭她的眼睛。她不絕的輕微的太息。

「呃，不用哭了，大家好好的商量吧！」張四嫂在這個時候居然說這樣的話，眞討厭極了。

那個女人把鼻涕抹在她自己的身上，淚汪汪的望着我母親，哀哀的說道〔：〕

「那班天殺的奴才把我們的家產搶光光了後，他父親像撞着鬼般的做什麼事情都失意，而且無端的生起病來！他的病是非常古怪的〔，〕時好時發，一次次的厲害。最近的一次，更加覺得危險，如果像從前那樣不請醫生診視，他一定會死的！他還年青，還有許多事要做，他不能這樣的死去，也不能這〔樣〕的拋棄我們。他和我和這個可憐的小孩子，都要好好的延續的生〔存〕在這個世界的，我們不能任由命運安排！太太，除了賣兒子外，我們就沒有別的方法維持我們的生命了，就是這樣，四百塊錢是不能減少的，你憐憫我們吧！

她一口氣說完她的話，她又放聲的哭了。她不停的吻着她兒子的額頭，淚水一滴滴的落在兒子的毛髮裡，漸漸的濕透了。

從表面上看來，她不過是一個愚蠢的婦人，但她竟能夠像有學問的人那樣的訴説她的痛苦和意志，這是多麼的使人詫異呵！如果説她不曾親近過書本，我一定不相信了。

「媽，你答應她吧！」我這樣懇求我母親。

「嘿，你想做姊姊嗎？」我母親忍不住微笑起來了。

你喜歡這個姊姊嗎？張四嫂指住我向小孩子問。不等他回答，就對我母親説：「姑娘也喜歡這個小東西哩。太太，就是依照這個數目交易好了！」

「好的，好的！」我母親説。「不過，我還要和老傢伙商量一下，你們等候……」

「爸爸沒有問題的，媽，」我急急的插嘴説。

「唔。你們今晚來，我要讓老傢伙看看這個小孩子！」我母親這樣的吩咐她們。

那個女人站起身來，掠掠頭髮，就抱起她兒子。她的眼睛紅腫得可怕，我不敢看它們。我看它們一眼，我就會做一個恐怖的惡夢了。

張四嫂又不自然的微微的笑着，現在，這虛偽的陰險的微笑，使我更討厭她，恨她，巴不得她快點被魔鬼抓進地獄去。我希望我永遠不會看見〔這〕種卑〔污〕的人！

然而，我不否認我的愉快，因為我不久要做姊姊哩。

選自一九三六年十一月十七日香港《工商日報》

李育中

異邦人

路上眞干潔，很寧靜，無疑的是有人司理路政。人〔類〕進化到了現在，都市文明到了現在，對於街道是很用過心，街道雖然干淨，但保不了有壞人，於是有派出了維持治安警察來站崗的〔需〕要。

正午十二時x（）警察要到x街出勤。那警察被派到那地方，一點不推辭，就負上了維護治安的責任。依理居民是要對他致敬才是，可是適得其反，人們以為他很賤，不過一條狗差不多不看他一眼，他不傷心。他們的國被人統屬，其中許多已成了流浪人，從異地來到這裡，膚色不見得漂亮，是惹人厭的棕黑色，一下子人以為他掃過烟通來。

那時警察很優閑，由這裡行到那裡，有時站定着。

說到他身段，我們的同胞是不及的。夠偉岸又〔橫〕大，如果窃賊是中國人，他準應付得兩個，當那些中國人仍然是得病的中國人的時候。

頭是（）着一把最不耐看的（）（），野草似的長（）（）（），如活周倉，像生張飛，小孩子見着也生畏，（）是（）（），會看女人。

在他的職務上養成服從和滯鈍，對上官見禮對人力車夫施威，禁止吵嘴和爭執，驅散一堆不規則圍着的人，指揮車輛如何走，是他習做的事。

天很低，冷風，撩〔弄〕各人的臉，四處肆擾，各人穿厚衣裳，匆匆地走路，不以警察為意。

眼是巡邏着過往的人，他不能發〔見〕〔誰〕個是歹人〔。〕行路的人都在很規矩地走路，一點沒有異動，他發現的，是扭動的腰支，裹在女大衣裡，是高低起落的尖踭襪的脚跟〔，〕是漲圓的臀部，是蓬鬆的短髮，是顏色新異的服裝〔。〕這些東西，他從來不厭〔棄〕過，狠命地釘着眼睛傾斜稍稍惹起一點妄念。

妄想都無用，因為他的國度，因為他的膚色或者一把鬍子的緣故，都使每一個女人掉開腦袋或白兩眼走開。

如其要説一兩句曖昧（）的話。想承一些色笑，也很非容易，所得的只是把對方更迅速的加緊她的脚步，也許心裡不舒服，要罵：「殺千刀的死鬼」！一類的怨毒説話〔。〕

他也許聽不明白是咒他什麼，全無芥蒂在心裡，只不過少些放肆。這是經驗告訴他的。他聰明，自後不做聲。眼覷着人，亦得了一部分的慰藉。女人的紅唇，他認得怎樣（）小可愛女人的眼波他曉得怎樣媚態横生，包全許多意思，似乎一切器官，落到女人身上，都是世間最無上的東西。

在他的職守上，並沒有什麼〔纏〕繞時，他的腦筋會想到某天見過一個倒算美麗的婦人。又某一天見過美（）無以復加的少女。就連他出勤的那條街，街裡頭住得有多少女人，那一家房屋有怎樣的一個女子，他也知道，記在心，清清楚楚，不必寫「懷中記事冊」。

有時見年紀少一些的女孩兒，他就不要臉的道：

「阿妹，那裡去……？」

說得很不流利，也許引得人笑他說話的含混，但小孩子會怕〔纏〕着頭有鬍子的異國人，其他男子漢素來對待亡了國的流浪人也沒有什麼好意，更不屑談到交遊和說笑，是必然的事了。

他委實無聊，虱身異國來作客，已很有哀涼的成份，碰到這裡的人是不十分盡地主之誼的，更使他哀感不已，工作到完了之後，常想不出如何好消遣的方法。

夜晚曾做夢在孤冷的床上，似乎突然多了一個人，到第二天仔細看看，仍然是單自己，仍然是冷寂的周圍，到時到候，又負起了職責，過幾個刻板的鐘頭，又算完事了，吃了飯又拉矢，日復一日。

今天他更哀傷地想到牛馬了一生，為的是什麼呢？從可憐的祖國走出來，轉徙異地，幸而有了職業，從職業出得些應得的錢，積蓄了些少，然而缺少了一宗東西，那東西是有飯吃有錢用之外需要到的女人。他想得個妻，做一個好的陪伴，在異地裡沒有本族的女人得够聯婚，想到黃臉皮的異族，雖然隨處都是，然而現在還未達到大同世界，這些女人，是供給自己同種族的，早已成了「禁臠」。

他突又想到有一處地方，在那裡的女人是很相就的，聽說是「一視同仁」只要獻上一些錢，就可以在他身上極量放肆。

沒有家室的漢子，遇了某一種苦悶的時候，就這裡是快樂的地方了。錢不多就換得一身輕快還温存得够膩人，使人不會忘記那一遭所行的事，雖然有人說那溝渠一般的污穢地方，似又不見得，以為發言者是故意騙人。

不過，好歹都可以不理，那地方實在是一幅方便的所在，救濟不少人，收容了幾多饑渴者，一一滿足得了好意而去。

那異邦人曾有幾回跟同伴去那地方來張望，開了眼界，同伴有頑皮的都有合女人調笑和動手的權利，她們〔豐〕饒極了，臉上不吝惜的擦上很厚的白粉。胭脂抹得更紅潤。時時笑着講話又惱着罵人。他：審美觀念還未消失，立刻認得是誘惑力極強的好處來，從此立下心，尋一個時候，花一些錢來攪一陣子。

花一些錢是不算事的，只要女人能够捧出好意來欵待他，萬事都行了。

看看天黑下來了，太陽正要辭別的時候，還在西山外做歡喜光彩的面目，路上載着更多急促的脚步，勞動了一天的勞動者都亡命奔歸他們的巢穴。有妻室的，是更好啦，忙着倒臉水，洗手洗脚，快樂的圍着吃了飯，一天的疲勞恢復了過來。

那警察也知道他的職責將近完。不久他便把職務卸給夥伴，他將以優游離開。

粗飯吃了後，洗了一個澡，拍拍衣服上的塵埃，使勁兒邁步出寓所的門限，不想用一套〔難〕說的話去關照同伴，便往好地方去了，計劃不錯，轉〔幾〕條小街，好地方到步了，那時天黑，天上有星，地上有家家的燈火，這地點的燈火更迷了，黃澄澄的光罩住夢幻似的美人兒。

她們正如門口對聯上所説的「仙都如意佛亦動心」。美人兒（）端整的坐着給人端詳看相，開始幹她們的「生意」，近她的壁上有紅紙條寫下「燈頭旺相」這幾字，意思是人家愈多愈好，只怕沒有，只怕生意做不成，無論老頭兒也好，年青人來也好，肯把錢，生意就歡歡喜喜地做交易而（還），無聊的人很多，聚塞各門口言三扯四瞎東劃西説，「和我睡多少錢」，口雖這麼説但總無誠意人家不睬他，他又説（：）

「臭的，誰共你來……」

接着説了很多話，他們不是醉，但永遠愛説話，説完這個那處地方不好。又説那個那部分太壞，儘在（她）們的身上尋話題不怕討厭。説倦了，又呼嘯着踏過第二家，又站在門邊來撩弄。

賺錢的（她）們，永遠沒奈何啞着的忍受了，而每晚總少不了這些漢子。

異邦人集在人羣中（）美人，來（擇）他的心肝，可惜他見的這個太老了，只宜於回家去做婆婆的。

他想着如果在第二（間）有（好）的立即就可以交易！一個把錢，一個拈出身體。

果然，過到別二間，這個人模樣不錯。她正等待誰個似的。

異邦人在門邊燈下畧一躊躕，他就走進去，走近那個女人跟邊，正想談話，那女人的粉香氣味把他迷住了。女人似是有些討厭的脾氣擺出來，他定了一定神，他説了，他欲想和她睡一覺的意思（。）女人即刻説：

「沒有」意思是不能（，）用手擺着（。）

他再說得含糊了「有……你……」

更迫近她，用手向她指，女人終究不答應，着手要他離開。

他羞慚着還想得救，做出求情的神氣，走前兩步想闖入人家的「香閨」〔，〕可憐他更被制止了。

頹然的走出來，望望懶洋洋的路燈，勇氣又百倍，走入隔壁另一家妓館，年青的妓女回絕了他，他又出來了。

這回還有什麼勇氣哩？這裡處處是拒絕，特別欺我這異邦人〔。〕心中已充滿了又羞又憤，口裡罵中國的女人，更罵全中國的人。

一心想來些事，實現一個夢，但是現在全弄糟了，所得時是更深的惆恨，心是惝恍着羞憤。帶來疲癆，帶來要求〔慰〕藉的那顆心，帶來一身有用的肌肉，帶來一切從來的幻想的猥褻，如今一切都嚇走或揉碎了。

在自家的國裡，不怕沒有好女子垂青，然而這裡則從來未受過一個女人的好意欵待過，這怪的是國界劃得太深，而自己臉孔的差異又是一個主要的緣故？總之黃臉女人生不出眼睛不要大漢子，又不要錢。

回到寓所，倒在床上，那夜輾轉着，又用了他慣用的手法解決了一時的苦悶的壓抑。

天邊映出魚肚白色，他還白着眼睛在床上。

（附語）

寫小說是有所謂「創造」與「表現」的〔。〕我的技巧的幼稚，〔異邦人得人同情不〕自然容易有目共覩，我自己是不十分清楚的。所知道的是昨年三月寫成這篇之後，一直擱筆，沒有勇氣去製作過第二篇，那是如何的事哩？我望我又能多寫一兩篇出來，我要等待我自己，不使我躲懶。

這篇東西使我記起一個姓曾的好朋友，當時曾給他商量過的，現在他失踪去了，把這篇去追尋他吧。

一九三二，九，六香港

選自一九三二年九月九日香港《南强日報・鐵塔》

司機生

温潤的春天，昨夜不知那裡來的風，朝早額外生寒。鄭女士昨夜曾無聊地在麻雀消磨半夜，這時從床上醒來，撐開眼睛，瞧見四〔圍〕罩了一層灰霧，已不像往天的晴朗，她向窗望出去，有絲絲的雨〔飄〕在空中；她再回頭瞧瞧梳粧台上的座鐘，兩支指針都垂下七點半了。這使她稍稍吃了一驚，她比往常晏起半個鐘頭，這都因為今日天色失常的緣故，她明白，碰了今天的壞天氣，人是不精爽的。一陣晨風飄過來直侵到單薄的內衣，感到有指爪威廹過來一般的難耐，她打了一個冷噤，揭去薄被，她側旁一個八歲的孩子，還甜甜的做着〔夢〕，她推了小孩子一下，孩子翻一翻身也醒了。

「雄兒，還不起來去學校，你姆媽今早晏了。」

「媽，你瞧，下雨呢。」

「你好會推岩，不許你說雨，有雨學堂也是開的。」

「好呀，媽媽你可有洗了臉？」

「我還未曾，趕忙才是。」

鄭女士打發兒子返學之後，她挾了個青色手袋到大路上等第四路巴士，直送她到辦事的地方。她踏進ｘｘ百貨公司的大門，給許多同事作每天第一次的招呼，微笑地說：

「早呀！」

回到司機房裡見到那個女同事還向電話裡嘰咕。見到她進來，她便向電話中說「……好了，鄭女士來，我可以收工了〔。〕今天下午我們在安東園見，你要守約。懂得嗎？Bye-bye！」

那女同事把一雙「聽耳」除下來遞給接代的鄭女士說：

「昨夜我跟阿麥談了一夜……」

「好的消遣吧！」那個聽的乘機打岔說。

「還不是他要來纏我，我也樂得打發一夜，你可知道昨夜多冷，他這人，一夜開眼，職責像我們呢。咳，還不是一樣熬夜，無線電，倒好。這班（）皮，今天我索他一頓大菜，你瞧瞧我的手腕吧。喂，禮拜晚我們一道找他看戲去。」

「好的，我〔願〕奉陪，若不是我的雄兒跳（）的話。」

鄭女士坐到機旁戴好「聽耳」，回頭瞧住正穿上外套的那位叫做金女士的同事說：「這裡可有什麼手續未清？」

「什麼也沒有，除了這個胡纏傢伙，我都送他去了，不用你担心麻煩。」

金女士（）了〔個〕勝利的嘴角，在小背〔心〕上佩上〔肩〕巾，掏出粉盒子望盒裡的鏡子狠命瞧，一夜工作的疲勞痕跡，不抹上點粉，怎好出門呢。

「莎利早晨呀！」

「露絲早晨呀！」

兩人用不大純正的英語，道別之後，叫做露絲那個〔嬌〕〔健〕地把身子一旋，一陣輕烟似地飄了出去。她比鄭女士年青，型態不像鄭女士的凝重，看來她至少比鄭女士有十年或八年的距離，鄭女士分明已有個八歲的兒子，露絲金女士甚且連一個名份的丈夫也沒有哩。

自然，鄭女士更是為了解事理，經過風波。

電話來了。

她機械地提起插子塞進來線，應着「哈囉」。

「誰個呀，你像……」

「要那一層樓，那一個部分，說呀。」

「噢，你不是莎利。」（莎利，好名〔兒〕呀，驟然聽來倒像是個二八小〔嬌〕娘。）

「你怎又知道我，我不認識你這聲音，你是那一個呀？」

「你雖然不知道我，我却十分了解你呢。」

「喂，說上個名字，不然，我便沒有工夫跟你嗑牙。」

「我就是阿丘咧，你是很空閑的，我十分知道，忙不是這個時候，跟我談談吧，我也寂寞得怕〔。〕〔」〕

「先說說吧，你怎又知道我叫莎利，你又有會過我臉。」

「似乎是見過又不像是，總之你的臉孔不很壞吧，我從你的聲音知道〔。〕」

「聽人家的聲音，你就如此聰明了，也許神經過敏一點。」

「過敏不過敏也罷，總之女人很會欺〔侮〕我的，我吃了許多虧才知道。」

「何以呢，丘先生？」

「即如露絲，跟我在電話裡談過許多時日了，我說過多少次要見她〔，〕她老是不答應我一次，這種高傲處，我眞怕。可是莎利你却這麼隨便，我眞願跟你做一個朋友，不知你可以不可以見我一次？」

「我是很鄉土氣的，而且面貌又醜，衣服又陋，更永遠比不上露絲，那時跟先生交際起來，恐怕沒有一個好的印象吧。」

「我是佩服那種莊重的女子的純樸的女子的，……女子……女子的……」

「好了丘先生，請你先收線吧，我現在忙起來了，街線不夠，請請你，一陣再打來吧。」

「好的，鄭姑娘說什麼，我遵從什麼。」

電話切線去了。

鄭女士噓了一口氣，暗道，「永遠是這些傢伙，這東西又要來纏上我了，好玩的嗎？」在她瘦瘦的面孔上輕輕從着一種侮蔑的美意，轉瞬另一種黯愁却又無邊冒起來。

想起浮海的呆丈夫，就如一生嘔氣了，男人該不要這樣（）才是，想起這軟弱丈夫，當着面前的話，馬上制止不住要撾他了，幹嗎不像個識趣的男人呢？就是威風點，打女人的男人也好過這沒出息。他交給她的，只是一個頗有點慧質的兒子，算作破點寂寞吧。時光帶去她許多浪漫思想。

現在她只瞧着露絲今天忙着共這個出遊，明天共那個上戲園的一套套事出神，往往轉頭又勾想起那浮海的無用丈夫，動輒要生氣。這女人如何會胖呢。她已失了青春料的滋養。

「哈囉」工作到來時，鄭女士便這樣機械地應。

「是 x x 公司嗎，駁我去（罐）頭部，喂，慢着，還是首飾部吧。噢！忘記了我的老婆前天回了鄉，罷了，不如看買點什麼給你……」

「喂，說莊重點，不要什麼便好收線，我沒有工夫。」

「工夫多着呢……喂，不要忘記今晚六點開飯等我，買點白菜，鮫魚買不買也成，你是知道我討厭多骨的，刺了我的喉，你也不願，我不大吃得鹹，你必定知道清楚，記着這些吧，阿蝦，不要放他出門外玩，門外車多，我要賺錢，要懂得我的辛苦，不好過隔壁叉麻雀，算了，記着這些話。」

「你早死吧，去你的，你的老婆還在你岳母肚裡啊！」

線自動切去了。

鄭女士沒奈何他，這一頓搗亂夠開心，也夠好氣。「生涯儘這樣被後生的嘲笑了嗎？」她突地騰起這個意念。

她遂計劃着如何好從露絲裡替她復仇。

選自一九三五年二月十日及一九三五年二月十三日香港《南華日報・勁草》

華胥

找不到歸宿之夜

這已經是六年前的事了。

是一個炎熱的六月的一天下午，海島的週遭充滿了光與熱。熱氣騰騰到海岸上，浮泛着一層金霧的搖動的幕，樹木為熱氣所倦，似乎沉沉地睡去。牠們的綠葉，低垂而且不動，海面上無數的汽船與小艇，在蠕動着，在爬行着，默示着人生的忙碌。汽笛不住地叫着嗚嗚的叫聲，似乎在代一切在炎熱的陽光下工作的勞動者叫苦，這時HO旅館三樓騎樓前站着一位頭髮蓬鬆，形容憔悴的青年葦秋，對着海面，在做着無目的的眺望。站了一下，又轉囘身去，在一條兩丈多長的走廊踱方步，他有時皺着眉頭，有時舉起一隻石手在搔頭皮，像有一個重大的問題在他的腦中焦灼一樣。

「積欠的三天房租，今天是必須付的，怎麼辦呢？」

「最平宜的房租，每天還要一塊二角，怎麼能夠再住下去呢？不住麼？到那裏去呢？」

葦秋一邊在走廊踱着，腦裏却縈迴着這兩個急待解決的問題。他想來想去，終找不到一個適當的解決辦法。他帶着很焦急的情緒，再走到剛才站立的騎樓口，再做他無聊的眺望，然後慢慢地踱囘他的寓處——十五號房去。

走進房裏，很無聊地站在盥洗架前向鏡裏望了一望，發見自己一副愁悶的面孔，不覺有點淒然。他把頭髮向後一掠，轉身打開小桌子的茶，滿滿地倒了一杯熱茶，一口氣呷下去，似乎想把這杯熱茶，灌掉胸中一切的傀儡。

他斜靠在一張木椅上，手上捧着一張早報。

「先生！賬房要請你付房租！」一位很年青旅館裏的什役，掀開白門簾站在門口對葦秋說。

「噢？房租麼？我一下子就送下去！」葦秋用一種很淡然的態度回答他，但心裏却很焦燥。什役下樓子去了，他像着了迷一樣凝視那盞罩滿灰塵的電燈，房租問題就像唱片放上轉動的留聲機上不住地在他腦子打轉着。

「就這樣辦呢！」他就起來很有力的把這句話說出，似乎問題得到解決一樣。他蹲下去，輕輕的把那藏在床底下的舊皮箱拖出來，打開箱蓋，翻開一些什物和袍衣，從靠底處抽出一件灰色的嗶嘰長袍出來，輕輕地放在床上，又把皮箱送進原地位去，自己才慢慢地站上來。他把這件長袍反覆看看，似乎有無限惋惜的意思。他為着這件最後的值得送上當店的唯一的財產（感）到無限的傷感。一會兒，才用着一張白紙把那嗶嘰長袍很慎重的包裹起來帶出房子，懶洋洋走下樓去了。

「喂！十五號房，結賬！」葦秋從當店走回旅館之後，一直走向賬房去還房租。

「先生！三元六角！」賬房把單據交給葦秋的時候，還附帶說一句。

葦秋從衣袋把那從當店帶來的四塊錢交過去，順手又收回四角銀子，賬房很客氣的給他一個溫和的微笑，使他深深地感到金錢的魔力！

「問題算解決一個了，第二個問題將怎麼辦呢？」他一步一步上扶梯的時候，剛才所焦急的問題又浮上他的腦裏了。

雖然是明天就可有船回鄉去，但是怎能住在這裏等呢？再住下去，兩天後又不是要付房租麼，那可就艱難了。那可再沒有嗶嘰長袍可以送上當店了。寄信到家鄉去催錢麼？信件來往至少要十天。十天，住在這旅館等十天？……不，不行。旅館那裏肯等十天後付錢？

葦秋像有點神經病似的，他呆呆地站在二樓的樓梯口這樣想着，直至二樓幾個什役很驚奇的對他注視的時候，他才感到有點不自然而走上三樓去。走上三樓，他還不逕直走回自己的房裏，依舊在走廊中徘徊着。

「啊！我前兩月住過的胡君的家裏，不是一間空房子麼？不是可以打電話去和他商量借住兩天麼。」他突然想起他的老同學胡君來，像在黑暗裏得到一線光明一樣，便很興奮地走下賬房去打電話了。

「啊！胡君！你的住家那間從前我住的房子還空着麼？」

「為什麼？」

「我是準備回鄉去的。但是船是後天才開的，住在旅館很不經濟，所以想借你的地方住兩天。」

「那可對不住！前幾天我的母親和妹妹由鄉下來，房子已經給她們住去了。」

「哦！那……不要緊……。」

葦秋很失望的把聽筒放下去，很無聊地走出旅館門口來。

二

天空沒有片雲，太陽發出無限的威力向這海旁的馬路照射着。炎熱的路上，只有人力車夫和貨車夫推着車或拉着車在走動着，汗水像流泉般在他們身體的每一部份湧出。馬路旁的騎樓下行人像流水般在流動着，葦秋在這擠擁的像流水般的行人中間很無目的走動着。眼睛在前面和左右打轉，他幻想着如果能够偶然碰到一個熟識的朋友，碰到一個能够幫助他的朋友，他的困難的問題也許得到解決也不一定，所以他一路走着，雖然是像走馬看花一般，然而一切行人的面目，都被他約畧看過了。可是不幸得很，幻想終於只是幻想。他看過的行人，都是陌生者，他的熟識的朋友，却沒有發現過一個。直至他把這條馬路最熱鬧之一段都跑完之後，都沒有見過一個認識的朋友。於是他索性掉轉頭沿着剛才跑過的路走回來，心中充滿着無限的苦惱。

他跑過W公司以後，無意在一座騎樓的支柱上發見一張N戲院的廣告，那是一張剛剛貼上的廣告，旁邊寫着。今晚演通宵。五個字。這一行似乎有無限魔力一樣，却使在不停走動的葦秋站住了。他聚精會神把那張廣告的全文看了一遍，知道這並不是過時的廣告，所謂（今晚演通宵），就剛剛是今晚。他呆呆地對那廣告出了一回神，臉上現出一種得意的微笑。

「這是一個機會啦！今晚到戲院去捱一夜！他的剛才所煩惱的離開旅館後的問題似乎得到一個解決的辦法了。

「很好！花幾角錢就能够在那裏過一個整夜，這眞是救急的辦法。」葦秋反覆思想，同時摸着袋子裏知道還剩八角小洋。

「但是，離開旅館，兩件行李又將寄到那裏去呢？暫寄旅館麼？他們是否肯容納？」一個新的難題又鑽進葦秋的腦裏來了。

「還是再和胡君商量吧！寄行李大概是沒有問題的。」他很敏捷的又想到一個解決的辦法。

他想到和胡君商量寄行李的問題，就像迫不及待似的，不容跑回自己寄寓的旅館裏，就跑進附近一間旅館裏借着電話打給胡君了。

這一次却幸運得很，寄行李的事情馬上得到胡君的答應了。

葦秋把兩件行李送上海傍東D街二十二號胡君寓所之後，周身像放下百斤的重擔一樣，感到無限的寬慰，坐着西行的電車又重新回這熱鬧的市街來。此時雖然不能像剛才一樣可以回到HO旅館十五號房去休息，不能像剛才一樣回到 HO 旅館去睡眠，可是此時的心緒，却不像剛才的徬徨了。

他在郵政局附近一個車站下了車，便慢慢走進一間大建築物的騎樓下去，又慢慢的沿着那些大建築物的騎樓下走動起來。他隨便瀏覽一些大商店陳列的貨品，或者隨便看看一些時裝的少女少婦，或者走近那些路旁的報攤去看看那些排列很整齊的報紙，這種無目的的閒逛，終於消磨了，由下午四點鐘到六點的兩個鐘頭。最後他是走進一間小飯館去。

三

晚上九點鐘了。好一片星夜。N戲院門前燃着成排的有色的電燈，映着許多彩色的告白顯出一種特別刺目的色彩，戲劇已經在開演了。從場裏傳出優美的管絃聲，間以暴爆如雷的鑼鼓聲，使人感到有點不調和。門外有幾個人在徘徊着，似乎是無錢買票，而在那裏聽樂曲的，賣票處的人員很無聊地在抽煙，這門口和場裏簡直是兩個不同的世界。

穿着一套白色西裝的葦秋，因為要等戲劇開演之後買平宜票的緣故，這時才從戲院右旁一條小街走上門口來。他把這陌生的素未到過的戲院門口看了一遍之後，才走近那三等賣票處的窗口去，他把那二角錢送上那窗口。

賣票員用着很不在乎的態度望了他一眼，才把一張三等票交給他。兩角錢投進裝銀錢的櫃桶裏，響着微弱的叮叮的聲音。

經過查票以後，查票員指示他們走上樓去，這尤其使他感到意外的滿足了。

「二角錢坐樓上看通宵，這眞平宜極了。」葦秋走上扶梯的時候，這樣想着，同時感到異常的滿意。

場裏已經塞滿觀眾了。從最高的地方直到地下，都坐滿男男女女，只有樓上左角最後的一排椅還空着，他終於在那排椅的中間找一個地位孤另另坐下去了。

戲台上燃着明亮的大光燈，宛如白晝。一對男女主角和四個配角正在熱烈唱着，沒有看戲常識的葦秋，那簡直是莫名其妙的事。他對於這莫名其妙的事，一點也不想明白的。既不想看看劇場裏分派的説明書，又不注意那台上所掛出來的齣目，他的意思；只要知道他們是在做戲吧了。因為他走上劇場來，原不是為着對戲劇發生興趣而來，而是為着銷磨這一個無處歸宿的長夜啊！

時間像流水般過去，已是夜半了。劇是沒有分開幕的，在繼續排演下去。幾個古裝的男女角在輪流唱着。場裏雖然不時發出一些微弱的笑聲和讚美聲，但是大部分還是靜寂着。一切觀眾的心靈，似乎都被抑揚的歌聲和和諧的音樂吸引住了。這時，葦秋也感到有點飄飄然，漸漸陷於睡眠狀態了。可是討厭得很，諧和的情境不過延長幾分鐘，那鑼聲和鼓聲又響動起來，葦秋又從睡眠的狀態驚醒起來。他對這鑼聲和鼓聲漸漸感到討厭，感到憎恨，甚至憎恨到那吹打手。

憎恨的情緒，一時雖然湧現在他的腦裏，可是那溫熟的空氣，和疲倦的腦神經却像一條鞭子在趕他走進夢境去。一會兒，他又打起瞌睡來，他的頭漸漸向前面低下去，甚至向着左右擺動起來。前座中一位老頭子，無意中轉回頭來，發見葦秋在打瞌睡，不免感到滑稽，嗤的一聲笑起來了。

「朋友！你睡了麼？」隣座一位學生裝束的少年用着好意伸着手搖動他的肩膀。

葦秋睜開眼來，發見隣座幾對向他注視的眼睛，他很不自然的向他們笑一笑，把身子挺直起來，心中感到莫名的愧赧。

夜深了，場裏的時辰鐘響着二點，於是那黑簇簇的擠滿座客的劇場，漸漸搖動起來，三三兩兩離開座位去了。整齊的行列中漸漸零落起來，舞台上的佈景，漸漸抽進後台去，是將近完場了。有點獃氣的葦秋，在睡眼朦朧，半意識的狀態中，發見了這種觀象，雖然覺得有點異樣，但他主觀的見解，總以為這是深夜中劇場必有的現象。「演通宵」三字緊緊在貼在他的腦字裏。他相信朝陽還沒有送進這戲院裏之前，舞台上的演唱一定不會停止的。他儘可以和一些要等完場的觀眾來撐這深夜的場面。於是他又泰然地對着那漸趨寂靜的舞台。

許多管樂忽然停着他的最後的音響了。舞台上只餘一個在說白的閒角。幾十個零落的座客也站立起來，開始離開他們的座位了。〔這〕時葦秋可真說異了「那朝陽沒有送進戲院裏之前，演唱決不會停止」的信念，漸漸在他心裏動搖起來。他開始相信這是完場了，他很躊躇地從那座位站起來，被騙的怨恨，即刻浮在他的心頭。他很想索性不離開那座位，就在那座位睡着，直到天明才出場去。可是當所有的座客都離開劇場的時候，他又沒有勇氣再單獨留下，又不得不跟着最後幾個觀眾走下樓去了。

四

夜幕低低地下垂着，天星無數的是在閃燦着，羣集着，明滅着，戲院門口一些有色的電燈已經熄滅了。從戲院最後走出來的太太小姐以至於一切有家可歸的人們，都坐汽車，人力車或徒步各自歸去了。葦秋從戲院大門走出來，仰望這廣漠的星空和沉寂的夜景，覺得眼前就像大海，自己就像一隻無舵的舟，何去何從，完全陷於渺茫的境界。他望着前面走的人力車最後的燈影，不覺徬徨起來。

「走那裏去呢？」

「這樣的深夜，一個人很無目的地在街上跑來跑去，不是要引起警察的注意麼？」

他在戲院前呆呆地站着，同時這樣自問。

「隨便跑跑就是了，一切聽其自然！」。此時他覺得再沒有深加思考的餘地了。

皮鞋戛戛的聲音在靜寂的水門汀的街道上響動着，這聲響，由一條傾斜的街道走下Q馬路，再由Q馬路走下DV馬路去了。街燈在廣濶的馬路上發着明亮的白光，市街像死一般靜寂。幾間偉大的建築物的騎樓下，躺着十幾個無家可歸的勞動者，在破布和爛蓆包裹之下，做着沉酣的好夢。葦秋從騎樓旁走過的時候，視線投射在這不幸者的身上，深深地注視了一下，發出一聲同情的歎息，他的悲感又湧上心頭來了。他感到一個無家可歸的勞動者，還可以很自由的睡在人家的騎樓下，很自由的得到一個棲息的地方。像我這樣無家可歸的青年，衣裳楚楚的青年，又那裏能够呢？就是要不顧一切像他們一樣找個騎樓下躺下去，恐怕馬上就會遭受警察的注意而受盤問，說不定會受警察目為可疑的人物而帶回警察署去，這樣，不是連一個無家可歸的勞動者都不如嗎？他想到這種潦倒窮途的情形，不禁深深地噓了一口氣，這長氣就包含着無限的牢騷。他感到如果不照C君給他的忠告趕速回農村去，再在這H市徬徨下去，除了投海之外，實在再沒有歸宿的地方了。幸而他回農村去的計劃是非常堅决的，他相信明天離開這討厭的都市回到農村以後，生活一定不再回到徬徨了。於是他一時湧現的悲感以至於他暫時感受的苦痛，即刻被理智趕開了，一切又漸漸達觀起來。

他大踏步步着，通過郵政總局以後，即刻轉出海旁去，那給市民休息的B碼頭，立刻在他面前出現了。在徬徨無依中，B碼頭像在搖着歡迎的手，歡迎他到那裏休息去。他走近B碼頭的時候，發見碼頭上的坐椅上有幾個人在談話，這確使他像在沙漠上遇到旅伴似的，有一種説不出的安慰，雖然彼此是陌生者，然而在寂寞的單調的深夜，也變成可愛的伴侶了。

葦秋坐下那隻緊釘在木板上的長櫈，對着那模糊的海灣，如同隱在雲霧裏的海灣，吸了一口新鮮的空氣，心境舒適了許多，他很想忘記一切，忘記無家可歸的苦惱，暫時在碼頭上做一番沉酣的夢。可是他剛剛要合上眼的時候，一陣戞戞的皮鞋聲跑進碼頭來了。他猛然回頭去望了一望，原來是一位穿着制服的印警。他那神經過敏的情緒，馬上感到恐慌，心房不住地跳躍了。

「如果他問我為什麼深夜還留在這裏呢？我將怎樣回答？」

「納涼，這不是最好的理由麼？難道深夜納涼會犯法麼！」

他疑心到那跑進來的印警會向他這樣探問即刻就在預備答案。

「不過，他也許會問我的寓所，我又怎樣辦呢？」

不可以撒謊嗎？就是撒謊也可以的，D街二十二號四樓胡君家裏。

葦秋很敏捷的把一切的答案都準備好，裝着鎮定的態度（一）是望那模糊的海面。

那位印警跑過他的面前的時候，不過對他瞟了一眼，很平常的就走過去，他才像釋重負，顫動的心房，才漸漸寧帖，恢復平常的狀態。

夜越深，一切越加靜寂起來，印警和幾個納涼者也離開碼頭去了。碼頭裏只剩他孤另另的一個人。寂寞的週遭，茫茫的大海，使他感到恐怖，感到徬徨，他祈禱着，他焦急着，他唯一的希望，就是黎明即刻到來。

選自一九三三年四月一日香港《南星雜誌》第二卷第五期

雁子

快要咆哮的手車輪

幾日來的天氣壞到簡直，就是全落雨，那死蛇一樣地橫臥着的馬路，靜悄悄地沒有幾個行人。就是汽車也稀少，不過是三五輛間斷地在死蛇的屍體上爬行着罷了。光景彷彿有點像深夜，全寂寞。

馬路的低窪處積滿了雨水，突地奔過來了一輛汽車，便立即飛濺了無數的水花。左右兩列的商店，好像餓狼一樣的張開着大口，在蹲伏着，期待着把行人吞噬，夥計們也不像平時那樣地忙碌得一若花間之蜂蝶，而是兩肘擱在櫃檯上，巴掌心撐持着臉的兩顋，眼睛悠閒地凝視着馬路上的雨林。

手車夫們張了一對尋覓的眼睛，東照一下，西顧一下，都是招不來一個客人，只在騎樓的一邊角落處閒着，閒着。但這情形也就並非絕對的，間中也得看見有一二架手車經過他們的面前，那車夫的背是曲着，在那種大雨滂沱中奔馳，一身的衣服就像落湯雞一樣，全濕了；有的也索性赤露着膊兒的。他們的雙足，在馬路上不住地起落，那種的塔的塔的響聲，在那些角落處閒着的車夫們的耳朵裏波盪着，似乎那是一種驕傲的音樂。他們的耳朵聽着，雙眼射出兩條線，那是近乎羨慕的光輝，心裏就不禁感到有點異樣，啊，他們倒是我們一羣中的幸運者呢！他們差不多這樣喊〔出〕〔來〕〔了〕。

但是，可能給他們覺得欣慰的事也就未必全沒有。幾日來閉門不出的太陽，今天却就出人意表地，微笑着啟了門戶，提高了它的健履跨過了層層圍困住他的雲端，聳立着；它更用了它那圓圓的大眼輻射出一道紅色的光芒——晴了。

陽光一跑了出來，雨天沉悶的空氣，全消了；似乎就是什麼都有了生氣一樣。尤其是那班依靠一雙黑手做生活的人，看見太陽衝出了雲圍，似乎額角就開展了許多，連老人的徵象的皺痕也減少了幾條了。

阿大跟着他的母親走進了廚房。這婦人的身材雖則頗高大，但臉色却是黑黝黝的，很枯瘦。阿大伸出他那對才三歲的小手拉住了母親的衫尾。

——阿大呀！不早了呢。快去叫醒你的爸爸吧。——實在你的爸也太疲乏了，一日拉車拉到黑……

——爸爸！媽喊，起身呀，天亮呀。

王福在睡夢中給阿大搖醒了過來。睜開眼一看，啊，太陽出來了呢，心裏彷彿就放下了一塊大麻石，輕鬆了。他趕緊從石頭一般堅硬的床板上滾了下來，身體有點像圓木頭，他匆匆地穿上那背上大小貼補了三塊黑布的花格衫，模一下下巴的黑痣，便又匆匆地走到廚房裏去；他只是含了一口水，昂首格格地漱了一會，連手臉也不洗一洗就走了出來。

——今朝只剩一撮米。我在木箱搜出來了三個銅板，買了三條蕃薯和着煮。——你和阿大二個人吃吧，我不相干的……

——……又沒有米了嗎……唉！如果等會天老爺還落雨，那就……好了，讓你們兩母子吃吧，我做了一次生意去吃碗白飯算了……

王福說了便起身離了桌位，拿到了竹笠，肩上又掛了一條手巾——這手巾原先也是白色的，只因用的日子多了，滿堆積了污穢和汗膩，現在才變成又髒又黑而且破舊的樣子的。

——……呀，這怎麼行呢！你空着肚去拉車！……我早說我不相干了，你管理我做什麼呢……快吃了兩碗蕃薯粥去吧……你不吃，沒有氣力是拉不得車的……要是受餓病了那就更可憐呵！……她的音波顫動着，她幾乎是哀求他的丈夫了。

——我要天黑才能有錢帶回來呢！難道你們想那樣挨餓一天嗎？……我一會就可以買點東西來吃的，你們為什麼不吃呢！……

王福的心這時儘覺酸，眼睛給那薄薄的淚波幕罩着，似乎一切物件都花了起來，看不眞。他很快的帶上了竹笠，便匆匆地出了家門。他的妻待看見他的影子在門角消滅了以後，雨點淚珠，雨般大，就一齊滴在阿大的額角上，好像哀悼眼前丈夫影子的滅亡。

二

——王福！你今欠了我三天的車租了！你今天還不把那一元二角的租拿交了來、哼、老實說，明天我的車可不准給你拉了！要我白賠車，光給你們賺錢，我就沒有這樣蠢！

——噢，是。這個我早就想到了。……不過我遲早總得交你的。——你，祥伯對我有招呼，我知道啦，那裏敢不繳車租的呢？……無奈前幾天儘落着雨。街頭走到街尾見不到幾個鬼影，偶然做點生意得了三五角錢，我一家三張口你是知道的，不得不又用來買米煑了啦。……阿祥伯，也不怕說，好好壞壞總是自家人，你就看在老宗的面分，寬限幾日子吧，我今天實在不……家裏今夜沒有米煑呢。……但是，我是欠不得你的，只差遲早罷了。……是麼，阿祥伯，好壞都是自己一家人啦。

——媽的，什麼自家人不自家人！我就不用食飯嗎！現在是什麼時世？我自己也顧不住，還理得誰呢！……實在人是要錢才會親的！——王福，你要就再三想過，今天若能够繳得出來我的欠租，你才可以拉車去！知道嗎？王祥伯把象牙烟嘴移到右邊嘴角用力吸了幾口，左手便去摸他高凸出來的肚子。

——……是……是！

王福拉了號碼一四五的手車，懶洋洋地在馬路上走着。心想王祥伯這個傢伙太無人情了，他不是才發財不久嗎。眞够様，威風便學得十足了！他媽的，他也不想是誰給他賺的錢！不是嗎，他那間鋪子新張的時候，才只七輛車，不過二年，現在却增到十八輛車了；而且還買了一間四層高的房子，又娶了一個小老婆。好啦，你也來說窮，誰相信！這傢伙要火燒房子的，才那樣不會憐惜人！眼也要瞎掉的！你想吧，自己就整天死力拉，他却坐着，只怕狗肚掉下來，一隻手時時沒閒的捧着。他是只會乾得我們的血汗錢，這自然寫意啦！

他那樣的一邊走一邊沈思着，他越想便越恨了，不禁脫口罵了一聲，重重地，他媽的！

突地「嗚」的一聲汽笛叫，把他的沉思提醒了過來，他抬起頭一看，呀，一隻兇惡的鐵老虎跳到他的面前來了。

——喂！想死麼，不逃避？眞是豬玀！

車上的人睜着火焰似的眼睛，對他這樣刻毒地罵咒了一聲，便把車右轉飛駛過去了。

肚子是隆隆地響着，那陣陣飢餓的呼〔喊〕又起來給他一種新的壓迫。後來到了馬路邊側公共的水喉旁，他把車槓歇下，用手巴掌合掬了水幗幗地呑飲了十餘口，止了暫時的飢渴。

他拉起車又走了幾十步，忽聽見一聲：

——喂！車！

他舒了一口氣，好像是個黑黝黝的夜裏，迷失在林深草密的山野中，忽見一角透出一盞山居的人家的燈光一樣，歡喜得飛也似的搶上前去。

——先生，往那裏去？

——福建街。多少錢？

——福建街？——五角吧。

——三角。——三角要嗎？

——太少了，先生！那裏很遠呢。

——要，就快拉，不要好了！——喂車呀！客人舉手在招呼別的手車，四輛手車立刻就同時搶過來了。

——四角吧，先生，多出一角錢！

——不，不！

算了，請坐吧。

他挨着飢餓，有氣無力，一拐一蹶地拉着跑着；額上的汗珠，就像雨點一般，奔流個不住，他一手拉着車，一手便用他那塊肩上掛着的黑手巾抹去額上面上的汗。

——走快點呀！怎麼好像不曾食飯似的！

——唔——是，是。他只這樣低沉着氣含糊應了一聲，喉嚨却像有塊硬東西梗着，心裏也就不禁酸了一陣，他幾乎流下淚來了。客人的罵簡直在他背骨上抽了一籐鞭，他不得不忍痛抖擻起精神拚命似的向前狂奔去了。

好容易才算拉到了福建街！

客人去了。他拉着空車走過一間專賣車夫的熟食店前，那裏有十來架手車停着，店內的車夫們都在一條長矮櫈子上，蹲着，如狼吞虎嚥地儘把食物腸裏塞。

他吞了一大口涎水。

——也進去吃碗白粥吧？——他這樣想。

但是，他的眼眨了一下，王祥伯的狗肚和嚙着烟斗的那副惡面孔又在他的腦中活現出來了。

他於是想到他今朝說的車租不能再遲一天的話。這時他又很自然的聯想起張平前個月因為他的母親病，拉車得來的錢，都給他母親作醫葯費用了，因此也積欠了五塊錢的車租，王祥伯幾次迫他還，〔但〕他那裏來這些錢呢，又沒有一件東西會當得值錢，後來是不給他拉，還捉他坐了一個星期牢，這才沒有事。你看，他不情願讓人慢慢的把那欠租償清，倒偏喜歡人去坐牢抵消這筆賬。有錢人的心腸是何等狼毒呀！王祥伯有了錢，是這樣的無人情，雖說是同姓，也沒用。今天如果不把一元二角的車租繳了去，縱然待他好點，不坐監，車子明天也就準是沒得拉。一家人餓肚子，這是一件了不得的事。王福想到了這裏，他決心了——挨餓過去這一天，忍耐着去多掙一個錢，湊足一元二角的數目，還給他，免得受些難。

然而，突的腦中又一閃〔，〕跳出家裏妻兒啼飢的影像來〔，〕他難過了，就趕忙舉手擦一擦眼皮，又搔下長長的，亂亂的頭髮，但，沒有法的，去不掉，似乎影子要更清楚了。

——媽！我餓呢！我餓呢！……

阿大緊揪住娘的衣角，起初還是喊，後來却是哭了。

——乖呀，你爸爸還沒回來呢。你是乖的，別哭了，爸爸早上和我説他要買餅阿大食哩！……那個甜甜的啦。

——……我餓呀！餓呀！……

他的妻只得抱起阿大，扭開衣紐把乾癟的乳嘴塞進阿大的口裏。她的淚又眼滴在阿大的額上，一點，兩點，三點……

王福想像到這裏，自己無端的也就不禁流了淚，他把黑手巾向面上抹了一下，把頭搖了幾搖，再向店內熱氣騰騰的食物斜睨了一眼，隨着又吞了一大口涎水，提起有氣沒力的酸軟的兩隻好像釘在地面似的重腿，慢慢的走過去了。

三

雖已是下午三點的時分了，可是夏日的驕陽還是如火一般的蒸炙着地面，空氣是那樣熱辣辣地，刺到鼻腔裏就怪不舒服的。

馬路右角的陰影處停放着三輛手車，車夫都到車墊下面的踏足處坐着，在攀談。

忽來一陣風在他們的身邊掠過，馬路上的塵灰，就在飛。

王福起身到水龍喉旁去吞飲幾口清水，制止了腹中飢腸的呼籲。回來又坐在原位。兩手支着下頤。一雙眼睛，低沉着。

——林木，你拉得多少錢了呀？

——不要說了，楊玉，不是才八毫錢！倒要五毫繳他的車租！林木很神氣的說。

——你兩個就還沒有打緊。你想，我今天便得要一圓二角繳三天的欠租，家裏又沒有一粒米！……我今天要做到半夜呢！

——唉，在這個年頭兒，我們窮人眞不要想可以容易活下去！……盡命做，也餓死！……王福說着，似乎是怫鬱中帶點怨恚的樣子。

——眞的，你是很可憐的，但窮人就不止你一個，可憐的人，比你更可憐的也多着啦。享福嗎，除了有錢人，誰能夠！……你看，現在失業的人一日多過一日，我們將來能夠不失業嗎！

——他媽的，我今天才拉得四角子，你想吧！

——是呀，楊玉的話正經哩。有錢的人隨便就買了汽車，坐了，又安穩，又快捷；公共汽車多了，也快，也便宜。鬼才要坐你的手車啦！莫說失業的人還增多！……哼，我們將來能夠不失業麼！

——王福，你儘呆什麼！早對你說了，現在的窮人都應該死的！……不死也只有一條路！……

王福的眼移在楊玉的面上一會又射開去了。左手在摸着下巴的黑痣。彷彿有什麼覺悟似的，彷彿又像是有點別的心事。

——楊玉，你聽見嗎？政府和那些有錢人現在肯出點船費送失業的人回國啦，我們不如也回國去吧。——不過回去以後又怎樣得食？……總總是死路！唉！

——是麼？那些人倒算是好心了！我看有錢人只王祥伯這人才該死！他多麼沒良心，我們給他賺錢還不算，欠點車租就要迫生廹死的！他媽的，如果有半點良心，那我今日也就不致連碗白粥都不敢吃，要這樣餓斷腸子了！

——哼！他們實在搶了我們的錢多啦，拿出一些錢給你們回國，算得好心？那才是做夢呢！……其實什麼事他們白給窮人利益的？他們要送失業的人回國，就是怕他們打劫做偷子，搶他們的錢啦，使他們不得安樂啦，政府也就是怕這些麻煩啦。……假裝仁慈，說好心，眞見鬼呢！

……老實話，王祥伯就不是特別壞，一切有錢人都是壞的；他們全是一個樣，除了我們窮人。除了我們窮人！

楊玉的右手時而揮着，口內的唾沫也跟着聲音噴射了出來，他似乎是在會場上演說了，態度全激昂的。

——我們不幸偏做了窮人，也就只好自怨命不如人吧！

——是的，都是我們的命運壞吧！

——這也不能說。實在我們的錢都給他們搶去了，我們才窮的。一切的窮人，都一樣，所以，我們窮人就要……

他們正在如此談得氣盛心熱的時，二個警察走到他們的面前來了。他們的哭喪捧揮着，跳着：

——眞可惡！你們歇在這裏阻碍交通麼！

他們給這一聲雷，呵叱着，半晌說不出話來，呆着；只楊玉的一對眼，射出憤恨敵愾的光。

——……先生！……我們再……再不敢了！

王福和林木這樣同聲說着，面色青青地，很可憐。

——不敢了！哼！

警察把三輛車子拉到水龍喉旁，把車墊和圍布都用水淋得濕濕的了！

——當心！這不過是一次小小的懲罰，下次，我捉你們坐監牢了！

——真是豬玀！哭喪棒又在搖着。

兩個警察這麼惡狠狠地罵了一句，有一個還帶着獰笑，走開去了。

林木獃着不響。楊玉的臉脹得通紅，眼底燒燃着復仇的火；但是王福却不禁哭起來了。

——王福，哭什麼呀！這是他們的世界啦！……但是，我們也有我們的力量。他媽的，看他們得意到幾時！……

——是的，看他們究竟得意到幾時！林木好像大夢初醒一般也跟着補充了一句楊玉的那結尾有力的句子。

楊玉和林木拉着水淋淋的車。

——走吧，媽的，這些沒眼睛的狗！

王福用他的黑手巾抹乾了眼淚，有氣沒力地拉起手車也跟着上前去了。

——有錢的人和做官的人原來都是一樣壓廹窮人的啊！

他的心裏廻環地波盪着這一句。

他覺悟了。

他的車輪壓伏在地面一輻一輻的輾轉着，轔轔的響着，跳着似乎也在咆哮起來了。

一九三三，八，一

選自一九三三年十月十五日香港《小齒輪》第一卷第一期

華

青年高步律之日曜

（一）

昨晚因為在「ｘｘ跳舞院」廝混了一宵，歸來擁上大被，倒下去就睡着了。今早一覺醒來，吃飯的鐘正在澈耳地響着。

「這怕是起床鐘罷，吃飯沒有那麼早哪，」在被窩裏一翻身，我心裏在想。可是起床鐘的下數不是這麼少的，五下子響分明是吃飯的數號了。是呵！今天是星期日，早飯提前在十時開呢，於是我要証實這個消息，勉強提起手來一看時鏢。果然沒有錯，牠已經指着十點了。這時候，我即使馬上起來也終究趕不上飯堂去了，橫豎今天是星期日，吃飯的時候多着呢。此時已被從被窩深處提起來的左手比提起來的時候敏銳了許多，牠隨着思維的速率，重把大被蒙過頭來，後自然地縮到被窩深處去。我就索性要再睡下去了。

x　x　x　x

可惱呵！為什麼今早醒了不復能再入夢呀？我還記得昨天早上當訓育主任X先生巡到宿舍的時候，托托的皮鞋聲踏到我床前。我也曾一度醒過來，而且裝着起床的姿勢樣子，得到他已隨着托托的聲音去了的時候，我還依舊沈睡下去。前天，上課的預備鐘過了，室長很關心地行到我床前，喚我起床，我也依稀記得答覆過他一句：「啊喲！昨宵冷着呀！頭痛得很！」在我聽不聽到之間他咕嚕了幾句的刹那，我又深入夢鄉去了。呵呀！為什麼今早不復能再睡下去？

x　x　x　x

可惱呀！事情愈糟了！自從把手提起過，來看時鏢以後，我的左手不復温暖了。噫！右手也冰冷起來！我把背一縮，同時將兩脚向腹部上一抽。這時候我的全身已成了弧形，不，已像個未出娘胎的嬰兒了。那末，身體就該暖起來哪！可是，這次又反常了。雙脚倒也跟着起來，漸漸兒全身都冷了！刺人的一股寒氣逐漸的一步緊一步地向我侵襲過來，一息一息地更砭骨更深入了。終於我的心胆俱寒了！全身都在戰慄了！那時候要是我懷裏有一枝寒暑表，我幻想着，牠將要降到零度了。唉！這是什麼原故呀！

（二）

可不是嗎？昨宵從舞院歸，僱了一輛「的士」車，兜着深夜的寒風還不覺得怎樣冷。從車窗外望，一片迷漫霧氣，使前景物都看不清澈，車夫一面小心地慢慢駛着，一面對我說，「天氣暖得很，深夜裏像夏天般的氣候。你看那重霧呀，明天日出了，天氣當更和暖哩。」

現在已經是十點多鐘了，太陽早已高昇了罷。為什麼我在這鶴茸被窩裏，還覺得那麼寒？我極力想把車夫的話「日出了，天氣當更和暖呢」來鎮定我的心房；我也極力再把頭頸縮下去；我把雙手藏在兩股間；我呵着口氣取暖；總之，我已盡了我的能力去驅寒了，可是都等徒勞！我呵氣的力漸漸微弱了；我的呼吸短促了；我的心房只是很低微地隨着手鏢的聲音——Tick——Tick的響。再過一會兒，我只聞手鏢的Tick，Tick，Tick，……，我像不覺得我的心房在跳了。呵喲！我的血管已冰結了嗎？我要呼叫了，可是我叫不響來！我要掙扎起來呵，可是我沒有氣力了！我的手脚都殭了！我週身都麻木！唉！天呀！我是要這麼窒息了嗎？

x　x　x　x

那時候，可幸同室的朋友都已吃完飯囘來。他們看見我還在擁被睡着，一個像討玩意兒似的，一手把我的被窩揭開，口裏嚷着「日高三丈猶牽被，……呵呀！你為什麼儘在發抖？」

「昨……宵……冷……着……呀！」我的囘答從顫動着的聲音斷續地叫出來。

「上帝佑汝！」好仁慈的那位朋友趕快給我吃了一片「金雞納」，跟着又從我的衣箱裏取出熱水袋來，把暖水壺裏的開水挹注去，拿到我的被窩來，再把我覆蓋好了，教我寧靜地睡去。

x　x　x　x

當我得到了溫暖，就安然一覺睡去。等到再醒過來，恰好是正午十二時了。

我出外吃過了中飯，信步踱到一個朋友杜廉明的家裏。那裏就是我慣常的唯一的行徑呢。

杜廉明是我的表親，也是我的同學。他是一個繁華林中的享樂者。他好玩音樂，而且是好一個影迷。他的愛好正和我一樣，所以我也特別和他要好。晚上，我們不是一輩兒去看電影，便是在他家裏抹牌或唱彈。

他有一位好妹妹，名字叫杜麗莎，「婷婷玉立，雅愛修飾。」自少就在教會學校裏讀書，因此她能操着很好的英語。這位小娃也正恰像小蛙般，是入水能游，出水能跳的。她又好歌喉，會彈會唱。要是她願意的話，她儘可做到一等的電影明星呢。因為我常到他們那兒玩，而且和他們有姨表之親，不，其實只因她已深習洋化，所以她和我已成忘形之交了。

她的同學們都是如花美麗的現代小姐，許多位也常常來她家裏玩，也有和她的哥哥特別親熱的。星期六的晚上，我們總是廝混在一起。我敢說，要是學校的宿舍規則自由一點，那末，那一天晚上——上帝恩賜的一晚——我真個「樂不思蜀」了，又怎會有像早上的不幸底一回事呢？

(三)

你想，我的名字為什麼會叫做「高步律」？識得我的人們當然知道我是姓梁的。原來我的爸爸自少給我的名字是叫「血兒」，這或者是出於期望着我是個血性男兒的意思罷。只因為我們常常和那些洋化了的上帝底兒女們廝混，他們大家都有一個英文名字，所以我也應該有一個。像我的表兄妹們的，據說就是從英文 Dreaming 和 Dresser 兩字的音繙譯過來。他們也給新起了這個 Cold Blood 的英文名字，轉繙過中國音來便是「高步律」呢。可恨我自己只會跟她們哼幾支英文歌詞，而我底英文程度却是低到要不得的。他們給改這個名字，或是叫喚起來的時候，只管是好笑。我想，這裏必有一些兒取巧的；可是，我不管得許多了，無論如何，英文的名字被喚起來，到底是比中文的響亮得多呢。況且，他們既經叫慣了，習以為常，便不覺得好笑；我日久聽慣了，便不以為忤，也安之若素啦。

x　x　x　x

當我到我老表的家裏，他們也正吃完了飯沒有多時，一家人正在悶坐着閒談。他們見我到來，都歡躍起來，說我來得湊巧。

「那些蜜絲們今天要到教堂去守守禮拜，我們正悶着無可消遣呢，」杜廉明說。

「表哥，你來得好，我們先抹四圈牌好麼？她們午後都會來這裏玩的，」他的妹杜麗莎接着說。

「好，我們來吧！嬷嬷，——（我應該稱她做表姨的，這是我學他們叫她 Mammy 的聲音）——你也來哪」，我一面牽着她的媽媽，一面答應着說。

下午，我們一行五六人，僱了一輛「的士」到'King's T'去看「戀愛時光」。跟着就在 China Emporium 參加特別餐舞。

（四）

這時候已到了十一點吧！我不知道是這一杯濃咖啡作怪，還是瑪麗——那上海舞女——的印像偏深呢，使我睡在床上總瞌不着眼。要不是明天又是「紀念週」，再不是那訓育主任實在嚴厲得有些可怕，我今晚就不會那麼早歸來的呀！

「勸君莫惜金縷衣，勸君惜取少年時，花開堪折直須折，莫待無花空折枝！」這是她今夜重為我歌的一首古詩詞，比起「愛我今宵」等電影名歌，雖不及其浪漫而悅耳，然而，這卻足以見得她也讀過不少書了。呵！好一個「解語花」，一個「時代姑娘」！

x　x　x　x

睡罷！明天又是「紀念週」，不得不到的「紀念週」。我極力壓止我那不住地起伏着的思潮，可是，牠比早上從被窩裏驅寒一樣的痛苦，一樣的無效！

可怕的「紀念週」，好不自由的「紀念週」！牠比上課更無聊，更難忍耐的呀！其實，他們在每一次在「紀念週」裏總是說的什麼「新生活」，什麼「救國難，救民族」，只是這幾個名詞就已聽得討厭了，嚕嚕叨叨的話我簡直不明其所以，我相信離開了禮堂以後，誰能留有一點印象呢？若不是前星期已經借故請假，這一回將再不好意思又來，我便索性不到了。

睡吧！我低聲唱過幾句 Lullaby（催眠歌），依舊是闔不着眼。瑪麗的印象不絕地出現於我腦際，今天的生活歷程也一一反映到眼前。我覺得有些自苦了！我像被什麼所驅使着地一躍而起，走到案頭，索性把我這一天的生活印象信筆寫下來。

現在，精神有些疲倦了，同時腦子裏也像釋了重負般舒服了許多，伸起手來看看時鏢，時候差不多到夜深一點鐘了，也許可以安眠了罷。

睡哪！明天又是「紀念週」！……紀念週！……可惱的紀念週！

二十三年冬節。

選自一九三五年一月五日至九三五年一月八日香港《工商日報·市聲》

湘　文

消耗

乒乓！瓷製的碗又從他的手中，高速度的跌到地上碎了。連接，是匙羹和地面接觸的響聲。

「我便不會！」跟着，同樣的聲浪發生了。掩着面嗚咽的她，終於睜起已紅的眼睛，流露着一〔種〕頗剛毅的勇氣。

「媽的！你這不分明是誠心搗蛋嗎？你病了，要你不喫這蝦便是干涉你！是管你的賬？」他知道他會得到第三者的同情：「林。你看對不對？這是昨早醫生才說的不要喫〔魚〕腥，偏要喫，要她不喫是干涉她。」怒的火焰更加燃燒得厲害，第二隻碟又碎了。

「你管不了我，更用不着你這麼細心。我病了，這種小事你居然還注意到嗎？不過，你知道我在害着病，為什麼昨晚却整晚的不回來？你嫖〔婊〕子我不能理，我喜歡喫兩件小菜你却要管？」她哭了。——不是啜泣。

「媽的！你是要給我丢面子嗎？」已沒有碗碟在上面的飯桌推倒了。她的前星期才做好綢旗袍一縷一縷的繞在他的手中。她的放在衣櫃旁的高跟鞋的鞋跟，暴烈地給踢入櫃底。

「……」是他的黑色的晚服。

他的方法改善了，迅速地，他的手掌移向她的脹紅的面頰。她的哭聲像傳進擴大器的播音。

在娘姨的含有敷衍性的懷抱中，她掙扎着要跳向面街的窗子。

「狗〔！〕你這人面獸心的狗。我的眼睛瞎了，我竟給你這狗欺騙了。現在，我明白你了，你的假面具揭破了。本來，結了婚快要兩年的妻子，你們這種狗總會覺得討厭罷，何況……」

「林，眞的〔！〕女人是要不得的〔！〕」離開映時差不多成個鐘頭，整個電影院裏，除了我們倆個外，只前排三個中年人坐着，他凝視着白色的煙圈說：「一般未經結婚的人所想像的婚後的幸福，絕對不會實現的。若是你也在發着一般人所發的夢的話，我希望你能够打破牠。」他狂抽着烟，準備發揮他的議論。

「或許說絕對會過火點罷。」他繼續說：「相信總不會多了。不說盲婚或是什麼比較不滿意的事。就說我罷。我和她不也是經過好幾年的戀愛嗎？不是雙方感情太好了，要給結婚來保持牠〔維〕護牠嗎？但是，你看現在的情形，和戀期中的差別是怎樣，同時，這不和的罪名，我却不能負担。卽如今天的事，就是一個例子：昨天不是張請客嗎？在他家裏玩了好幾圈的牌，早就差不多天亮了。難道這三四打鐘的時候，還要鬧着走嗎？本來，丈夫整天的工作，又要籌劃家裏的消費種種……多麼的忙碌。偶然為應酬朋友而外宿一兩天，總不見得就是太過。不想她却特別〔最〕有意挑眼似的。還引用我那涕唾的手巾，作我嫖〔婊〕子的犯罪證據。」

低着頭看書的她，似乎不覺得我們回來似的。直至我遞給她一杯可可，她才說一句謝謝。

當我要返到亭子間裏睡覺時，我發覺他們擺在桌子上面的合照相片，已俯臥地上。燈光上，牠的四週反映着一點點的微光。

「林先生。今天只好讓你自家來一個獨席啦。——少爺和少奶早就出去喇，說夜飯也不回來吃了。」

「除了我用的，這隻可算是碩果僅存的一隻了。」她把雪白的飯盛進碗裏。

「這碗子到很精緻。」

「不錯，可惜短命些。」她笑了。我也笑了。

「昨晚他們不是才鬥着氣嗎，什麼今天這麼早就一同出去了？」

「我在這裏作了一年多的工，這樣事情少說點看過百五次罷。最初，我何嘗不替他們着老輩子的急呢，後來，他們竟吃飯睡覺似的照例做下去，我可沒這麼大功夫管閒事喇。」

「謝謝你。」我接過她替我盛的第二碗飯。

「現在是四月，他們是前年一月結婚的。到現在不是才一年另九個月嗎？可是他們在醫院寄養的兒子已有十六個月的壽命了。」微笑現在她的口的兩角。

「先生。請你簽收罷。」是W公司的送貨員。

高跟鞋，錦地綢，瓷碗，領帶。還有，三個大小不等的相架，意識告訴我：「最小的來他們的合拍，最大的，他的T大學文憑。餘下那一個是她的『省立三師第二屆畢業生合照』。」——前好幾天她指給我看她站立的地位時說：「這架子有點陳舊了，得換一個喇。」

「等一等，家裏的碗子快完了……」他說。——兩星期後的一個星期日，我和他經過W公司時。

選自一九三五年三月十六日香港《南華日報·勁草》

劉火子

唐北辰的瘋症

〔存目〕

選自一九三五年三月二十日至一九三五年三月三十日期間香港《南華日報・勁草》

（現存《南華日報》不全，三月三十日所刊乃連載之七，小說未完）

鄧專員的悲劇

讓我也叫他做鄧專員吧。他的侍從是這樣叫他的。

我跟他沒有談過話，卻吵過嘴；跟他沒有見過多幾天的面，卻看著他的死；跟他沒有什麼感情，卻為他的死留下很深很深的印象。我恨他，恥笑然而也可惜他！

是我第二次出發到前線的時候，季節已是晚秋了，但天氣還暖和得很。因為我有一個戰地記者的「銜頭」，路過W城得到了朋友和當地官長們好不少的便利。從W城開到L城船，是兩天開一次的。最近有幾條小汽船被日本飛機炸壞了，留下來走這航線的祇還有兩條。秋天水乾，河路並不好走，船在中流常常擱淺，船期由兩天變成四天，由四天亦變成無期。因此，每一次小汽船多帶上幾艘木船，還每一艘都擠滿客人！人們是預早兩天下船的，遲去了準沒有位子，他們蹲在低矮的艙裏，幾乎連小便也不敢離開，行李亂七八糟的放著，天氣既不涼快，自然是苦不過的事。我們一行三四人，就靠著那麼一點戰地記者的關係，得到朋友們和當地□□指揮所、警察局的幫忙，船一來了，就跟船公司定下了賬房前的一個地方，其實這樣的辦法並不是我這一次開始的，前線班船，好些了不起官長或太太們就靠著這才佔得一塊小地方。警察局的朋友還特別關心，為了保存這幾個位子，不單貼上了字條「□□指揮所定下」，而且經常吩咐當段的警察們關照，不然那張字條還是效用很小。當時，我是自覺得太有點福氣了，不如此也實在沒有辦法，除非也跟其他的搭客一樣放棄了一切活動，兩天兩夜擠在人叢中等船的開行。

我們是船開的當天下午才下船的，把行李交給了賬房以後，又到岸上去吃晚飯。船開七點我們五點半再回到船上來，可是這一回發生問題了。就在我們預定下的地方，發現了不少的東西：三個大而新的皮箱子；兩個網籃，籃裏裝滿了不少罐頭、臘味；另外一個大被包，幾簍子鮮紅的蘋果，Sunkist 和「太古」方糖，就單單這許多的行李已經把我們的位子佔光了。我趕著去問賬房，怎麼來了這許多的東西，賬房先生好像沒有勇氣回答我的話，祇簡單地說：「是這位官長的」，便把眼睛望著一個躺在交椅的人。那「官長」是一個中年的胖子。艙裏很陰暗，看不清楚他的臉，但他兇兇地說了，「這是我的！」

「這是你的嗎？不過，對不起，這位子是我們定下了的！」我說。

「誰定下的？」

「□□指揮所跟警察局！」

「我也是□□指揮所跟警察局的！」他說了這麼一句就把頭掉開去，不準備跟我再說了。

我實在有點氣憤，但我還是忍下去。「那真巧極了！」我說「既然是同一個機關來的，那麼？」我的意思是想叫他把行李安排到另一個地方，然後大家各分一半的地位，捱過這幾天的船，擠一點沒有關係的。但是他並沒讓我說下去。

「你有什麼憑據？要麼就叫□主任來！」

我也決定不讓步了。我說：

「你真傻瓜！□主任管你這麼小事嗎？你要曉得位子是不是我的，就請你打電話去問好了！」

這麼一來就成了僵局，我也索性的坐下來。我跟我的同行者說：怪不得警察局的朋友要吩咐警察常常關照，為的就是這些蠻不講理的東西！

但終於賬房的先生想出一個調解的辦法。他說：這位子的確是這位先生定下的，警察來關照過了。現在賬房裏有兩張職員睡的床位，天氣還熱，職員可以在艙面睡，就請這位官長要那兩個位子，三五天就到了，請通融一點吧。

事情總算解決了。船在淺不及二尺的河上，意外地走了七天。我曉得他叫鄧專員，是從香港到K地上任的。他帶來的萍果和 Sunkist 特別的受到他的保護，叫侍從們每天晚上拿到艙門口當風的地方掛起來。他生活得非常豪氣，穿一套薄絨的短打，鵝嘜的珠皮鞋；白天，船停在樹陰的地方躲警報，他就到岸上去遊山或吃東西。侍從挾著他不知裝滿著什麼公事包跟在後邊。晚上，船在法律以外的航線走著，賬房裏的麻雀局，是經常開著的，自然，我們的專員是其中的一名戰將，但似乎他勝利的機會很少，單單有一個晚上，他便輸去一百五十多塊錢！不幸的就是我睡的地方和他那裏非常接近，他講話或者笑的洪大聲音，搓牌的巨響，使我整夜很難入睡。尤其令人厭煩的，他好像小便的次數非常多，每次從那矮小得像狗屋一樣的門口爬出來，又爬回去，往返的跨過我的足部，使我感到可笑而又可恨！

在L城，他顯威風了。我們在那裏等了整天還不容易找到一個貨車的空位，而他，卻有一部流線型的房車在等著接他。他小心地把萍果和 Sunkist 放在他位子的旁邊，皮箱網籃縛在車的尾在後面，就揚著灰塵而去，我們的貨車遠遠的落在後方。

最近前方的情況很緊，日人在這方面的戰線增加到三個半師團。我趕到K地的緣故也就為的想看這一場戰爭。日人的攻勢相當犀利，我們的幾個據點都被突破了，跟著謠言就繁興起來，像無數的大浪潮蕩進每一個市民的耳裏。市面顯然埋著不安的情素，人們關切著前線每一秒鐘的變動，和日人進展的路向。

一個晴朗的下午，市面忽然來了騷動，傳說已聞到炮聲了！自然這是無所根據的，祇不過是我們工兵在破壞一些不必要的工事和橋樑而已，但情勢比前緊張卻無可諱言。當晚，整個市面紛亂起來，每一家店舖和住宅都開始檢拾貴重的及必需的東西準備疏散。其實警察局也頒下疏散令了。火車站擠下幾萬人！行李、貨品，小孩子、老人、病者……擠滿車站前的大廣場，火車增加了不知多少次特別班，還沒法運走這許多人！

第二天，市面仍然紛亂，大清早警報就響起來，接著不久飛機便到了市空，幸而沒有轟炸，但證明我們防空監視的範圍已經縮小了。中午，警報又來，之後就整天沒有解除了！

下午，我到司令部參謀處問情報，□君並沒有把真實的情形告訴我。

「好呢？還是壞呢？」我問。

「我不能決定的答覆你！」□君說。

「但警報的範圍好像縮小了！」

「我祇告訴你：這裏的特務營也配上手機關了！」

「幹嗎呢？」

「打騎兵！」

「哪兒去呢？」

「開到前邊去！」

「什麼地方？」

「□□口！」

「□人已到了什麼地方了？」

「不能告訴你！」

雖然他說不能告訴我，我卻曉得情況不很好。但當我辭退出門的時候，他卻帶笑的問我：「你又要到前線去吧？」

「可以去嗎？」

「怎麼不可以去？要看東西就不要放過呀！」

我是有經驗的，我曉得這一場會戰又一定有把握了。好幾次會戰我都聽過長官們類似這樣的暗示，而結果勝利當然屬於我方。

「好像明天早上有一部車子去，這裏的戰時工作隊要開到前方。你可以到副官處查一下。」

其實副官處並沒有專開的車子，所有的都已調到□□地方運載生力軍去了。明天早上開的祇是一部用來疏散軍隊長官們家眷的車子；因為同路，戰工隊順便借搭到□□，下車轉到前方。戰工隊一共十四人，都是年青的男女夥子，加上我是十五個。其餘就是一個遞步哨，兩個憲兵，三個什麼官長的女眷，一個勤務兵，和兩個我非常面善的人：一個胖子，一個青年。

後來，我記起了：在船上朝夕見面的鄧專員和他的侍從！他真不幸，我想，他正要走馬上任，卻來了這麼一場緊張的局面啊！現在，他還是穿著那一雙鵝嘜的皮鞋，一套鼠灰色格仔絨的短打；侍從手裏拿著的公事包還是一樣的飽滿，不過行李卻祇有一件小皮箱，那些鮮紅的蘋果和Sunkist呢，我想應該送給人家了吧？

車子開得非常快。戰工隊們沿途唱著歌，他們的嗓子好像永遠不會乾啞的。太陽出來了，車子停在路旁添水。大家忙著下車伸一伸懶腰，拍下臉上、頭上和衣服上的塵灰，再開車的時候，我們的位子有了小小的變換：鄧專員坐在我的右邊，一個憲兵坐在我的左邊。但我們並沒有談起話來；其實鄧專員也不容易談出話，他像醫生的樣子把手帕蒙住鼻子和嘴巴。

但終於有一個戰工隊說話了：

「太陽一出來，□人的飛機就活動。有一次在南潯線，我們坐在一部蓬車裏邊，飛機在上面追，我們全不曉得，一直到機關槍打下來了，我們才跳下車向後邊散開，結果有兩個同志受了傷！……」

這麼一講，馬上就有人注意到天空，特別是兩個女眷和我們的鄧專員。他們的眼睛不期然的在天空兜了一個大圈，一直等到那位戰工隊再說：「不過不怕，這部車子沒有蓬，遠遠就可以看見飛機了！」他才不好意思的放下頭。

跟著有一個長時間的沉默。車子向著山上爬，從這個山到那個山；那個山爬上了，另外又是一個山，這樣延綿不絕的爬上去，往下望，我們的車子簡直有如騰雲駕霧了。

車子顛簸得簡直難以形容，車輪從每一個泥窪輾過，人們就好像坐在一匹墨西哥的瘋牛背上一樣！大家都握緊車上的一點什麼，咬著牙根抵受著。

突然，我旁邊的一個憲兵好像記起一件什麼事情，連忙把掛在他身上的，隨著車子的顛簸向四邊亂碰的乾糧袋抱在膝上，然後，對另外的一個憲兵說：

「這裏有十二個手榴彈！」

這一句話比剛才說飛機襲擊的那許多話顯然更能抓著人們的神經！每一個人都關心著他那個青布袋子。雖然他經已緊緊地抱在懷裏，盡量減少它跟其他物體摩擦或相碰的機會。

終於話題打開了，有幾個故事由人們口中說了出來：有一個連長騎馬，他背後的手榴彈跟匣子炮相撞發生爆炸；有一個新兵拿手榴彈敲胡桃吃，胡桃未敲開而自己卻爆死了；有一個農夫，在戰後的田野拾到一個手榴彈，他以為是一塊鐵，可以用來打鋤頭，便拿到打鐵店去，打鐵匠也不曉得那是什麼東西，便放到火爐裏燒，結果是炸死了！

後來的一個故事說完了，大家不自在地笑了一下。車子逐漸下到平原，大家侷促的心情似乎比較開朗，戰工隊又開始唱歌。

車子又開快了。路標告訴我們，離□□……我們下車的地方不過二十四公里。路面仍然不十分平坦，車子在卵形的石頭上左跳右擺的飛馳，就在這個時候，當我們的車子要轉過一個拐彎，車身突然劇烈地拋了幾下，跟著「啪」的響了巨聲！大家的神經受了非常的震動，在最短的一瞬間，大家重新又喚起那十二個手榴彈的記憶！當我還沒有能力分辨出這一響是什麼聲音時，我看見一個黑影非常慌張地從我的身邊跳了出去。車子還有餘力衝向前，但我卻清楚地看著這一個黑影倒在地下，還微微地兩手想把身子支撐，但僅及五寸左右，又重複墮下去。「是不是手榴彈的爆炸？」我意識很迷糊，我回頭看我旁邊的憲兵，他卻還抱著那青布包坐著，他的頭也在看著那個倒地的黑影！

車子因為早前擦著路旁的山石而停了下來，大家跳下車去把那黑影抱起，地下留下一堆血。我曉得這就是鄧專員，是準備疏散到□縣去的。

車子重新打火，又開前去了。但這鄧專員連最後一口呼吸也沒法保留下來。大家對於這麼一件可怕的事，心情沉重得很，而我，自然比別人更其感慨，我對於他的臉善簡直是一回罪過了！

＊　＊　＊

第二天，我們十五個人在大踏步的往前走，漸漸接近戰線了。開始聞到炮聲！

在前線，年青的夥子，立即展開了他們的工作：設茶水站，抬傷兵，教育老百姓，寫標語……

而每個人的身邊也經常的掛著兩個手榴彈！

一九四〇，十一月，香港。

選自一九四零年十二月十五日香港《星島日報》

兩個半俘虜

總指揮部來了命令：限定在三天之內至少要捉到一個俘虜，這是艱辛的任務，時間限得這麼短，而且戰況又異常沉寂。雙方衹緊守着防線，除掉晚間一兩排冷槍或者突然幾響曲射炮以外；就沒有半點戰鬥的聲音。這正是一個大會戰前的徵狀，雙方都運用着最大的機謀等待成熟的時間。我們的指揮部為了判斷對方更多的參考，必須限令在火線上的各個師部在三天之內一定要捉到俘虜。不過，彼此的戰線距離至少有四五千米突，這麼遙遠，大家又不出擊，這任務特別顯得困難。所以這命令到達各師部，又由各師部轉到各團部營部的時候，團長營長都有點張皇了。他們想，即使設用計謀陷阱，三天時間這麼短促，許也不會成功的。但他們却曉得這事情決不能交一個白卷。

李營長擔任警戒的是東面的一個高地和高地前面的一條村莊。他是中校營長。過去當過參謀和團附。南京突圍的時候，曾以非常機巧突過了日人的重圍。南潯線作戰的時候，也曾機巧地襲擊日人的大隊伍。因此他有一個「智多星」的渾號，和第三營的那個「黑旋風」恰好是這一團的兩個寶貝。師長團長都器重他。

當命令到達李營長的時候，團長曾經有過電話來，說師長為了使得這任務的如期成功，決定把俘虜的獎金，除原定軍委會的七百以外，師部方面再加多五百，即是說捉到一個就有一千二百元的獎金了。這麼一加，這任務就加倍的重大，彷彿三天之後，師部能否交到總指揮部一個俘虜，全是李營長的責任！

但有什麼辦法呢？李營長無奈何的拿着望遠鏡向着前邊日人的陣地望去。那是黃昏時分，日軍正忙亂地喫着飯，也有些在嘩啦嘩啦地跳着舞。李營長曉得擔當這方面作戰的日人是有名的第五師團，打過南口，太原，台兒庄和廣東，也打過跟蘇聯對壘的諾門罕，士氣頑强得很。記得前三個星期我們採取攻略戰的時候：牠們死守着個叫立壁嶺的山頭上邊的「圓形工事」，我們的榴彈炮打過去，看着牠們跟着坭土樹根翻到半空又掉下來；最後死剩三個人了，我們的步兵衝上去，牠們還是死守着壕塹，不肯投降，而且還會用廣東話嚷着：「你們叫鋼軍，我們却叫火軍，有本領就來，熔掉你！這裏還有兩挺輕機！」自然，結果還不過被我們消滅了。

不管他們頑強到何種地步，李營長，我們的「智多星」當他回到營裏的時候，已決定了頭一個計劃了。

晚上九點鐘，天上挂着下弦月，有點暗雲常常在月的臉前飛過。李營長領着三個班長和一個傳達，在模模糊糊的月影下摸過田隴，越離了我們的哨崗，又避去了日軍的哨崗，一直深入到日軍的防區裏。五個人祇帶着三條木棍，兩根手槍和一把剪刀。李營長沿小路走着，有幾次幾乎跑到日軍哨兵跟前，但最後李營長終於在一個山坳下發現他要找到的東西了，那是電話線。李營長觀察過地形以後，就叫傳達把電話線剪斷；五個人伏在不遠的小樹林裏，等待着，他們曉得日通訊兵一定會沿着線檢查到來的。通訊兵作戰能力比較薄弱，不會太頑強，也許容易捉到一個。他們等着又等着，十一點多鐘，通訊兵果然來了，一共三個人。滿身馱着電綫，和修理的工具，似乎並沒有帶着武器。但是跟着這三個人一起來的，却有兩條碩大的軍犬。日軍犬是訓練得相當威猛的。牠們一到就八字一樣的蹲在三個通訊兵的脚下，分頭守望著兩邊。三個通訊兵一邊修理一邊格格的談笑。如何下手好呢，我們的李營長決定先用手槍對付那兩條軍犬，然後合力的把其中一個或兩個通訊兵拖走。但是當他們要下手的時候，身子跟樹葉纔輕輕的一動，那兩條機警的畜牲就馬上發聲，狂吠起來。三個通訊兵聽了連工具和電線也不要掉頭就跑。之後，李營長這捨不得馬上離開，一直等到再次聽見大隊的聲音時，他纔曉得這次至少有三四十個列兵護衛着那三個通訊兵到來，纔無可奈何的回去。

第二天清早，李營長又得視察地形，順便為今晚鋪排一個機會。他跟副營長和兩個傳達在一個高地的掩蔽部裏，拿望遠鏡周圍的望着。突然有三個土老不似土老，又不似我們兄弟的人走進李營長的望遠鏡裏。

「怎麼，白天也敢來？」他用望遠鏡細細的端詳了一陣，曉得那是三個日兵偷到我們哨崗前過不遠的小魚塘裏摸魚。魚塘的水很淺，不到膝蓋，牠們偽裝的網左右的趕著攔着。看來寫意得很。

李營長對於這突如其來的機會非常高興，他立刻跟副營長和傳達一起下去。靜靜的摸到魚塘的邊旁，四個人站著四邊。這一回李營長得要使用手槍了。

他砰砰的幾聲向魚塘裏水面打去，那三個得意忘形的傢伙，經此一嚇就忙着的岸上爬，可是塘底岸上距離得並不很低，牠們爬了好幾次纔爬到岸上來，就掏出短刀挨命的衝前走。李營長是關照過不要開槍的，四個人衹得合力抓著當中的一個讓其牠兩個逃走。但這一個也不容易就範，兩個傳達都給他的短刀劃破了手脚。牠的氣力很大，糾纏了不少時間，兩位營長纔一人按手一人按脚的把牠壓在地下，可是牠還極力的掙扎。就在這個時間，我們其中的一個傳達因為受傷得太痛苦了，忽然發狂起來，狠狠的說：「我要用手榴彈把牠炸死！……」說著，一面解下挂在腰間的手榴彈的帶子。在這種情勢之下，李營長衹好放棄了日兵，趕前去制止；而給那日兵一個機會，乘勢衝起來就跑。要追也追不及了。這樣，李營長衹好向着牠的背後打去一槍，看看牠倒下死去。〔他〕們的懊喪是可以想像的。誰料得到這突如其來的機會却又「突如其去」了呢？

兩次都失敗了，第三次，就非要更週密的佈置不可。當日的下午，李營長聽取了一個特務兵的報告，曉得日軍常到他們陣綫前的一條小村搜索東西。一個靈感來到他的頭上，他立刻把各排長，連長召集了來向他們報告了那一個命令的重要和兩次失敗的經過。

「時間已過去一半了，」他說，「今明兩個晚上都沒有所獲，那是很不好意思回報上邊的。這裏我有一個計劃，我們到那小村去，必須搶一個回來。現在，我們先編成一個素質很好的特別隊伍，排長當兵士，連長當排長，配備全副武裝，刺刀棍子，都記緊帶去。（可是不必帶手榴彈）今晚七時出發！」

晚上，還是那麼地月薄星稀，他們閃進那小村子。村裏是這樣的荒涼，村民都逃光了。他們大夥兒的躲進一間比較堅固的房屋裏，把村裏所有可喫的東西，甚至禾草，床具，燃料也搬進房屋裏去。他們這樣地佈置了一個陷阱——有點像捕鼠籠，大門，二門的後邊都埋伏了魁梧奇偉的排長，其餘便躲在屋後的小房間，另外四五個人在村外當斥候。

夜漸漸深了。大家屏靜了氣息在等候着。精神緊張得難以形容，不敢談話，連抽一根烟也沒有功夫。

可是這一個晚上連半個日軍的影兒也沒有。早上祇得拖著疲憊的身子回去。

祇還有一個晚上了。他們喫了飯再去。這一次早得一點，到達小村時天還迷迷濛濛看得見人。他們馬上依舊的佈置。因為時間還早，精神尚不到緊張時期，大家久不久來了幾句輕輕的談笑。

但是出乎他們意料的，斥候兵突然回來報〔告〕，村前不遠有八九個日兵蹌踉蹌踉的來了，大家馬上準備好棍子，繩子都端在手上。

果然不久，就有了步履和格突格突格的談笑。最後牠們跑到這房屋裏來。牠們首先進了三個，甚餘的還在門外張望。那三個傢伙都壯碩得很，並不像牠們一般的矮小。牠們進了頭一重門，在廳裏巡視了一番，其中一個便打著相當準確的廣東語調說：「丟那媽！乜東西都冇嘅！」說著大家聳一下肩膊，牠們又繼續的走進二門；的確，二門裏是什麼東西都有了：幾頭雄雞，關在籠裏的和幾綑禾草。……這是牠們永遠想不到的，當牠們拿起那些東西，並且還要關照門外的人進來的時候，突然大門拍的關起來，裏邊也湧出了我們的李營長一批人。這樣混戰就開始了。門外的那五六個人想衝門進去營救，却給我們的幾個斥候兵放了幾槍，嚇得落荒而逃。

裏邊混戰得很厲害，其中有一個穿著長筒皮靴的，氣力更是驚人，他能夠一腿就把那第二重門踢破，奪身就走，我們以九個人的力量糾纏著牠，最後牠還能夠從腰間拔出手槍準備發放，我們九個人，一些抱著牠，一些推高牠的手不讓牠放平下來。這樣攪了差不多大半個鐘頭，最後祇得用刺刀向牠的腿部刺了一刀，纔算就範。其餘的兩個呢，一個經已給繩子縛着，一個頭部給棍子打傷躺在地下。

總算是功德圓滿了。李營長把這幾個俘虜運回到營部去的時候，纔不過十一時二十五分，離交卷時間還有幾個鐘頭，至於那三個俘虜的身分：一個叫「內谷」，一個叫「大瀨戶」，那個穿長筒皮靴的叫「中村」，前兩者是伍長，下士階級，後者却是炮兵視察員，中士階級。

第二天李營長派人把這三個俘虜押運到團部師部去。師長團長自然很高興。下午，犒獎金頒下了，看看數目祗是整整的三千元，少了六百。原來公事裏邊寫著，因為其中一個叫「內谷」的頭部傷得太重，到總指揮部時不久便死去了，所以祗能作半個算數，啊！

大家分了一點錢，也算完成了一個任務，心裏輕鬆不少。至於那兩個俘虜對於後來這一線的大會戰有何參攷之處，這裏可以不必多寫。不過有一個尾聲，却一定要順便寫下的，——

那是俘虜捉到以後的第二天，也是晚上，李營長出巡前線的各個據點。一邊走，一邊拿著一片樹葉子放在唇邊，吹奏著小曲。突然他聽見不遠的松樹林好像有着他小曲的回聲。可是細細的聽過之後，却分明是一回猪叫。李營長懷欵這是陰謀的佈局，他吩咐一個傳達非常機警的走近去視察；回來的報告果然證實了李營長懷疑的正確。原來，那裏有不少的日兵把一頭母猪，縛在松樹下，不時的用棍子去刺牠，讓牠發出尖銳的叫聲，假如我們的兵士要前去捉猪的話，準要給牠們俘虜了去，作為一種報復。不過可憐那條猪叫了整個晚上還引不到我們的半個兵士，最後，經過我們的一顆曲射炮彈落在那裏附近以後，就終夜再不聞猪叫了，是不是那條猪可憐地作了陪葬呢？……

選自一九四一年五月二十日香港《大風》第九十期

鐵鳴

偷大豆

黃昏，夕陽剛剛溜下了叢林背後，天邊殘留着的一抹餘輝，懶懶地，映照着大地上那一大片的金黃色麥田。

我們三個——阿才，阿新和我，在高高的麥田裏跑着，眼睛不住的向四周打轉。轉了一個小彎，給我們發見了種大豆的地方。阿才停住了脚步：

「這裏的大豆不是很可以嗎？」

「不，這裏人多哩！再跑進去一點。」我這樣說。

於是，我們又沿着曲狹的小路走去，耕夫一個個地〔荷〕着鋤頭囘家了；田野間是枯黃的一片，破舊的茅屋頂上，靜靜地吐出幾縷炊烟，在稀疏的林梢上繚繞着。

「汪，汪，汪，……」

茅屋的門口，幾條瘦狗向着我們亂吠。茅屋裏走出三四個垢頭污面的小孩子來，呆呆地，站着向我們凝視。

跨過石橋，我們在彎曲的水溝旁走着，前面是一塊荒廢的墳地，樹下有幾隻小羊在咪咪地叫喚，熱風吹的麥稈沙沙作响，一陣陣地，送過來糞坑裏濃厚的臭氣。

一個中年的農人，把沉重的大豆擔子放下來，疲倦地，坐在水車架上休息。當我們在他的面前走過的時候，阿新便問他：

「你這大豆要賣幾錮一斤？」

「三四個銅板。」他回答。

「格便宜麼？……」

「是的，這擔大豆頂多也不過賣兩千錮。」

「你家裏有母親和兒子嗎？」我插嘴問。

於是，他告訴我們他的生活很苦，家裏有母親和妻子，還有五個兒子。他母親年紀太大，但是他的妻子却很强健，他們每天都在一塊勞作的，他此刻沒有穿衣服，露出他那結實好看的胸膊；而且，他老是注視着我們微笑。……

那中年的農人走了，我們已走進大豆田的深處，滿目都是綠色的一片，被風吹動了，好像大海裏起了波瀾。

「哦，這裏的大豆多麼肥大呀！」

「……但是，阿才你不要這樣高聲嚷！」阿新叮嚀似地低聲說。

「我要撒鳥。」

說着，阿才松鼠般地蹲進去了，接着阿新也蹲下去了，我却爬到一個土丘上面巡風。

阿才摘的又快又多，他不住地往口袋裏塞；阿新出來把滿袋的大豆交給了我，又重新鑽進去。

「喂！有人偷大豆！喂！……」

遠遠地，一個十五六歲的小孩子一面嚷着，一面向我們這裏趕來，小孩子背後還跟着一條黃狗。

「汪，汪，汪……」

「快跑，快跑，有人追來了！」

我，忙用手帕將大豆包好，走下土丘就往大路跑，阿才和阿新也連爬帶鑽地走出來，用手塞住了裝大豆的口袋，跟了我拼命地跑。

「不要跑！偷大豆的賊！」

「媽的……」

這些惡狠狠的罵聲漸漸離遠了，結果，終於和狗吠聲一起慢慢地消失了。

天色漸漸的黑下來，遠處的茅屋，炊烟，麥田，都模模糊糊地被暗淡的夜霧遮住，漸漸看不清楚了，灰暗的空中，有幾隻野鳥飛過。

「哈哈，今晚不必吃白了。」

在歸來的途中，我們一面剝着大豆的厚殼，一面高興地說着話。

選自一九三五年六月十四日香港《南華日報・勁草》

丁辛

小黑馬

小黑馬，傴僂着背，在這麼樣暖洋洋的初夏的中午，風輕軟的，他將頭頸縮在衣領裏，他彷佛還覺得有點兒冷，肚裏餓得厲害，眼睛睜大了，望出來的東西都像着了火，他挨着那城牆慢慢的走。

太陽含着笑，蜜蜂有勁的叫，有一隻蜜蜂撞在小黑馬的鼻子上，小黑馬無力的伸出手來抓拍，他將眼睛更睜得大一點，他忿怒，饑餓在他的全身擴大，眼睛裏幾乎噴出了火花，頭頸更縮得緊緊的，他從大西門到北門，他老是挨着新葺的城牆，他的頭低着，兩隻腳無力的顫抖的跨着沉重的步履，他需要一點東西吃，是一個饅頭或大餅，或是一杯熱的開水也好，於是小黑馬俯視的眼睛向周遭張望，然而他看不見什麼，足以救得他難堪的饑餓的食物，在這樣冷寞的城頭上，他是失望得幾乎流了淚，他又忿怒起來，他咬咬牙齒揑緊了一雙無力的小得可憐的拳頭，他想尋事，他怒視着走過他身旁的人們，那些年輕的男女，小黑馬釘住了那閒散的兜城頭的人們咀咒，他的厚厚的嘴唇囁嚅着，他向他們噴着唾沫。

因為小黑馬還年輕，他原有着一身堅强肌肉，紫紅的含着温柔的笑的蛋臉，然而他終於饑餓的發慌了，他已有二三天沒有東西進口，他的肌肉瘦削得可憐，紫紅的面孔變得蒼白，一雙眼睛無神的勉强的睜着，彷佛兩個洞一樣，他想尋事，想抓住一個少爺或小姐來打一頓，然而他終於還是讓他們走了過去，他又下意識的拾了一塊小磚頭，向一個穿着紅花旗袍的女人的屁股丟去，然後又將石頭俯向地面，慢慢的挨着城牆走〔。〕

陽光黯淡了，小黑馬懶散的下了北門城，走向輪船碼頭，頹然的坐倒在木板，疲倦侵蝕着小黑馬，他將一雙齷齪的染滿了泥污的脚踏在木板上，頭靠着牆。

等四點鐘一次輪船的乘客很多，小黑馬對他們怒視着，他將一隻脚有意的踏在一個胖子紳士的綢袍子上，胖子紳士對他白白眼，站了起來，留心的拍去了泥污，小黑馬也對胖子白白眼，又很輕快的笑了，他閉上了眼睛，實在的，他已週身無力，他需要這睡一覺，這樣，對於小黑馬是最高興的，因為這樣可以忘掉他的厲害的饑餓，他更巴望有警察來干涉，至少乘客們對自己會引起一種不舒服的感覺，小黑馬也算畧略滿意了。

無力，饑餓，憤怒後的疲痺，使小黑馬彷佛死人一樣的躺着。

選自一九三五年六月二十一日香港《南華日報・勁草》

芸女士

無名氏的女嬰（產科醫院的速寫之一）

住在醫院裡，不知不覺間就滑溜了十多天的光陰。

在這十多天中，一切人世間的苦難我都捱過了。在人間還有什麼比生產便痛苦的事呢？在把病弱的殘軀掙扎在血泊中時，生命便如棄置在生死存亡的一紙薄膜間。在當時誰還料得到而今能有抱着心疼的寶寶喂奶的一天呢？

事情偏是這麼的不巧：寶寶生下來便帶着多病的命運。最初醫生說她的腸脾不好，食了奶便作嘔。後來不知道怎樣愈弄愈凶，有一天在暮色蒼茫中，西醫生竟愴慌的跑進我的病室裡說出不負責任的話來。當時我聽了，又抱怨，又悲哀。那晚上不說別的，單是鼻涕和眼淚就不知捏了幾把。後來不知怎樣的想起來，又纔差人星夜叫了沙來。他來了又怎樣呢？兩個人還不是楞在一起，淚眼相望。看看幾位看護婦幫忙着醫生在寶寶生嫩的皮膚下前後打了兩針，她的呼吸漸漸的弛緩下來時，心裡纔漸漸歸於沉靜。那時天剛發亮，但緊束在我們眉目間的憂鬱，却未即散去。直到數天過去了，西醫生說嬰兒已脫了危險期，笑容可掬的把她放在我們手上抱撫時，我們纔一面爭持着說寶寶像誰，一面相顧而笑地，儼然初〔做〕起一個人的父親母親來了。

幽禁在醫院裡多受幾天的磨折，這損失自然應得歸咎在寶寶身上，但乘此時機，得體驗加更多的人類生活的實相，這又未始不是她給我的賜與。……我正在這麼胡思亂想時，一串樓梯的步響，打破了週遭岑寂的空氣。

「是沙來了吧？」一個簡單的，慣習的記憶，掠過我的腦海。於是忙把頭偏向側，閉目假寐，呼吸也固意的提高起來。然而聽聽那足音，愈來愈沉，終於落在一陣嘩笑聲中了。

跟着這失望的情緒，便無理的埋怨起沙來了。

沙，照例是在十二點鐘以前會來一趟的，現在下午一點都响過了，還不見他的踪影，是發生了什麼意外呢，還是……正在這麼摸揣時，一種慣習的聲音，响徹耳朵。那是看護李姑娘的聲音。李姑娘是奉了十二號房產婦的命，去勸阻那整天人來客往，高談縱笑的超等房的產婦，不要再那麼放肆。好像是該房客人，當時便不服氣，據理抗辯。說人家生了「蘇仔」，（註）喜之不勝，那裡來這不識趣的人。待許多看護婦走攏前去，做歹做好的說這是某房產婦的意思時，聽見那超等房產婦，胖得似臃腫的太太，不由分辯的大聲吆喝着：

「不要瞎說，快叫你西醫來講……」

說這話的人，在我初入醫院的那一天，便聽人說了：她是先我來這裡一星期，來後第六天，便產下了位「蘇仔」；那蘇子產下來後，舉室騰歡，珍愛得和什麼似的。說也奇怪，那天她恰巧不知和誰生了氣我就親耳聽了她說過上面那一句話。由當時那種神氣，我多少猜到她那不能和人的個性，和心裡老大不高興於她那種仗勢凌人的態度。後來在醫院裡住久了，聽她說那一句話的機會更多。這一次，說不清是第幾回了。不過，這一句話的反響，每次都得同一的效驗，這却是千眞萬確的，比方，適纔經她這麼一喝，看護婦便俯首帖耳的不敢哼一句。

所謂西醫生，就是這裡的產科醫院的院長，四十餘歲的老處女，美國人，新教徒。她有一副迎人的笑臉和聳聽的口吻。使得初和她接觸的人，都非常的感服，認為是無可非議的人。我最初就是給錯覺朦蔽了，以後纔漸次改正過來。她平時不常踏進病人房，老是關在後花園邊私構的一棟樓房裡。在那裡伴〔夥〕着她唯一的旅伴——一位十來歲的小姪女，和整天價親熱着自己手置的赭黑色的鋼琴。有時縱使僥倖惠然降臨了，至多也只見她週旋於超等房的產婦。在我們這些住「雙房」的人却始終不知其何所為而來，何所為而去。我來醫院裡住了十多天了，和她談話的時候，只有過兩次。第一次是我初入醫院。第二次好像是在一個禮拜日的晚上，那時寶寶還沒有出世，我跟着同房的產婦，好奇地跑到醫院側旁的小小的福音堂裡，看她媚人的笑面的開翕，和油腔滑調的說她創設醫院，完全是依照基督教義的實行。眼見得她沒有把話說得清楚，接着便道出本意，說現時醫院不敷應用，正在計劃增建新址。隨即手裡拿出一本厚厚的捐簿，當眾向人勸捐，別人我可不曉得她怎樣？我在那種情形下，却十二分的侷促和懊悔。

聽說那胖得似臃腫的太太，當時便慷慨的樂助了五百元。這五百元輕輕的一擲，便抬高了她在醫院裡的特殊的地位。每朝查房的醫生，已不用說維護維慎，恐有一失，侍奉她的女看護們，更是一呼百應，無微不至。不過，新醫院什麼時候落成？假定有落成之一日，那又是否如她所言將以最低的費用收留些無錢留產的婦人，這我却至今還懷疑莫釋。

適纔雜嘈的聲音，不知在什麼時候靜下來了。抬首間，却見着一條粗大的黑影，從我們邊烱然而逝。跟着來的，像是赤足，沒有鞋底觸地的聲音。

「今天我要帶她回去，不管你西醫生怎樣……」男人的，粗嗄的聲音。這聲音跟着步响，同時停頓在「嬰兒房」的門口。

接着是看護黃姑娘的如怨如訴的聲音：「她不許可；我們有什麼辦法呢！」

「她在那裡？我親自找她去。」

「要去爾去，我却不敢去挨她罵。」

「我是因為她難產纔送到你這裡來的，而今產下了，而且住了幾天了，還不讓〔我〕回去幹嗎？啐！」男的憤慨的聲音，跟着是狠狠然而去的脚步。

看護朱小姐進來了。手裡拿着一枝探熱針，往我口裡送。她和靄的對我說：寶寶已經完全退了熱，多住幾天如不見有什麼變狀，準可出院了。我急於要知剛才的究竟，遂不待她說完，便搶嘴問：剛才的男人，和醫院究竟爭執的什麼？

從朱小姐的口中，我纔知道：他就是這近鄉的農民。他的妻子一星期前在家中臨盆，因缺乏產科常識，劇痛了很久仍未產下。最後弄得產婦奄奄一息了，才抬到這醫院來。到了這裡後，不消許多工夫，就安然「平產」下一個女兒。到今天恰好六日了，昨天他就要帶她們母女回去，不巧那小的這兩天有點毛病，西醫生不放心，叫她多留幾天。

朱小姐走後，我獨自再把這件事斷續的想下去：「……這裡的『眾房』的用費，計算起來，每天至少也要拿出兩元以上。嬰兒的藥費還在外……一個像他這樣的農民……也許連多住一天的用費，都籌不出了吧？……」

樓梯又連續的響了。這不比前的，很輕而且很勻整而有節奏的響着。心裡想：「又挨到那個綽號『印度美人』的女醫生來查房了吧？」

但是，完全猜錯了。西醫生風鈴般的聲音，刺着我的耳膜：

「那裡能够就回去呢？不住久，就多住一天也好……」像是對誰說話。

「半天都不能留了，西醫生，我家裡還有四個孩子，都是靠我這一雙手活的。我一天不做，就得挨餓。女人不回去，我要燒飯又要看管他們，那裡能做工呢？西醫生，開個恩罷，我已經三天不做工了。」是剛才那個男子的聲音，但話說得客氣多了。他什麼時候又跑上樓來的，我却沒有注意到。

「我說不能。我再說一句，不能。有誰生產只住五天的，何況嬰兒又病了呢？」說的滿腔都是外國人學的中國話。

「西醫生，請你放心，嬰兒以後會有什麼我都只怨自己，於你無關係。小孩子的傷風咳嗽，在我們貧苦人，從沒有當它一回事。何況現在生的是女孩，又是第五胎生產了。當她以前在家生第二個兒子時，產下的第二天，便要從產褥上爬起來做這做那，都不會有什麼。」

「我不管這許多，你這些野蠻不懂道理的人！要回去，你帶她回去罷，可是嬰兒現在有病，須留在這裡。……接生費交清了沒有？」

沒等她說完最後一句，男的已經氣憤得不可抑止了：

「豈有此理，什麼叫野蠻……」聲音是這麼粗大，使得我躺在床上的，都凜然的害怕他會撞出禍端來。

在他們旁邊，不知什麼時候起，早站着了一位醫院常雇的警察，雄赳赳地。他看見男的眼睛，冒出火花，於是一面高聲吆喝着，一面用力牽他落樓下。

西醫生像似見機退了。隱身在胖得似臃腫的太太房裡。現在留下的，是農民和警察爭辯的聲音。

「呀」的一聲，我那半掩的門推開了，燗進來的，是我渴望了半天的沙。他急得別的話沒說，先驚奇地問我：

「外面吵什麼？」

我把朱小姐的話和適才的所見所聞，和盤烘托的告訴他。他聽了，緊扭着我的手，哈哈地：

「這幾天西醫生還催你繳費嗎？」

我們相顧而笑地，同沉落在記憶的殘象裡：

當沙送我進醫院時，我們的樣子都像一個窮措大。我穿的是早年在學校穿的，油墨層層的土布衣裳，而沙呢，他穿的雖然是半舊的羽紗西裝，可是大不合時宜了。偏是我們又不自巧量，看了「雙人房」的佈置，便毫不顧慮地決定住下了。這自然會使跟着我們上樓來的西醫生，一瞥之下，覺得不甚相配，而率直的發出至今還令我們想起了便禁不住笑的話來。她說：「這房的房錢每天要三圓，膳費另外。」說這話時的臉色，完全與平時不同，嚴肅得怪可怕人：「而且接生費是跟着房錢加價的。很多人不知道我這規矩，常到出院時找不出數，使得我難為情，她又不好過。你們……我覺得下面的『眾房』，也是很好的。」

我們經她這樣一說，反而斬蠻地住下了那間房。沙是神經質的人，當時如感受很大的委屈，氣得半晌說不出話來。

後來不知是我們的舉動改變了她們的態度呢，還是以後來看我的朋友和她這裡認識的女醫生說起過我們呢，從那一直到現在，差不多兩星期了，還不見她叫人催繳費用，這才是怪呢！

我們正在這樣想時，門外又嚷着嘈雜的人聲。其中有一個分明是那農民的粗嗄的嗓子：

「蘇女你要拿去抵當算了罷。橫豎我抱回去也要送給人的。『多口嘴小口粮。』……外國人瞧不起中國人，難道你們當差的，也要為虎作倀嗎！」後兩句顯然是對那警察說的。

他的妻也跑上樓來了。臉色和死人一般靜穆地，罩着憂鬱的面幕，淚珠兒和連珠般的往下滾。微微的抽搐着，可不敢聲張，像是生怕觸犯了正在盛怒的丈夫。站在「嬰兒房」口，欲動不動的低聲要求看護婦，在此欲走還留的刹那間帶她去親熱多一次她身上裂出來的一塊肉——生下來纔六天的女兒。這可憐的窮狀似乎是給他丈夫一眼看穿了，於是又一聲吆喝着：

「還看什麼，走罷，她要拿她抵當，給她算了。」

這聲音像迅雷般的响過了後，跟着來的就是女人的號淘的大哭。

我聽了，喉頭酸溜溜的，心裡也像給什麼壓住了般。情不自禁的忍着身上未愈的傷痛，手搭沙的肩膊，慢慢的移身至門邊的走廊。那時男的左手挾着一捆灰布色的東西，右手正在半拉半扯的推她的妻子下樓梯。看不見他們的正面，只見一個粗壯的背影，挽着一個髮髻俱鬆〔，〕一步一擺的病弱的女人漸漸從赭色的欄杆邊沉落下去了。

五天過後，小寶寶的病已次第復了健康。我們打算明天出院了。為了小孩回家後食藥和調養的問題，我跑進「嬰兒房」去和那些看護婦商量。無意之間，在一張嬰孩眠的小床欄角掛着的木牌上，發現了「無名氏之蘇女」這幾個字。望望那床上，恬靜的安睡着一個膚色微黑的，肥胖胖的嬰孩。我詫異地問那看護：

「是不是那天不給她母親抱回去的?」

不待那些看護的回答，我手拿着那木牌，搶着問第二句：

「誰給她改成這樣子的?」

看護婦笑了笑，把嘴努向那花園的後背，有一棟樓房的地方。

註：「蘇仔」，「蘇女」是廣州人對初生的嬰兒的稱。要在什麼時候纔除去這「蘇」字的冠稱呢?這我可不知道。

選自一九三五年八月七日至一九三五年八月十日香港《工商日報·市聲》

杜格靈

鄉間韵事

阿房氣憤憤地跑回家中來。天氣熱，太陽的光罩眼的可怕，光線〔刻〕入人的皮膚。阿房穿着薯莨點梅紗衫子，汗從前額起一直到脚脛都有得流着，點梅紗衫子全濕了。回到家來，他凸起了火一般的眼睛，一聲不响的坐在板櫈上。

「喝茶麼？」

阿房雖然不回答，而女人永遠是溫柔的。那十八歲的阿房妻子，看見了丈夫這一回的樣子，便想，甚麼事情失敗了吧，便倒了茶，端到阿房的旁邊。

「喝你的血！」

倒霉的意外！阿房把茶杯摔到地上，於是罵道：

「喝你的血！你這小猪婆！」

對於這場暴風雨的到來，女人是覺得完全意外的。於是她罵道：「你着魔了嗎」！

「着魔！」阿房站起來，伸出了一條〔黑〕〔濃〕〔濃〕的粗臂膀，那邊跟着一個毛滲滲的大拳頭彈了出來，「就是着魔，問你自家吧！」

「甚麼了不得的事情哪？」

「該死的，還要在我面前裝腔麼！」
「你這惡鬼，白端端的回來鬧的甚麼把戲！」
「鬧甚麼把戲呀！打碎你這爛猪婆的腦袋！」
「就這樣打吧！」
女人畢自有她的勇氣和可恃的地方，於是阿房的妻子跑近了阿房面前，再說一句「就這樣打吧！」
阿房咬一咬牙齒，一把把她推開了。
「我自有主意！」
至此，女人默然了。嚶嚶地用着微細的聲音咀咒起來。阿房却像鑊上的螞蟻，轉了一回身又轉一回。用脚用力踏了一下打碎了的杯子，然後湊近老婆的耳根，用沉重的低語說：
「你幹了好事，還算我一點不知。」
女人却用起尖銳的聲音，「甚麼好事？」
「甚麼好事呀！」阿房的火又起了，「你跟小鬼文炳的勾擋，有人完完全全的告訴過我了，你還算我一點不知道麼，你這臭猪婆！」
「呵呵！」女人到此原全出了意表地受了措折了。可是還得强嘴的說，「誰說的謊？誰這〔末〕冤枉呵！」
「冤枉?!」

女人便開始碰上阿房的身體，用手把着他的臂，哭，「你跟我說，是誰撒的謊。我得跟他對証。」

「好！跟你說吧！」這樣說着，阿房的粗臂膀凌空一撥，女人便擦辣的滾倒了。阿房苦痛地獰笑。

阿房的獰笑忽然停止了，他眼前閃着許多雙譏笑眼睛。他回憶起一個鐘頭前給人譏笑時的窘態了。一個小鬼頭採了三張芋葉，拼成帽子，在後面加在他頭上。一個老頭子譏笑地說，要是他要一個猪籠的話，他得送給他一個，一雙。然後一陣笑聲在阿房的耳根爆發了。

阿房睜亮了大眼睛。

女人還在咀咒着，「呵，天誅地滅的嚼舌鬼！」

「丢那X！」阿房自己頓地起來了。眼前耳旁又是一幀鬼臉，一陣陣笑聲。

阿房又睜亮了大眼睛，從新獰笑起來了。一手把着老婆的手臂，「立刻來，我跟你對証去！」

女人唸着，「去去去！」

可是實際上女人還留戀着這房子，踟躕着不肯去。阿房却一把捉着，拖出門外去了。女人發抖的聲音依舊响着「我們去我們去！」

阿房沉默着，一直把她拉到岸邊來，扯開了鐵鍊，二人便滾加下了浮泛着的划子了。阿房把着舵，用極大的力量，使划子飛似的前進。女人默然坐在划子的前頭，心裡感到有點害怕。

划子在水面爬行着，從涌出到河心。女人瞠目四顧，開始用手抓着划子的兩舷。

「你來，」沉默了許久的丈夫現在强制着燥暴的聲音，聲音便成為顫動的溜出來了，「你來，我跟你説話。」

「你不要害我啦。」

「你來。」

女人却始終不肯來。她好像已經知道，不幸就要從丈夫手裡走到她身上來了。阿房又是獰笑着叫了她幾回，可是她始終堅坐着，丈夫沒有法子，便竭力把划子顛簸起來。

「你不要害我呀！」

女人的面孔顯然變了土色了，被斷了氣管的鷄似地叫，但划子更因此而顛簸得厲害。最後，出其不意地前面的槳拍地向抓着船舷的手指拍下來，一陣紅色湧起了，划子再是一蕩，女人便掉下水裡去了。

男人停了槳，定了睛。

但經過説一句話那麼久的時候之後，一顆亂披着黑髮的頭在水面跳了一跳，跟着河水便重復沉寂起來了。

男人唾了一口口沫，悲傷地獰笑了一陣。

等到划子和他的主人回頭時，沿途都很靜寂。主人像忘記了酷熱的氣候了。氣溺了這樣的妻子，他覺得像喫過了一口冰的樣子。

阿房再回到家裡來，家是十分安靜的。他噓了一口氣便躺倒在床上了。他昨夜整夜在親戚家裡聽人的投訴和譏笑，一夜都沒有閉過眼睛，現在一倒床便睡着了。

從夢中阿房又走到那親戚的家去了，這一回誰對他都懷着畏懼的心，拖了凳子請他坐，大家坐在地上聽他高談溺死那臭豬婆的經過，於是在高聲喝采的聲中阿房醒了起來，然而一轉側他又重複入夢了。

在這炎夏天氣裡，阿房像喝了冰水一般，覺得從來沒有嘗過這樣的甜睡。

選自一九三五年九月八日至一九三五年九月九日香港《工商日報・市聲》

火奴魯魯的藍天使

到了火奴魯魯到今日已經是第三天了。我昨天纔體驗到你的話：集團旅行是最煞風景的事。我到火奴魯魯是為了要看巧格立的膚色而來的，當我還沒有看到認為滿意的巧格立色的人物的時候，豈有就立刻離開了這夢寐中的仙境之理，所以當昨天旅行隊要走的時候，我就拒絕了他們的同行。我孑然一身留在異鄉裏邊，等到對於這火奴魯魯將生厭念的時候再走。

火奴魯魯眞是最適宜於一人獨行的地方。這兒的樹，這兒的海，這兒的雲隨處為你時起時隱的行侶。從旅舍出來，走不大遠有一間水族店。大概是為旅客而設備的。有五百種以上不同的大小魚類在那兒發賣。兩天來我對這店子一點也沒有注意，一直到今天太陽將沒的時候，纔在那兒門前站了一忽。

一個巧格立膚色的女郎把我喚進去了。她教我玩味魚類的形狀和顏色，她教我從魚的形狀和顏色上面着到那魚的性格。於是我站住了。

「告訴我，比方說巧格立色的女郎跟巧格立色的魚的性格有沒有分別？」

於是那巧格立色的女郎笑起來了。美麗的牙齒激動了我的視慾。我細看着她的臉，像塗了薄薄的琺瑯，毛管細得不容易看見，漲滿的皮膚在熱帶人的血脈上跟着我的心血搏動。

「我給你看一條最有性格的 blue Angle」她說，便領着我轉了幾個曲節，走到一張玻璃牆壁面前，說是最富有特種性格的藍天使是浮游在水中，全體藍色，却有粗直的紅線從頭到尾橫間着。用着迅速的力量在水中進前，當停的時候却拂着蜿蜒柔美的尾部。巧格立女郎滔滔的述說那種魚的狡猾，妖媚，熱情——那幾種矛盾性的同時具備。然而我祇聽到了這大堆話的前半，其後，我已經給一個動物的色與光把全部精神吸引去了。

當那個動物浮游出了水族店的時候我也離開了那間店子了。那動物穿着深藍色的西洋服裝，深黃色的和棗紅色的沉重的條子從頭到尾橫在藍色上面。黑色的髮脚露出巧格立的脖子和潤澤的背膊。這是用椰子漿混合了的格立吧（要是白人的白像椰子一樣的話）。長的腿擎起短的身軀，而圓圓的臀像使勁的氣球，在我面前裝着鬼臉。她矯矜地鎮定地拾着水族店的石階，走到路旁的時候，回過頭來用銳利的眼狠狠地咬我一口。我像中了箭，腳步和呼吸窒息了一刻。等我把自己的靈魂從新收拾而鎮壓下來以後，便跟着她跑。她分明不是一個好東西。她挑撥你去吊她的膀子，而她不給你吊上。她終要我和她有着相當的距離。當我要用了快步趕上她前頭的時候，她也把腳步加緊了。跑了一程還趕她不上，於是我生氣了，住了腳。緩慢地走，讓她跑掉而結束了這一回事，但是她也就馬上住腳了。她露出了兩排白齒和一雙發亮的黑眼睛，望着你作一個鼓勵似的微笑。我當然是沒有辦法的，當然還是跟着她跑。但是等我跑得快的時候，她也快，我要跑慢的時候，她也跟着慢跑。因而我的情感也變化起來了。起先是只管玩玩似的心情，繼而發生疲倦，可是又給她引起了好奇心了。走着終覺沒有意思，而她的頑皮的欺侮便使我發生了奮激，發生了務要抓到了的這樣的報復的心情，而把跟着她跑是像攷古家對古物的追尋，冒險家對險隘深入一般的興趣。像跑狗狠命地逐着電兔，不曉得已經跑了怎麼多的路程，但路是已經黑暗了起來，靜悄了起來，荒漠起來，路旁的燈火也發射了光氣，月亮不曉得從甚麼時候起掛了出來了。從海濱走過了熱鬧的市區，走過了幽徑，走過了山麓，走到了岩巉的路。由於這種追求的結果在這樣渺茫遙遠的彼方，由於這多回的欲速不達，於是引起了堅強的必得的意志，路雖然不容易走，但是故意走去。她故意要領着我走這樣崎嶇的路，是顯然的事情，然而好勝的心，一種男性的英雄的心使我要獲得這一事的結果，所以還是前進。而且，老實說，要是不跟她跑，我自己回轉了頭，怎樣找尋回轉的路，眞是一個極大的問題。騎上了虎背的當時，叫我又氣又笑。然而她還是如前一般。路果然跑得厭倦了，於我走到她的跟前，抓住了滑膩的臂膀，我操英語問她：

「這究竟是怎麼一回事？還得跑多少路呢？」

她哈哈地爆出了一陣笑聲，妖媚地露出了她的白齒，斜溜了閃耀的明眸，把臂膀像蛇一般的一拗便擺脫了。我忙着跑前了兩步，飛長了雙手要抓她回來，她便尖銳地叫了一聲，揚長的跑走了。

於是，我站立着，攷慮我應做的工程。我繼續跟她跑呢？還是讓她自然地跑走了？思維的時候，她回來了。喘着氣，在距隔我二十碼左右的地方，揚着手，溜出淘氣的笑聲，召我前去。

朋友，我是給她弄得發痴了。到那時，與其說是游戲底地追她的，無寧說是事業底地追她的。與其說是游戲底地追她的，無寧說是倨傲底地追她的。與其說這樣的追踪是會失掉了尊嚴，無寧說是為了保持尊嚴而繼續行進。因此，我還是給她召去了。

可是她還是不肯捨去了她領導的地位。更可恨的是，逗她談話的時候，她總是一言不發，裝憨作傻的，粲然的一笑，便算是她唯一的答話了！

像這樣僻靜的路，要是放大了胆子的話，甚麼事不可做出來，在月影下，她展施着妖媚的腰肢，施施然的，緩慢地在我面前作態。用着沉重的鼻音哼出了性慾底的歌聲。在這樣自然的幽靜和人為的鼓噪兩種引誘力之下，我的思想慢慢地發展，有了放誕的傾向了。一種雄性的野蠻，將要擺脫了我的衣冠，我便失掉了紳士底的腔格，跑到她的面前，用了連我自己也覺得奇異的力量，挾着她要接一個吻。但是這種緊張的情緒使我失敗了。燥急的動作同她拒絕的反抗會合的時候，我衹接觸到她油膩的面頰。而且跟着給她狠命的一抓一推，我差不多要退後了幾步還要跌了一交。我的臉便騰上了熱辣之氣，她便勝利地笑了出來了，然後用手給我送了一個飛吻。

假如你設身此地，將發生一種怎樣的情緒呢？一個妖精當你要接吻她的時候，給她擺脫了。但是她回報你一個飛吻，而那個吻是作為捉弄和挑戰的信號，而不是一種慰安。我呢，我曉得她是個壞人，而且曉得她一定是早晚必在我手上的，所以我便再撲前去，再像一雙情侶在海濱追逐似的向她追逐。

說來就慚愧，這山麓的海濱不是容易跑步的地方，所以總是給她先走一着。忽然，她停住了。板起了面孔，指着前面，說：

「警察來了！」

她便住了脚，裝成正經的樣子來，然後再用了快步，向前面走。

「警察來干我們甚麼事呢？」

乘此機會，我趕上她來了。但是看到了前面果然站着一個警察，便是趕到了她面前還是毫無用處的。

「你以為警察的不干你事嗎？」她忽然變了顏色，「我馬上就叫警察跟你發生關係吧。」說着的時候，她得意地向着警察那邊去了。我驚異了起來，心裏纔曉得現在是要上她的當了。當然的，她一定要告訴警察的是說我要侮辱她的事情。然而她要這樣做也是毫無辦法的事，我便衹有裝做鎮定的樣子，施施然的繼續前行，但是找着棕樹的影子作為阻障，而注意着她和警察之間的事情。
那妖精，那個從水族店裏跑出來〔的〕Blue Angle 的精靈，她眞個跑到警察面前，先而嗡嗡嗡嗡的低語了一回，繼而指着我這邊，然後左指右指的大抵告訴那警察我是從怎樣老遠的地方吊她的膀子，吊過了一個小丘直吊到這地方的話了。於是警察便跟了她前來——向着我這邊來。
在此情況中也是沒有辦法的事情，我也只得硬着頭皮迎頭上去。心裏盤算着辯護的話。話還沒有準備好，警察是來到面前，他指着我向她問：
「就是這位先生吧？」
「正是。」
警察便向我笑了一笑。她也妖冶地笑了起來。頓使我莫名其妙的，就是在惶恐的情緒中她把我的臂，警察對我說：
「先生，舊炮台道就是從這兒轉上那兒，再上不過二百碼的地方。那兒是整個火奴魯魯的夜間的美麗都給你們望完了。你這位小姐說的路徑一點都沒有錯。」
一直到那個時候，我的惶恐纔釋然了。可是對於那個小妖精的捉弄却是增加了我的憤慨，所以等到遠離了警察登上了狹而斜的小路的時候，我便擲離了那把着我的臂膀的手了。她再把着，用了天眞似的眼看着我，說：
「讓我們登登舊炮台的古蹟，看看新的火奴魯魯的夜色吧。」
「不，我不願再跟你一道跑了。」

「因為對於我的技術完全畏懼而對於自己的力量完全否定了吧？」
「是的，我完全懼怕了你的機詐。」
「可是我便因此完全愛上你了。」
「為甚麼呢？」
「因為你怯弱得恰到好處。而且，」說到這兒她停住了。
「而且甚麼？」
一種烟花似的奇妙的光彩從她眼睛裏噴射出來，迷了我的目，兩條巨蛇似的手爬上了我的肩頭，在迷惘中我被挾着接了一個從來不曾嘗過的這樣久而綿靭的吻。然後她也癡迷地說：
「而且你是一如我所預料的傻氣。」
像打了一巴掌，我的尊嚴被抓傷了。我馬上回轉了頭。
「我不要到甚麼舊的新的炮台道去。我們各走各的路好了。」
「各走各的路嗎？」她尖銳的笑起來。「但是親愛的先生，讓我告訴你，你站着的已經是舊炮台道了。」
「不管是不是舊炮台道，總之不再跟你一道走就是了。」
「那麼讓你走吧，再會，親愛的。」
「再會再會！」
因為心理的激憤，說話也毫不能有所選擇了，我忙着與她背道而馳，匆匆忙忙的下着了傾斜的小道。但一跑回了山麓的海濱，心氣稍稍平靜了時，我便發生了疑問了。怎樣跑回旅館去呢？

月亮雖然高了起來，路途雖然光亮了許多，可是除了自己一個人的影子以外，眞是靜得非常可憐。沒有一個行人，沒有一輛車子，而且連附近的房屋也沒有。疲倦固然是疲倦了，可怕的就是縱使還可以走路吧，打那一個方向回去呢？還是成了問題的，但是回去求她，是決不可以的事；就算肯回去吧，恐怕她也一定不會站在那兒的。目前的辦法，除了胡亂地繼續向前跑，希望會碰到救援的事情以外，委實沒有更好的辦法了。捧着氣蒸蒸的心，施着沉重重的脚步，像受了鉅大的創傷的兵士，爬行着百重千重的敵人的鐵絲網，希冀回到老家去的這樣渴望失望的心情，一直踏了恐怕有二十分鐘的路程，才遠遠的看到了一雙汽車的燈，向這邊駛來，便像飄流在荒島看見了帆影似的高興，站在路的中心，拉出了手帕，老遠的叫着揚着。然而汽車的速率很高，車夫却毫不為意地把我避過，從我身旁溜去了。但是我還叫囂着。車一過了身邊，慢慢地停了倒駛了過來，汽車夫打着我不懂的土話，好容易做了手勢，他才把車門開了讓我進去。像鬼怪的一般，躲在車的角落的，正是那個妖精，她一壁發着狂笑，一壁把我拉上去了。我一言不發的瞪着她，在她的美麗上面的而且確是浮現着一種可愛可恨的非常的情味，妖媚而兇狠的特異的風格。她看見我不高興的神彩，也沉默起來了。我便深深地在研味她這性格和相格的關係。這一類巧格立膚色的女郎，到底是我覺得有趣的女郎，雖然在精神上我受她損害了不少。我從急燥轉到了研味的心情，而轉到了好奇的驚愛的心理，對於以前的自己的失敗，覺得不能對她有過份的惡意的留存。我對她說：

「我的遊戲的方法到底比不上你的高明，對於剛纔我的急燥的地方，請你原諒。」

她沒有回答。還是恬靜地坐在一邊，用她優異的眼色，把我深深地浸着。

車穿過了清冷的海風，穿過了烘然的市區的燈火，忽然給她指示停下來了。

「那邊是我的家，我得回去了。」她說。

我一把抓住了她，她便捧住了我的頭，在車上我再三再四的綣戀着她奇異的熱吻。

她下了車，告〔訴〕了車夫我所住的旅館的名字（她竟曉得我的旅館的名字！）便一溜烟的跑了。

車一到了旅館，我像從另一世界回來似的，懷着一種莫名其妙的心情，我是探了險回來呢？這是受過了侮辱和教訓？我一點都不曉得，曉得的是：當我要掏出銀夾去付給車錢的時候，而我的銀夾是不翼而飛了。

回到了房間，把像從泥濘裏淘出來的白袴白鞋脱掉以後，我便想，明天好不好再找她玩呢？

香港。一九三七，五月底，初稿。

選自一九三七年六月五日香港《朝野公論》第二卷第十一期

遊　子

細雨

空中下着濛濛的細雨，因此天色顯得陰暗，本來天亮了已有好一會兒，却彷彿還是黎明的時候。

海濱ｘｘ旅館的三樓二十四號房，十七歲的碧雲正從鼻烟色毯子的包圍中抽出身來，斜躺在床沿邊，伸出右脚在地板上尋覓拖鞋，同時回轉頭去瞧了床上的男人一眼。她輕輕地踏着拖鞋，離開了床，沒有把他擾醒。他和她睡在一張床上，這是首次，或許也就是末次。他不肯讓她佔了便宜，昨夜實在很勞頓了，無怪他現在睡得那樣爛熟，簡直和死豬一樣。她好像坐了一夜海船，被顛簸得想嘔，但畢竟忍住了，只是頭昏作痛，雖倦極却不能入睡。直到天將放亮時，才陰陰陽陽地合了眼。一個惡夢很快佔據了她：彷彿睡在醫院裏，醫生說要施手術，霜白的利刃在她的臍下猛刺下去，痛極了，她忍不住想大聲呼救，但不知如何，一張嘴竟是被封住了似的；最後她盡力一抖——忽然睜開眼來了，看見房裏的一切，似乎都在匿笑，身邊男人的鼾聲覺得非常刺耳。

男人並非完全陌生，是常常到她家裏來打麻雀牌的。到她家裏來過的男人女人，多得數也數不清楚，長衫，西裝，短褂，旗袍，什麼都有。去年夏天，她還在ｘｘ女校讀書，一個很熟識的姓黃的同學來過她家裏一趟，以後就不敢再來了；後來碧雲再邀她，她老實告訴碧雲：「我的母親叫我不要去，說你家裏是私寨呢！」那時碧雲還沒有和男人同睡過，聽了這話很惱，回去把自己的母親狠怪了一場。母親的答話很爽脆，「她的父親有錢，由她說去。放了假，你也不要入學了，我已替你定了親。」以後不久，母親就叫她跟那個「未婚夫」去住旅館，還去廣州旅行了一次。她的身體漸漸發胖起來，她覺得這樣的生活還不錯。可是兩個月之後，那個「未婚夫」又離港「過埠」去了。她的母親又叫她跟別個男人去「開房」。那時她着實不願，堅決反對過。然而她的母親說那個「未婚夫」原來是暫時的，於是她從希望的高塔墜跌下來，再也扒不起了。除此之外，她覺得也確實沒有法子能過較優裕的生活。她的食好穿好的慾望，在有「未婚夫」時代已漸漸滋長發榮了。至於昨夜同睡的那個男人，她也記不起應該排在第幾十幾的了。「交易」的手續是母親包辦的，還在家裡的時候，她就看見那張五元的銀紙從他手裏交到母親手裏去。現在她已經畢事，不必叫醒他再辦什麼交涉。

她回想昨夜的苦況，有點恨他；但轉而一想，便又不禁有點可憐他。已有月餘，她的下部沒有乾淨過，她的母親完全知道，但仍然不讓她有較長的休息，她也不便說什麼，只存着「由它罷」的主意。她想，像昨夜那樣的情形，她的身子固然要更壞下去，他的身子也恐怕不能完全好呢。設若她當時直白告訴了他，不知他要怎樣掃興生氣。那張五元銀紙還能安穩放在母親的錢袋裏嗎？一定不能的，她知道。最後她便決絕地在心裏說：「都是你自己不正，怪不得我呀！」

她從床欄上拿起點花人造絲的旗袍穿在身上，然後從床底下拿出高踭杏黃色的皮鞋穿在腳上，輕輕地開了門，輕輕地走出去，頭像被什麼東西縋着而低垂。

由三樓而二樓，儘管脚步很慢，却沒有停過。她記起昨夜臨出門時和母親約定的話，七點半鐘在碼頭相會，早點去公立醫院掛號。她的脚步將要走盡了最後的幾級樓梯，她從衣袋裏內掏出手鏢來套入手腕，再舉到眼角邊看了一看，短針在 4 字上，長針則指住 7 字，這才想起昨夜忘記了「上〔鍊〕」。行到（ ）檯邊，望一望墻上的大鐘，差兩個「字」就到八點了。她心裏一急，想不到竟這樣晏了。加快脚步走出店外，看見溼潤潤的馬路，才知道下了雨。晨風吹在額上，有一種説不出的感覺，彷彿她剛從另一個世界中逃命囘來。

一步一步踏在馬路上，好像地底下藏着有彈簧，總覺不大實在。濛濛的細雨，一點一點的洒在她的頭髮上，旗袍上，她若無其事地走着。衹是穿的旗袍太薄，覺得有點兒涼意。

她愈走愈快，深怕她的母親來了，找她不到，在那裏着急。但是她走到碼頭，巡視乘客出口的地方，竟看不到母親的影子。她疑心母親到了好久，見她不來，去旅館門口等她了。但是，「她怎麼知道我們住的是那一間旅館呢？」呆了一呆。「莫非她來了又囘去嗎？」再想下去：「不會的。這是重要的事，她一定會在這裏等我。」

一陣轟轟的鬧聲，把她的視線吸引到海面上去。從 x x 來的渡海輪又到了。她全神注視着出來的乘客，絲毫沒有理會到旁人對她詫異的眼光。

「媽！」三步併作兩步搶前拉住了母親的手——「為什麼這晏才來呢？」

「我昨夜很遲才睡，今朝起得晏了。——我想你也不會起得早的。」

「快點呀！遲去了，人多難等呢！」

不放鬆拖住母親的手，好容易走到了電車上。轉了一個彎，又一個彎，母親叫下車，就跟着下來了。

由一條斜路上去，碧雲緊跟着她的母親很快地走到了醫院。裏面塞滿着人，靠東的大部分是男人，靠西的小部分是女人，那些男人多是衣服不整的，女人却有些穿得很漂亮。她是第一次到這裏，她的母親已來過幾次了。她覺得屋裏的空氣很沉重，壓得人好難受。她的母親代他領到了一張小紙片，她接過一看，上面寫着「廿四」歪歪斜斜的兩個字。她知遲了。但是醫生還沒有來。那些大姑少奶都等得很不耐煩了，頻頻側轉頭望到右邊的門外去，一眼看見是濛濛的細雨。

「媽！囘去吧！知道醫生什麼時來候？要看了二十三個人才輪到我呢，不知要多久呀！」碧雲說着把兩個眉頭蹙得很緊而且很低。

「醫生快來了。等一等吧，急什麼！」

果然醫生就來了。由女看護叫着號數，待診的婦女就一個一個地進到診症室去。碧雲等了又等，留心聽着女看護口中叫出來的號數，越等越心焦，總聽不到那個期待着的聲音。一顆心好像要爆裂了。

「不等了——囘去吧！」很斬截的口氣，向着她的母親。

可巧地囘過頭來，看見一個二十幾歲的少婦，從診症室出來，是她認識的。忽然得救了一樣，趕快招手叫她，母親囘答的什麼話也沒有心去聽了。

「陳姑娘！」是高興的帶笑的聲音。

那個被叫做陳姑娘的婦人，用着很驚愕的眼光探視那熟悉的聲音的主人。最後的眼光落到了碧雲身上，才開了笑顏走過來。

「你也來看病嗎，怎麼剛才我沒有見你呢？」

「人多了不容易看見，剛才我也不知道你來呢。」

「怎麼不舒服？」

碧雲不答話，只顧拉陳姑娘在她身旁坐下。

「下邊……」她的母親小聲地代她回答。

她的臉下羞紅了一會兒，隨即又恢復了萎黃的顏色——今天她破例沒有搽粉。

「我看你的號數。」

「……」

「哦，廿四，還輪不到呢。我陪你等一等吧。」〔二〕

……終於輪到了她。陳姑娘也去領取藥水。只剩她的母親在原位上。

不久陳姑娘取到了藥水。不久她也出來了。

「怎麼樣？」陳姑娘和她的母親同時問。

「……」她沒有答話，只搖搖頭。

「不取藥水嗎？」

「……」又是搖搖頭。

於是三個同出來了，默默地。

行到大馬路，她請陳姑娘一同去ｘｘ餐室，在樓上近窗揀了一個房座，三人分兩邊坐下，叫了一壺紅茶，三碟珍肝飯。

飯還沒有弄好，先飲着茶，這時她才將剛才醫生的話複述出來，為了要陳姑娘幫助她，不能再顧到她的羞恥和秘密了。她說，醫生告訴她，肚子裏有了小生命，但是下部似乎有毒，恐怕要墜下來，最好到ｘｘ產科醫院去驗血，然後決定怎樣處置，因此沒有給她開藥……

複述完了之後，說了一句自己的話：「我不知道ｘｘ醫院在那裏。」這顯然是請求陳姑娘做她的嚮導。

她的母親說：「我也不知道。」仍然是那個意思。

「我倒知道，離這裏不遠。我有個朋友曾在那裏生產，我去看她。但是那裏的手續也很麻煩，樣樣都要問得很周到的。……」

碧雲有孕，陳姑娘初聽是很驚疑，過後稍為一想也就明白了。她在碧雲的母親包租的屋裏住過一個月，知道碧雲的母親行為不正，但想不到自己的女兒也要拖下水去的。現在她不願使她們難堪，沒有露出鄙視的神色；不過要跟她到ｘｘ醫院去討沒趣，可是很不願意的。於是她接着說：「我看還不如去牛福君醫生裏看看吧。他是很有名的西醫，我的一個親戚去看過的。」

「那麼食了飯你帶我去吧。」

陳姑娘這時覺得很尷尬，但也不便推辭了。

牛醫生檢查了碧雲的病體之後，問了不少話：「……你的丈夫身體很高大嗎？……你知道他有去嫖沒有？……我看有了花柳病的傳染。若是下邊的血再流下去，這個胎怕要保不住。你怎樣打算？……」

碧雲一直沒有開口，一概由她母親代答。

「先生，就乘勢把它打下去好不好？是野仔呀。」

碧雲聽了母親的話，雙頰紅了又青，雙眼起潮，好像要哭，却沒有哭出來。

陳姑娘想不到碧雲的母親居然會說出「野仔」的話來，一時很難為情，恐怕會被醫生看成和碧雲同道的人，後悔和她們同來。好在再沒有別人在旁，也就無可奈何地忍住了。

醫生說：「打胎的事我不能做，這是犯法的。……你是她的什麼人？……」

「我是她的媽。」

「她的媽也沒有權叫她打胎。就是她的丈夫，也還有問題呢。……她要醫好這病，非有一大筆錢不可……」

「先生，」碧雲的母親趕緊說下去，「我家很窮，出不起錢。這次藥費，還要請先生算輕一點呢。」

「好，我給藥替你止血吧。以後你還得認真調理才行……至緊要不可……不可和男人同床……」一邊叫藥徒取藥，一邊說：「診費二元，藥費二元，一共是四元。」

碧雲和母親面面相覷之後，就回頭問陳姑娘身上有無兩元可借。這次是輪到了陳姑娘搖搖頭。

「先生，我們沒有預備來這裏看病的，我們不知道例規，沒有帶够錢，現在我身上只有兩個幾銀錢呢。」

「好吧，」醫生不歡喜是很顯然的。「就收你二元診費吧，藥算送你的，……」嘴唇動一動，似乎還想說什麼，却忽然中止了。

陳姑娘覺得很不好意思，早已先舉步下樓。她們母女給了錢，拿了藥，也趕快跟着下來。上了過海的小輪，陳姑娘剛才埋怨她們拖累了她受辱的怒氣漸漸消了，覺得幼稚的碧雲終竟有些值得同情，便把她從她的母親身邊拉開，坐在另一張椅上，偷偷問她：「為什麼要這樣做？」

「我的母親要我這樣做。不這樣做也沒有辦法。你知道我家裏……」

陳姑娘沒有再聽下去，心裏暗自想着：碧雲的父親是一個什麼人。就使不是廢人，在這樣的年辰，搵工夫也難。以前碧雲曾經輟學去入花露水，包陳皮梅，工錢都很少，以之幫補家中雜費則可，若當作一家人生活的主要欵項當然不行。……現在的女人要做入花露水包陳皮梅一類的工作都怕不容易有得做！……自己眞是僥倖，嫁了一個有正當入息的丈夫，否則今日也正不知如何。……一個人生活還容易些，上有父母，下有弟妹，那就難了。……這個世界，做男人尚且不容易，做女人就更難了……若非生得十分靚，就難望賣得好價。……要靠自己掙錢嗎？只有出賣肉體才比較容易，樣樣都難！……早知道碧雲讀書不過是一種時髦的裝飾，很勉強的，但想不到她竟批發不成，終於要零賣！……

碧雲越講越俯低頭，這時聽見陳姑娘噓了一口大氣，猛抬頭看了她一眼。陳姑娘忽然〔聽〕

見碧雲停了說話，也回頭看了她一眼。兩人面對着，都莫名其妙，〔彼〕此微微地笑了一笑。

「怎麼樣呢？」

「我說，我母親要我打下，怎麼行呢？你想……」

「打是很危險的……」

「我的事情很多人知道了，我就不要這個面子了吧。這時我把衫做闊一點，也可遮蓋遮蓋，別人不容易看出來的。」

陳姑娘覺得再沒有什麼話可幫助她安慰她了。

輪船突然慢駛。乘客陸陸續續立起身，向放吊板的地方走去。不一會，船靠岸了。上了碼頭，陳姑娘讓碧雲和她的母親先行，自己捱到落在後頭。她們回頭看不到她，也就回去了。陳姑娘慢慢走出來，看見前面不遠的碧雲拖着蹣跚的步履，忽然有種難言的惆悵壓上心頭。一個很大的「！」閃電似的在她腦海中一顯又消逝了。

空中仍舊下着濛濛的細雨。

選自一九三五年十月三日至一九三五年十月六日香港《工商日報・市聲》

勉己

失眠

影霞小姐接到星洲打來的一個電報，電報裏説，她的未婚夫元斌經已動身回國來了。這對於影霞小姐不啻一個青天的霹靂了。

接到電報時是黃昏時候，那時有良剛來，紫琴也沒有外出。接到這電報後眞有點使他心跳，看了後楞了大半天，彷彿看了一次還不相信似的又再看了一次。電報一點不含糊，明明白白説着：「我定明日（九日）趁意郵干德羅素回國。斌。」但是，他沒有告訴她為什麼要回國的原因。這使紫琴也有點驚訝，更不要説有良了。總之，他們三人，本來正是談笑得興高彩烈的，但給這電報改為一種憂翳的景象了。

所以這雖然是一個不可多得的星期六，但在那晚上，她祇陪有良看了一場電影，便匆匆歸去了。

不到十一時，她和紫琴都上床了。但是影霞小姐翻來覆去總是睡不着。看院子裏的月亮，照滿了一地，初秋的風，拂得牆角的兩株玉蘭蕭蕭作响，樹脚下的蟋蟀幽幽地鳴着。時而由馬路傳來一陣巴士的聲響，蓋過了蟋蟀的悲鳴，但一煞那間，巴士遠去了，蟋蟀的悲鳴又不絕地傳入她的耳鼓了。——那是秋天呀！影霞小姐敏感地那明月和蟋蟀聲音，而想到遙遠的地方去，遙遠的事情去，於是便起來拉下了窗帘掩遮了玻璃，但是月色雖然掩閉着了，而蟋蟀的聲音還隱約可聞。並且，她的週圍更是寂靜了，她的心却反不能寧靜下來。她又注意到身旁睡着的紫琴，鼾聲漸漸加大了，她睡得極濃，在黑暗中似乎可以看得清楚她那胸膛的高下起伏。影霞小姐忍耐不着了，下意識地推了推她，但她含糊地唔了一下，翻了一個身，又打鼾起來了。

影霞小姐半嗔半笑地罵了她一句：「你這肥鬼！」又再推她一下，但是也沒有用。

影霞小姐的浮思，突然集中到紫琴身上了。紫琴比影霞小姐還長三歲，今年廿八了，丈夫是在汕頭一間中學裏頭教書，她獨個兒留在這裏來，自謀生活，據她自己說，她在這裏足足做了三年小學教員了，看她平常日子都是很高興的，有時竟連可寶貴的年假暑假都不回家去。說她跟丈夫不和氣嗎？差不多每一個禮拜就有一封信來往。信內雖說平淡，但如果沒有些恩愛斷不會這樣的。但她為什麼對於她的丈夫像是簡直是多餘的東西呢？這在影霞小姐看來，眞是不可了解的事情啊！不是嗎？她自己自十九歲來，簡直沒有嘗試過一個時期是沒有男人在身旁的。她自十九歲，就和一個姓楊的戀愛，後來因為家庭反對，不能不丟下他。一年後，奉母親的命，和元斌訂了婚，於是就開始了性愛的生活，就是他們雖然是沒有坐過花車，佩過花紅，但實際上，她是他的太太了，她一刻也少不了他，一晚不同睡在一張床上，便一晚睡不着。兩年前，元斌的父親在星洲死了，他遂丟下了她往南洋去，因為據元斌說，他家庭是守舊的，他們還沒有結婚，自然不便同往，同時影霞小姐又有點不喜歡南洋，因為她知道那邊的女人，並沒有像在國內大都會的這麼享受着高等的物質生活的，所以她祗叮嚀他於最短期間回來就算了。

可是元斌走後，影霞小姐不久便陷入苦惱裏了。因為沒有男人的生活，影霞小姐是不慣的。於是不久，她便找着了一個姓黃的青年，他年齡很輕，不過是十七歲，還是一個學生，自然，他是不能令她稱心適意的。後來又由他的關係抓着了現在的有良。這中間，紫琴幾乎都是漩渦裏的人，但奇怪得很，影霞還是影霞，紫琴還是紫琴，……

腦袋壓得枕頭有點漲痛了，一頭長髮也微微發癢，她焦急地亂搔了一會，但是愈搔得厲害愈覺得癢疼。她不期而然地又遷怒了身邊那個肥女人，尤其是這使人心煩的打鼾聲音，於是憤恨地在紫琴的大腿上用力擰了一把。

「哎喲！——什麼事？」紫琴又是祇翻了一下身就算了。

「肥猪！起來！——火燭！（註一）。」影霞帶着笑急促地說，她是以為用「火燭」這兩個字一定可嚇得醒紫琴的，誰知紫琴竟像沒有聽見般，並不〔就〕保她。

影霞小姐只得嘆了一口氣。

在黑暗中她的神志愈來愈清醒，愈來愈興奮。她想着這晚是失眠定了。就掙起上半身來，靠着床背躺着。玻璃雖然蒙着了窗帘，但房間裏却依然有幾分亮光，可以隱約地看得清楚桌子書架以及櫥衣梳妝台的輪廓。她從枕下拿了夜光錶來看看，原來快到二點鐘了。她於是又再焦急起來，因為她上床後竟虛耗了四點多鐘了。明天雖是星期日不用上課，但是失眠症會把一個人折磨得失了光彩美麗啊！自己今年是二十五歲了，比從前經已有多少不同了，連教了兩堂書就覺得有點累，走路不上半小時就覺得疲倦了，尤其是自去年十二月打胎後臥病了兩週，至今也覺得精神都未復原似的。女人上了二十五歲也可說是爬上了青春綫的後半段了，何況自己的身體經已早有點壞的呢，如果再不好好地修養，那眞太可怕啊！

於是影霞小姐再行躺下，勉強閉了上眼睛，想靜一靜心。她竭力想叫自己的腦筋停止，但結果相反地却更加胡思亂想起來。她於是又不自覺地用了老法子，用手壓着左右太陽穴，數着「一二三四五六七八九十十一十二……」起來了。

但是當她還未數足一百，她失敗了，她數到七八十時，不知為什麼又倒囘三十來，她發覺自己錯了，便停了口，冒上天大的火，舉起雙手在空中揮了一下，繼着用力的轉側一下，因為用力太猛，驚了紫琴也為之翻轉一下了。

突然她想到假使元斌囘來，他和她隔別了這麼久，必定會用力地以有力臂膀擁抱着她，用力之大恐怕要使她感覺着酸痛。她於是便錯覺地感覺着這種使人心迷蕩魄的事情，立即在她的面前一般。不是嗎？假使這種事件立即到來：一個強有力的擁抱，一個男人肉體的重量鎮壓的愉快，一場凶暴的暢快的兩性接觸，必能令她由極度的疲乏而轉入酣暢，……她一想到這樣，就恨不得有一個男人肉體壓着她，就是壓得透不過氣，給他壓得肢離體碎也願意了！……

她又想到今天在電影院裏，有良在她的左乳房，用力的這麼一下——那一下不知什麼鬼魔使他得那麼發〔狠〕，痛得幾乎要她流出眼淚來。但是有良的可愛處就在這點，他是這麼胆大而富有男性的氣概的。還有，有良今年只有二十二歲，他的童貞還是影霞小姐第一次把它騙去的。起初，他本是胆小得像白天爬出洞來偷東西的耗子似的，在路上走時也不敢拖着她的手臂，但後來胆子一天比一天大了，有幾回在馬路的角落也要摟着她接吻。她想到這裏，又記憶起第一次和有良的青山幽會的情景了。

去年暑假時候，紫琴上了廣州訪問一位舊同學，她便給有良拉去青山去，一去足足住了三天，那時她和有良認識不過兩個月而已，不料他到青山的第一晚上，便給她在山上抱得緊緊的睡在岩石來，讓繁星在深青色的天幕裏對住她眨着羞眼⋯⋯

這一幕可愛可恨的情景像閃電般過去後，她又不禁在黑暗中用雙手遮着自己的眼睛，在心裡說着：「羞呀羞呀！偷漢子野合啊！」

影霞小姐到這裏又轉到她的未婚夫身上去了。是的，元斌是很溫柔熨貼的，對她也很努力，她本來是不應該背叛他的。關於這點，影霞小姐是很明白的。所以〔她〕又不覺地回想這二年來自己的確是太過放蕩了，覺得對於正要返國的那男子十分內疚。她明白有良對於她實在只可把他當作一件消遣品而已，因為他不特比不上元斌這麼富有，並且樣子也沒有這麼漂亮，但她不知為了什麼，總覺得他是具有一種吸力，强有力地吸引着她似的。她不見他還好，不見他的時候或者可以不想到他，——除了在夜裏獨個兒睡不着的時候，但一見他，或者一接到他的電話或書信，就不能自持了。因為元斌雖然彬文有禮，但却沒有像有良這麼動人可愛的。這是叫她沒法抵抗的。⋯⋯

這時候，月亮似乎給暗雲蒙住了，房子裏頓時暗黑上一層。影霞小姐的心裏正如千軍萬馬在狂馳般，全身發熱，腦袋幾乎要裂開來了。但是身邊那個肥胖的伴侶，依然均勻地打着鼾。

影霞小姐坐起身來，舉手在自己腦門上敲了幾下，下了床，在黑暗中摸到梳妝台邊的一塊濕毛巾，就在臉上擦了二下，轉身到窗前，拉開窗帘，呼吸了幾下後，再躺上床。她決不再胡思亂想了。

小鐘滴滴的地响着，响着，不知什麼時候，她睡着了。

第二朝，差不多九點半鐘了，影霞小姐給紫琴喚醒了，但她衹一轉側，又再睡去。

到了下午二時，楊媽匆匆地跑進房來，推醒她，說道：

「霞小姐，隔壁叫我們聽電話，說是找你的。」

她迅速的跳起來，穿上了衫褲，用手搔了一下頭髮，便跳過隔壁去了。

握起了電話聽筒，果然是有良，她完全忘却了昨夜的懺悔了。

「噢，噢，我沒有到過外間去……信不信由你……。討厭的，不要多說。……怎麼呀……噢噢，那我就來，就來……但是今晚晚飯你不要賴我，……隨你的便，有錢人「話事」（註二）……該死的，不理你……就是來了也不理你，……不要多說了……」

放下了聽筒，紅着臉點了一下隔壁的三少奶，就迅速地跳囘去了。

楊媽經已預備了洗臉水，她一面洗臉一面吩付楊媽說：

「琴小姐囘來時，告訴她不要等候我吃飯，並且我說不定不囘來睡覺也未可知，如果不囘來的話，請她為我告了一天病假——說是腦痛——記着！」

（註一）「火燭」二字，粵語，「起火」之意。
（註二）「話事」，粵語，決定，或作主張之意。

選自一九三五年十月二十一日至一九三五年十月二十三日香港《工商日報・市聲》

舒巷城

朱先生

朱先生的名字，在這塊地方，是很響亮的。

開始認識他的時候，是在抗戰後第一個雙十。那天朱先生的中學，正是假座□□戲院開紀念大會。

聽説曾做過前清什麼官的朱某某是他的兄弟。

那天，他就在很多人的面前，說了不少話。劈頭第一句就是「自蘆溝橋抗戰以來」，以後就説到民族的存亡問題了。

我還記得，朱先生那時的態度很嚴肅！說話，到奮激的時候，拳頭就捏得緊緊地，舉起來。臉漲紅着，牙齒咬得緊緊地。「我們一定要團結起來，為國家，為民族……」

四十多歲的人，可變得年青了。

我有一個親戚，是在朱先生的學校念中學的。從他的口裏，我就知道朱先生還寫得一手好文章。——提起筆來，起碼就可以寫洋洋數萬言的一篇古典文章。

的確，他對古文是很敬愛的，而且很有研究。所以學生們着實是得益不少了。

但你別以為朱先生，是穿長衫，彎着腰的人物。——一些也不！朱先生是喜歡穿洋服的。雖然那套洋服說不上漂亮了，但是走起路來可够為一個中學校長的派頭的！

事實上，高興時他也歡喜寫幾句「你們，我們，那，麼，的，」或者叫學生唱幾首「愛國歌」。——甚至自己現身，教學生唱隻他從學生時代學會來的「學堂歌」。對於「服務社會」這宗旨，他是很熱心擁護的。所以這裏開什麼街坊大會，他都很樂意參加的。比方去歲底，這兒組織一個難民籌賑會，他就曾經出過很大的氣力。因為一個問題，他就很激烈的跟一個小學教員辯論過。

事情是這樣：錢，是從街坊捐到了。但是不知誰却提議起買救護車來。那當然是將街坊賑濟某處難民的原意推翻。

朱先生是站在買救護車那一邊的。而且是第一個響應。他說得很有道理：賑濟棉衣，賑濟糧食，這些已有很多很多的人去解決的了。那麼——

「在想像中，我們就知道那邊的難民，一定有過剩的食物，和棉衣被。甚至一個人可以蓋兩張被……食物呢，更可以到外邊去買。你說，如果我們這樣做，不是太笨？要是我們將這筆錢，用來買一輛救傷車，那不是很好？那就可以叫人家知道我們的工作做得——嗯，而且棉衣簡直沒有什麼用。給人穿過就算了。車呢？到底是有一件東西長久留在。哈！……這樣，不是事半功倍嗎？」

這裏，朱先生就很得意的坐下來。

但是，想不到後面那個傢伙——他媽的，才是一個小學教員嘛！竟那麼無禮的，一下就站起來對自己的說話反駁。

「是！朱先生的意見一點也不錯。而且是很聰明！但是事實上並不像先生那麼想法：那邊的難民，我請先生去看看就好了。我想不致於近乎吃到飽死，而有東西出賣吧？要知道，這次的捐錢，全是街坊大眾的努力。斷不能因為幾個人的意見就將大家的原意改變——事實上，難民們現在需要的，是急切的實際救助！」

這些話刺進了朱先生的耳裏，挺不好過——哼！簡直是侮辱：一個年青小子，到底對前輩不能不尊敬一點的！

「在討論一件事，我們不能不顧及一點道德的。像剛才那位先生所說的，完全近乎那個了。——大家都是愛國的，幹麼又偏要……」

這裏顯得不大順口。眉頭縐了一縐。

「是的，討論一件事，我總以為平心靜氣好一點！」聲音變得很柔和了。到底一個學問高深的人有高深的氣量。——而且，的確朱先生是懂得道德這意思的。

當然，他也就不把這些小子放在眼裏！

——他是一個聖人之徒嘛！所以前幾天的孔聖誕，他照例是不肯把「尊重聖人」的機會放過。頂早，便叫學生努力的「獻金」出來為這日子大大慶祝一下。

那晚上，朱先生的中學確輝煌了。——「慶祝孔聖誕」。幾個大字遠遠就可以看到。「在路上不要吃東西」「見了尊長要鞠躬」……這類關心於學生禮貌的標〔語〕，還貼滿了在校裏〔的〕牆壁上。

一九三九．八．卅

署名王烙，選自一九三九年九月四日香港《立報．言林》

歌聲

夜很靜，我埋着頭在寫稿子⋯⋯

外邊傳來一陣歌聲〔。〕

「要吃飯的大家一齊來下手，來下手⋯⋯」

我給這歌聲迷惑住了，筆就自然的擱着不動。——我知道那羣孩子又在唱歌了。唱着「新蓮花落」。

每晚，當我聽到這歌聲的時候，我就感到說不出的興奮。一種親熱的氣息，從這些勞苦的孩子的呼吸裏輸放出來，一直地送到我底心裏。一次，兩次，我曾經給那種歌聲大大的感動過的！

的確：他們可以毫不用做作而自然的，眞實地，親切地，情感地唱出這些歌來。比起那些塗着脂粉，穿着美麗的旗袍的摩登小姐們，而跑上宏壯的舞台上唱起悲哀的「松花江」來，他們底歌是怎樣的動人，偉大呵！——他們大都是在船澳裏做工的。像鑽爐底，做「師傅」底跟班……這些他們是有份。工資自然是少得可憐。

晚間，利用可以休息的時間，他們常常聚在一起：坐着，臥着，在蓆上，談天，唱歌。他們唱「保家鄉」，唱「大路」……而不唱「點解我中意你」。

這兒是海濱。夜，是美的。微涼的風從海面吹上來。沉寂的空氣裏，時時旋轉着這十多個孩子底尖銳，激昂的歌聲。——這條街的人，尤其是孩子就給鼓動着地湊上去聽，或者跟着唱(。)

這是一種力量！它，曾經激動過很多人的心，激動過我底靈魂。

我愛那種歌聲，我愛那羣孩子。他們有着粗豪的性格，天眞的態度。當晚上，我從別處囘來的時候，他們總是怪親熱的喚着我的名字。或是嚷着：

「喂，阿烙來唱隻歌！」

有時候，我望着這羣孩子，自己的眼瞳會閃起一陣熱的淚光來。我想，他們這樣的年紀，就要跑進工場裏去做工，而不能好好地受到更深的教育，他們是怎樣的不幸，而需要別人的同情，幫助，扶持呢!?

「這是我底可憐的小伙伴們喲！」我時時是這樣的對着我自己說。

是的，我願貢獻一切，我能够貢獻給他們——我常常向他們講新的故事，唱新的歌。或甚至糾正他們行動上的錯誤。有個時候，他們是把「義勇軍進行曲」胡亂地盲目地唱成什麼「葱菜牛肉……」的。而後來，他們漸漸地對國防曲和勞動歌，有着新的，較高的，正當的認識了。

現在，那種歌聲，又正是那麼有力的激動着我底心，我底靈魂了。

「動員，動員，要全國總動員……」那宏壯的旋律，激起了每一個鐵的字眼，做成了尖銳宏壯的歌聲〔。〕

我終按捺不住自己奔放着的感情。拋下沒有〔寫〕好的稿子就跑出去了。

「呵，阿烙！來，來……跟我們打拍手哩！」

在淡黃色的街燈下，十幾個黑色的頭，突地擺動一下。

「好！」我爽快的回答。

每張天眞的臉，都愉快地望着我。我站着。

「哪，那我們現在唱什麼？」

「〔唱〕，『新蓮花落』好呢，我覺得……」

哦，——那是剪髮店的學徒阿元，渾名叫做三毛子。平時挺歡喜唱「二王」的一個。

「你，三毛子，你，剛才也在這裏嗎？」我驚異的這樣問。

「怎麼不呀？還唱得好好呢，三毛子嗯。」松根搶着回后，回頭用手拍拍三毛子的肩頭。

「哦！」過度的興奮，使我呆了一下。

「好，我們現在唱『新蓮花落』。」我的呼吸變得急促起來，胸口感到一陣熱……。

一九三九．九．西灣河。

署名王烙，選自一九三九年九月十九日香港《立報．言林》

易　文

午夜十二時

一

這條路是都市中的奇跡。荒僻，冷靜，像是被都市裏五百萬喘着氣的人所遺棄了的一段路。不問白天還是夜晚，除了拾荒的孩子，幾乎沒有人跡。每天，永遠一樣的，太陽在這條路邊爬了出來，又沒了下去。

這條被都市裏五百萬喘着氣的人所遺棄了的路，幾乎一直被遺棄下去。

路的兩旁，槐樹的稀疏的葉子的背面，稀疏的有一排三層樓的破舊的房子。破舊得使人會想起乞丐區路畔那快死的老婆；滿臉是風塵堆積着的縐紋，和縐紋刻劃着的風塵。

二

破舊的房子裏，住着被人們忘記了的人們。

亭子間的年輕寡婦，伴着五個月的女兒，嘆氣。接着，翻出僅有的一本銀行存摺，看看存入餘額項內可憐的數字；所有可怕的威脅從近的一直到遠的，全凝結在她破碎的心上。嘆氣變得沉重了，轉向憂鬱地啜泣。

望着女兒的睡臉，嘴角流着一段嬰孩的天眞的微笑。

微笑帶給她的不是安慰，而是更重的痛苦，與更悲的啜泣。

三

樓下是猶太老神父的晚禱。

從德國流落到美洲，沒有可以住的地方。聽說中國的幣價比美洲低，於是又流落到這「冒險家的樂園」。

可是，「樂園」裏也沒有他的安樂。

沒有職業，沒有親友，在街頭玩一套魔術引不起過路人的興趣；出賣幾張德國的風景照片又沒有顧客。

每天早上，他站在南京路外灘皇宮大飯店的轉角處，銷售僅有四種式樣的風景片。

「One, two, three, four. one dollar.」

操着不純熟的英語，徒然給過路者認作丑角。

晚上，數數漏了底的衣袋裏的財產，黯然地，跪倒在月影窗下。

還是神父呢，可是他的命運，把一個神父變成一個流浪者了。

四

二樓前廂房是夫婦的爭吵。

五萬元，僅有的積蓄，虧蝕在金市裏了。於是，夢想毀滅了，一切的生趣，都跟着這五萬元僅有的積蓄埋沒在黃金買賣的黑市。

丈夫還要埋怨妻子的化費；而妻子却責怪丈夫不該把五萬元統統去做這一筆空頭。

一切不成理由的事實，都可以鑲上一個極有理由的理由。祇是，這僅有的積蓄呀，「空頭」，僅有的積蓄的毀滅，是確實的事實。丈夫明白，妻子也明白。丈夫責怪妻子，妻子責怪丈夫。

窗外的月光，被夜風帶在窗上，顯出一幅深色的素繪。

從鄉間出來不久，一半是祖傳的財產，一半是工作了七八年的儲蓄。可是失了家，失了業，還失了一個三歲的兒子。到上海，想找一個職業。（其實祇想弄一盌勉强可以維持生命的白飯。）可是，沒有。上海沒有多餘的白飯給不會搶飯的人們。

於是，他做投機的生意。

每天，流着汗，擠在江南路的錢莊裏，看市價上落，上落，上落……

最後一次，用最大的魄力和最大的勇氣爭取一個「空頭」。可是第二天早上，開盤就漲。漲，漲，操縱黑市的魔鬼在發威，他僅有的這筆積蓄就這樣，很便當，很簡單，恭恭敬敬的，送上魔鬼的階台。

跌翻了。

五萬元的一個家，就這樣跌翻在黑市中。跌翻了的家裏的丈夫和妻子，就這樣跌掉了感情，也跌掉了理智。

房間裏的器皿雜物都擊倒了。夫婦的爭吵，并不能拏回這份僅有的積蓄。

五

三層樓，有一個老年的母親和一個年輕的女兒。

母：「這是我不願說的話，可是我只得說了。我們已經到了生活不下去的境地。」

女：「……」

這女兒立刻會想到她的父親。并不是沒有錢，并不是不愛女兒，可是他更愛另一個不屬於這一家的女人。他走了，遺棄了妻子，女兒。

女：「那末，我聽王家嫂嫂的話吧，我情願去當舞女了。」

母：「可是，叫我吃你的飯；你想，我吃得下嗎？」

吃不下，自然也得用眼淚混下去。

任人摟抱吧，沉浮在最奢華最浪費的線上，沉浮在最麻木最迷醉的顏色裏。

於是，這母女開始成了命運論者了。相信命運會支配一切，會解決一切。女兒的姿色不算壞，身段不算壞，談吐不算壞，智力不算壞，只有用靈魂去換取肉體的糧食。

老年的母親哭了，抱着女兒的頭。女兒想笑，裝笑，要給母親安慰；可是，眼淚流在老年的母親的手上。

六

遠處只剩餛飩擔小販的敲盌聲。

一輛警車開過。

一陣警笛。

外面有大聲的叫喊。

「强盜！」

又一輛警車開過。

又一陣警笛。

房東老太太披着孫子的睡衣，從被窩裏鑽出來。走到門口走道，捻亮了十五支光的燈火，探頭望望。

自己房子裏面很安靜，沒有强盜的影子。放了心，又蹣跚地抖着白髮走回臥室。

看看那隻三十年的古舊的自鳴鐘：

十二時正。

於是她滅了燈；預備睡到牀上，去打算明天如何把米運來，如何囤積，再如何居奇的賣出，如何發一筆財。人道不人道？不想！

署名楊彥岐，選自一九四零年七月五日香港《大風》第七十期

路汀

歸來了

這是從C君的日記簿裏選出來的三篇文章——

（一）

某月，某日，晴。七時起床，進了一些點心，忙著整理行裝，檢查一下所有的財產，全部是十二塊錢，不禁暗暗的吃了一驚！自從本市開始大轟炸，我們的報館就跟著停版，跟著許多報館也繼續在停版了；失業到現在，已經差不多有半個月了；我們現在連發表文章的地盤也沒有了。本來，祇靠點低微的稿費來吃飯，這生活我是〔過〕慣的；可是今眼看著連一點低微的稿費，也沒有地方去找，以後，怎樣生活下去呢？今天，我委實感到了一種說不出的徬徨，說不出的悲痛，消息是一天緊似一天，祇要有點辦法能想到的人，早已離開這在死神底威脅之下的死市了！然而我呢，〔真〕是不知怎樣？走吧，全部的財產祇有十二塊錢，能夠走到那裏去呢！不走吧，留在這裏既沒有工作，也沒有生活，就是在這裏等死麼？

心悶得很，吃了早飯，就獨個兒的跑到馬路上逛逛去，由光復路一直到西濠口，恐怖已佈滿了街頭了，一輛輛的汽車，一輛輛的黃包車，一輛輛長途車，都是塞滿了避難的人和行李。一隊隊拖男帶女的，携帶著包裹和籠箱的簡直象潮水般朝著一個方向衝，死亡的恐怖籠罩了大地，籠罩了每一個人的心胸中，侵蝕了我的魂靈。

「走吧，無論如何也得走的，就拿這僅有的十二塊錢作路費吧，用光了才再打算！」

我的心這樣地想著，我的脚步已踏進長堤去了，這時候，人潮在長堤一帶洶湧著，省港船碼頭，廣〔州〕車駁輪碼頭，梧州船碼頭，江門渡碼頭⋯⋯。是已經擠得衹見人頭了，忽然一隻陌生的手在我的肩上拍了一下。

「喂！老C，準備搭什麼船？」在總部政訓處當科員的小李向我問。

「是，是，是！」我胡亂地答。

「怎麼不帶行李？⋯⋯恐怕不容易買到船票吧？平日九毫錢一張的大艙船票，今天已賣到十五元了！⋯⋯」

我慢了一下，下意識地向他問：

「你也打算走麼？」

「走是一定走的，不過不需要那麼急；因為我的家人在兩個月以前已經搬到香港去了。至於我本人呢，則確不需要那麼急，一聽到警報，就使一輛軍用車飛也似的飛到最安全的特為我們設備的避彈壕裏去，外面的世界炸得粉碎了也不必操心！事情眞個緊急了，我們的總部已封起了一大批的民船，我們不愁沒有地方好走！⋯⋯不過現在是做一天和尚敲一天鐘！」他說完，嘴角裏就現出了略有得色的微笑。

當時我的心，眞是劇痛得像喝了一杯毒酒；同時對於平日所看不起的這「科員」先生，不禁有點羨慕！當下，我們大家敷衍了幾句纔分手，我跑回到家裏，什麼也不管，躺到床上就睡覺。

「嗚……。嗚……」外邊的警報在響了，我還是睡覺。

這天，直至晚上七時才解除警報，可是這天晚上我却整夜的睡不合眼。

（二）

某月某日，陰雨如晦。上午跑到幾個朋友的家裏告別，下午一時從我流浪者的已經作了三個月的臨時之家裏，挽起了一個籐箱，就開始踏上了歸國的征途；在沙魚涌到淡水的征途中，我踏著的步伐是愉悦的，我想：「我重復囘到祖國的懷抱去了。我是多麼值得驕傲呀！我，從此不再會遭受到冷酷的面孔與牛馬的待遇了。……曲江……這兒一切都是富有新生命的，這兒的一切都是上了軌道的，我有的是力量，那兒正需要我的力量，那兒正需要我啊！我在這裏，將再獲得我的平等，自由的幸福了！」

我這樣的一路地想著，直到淡水，這天晚上宿在一間破陋得有如古廟般的客舍中，然而我並不覺得痛苦。

（三）

某月某日，天朗氣清正是我囘到香港的得第二天，早上沒有事，在家裏看報，我感到這兒的報紙一張張都像一個壞透了的人，它們都一齊用著一副頂壞的嘴臉向我說，它們只是口口聲聲的：「最後勝利！最後勝利！」它們沒有告訴我在曲江裏有許多老百姓捱著餓走到大酒樓的門口，流著眼淚，眼巴巴地望著那些「抗戰英雄」們趾高氣揚地，聯羣結隊地，踏進去吃六十元一桌的大菜，它更沒有告訴我那些緝私兼走私的游擊將軍，在拆毀民房來建築他給姨太太享樂的別墅，於是我便憎惡地用力的（）下了它們。

午後，梁君來訪，拉我到餐室裏去談談閒天，我要了一個牛排吃著覺得有一種説不出的滋味，在粵江，我已經有「三月不知肉味」的感覺了！直到今天才得破戒，我覺得這畢竟還算是幸福的！席間，他問我內地「抗戰的實況」，我就老實不客氣地把實情告訴了他——國民經濟已整個地崩潰，政治不上軌道，貪污現象層出不窮，黨派間磨擦得勢成水火，軍隊人人厭戰，老百姓個個渴望和平！……

我所説的一句句都是千眞萬確的呀！假如我不是看見「抗戰」的沒有希望，「抗戰」之先弄到國亡，則我又何嘗不能留地曲江，「慷慨悲歌」地去參加抗戰呢！

選自一九四一年一月二十日香港《南華日報·半週文藝》

作者簡介

黃天石（1899-1983）

本名黃鍾傑，又名黃炎，筆名寂寞黃二、惜珠生、黃衫客、傑克等。出生於廣東番禺。曾在上海南洋路礦學校攻讀電機工程，後任職於粵漢鐵路局。十九歲時轉職廣州《新中國報》，後任《民權報》、《大同報》總編輯。一九二〇年因廣州報禁，轉而到香港《大光報》任總編輯。一九二一年與黃崑崙合編《大光報》附屬雜誌《雙聲》。一九二三年到雲南任唐繼堯顧問，並組「幸福社」。一九二六年辭任到日本留學，一九二七年返港，繼任《大光報》總編，同時辦香港新聞學社，培育新聞人才。一九三二年，赴馬來西亞編《南洋公論》，出任吉隆坡柏屏義學校長。一九三四年，重回香港。抗戰期間於內地進行抗戰宣傳工作，戰後回港，創辦香港基榮出版社與《文學世界》雜誌，又成立「國際筆會香港中國筆會」。黃天石早年在廣州報社工作時，曾代徐枕亞撰寫小說，擅於鴛鴦蝴蝶的筆法。一九二一年於上海出版《新說部叢刊·第二集·白話短篇小說》、一九二八年由香港受匡出版部出版散文集《獻心》。二〇至三〇年代於香港發表的小說見於《大光報》、《雙聲》雜誌等。三〇年代開始，以傑克之名撰寫流行小說，四〇至六〇年代產量甚豐，引來不少盜名出版。著名作品還包括《癡兒女》、《紅巾誤》、《改造太太》，亦有不少作品被改編為電影及播音劇。

謝晨光

本名謝維楚，另有筆名星河。中學就讀於香港孔聖會中學、英皇書院。一九二九年與侶倫、張吻冰、岑卓雲、黃谷柳、陳靈谷等組織「島上社」，同年赴日就讀早稻田大學。曾任香港《朝野公論》總編輯，戰時任《南華日報》、《華字日報》駐重慶特派員，擔任韶關廣東省臨時省政府秘書，戰後回港，後移民美加。二、三〇年代作品見於香港《大光報》、《墨花》雜誌、《大同日報》、《伴侶》及《鐵馬》雜誌；上海《幻洲》、《現代小說》等雜誌。著有短篇小說集《貞彌》、《勝利的悲哀》。

祖超

廣州文學會成員。二〇年代作品見於香港受匡出版部出版的廣州文學會叢書《仙宮》及《紅墳》等。（按：據歐陽山回憶，廣州文學會成員「袁昶球」（疑為「袁昶超」之誤）與香港有密切聯繫，亦與受匡出版部的創辦人孫壽康認識，是促成廣州文學會叢書於香港出版的主要中間人。）

釵觚

生平資料不詳。一九二八年於香港《字紙簏》雜誌發表作品。

盈女士

生平資料不詳。一九二九年於香港《伴侶》雜誌發表作品。

張稚廬（1903-1956）

廣東中山人。筆名張稚子、畫眉等。早年曾由廣州到香港英文書院唸書，及後回中山辦輔仁學社。一九二八年短暫來港編輯《伴侶》。雜誌停刊後，到上海辦鳳凰書店。一九三二年回中山辦《仁言日報》。中日戰爭，中山淪陷後，遷居香港；香港淪陷後遷到廣州。一九四五年後於香港定居，當過雞鴨欄帳房，開過文具店。在報上專欄撰寫典故小品，以白居不易之筆名寫打油詩，及王戲之的筆名撰寫對聯。小說作品見於二、三〇年代香港刊物《伴侶》、《時代風景》；上海《現代文學評論》、《南風月刊》；中山《仁言日報》；廣州《東方文藝》等。三〇年代於上海出版小說集《獻醜之夜》、《床頭幽事》。

龍實秀

二〇年代末作品見於《大光報》、《墨花》雜誌等。一九二八年由香港受匡出版部出版小說集《深春的落葉》。三〇年代任《工商日報》副刊「市聲」編輯，戰後任總編輯。曾任教於黃天石創辦之香港新聞學社。

張吻冰（1910-1959）

原名張文炳，另有筆名望雲。畢業於聖約瑟書院。島上社成員，一九二九年任《鐵馬》主編。二、三〇年代，作品發表於《伴侶》、《鐵馬》、《島上》、《小齒輪》、《墨花》等。一九三七年以後，曾從事電影編導工作，後以望雲筆名，於《天光報》連載《黑俠》，大受歡迎。香港淪陷期間曾遷往內地，戰後回港。著有《黑俠》、《愛與恨》、《人海淚痕》、《星下談》等。一九五九年病逝。

岑卓雲（1912-？）

本名岑卓雲，筆名卓雲、平可。生於香港。一九二五年進育才書社，後入讀華仁書院。「島上社」成員。二、三〇年代有新詩、短篇小說發表於《香江晚報》、《大光報》及《鐵馬》雜誌等，戰後業餘譯文，擔任《讀者文摘》特約翻譯十多年，後定居美國。一九三九年以筆名平可於《工商日報》連載長篇小說《山長水遠》，大受歡迎。其他曾經連載但未完成的小說包括《錦繡年華》和《滿城風雨》。

哀　淪

生平資料不詳。一九三〇年於《島上》雜誌發表小說。（按：據李育中回憶，侶倫姐姐哀倫（疑為淪），為早期香港文學的作者之一。侶倫《紅茶》（一九三五年版）一書內頁有「島上社叢書」六本，其中一本為哀淪女士的短篇小說集《婉梨死後》。）

侶　倫（1911-1988）

原名李林風，另有筆名林下風、貝茜等。原籍廣東惠陽，生於香港。一九二六年已於《大光報》發表詩作。一九二八年在香港最早的文學雜誌之一《伴侶》發表小說。一九二九年與謝晨光等組織島上社，出版《鐵馬》、《島上》雜誌。小說〈伏爾加船夫曲〉入選一九二九年上海《北新》半月刊「新進作家特號」徵文。及後創作不斷。一九三一年在《南華日報》任編輯工作，曾主編文藝副刊「勁草」，並與杜格靈合編「新地」。一九三五年與易椿年等合編《時代風景》。一九三六年與劉火子、李育中、杜格靈等組織「香港文藝協會」。一九三八年任職於香港南洋影片公司，編撰多種電影劇本。香港淪陷期間流亡廣東，任職小學教師，戰後返港。

一九七八年加入中國作家協會廣東省分會。出版中、短篇小說集包括《黑麗拉》、《無盡的愛》、《伉儷》。長篇小說《窮巷》曾被改編為廣播劇與電視劇。

騰仁

生平資料不詳。一九三一年於香港《南星雜誌》發表社會評論、散文及小說。

魯衡

原名梁煌濤。年輕時於美國當苦工，患上嚴重風濕以致雙腳癱瘓，回港後寄情文藝。港澳左翼文藝組織「群力學社」的主力成員。一九三三年，以「群力學社」名義，自資出版期刊《小齒輪》。一九三七年，與李育中合編《南風》雜誌。一九三〇年代在香港發表的作品見於《大公報》、《工商日報》、《南星雜誌》及《小齒輪》等。

李育中(1911-2013)

本名李育中，筆名方皇、白廬、李航、李遠、馬葵生、韋舵等。廣東新會人，生於香港，童年在澳門生活，一九二二年到香港讀英文。一九二五年因省港大罷工而被迫回到內地，幾年後重回香港。一九二九年在香港《大光報》開始發表作品。一九三三年在《天南日報》連載所譯海明威小說《訣別武器》(*A Farewell to Arms*)，為中國最早譯本。一九三四年與張弓合編《詩頁》。一九三六年與侶倫、劉火子等組織「香港文藝協會」，並加入中國共產黨，後來退黨。一九三七年與魯衡合編《南風》雜誌，與吳華胥為《大眾日報》主筆。一九三八年回內地工作，曾隨軍入緬，擔任英文秘書兼戰地記者，並於內地報刊發表戰地通訊。戰後在廣州從事教育工作，任教於華南師範大學中文系。三、四〇年代在香港《大光報》、《天南日報》、《南強日報》、《南華日報》、《工商日報》、《星島日報》、《今日詩歌》、《紅豆》、《時代風景》、《南風》；廣州《烽火》、《文藝陣地》；桂林《野草》、《詩創作》、《文學批評》等刊物發表作品。

華胥（1899-1991）

本名吳夢龍，後改名吳華胥。筆名包括一夢、阮迪新、若滄、勉為、望愉、黃粱、勵予等。廣東惠來人。一九二六年加入中國共產黨，一九二七年因國民黨清黨，短暫留港。一九二八年到泰國，一九三一年因從事革命活動被驅逐出境，並赴香港，賣文為生，於《大光報》、《工商日報》、《南星雜誌》等發表作品，又曾任職於潮州同鄉會附屬小學。一九三六年與李育中等組織「中華藝術協進會」，一九三七年為《大眾日報》主筆。一九三八年返回內地，一九四六至四九年再度居港，曾任力群小學校長，及後返回內地。

雁　子（1912-1967）

本名羅雁子，又名羅理實、李實。廣東大埔人。一九二六年加入中國共產主義青年團。一九三六年加入中國共產黨，同年與王少陵、杜格靈、李育中、侶倫、劉火子組織「香港文藝協會」。一九四〇年赴菲律賓從事新聞工作，四五年後任馬尼拉《僑商日報》總編輯。一九四七年回國，任中共香港市委宣傳部部長、香港工委統戰委員會委員。一九四九年後任職於廣東省政府。三〇年代於香港《工商日報》、《小齒輪》雜誌、《南風》雜誌撰寫隨筆、時事評論、戲劇與小說。

華

生平資料不詳。一九三五年於香港《工商日報》發表隨筆及小說。

湘文

生平資料不詳。一九三五年於香港《華南日報》發表小說。

劉火子（1911-1990）

原名劉培燊，筆名火子、劉寧、劉朗等。出生於香港，一九二三年曾到廣州唸小學三年。一九二九年進香港華冑英文書院夜校補習英文。當過雜工、中小學教師。一九三四年編輯《大眾日報》「文藝周刊」；與戴隱郎等組織「同社」，創辦《今日詩歌》，並任主編。一九三六年與友人葉錦田等創設「香港新生兒童學園」，同年與李育中、杜格靈等成立「香港文藝協會」。一九三八年加入《大眾日報》，同年《珠江日報》戰地記者身份在前線採訪。一九四二年至一九四六年於桂林、重慶、上海等地報社工作。一九四七年因上海《文匯報》被查封，逃亡香港。一九四八年參與創辦香港《文匯報》及後擔任總編，一九五一年到內地，任職於上海《文匯報》。三、四〇年代發表於香港的詩歌、散文及小說見《天南日報》、《大眾日報》、《南華日報》、《星島日報》、《大公報》、《華僑日報》等。

鐵鳴

生平資料不詳。一九三五年於香港《華南日報》發表小說。

丁辛

生平資料不詳。一九三五年於香港《華南日報》發表小說。

芸女士

生平資料不詳。一九三五年於香港《工商日報》發表小說。

杜格靈（？-1992）

本名陳廷，又名陳小蘋，另有筆名羅蜜波、孟津等。一九三〇年於廣州出版散文集《秋之草紙》。三〇年代在香港《珠江日報》工作，並於香港《工商日報》、《朝野公論》、《今日詩歌》；上海《婦人畫報》等刊物發表小說、散文及新詩。一九三四年與侶倫主編《南華日報》副刊「新地」。一九三六年與劉火子、李育中等組織「香港文藝協會」。一九四五年以後，曾在香港開慎記印刷公司。一九九二年於加拿大逝世。

遊子

生平資料不詳。一九三四至一九三六年於香港《工商日報》發表隨筆、時事評論及小說。

勉己

生平資料不詳。一九三四至一九三六年於香港《工商日報》發表隨筆、時事評論及小說。

舒巷城（1921-1999）

原名王深泉，另有筆名王烙、秦西寧、方維等。祖籍廣東惠陽。生於香港，曾就讀於育才書社及華仁書院。十六、七歲，中日戰爭時開始創作。一九四一年以前，與友人出版詩集《三人集》，已散佚。一九四二年赴桂林，在印刷廠做過校對等工作。戰後流離於越南、台灣、上海、東北、南京等地，一九四八年返港。任職於商行、建築公司、教育機構等，業餘創作。五〇年代開始出版包括小說、詩歌、散文，甚豐。三〇年代末小說及散文創作見於《立報》。

易　文（1920-1978）

原名楊彥岐，另有筆名諸葛郎、司馬青杉。出生於北京，後遷居江蘇，後及上海，就讀於聖約翰大學。一九四〇年曾來港半年。一九四八年開始為香港的電影公司編寫劇本，一九四九年定居香港。五、六〇年代香港最重要的導演之一，並經常為電影歌曲填詞。四〇年代於香港發表的散文及小說見於《大風》半月刊。五〇年代在香港出版的短篇及長篇小說集，包括《真實的謊話》、《蠱惑記》、《笑與淚》等。

路　汀

生平資料不詳。一九四〇年發表小說及散文於《南華日報》「一週文藝」及「半週文藝」。

《香港文學大系一九一九—一九四九》編輯委員會鳴謝
以下人士及單位，資助本計劃之研究及編纂經費：

李律仁先生

•

香港藝術發展局

藝發局邀約計劃
香港藝術發展局全力支持藝術表達自由，
本計劃內容並不反映本局意見。

•

香港教育學院　中國文學文化研究中心